ハヤカワ文庫JA
〈JA683〉

グッドラック
戦闘妖精・雪風

神林長平

早川書房
4882

我は、我である

目次

グッドラック　戦闘妖精・雪風

場人物

井零中尉……………………………雪風のパイロット。のちに大尉

ェイムズ・ブッカー少佐…………ＦＡＦ特殊戦の出撃管理担当

ディア・クーリィ准将……………ＦＡＦ特殊戦の副司令

ーガディシュ少尉…………………旧雪風のフライトオフィサ

頭少尉………………………………特殊戦一三番機パイロット

ャビン・メイル中尉………………ＴＡＢ－15・505攻撃部隊リーダー

ディス・フォス大尉………………零のリハビリ担当軍医

ィンセント・ブリューイ中尉……特殊戦七番機パイロット

ブリール・ライトゥーム中将……フェアリイ基地戦術戦闘航空軍団司令

ンセル・ロンバート大佐…………ＦＡＦ情報軍の実力者

城彰少尉……………………………雪風の新任フライトオフィサ

ン・ジャクスン……………………地球のジャーナリスト

ＦＡＦ特殊戦から来た手紙

　いま現在、地球がジャムという異星体に侵略されつつあるということを肌身で感じている人間は、いったいどのくらい存在するだろう？　現在の一般的な地球人は、自分たちはジャムの脅威とはまったく無関係に生きているとでも思っているかのようにわたしには見える。ジャムの脅威など普通の生活者たちには忘れ去られていると言ってもよい。

　ほとんどの人間は、ジャムの脅威はおろかジャムという存在そのものを意識していない。それでもなんの問題もなく暮らしていけるからだろう。

　それは、わたしたち個人が所属する集団組織、町や州や国家というものがなんとかうまく機能しているという証でもあろう。だが現状がいつまでも続くものと安心しきっているのは愚かなことである。国家にも寿命というものがあるのだ。それが、ジャムという侵略者によって加速される可能性は大いにある。

　わたしが警告したいのは、そのことだ。

地球上の集団同士の紛争ならば、妥協したり休戦協定を結ぶ余地はある。だがジャムにそれが通用するものかどうか、考えてみてほしい。ジャムは、人類とは異なる価値観を持つであろう、異星体なのだ。おそらく、どのような交渉も無駄であろう。休むことなく戦い続けるしかない。犠牲は大きい。しかし手を抜けば、負けるのだ。

＊

三十年前ジャムが、南極のロス氷棚に巨大な紡錘形をした霧柱、超空間〈通路〉をぶち込み、そこから地球に向けて飛び出し、侵攻を開始したとき、人類は国家を超越した〈地球人〉という集団を作れるよい機会だった、いまからでも遅くはない、とわたしは前著『ジ・インベーダー』に書いた。だが現実は、そうはならなかった。

現在の地球には、地球人として一つにまとまった超国家組織はない。あいかわらず国家、経済集団、宗教、民族といった対立集団が存在するだけであり、事実上それらを超越する階層はない。

これは、地球人のわれわれが、ジャムという地球外からの侵略者も、他国家・他宗教・他民族といった集団の一つにすぎない、と認識したことを示すものである。わたしは前著で、そのように書いた。それはいまでも間違った見解ではないと思っているが、その理由については、いまはこう思っている。

すなわち、われわれは、自分の所属するあらゆる組織集団、政治や宗教や民族といったそれらを超越し、「われこそは地球人である、地球人の代表である」と宣言できる、強力なリーダーをついに見つけることができなかったからだ、と。

　本来そうした存在は見つけ出すものではなく、出現するものなのである。しかし現代はそうした聖人のごとき人間が出にくい環境だというのは間違いない。地球は広く、環境はさまざまで、生活習慣も価値観も歴史も非常に多様だ。そのすべてを把握し、自分のこととして感じとり、かつ何者とも与せずに、うまく生きるための知恵をそれらにあまねく与えるなどという仕事は、一人の人間の能力をすでに超えている。率いるべき対象集団の規模はあまりにも大きく、個個人の欲求は多岐に渡っていて、しかも各人がその複雑な現状を知っているのだ。

　人類はいまや、かつてない高度情報社会を築き上げ大量の情報に取り囲まれて生きている。真偽取り混ぜた膨大な情報は物事をあいまいにし、あいまいさは、不信を生じさせる。そう、現代人は信頼ではなく不信を物事の判断基準にしている。情報量が増大するにしたがってその伝達内容の信頼性は低下するという物理法則のままに、人間同士の信頼関係も揺らいでいるのだ。判断材料が多くなるほど、疑惑の種も増える。これは高度情報社会における陥穽と言えよう。たとえ聖人を名乗るだれかに水上を歩くのを見せられたところで、現代人はそれに畏敬の念を抱くというようなかつての純朴さを失っている。

　われわれは、聖人が出てこないならば見つけよう、という行動はとらなかった。われわれがジャムに対抗するためにそうした真の全地球組織を作る努力をしなかったというのは、理由はどうであれ、しかし結果としては正しい選択であったと、いまのわたしは思う。

人類がもしそちら方面、地球人のリーダーの選定に精力をつぎ込んでいたら——それは自らの集団利益を護るため、国家的世界大戦や破滅的な宗教戦争を引き起こしたかもしれない。地球人の代表の座を賭けてのそうした戦争となれば、ジャムがそれを利用しないはずがなく、いまごろその侵略は成功していたであろう。われわれ人類はその危機はうまく回避したと言える。地球人の真の代表はだれかということをあいまいにすることで、だ。

これは、現在の地球には人類は存在しても地球人はいない、ということである。では、いまジャムと戦っているのはだれなのか。

われわれ個人が対ジャム戦における全権を託した地球防衛機構である。それは民主的に実に有能に機能している。皮肉ではない、事実である。そのため、われわれはジャムを忘れた日常生活をおくっていられるのだ。

しかしこの機構は、そこに参加する代表者たち、主に国家間の、それらの流動的な各自の思惑のうえに危うく成立している浮き草のようなものだ、というのも事実である。各メンバーらはこの戦争から得られる利益というものも当然考えている。そうしたさまざまな思惑があればこそ、だからこそ、ジャムにやられずにその力に対抗できているのだ、とも言えるのであって、それは一人の出来の悪い馬鹿なリーダーに率いられるよりはずっとましであろう。

この事実をつぎのように表現することもできて、それもまた事実である。この機構に参加している組織というのは、自分たちのためにジャムと戦っているのであって、全人類すなわち地球人のためではないのだ。

わたしが危惧しているのは、その点だ。このようなやり方がいつまでもジャムに対して有効なのか、ということである。

たしかにいまはうまくいっている。であればこそ、ほとんどの人間がジャムを忘れていられるのだ。が、将来、もしこの機構がうまく機能しなくなった場合、わたしたちは個人的な次元において、自分は地球人なのだと思い知らされる時が来るかもしれない。ジャムによって、である。

わたしたちの所属する組織がジャムから自分を護ってくれる力を失い、ジャムが目前にやってきたとき、わたしたちは一個の人間、地球人としてジャムと相対するしかない。わたしを狙うジャムは非地球人であり、地球上のどのような組織にも属していないからである。わたしがどこかのプレジデントという肩書きを持っていたとしても、それは通じない。通用するのは、わたしが地球人だということ、それだけである。しかも、いまのわたしたちには、地球というこの惑星以外に行き場はない。難民となって逃げ出す場所は、どこにもない。いま人類が地球人としてまとまることができないならば、わたしたち一人ひとりが各自地球人の代表としてジャムと戦うしかないのだ。

ジャムとの戦争における、それが、現実なのである。殺されたくなければ、自らの力で戦うしかない。そのような覚悟が、わたしにはあるだろうか。あなたは、どうだろう？

この戦争は、原理的に他人まかせにはできない、地球人すべての、個個人の、問題なのだ。

いま地球人の真のリーダーがいない以上、そしてそのような救世主の出現を先に書いた理由からいま期待できない以上、この問題は各自で、わたし自身、あなた自身で、考えるしかないのだ。

＊

このようなことをわたしにあらためて考えさせることになったのは、先日届いた一通の手紙だった。

それはEメールではなく、文字どおり封書の手紙だ。いまどきコンピュータネットワークを使わない者がいるのは珍しいが、この手紙の差出人は、こうするしかなかった。彼は、地球上のコンピュータネットワークを使えない場所にいるのだから。

そう、超空間〈通路〉を通り抜けた向こう側、対ジャム戦闘の場である、フェアリイ星だ。そこでは、地球防衛機構の実戦組織、フェアリイ空軍、FAFが、ジャムの地球侵攻を食い止めるべく、日夜戦っている。もしもFAFが敗れるような事態になれば、ジャムは〈通路〉を抜けて地球になだれ込むことになる。

手紙の差出人は、自分の氏名やFAFにおける所属や階級を公表してもかまわない、いや機会があればぜひそうしてくれと明記している。自分がどういう思いでジャムと戦っているのか地球人に知ってもらいたい、と。つまりその人間は、私を窓口にして全地球人に対するメッセージを寄せているということだ。

そのひとは、ジェイムズ・ブッカー少佐。ＦＡＦ、フェアリイ基地戦術戦闘航空軍団・特殊戦第五飛行戦隊、通称、特殊戦の出撃管理を担当している、特殊戦の事実上の副司令官である。

少佐は以前、わたしの著作、ジャムとの戦争の現状を報告した『ジ・インベーダー』を読んで手紙をくれた。わたしはそれに返事を書き、それ以来、さほど頻繁ではないが彼との文通は続いている。一度だけだが、会って話をしたこともある。

あなたは現実のジャムの脅威を知らない――少佐の最初の手紙はそういうものだった。戦場から届いたその内容は緊迫感にあふれるものだった。それは当然だろう。しかも特殊戦は、その特殊な任務ゆえに、他部隊とはまた次元の異なる、より厳しい戦いを展開しているのだ。

簡単に紹介すると、特殊戦に所属する十三機の戦隊機の主たる任務は、つぎのようなものである。

「ＦＡＦとジャムの戦闘空域にて、すべての情報を収集せよ。手段を問わず、収集情報は必ず持ち帰ること。もし友軍機がやられそうになっても積極的にそれを支援する必要はない。すなわち友軍機を見殺しにしてもかまわない」

それは非情な任務だが、戦隊機の乗員らは、それを非情とは思っていない。そのような人格を持つ人間が特殊戦には集められているのだ。彼らは、友軍機を見殺しにすることをどう思うかと問われたならば、こう答える人間たちだ。

「それがどうした、自分には関係ない。他部隊の人間や地球人がどうなろうと、知ったことか」

こういう考えを持った隊員たちをまとめていかなくてはならないブッカー少佐の苦労は察するにあまりある。だがこういう非情な人間も対ジャム戦には必要なのだ。ジャムとの間になんらかの紳士協定が結べるならばそのゲームに参加する人間も選べるだろうが、現実問題としていまの人類にはそうした余裕はない。ＦＡＦも、それを認めているということだ。ようするに特殊戦の任務にはそうした人間は適任であって、戦隊機もそれに合った高性能なものが投入されている。ＦＡＦの主力戦闘機であるシルフィードをさらに高速に、かつ加速力や機動性をも高めたスーパーシルフと呼ばれる戦術戦闘電子偵察機である。ＦＡＦのエリート技術者集団であるシステム軍団によって開発された、まさにスーパー戦闘機だ。地球上にはこれに勝てる戦闘機はないと思われる。少なくともフェアリイ星の環境でこれに勝る地球の戦闘機はあるまい。フェアリイという空に合わせて開発されたのだから当然なのであって、ＦＡＦがシステム軍団という自軍の開発部隊を持つのもその必要性からだ。

ＦＡＦシステム軍団は数数の戦闘機を開発してきたが、もはや有人機ではジャムに勝てないところまできているとして、いま優秀な無人主力戦闘機の実用化を急いでいる。その背景となっている開発思想は、対ジャム戦に勝利するためには完璧なシステム化が必要だが、そこに人間という脆弱な要素が組み込まれるとシステム全体の性能がそれによって低下する、そのような要素は排除しなければならない、というものだ。戦闘機上における人体はたしかに壊れやすい卵のようなものだろうし、その激しい機動によってあるいは戦闘への恐怖心によって、思考力も著しく低下する。それが枷となって戦闘システム本来の機能を発揮できない、だから人間など必要ない、というわけだ。

その思想から特殊戦の次期戦術戦闘偵察機としてＦＲＸ９９という無人偵察機が計画された。スーパーシルフといえども人間を乗せていてはいつまでもジャムに通用しないだろう、ということだ。だが特殊戦のブッカー少佐は、それを単純には受け入れなかった。特殊戦機が優秀なのは、パイロットたちがコンピュータにはない戦闘勘というものを持っていて、それを彼らの乗機の中枢コンピュータが学習してきたためだ、と少佐は判断した。

ジャムが、いまや旧式になりつつあるスーパーシルフにいまだに手を焼いているのは、特殊戦機に乗っている人間が下す戦闘戦術判断がジャムには予想もつかないものだからに違いない。それゆえそれを学習する機能を持たない無人機ではいまの特殊戦の任務はこなせないだろう。現在の戦隊機は十分に学習を積んでいるので、それらを無人で運用するのはいいが、新たに導入する戦隊機は有人機にすべきだ、そうブッカー少佐は考えたのだ。

そこでブッカー少佐はシステム軍団に、ＦＲＸ９９を元型とする有人機を作るように要請した。ＦＲＸ００という試作機がそれだ。ＦＲＸ９９はシステム軍団が開発中の次期主力戦闘機の偵察タイプであり、ＦＲＸ００はそれをさらに有人機に改造したものとなる。詳細は地球に対して公開されていないが、ＦＲＸ９９は複数機、ＦＲＸ００は少なくとも一機が完成している。両機種ともプロトタイプであり、量産タイプがどうなるかは未定だ。

ブッカー少佐が有人機にこだわったのは、このジャムとの戦争において、これをジャムと戦闘機械との戦いにしたくないという思いからも出ている。この少佐の思いは複雑で、一言ではなかなか説明することはできないのだが、長年前線でジャムと戦っているブッカー少佐の危惧を要約するならば、つぎのようになろう。すなわち、

「現在のジャムは、人間の存在を無視していると分析される。彼らの直接的な敵はFAFの戦闘機であって、フェアリイ星上の基地に存在する人間に対する戦術行動はとっていない。もしかしたらジャムは、人類にではなく地球の戦闘機械に対して宣戦布告をしてきたのではないか。ジャムの敵は人間ではないのかもしれない」

「もしそうならば、この戦いは、ジャム対人間が開発した戦闘機械やコンピュータ、となるのであり、人間は必要ない」

「だが、人間はこの事態を無視することはできない。なぜなら、人間が生きていくにはもはやコンピュータの存在は不可欠であるにもかかわらず、コンピュータのほうから人間は必要ないと言われたならば、そこに人間対コンピュータの闘争が生じるだろう。われわれはジャムに加えてコンピュータからの挑戦にも対処しなくてはならなくなる。実際、システム軍団が有人機の開発はもはや必要ではないという判断を下したのは、そこのコンピュータ群がそのように提言したからなのだ。それを無条件で人間が受け入れるというのは、FAF、ひいては地球の支配権を、ジャムよりも早くコンピュータに明け渡すということに等しい」

「ジャムは人間の敵であってほしい。もしそうでないとすれば、いままでわたしがやってきたことは、なんだったのだろう？　この戦いの主役は人間なのだ。ジャムにそう伝える必要

がある。コンピュータにもだ。この戦争をコンピュータ任せにすることはできない」

ジャムと戦い、その情報をコンピュータを駆使して分析しているブッカー少佐の気持ちを、そこから離れた場にいる私が正確に代弁するのは難しいので、あるいはわたしの誤解も混じっているかもしれない。

しかし、これだけは私にも言える。ジャムの正体はいまだにまったくの謎だ、ということである。そして、その存在と脅威を、たとえ間接的であっても無視できない、ということだ。これは全人類への警告であり、ブッカー少佐は、その危険性を肌身で感じている人間なのだ。


先日届いたブッカー少佐からの手紙は以前にも増して生生しい内容だった。ブッカー少佐は、初めて戦隊機の一機を失った。

ＦＡＦの戦況については定期的に出されている公報によりだれでも知ることができるので、私は少佐から知らされるまでもなく、特殊戦が受けたその損害を知っていた。

ジャムにやられた戦隊機は三番機、パーソナルネーム雪風。パイロットは重傷、後席のフライトオフィサは行方不明。

これまで一〇〇パーセントの帰還率を誇り、それゆえブーメラン戦隊と俗称されてきた、その特殊戦機が、やられた。

あの雪風が。パイロットは深井零中尉だ。ブッカー少佐の友人。私にとって被害リストのその名前は、見知らぬ他人ではなかった。

私は雪風というその特殊戦機を間近に見たことがある。日本海軍の航空母艦に燃料補給のために着艦したときだ。その大きく優雅な機体は、まるでアヒルの群れのただ中に舞い降りた一羽の白鳥のようだった。そのとき後席にブッカー少佐が乗っていた。私が少佐と話したのはそのときである。パイロットは、深井零中尉。機を降りようとしないその中尉との会話はかなわなかったのだが、もし話しかけたとしても、その中尉はおそらく答えなかっただろうと思う。雪風という戦闘機械に話しかけても答えが返ってこないのと同様に、そのパイロットも、彼の愛機に組み込まれたシステムの一部として機能しているのであって、戦闘に無関係な他人の存在はノイズとして無視している、私にはそう思えた。

雪風は彼が信じられる唯一のものなのですよ――そのときブッカー少佐は、その雪風の機上にいる部下であり友人でもある深井中尉を見ながら、そう言った。人間よりも機械を信じ、それゆえ自らも機械的存在になっていく者を、恐れ、哀しむかのように。

その深井中尉が重体だと公報で知った私は、容態を気づかう手紙をブッカー少佐に出した。ジャーナリストとしての取材ではなく、個人的なものだった。少佐は私の気持ちを汲んで、丁寧な返事をくれた。それが先日届いた手紙だ。

そこには私の予想を超えた内容が記されていた。

その冒頭で少佐は返事が遅れたことを詫びていた。実は自分も頸を傷めたのだ、と。そして、雪風自体は無事に帰還した、と続く。

この書き出しに私はとまどったが、読み進むうちに、ブッカー少佐自身も、この事件でなにが起きたのか正確にはつかめないでいるのだ、ということが理解できた。

　雪風はある作戦任務遂行中にジャムの攻撃を受けて飛行不能になり不時着、パイロットの深井中尉は脱出し、雪風は自爆した。ちょうどそのとき、ブッカー少佐は現場近くの空域を飛ぶＦＲＸ００の機上後席にいた。次期特殊戦有人機として試作されたＦＲＸ００の実戦評価試験飛行のためである。

　ＦＲＸ００もジャムの攻撃を受けたが、それらジャムをその新型機はまとめて撃墜した。その空戦機動はすさまじいもので、ＦＲＸ００を操縦していたパイロットはその加速度に耐えられずに即死、後席のブッカー少佐は頸を負傷して失神。ＦＲＸ００は死体と意識のない人間を乗せて自動で基地に帰還し、そして自らを雪風と名乗った、というのだ。

　これを理解するには、ジャムに撃墜された雪風が、接近してくる新型機ＦＲＸ００に自己を転送したのだ、としか考えられない。その直後ＦＲＸ００は操縦不能になった。ＦＲＸ００はパイロットの意志ではなく、中枢コンピュータの判断により空戦機動を開始したのだ。それはすなわちジャムにやられた機体を捨てて新しい機体を得た雪風が、その意志により付近のジャムを撃墜したということだ、とブッカー少佐は書いている。

　雪風のパイロット深井零中尉は救助されたが、右腹部に拳銃弾を撃ち込まれていた。しかもフライトオフィサのバーガディシュ少尉は乗っていなかった。不時着した雪風から射出シートで脱出したのは深井中尉だけなのだ。これはつまり、雪風は任務の途中でどこかにいったん着陸し、バーガディシュ少尉はそこで雪風を降りているということだ。

なぜそうしたのか、そこでなにがあったのかは、わからない。雪風の行動記録はFRX0にそっくりコピーされていて、それは雪風の自己が新型機に転送されたことを裏付けるものだが、それによれば雪風が、撃墜される前に一度どこかに降りているのは事実らしい。だが、それ以上の詳しいことはまるでわからない。深井中尉は一命を取り留めたが、現在ほとんど植物状態で口が利けない。深井中尉を撃った拳銃弾はFAF工廠製だが、だれが中尉を殺そうとしたのかは、わかっていない。バーガディシュ少尉との間になにかあって乗員同士で撃ち合ったことも疑われるが、詳細は不明。バーガディシュ少尉の行方は知れない。すべては深井中尉の頭の中にあるだろう、しかし、その記憶を引きだすことができないでいる。意識がないのだ。

もしかしたら――とブッカー少佐は続けて驚くべきことを記していた――深井中尉を撃ったのはわれわれがいまだに直接接触したことのないジャムの正体、そのものかもしれない。雪風とその乗員はジャムに捕獲され、そこから深井中尉だけが脱出した、という可能性がある。雪風が収集していた戦闘情報を分析したうえでの推測だが、もしそうならば、雪風の乗員たちはジャムとなんらかの交渉をした、ということだ。

ジャムは休んではいない。ジャムは戦略を変更しつつあるのかもしれない。深井中尉はそれを知っているはずだ。一日も早い深井中尉の覚醒を、友人として、また特殊戦としても、願っている。あなたも彼の回復を祈ってほしい。地球人がジャムに負けないために。

ブッカー少佐はそのように結んでいた。

撃墜された雪風の乗員たち、深井中尉とバーガディシュ少尉は、ジャムと直接接触した可能性がある、というブッカー少佐の手紙の内容に私は衝撃を受けた。これまでまったく謎だったジャムの正体についての手がかりを、雪風とその乗員たちはつかんだのかもしれない。しかもジャムは、戦い方を変えようとしているようだ、という。

私の記者魂が動かされる。ジャムの戦略が変化し始めているというのならば、いままでのジャムの攻撃はほんの小手調べで、真の戦いはこれから始まるのかもしれない。

この少佐からの手紙は、地球人に対する新たな警告だ。これは取材せねばなるまい。私は『ジ・インベーダー』の続篇を書かなければならない。なぜなら、私は、ジャムを無視して生きていくことはできないからだ。

〈リン・ジャクスン『ジ・インベーダー』続篇執筆ノート〉より

I

ショック・ウエーヴ

生きているとも死んでいるともいえない眠りに似た状態が長く続くなか、彼はときおりまぶたを開いて眼球を動かすことがあった。

その様子は周囲の人間には見えない飛び回る妖精を目で追っているようでもあり、眼という窓を開いて暗い頭の中に光を入れ、その暗闇にまぎれ込んだ自己というものを照らし出そうと必死にもがいているようでもあった。

彼自身はその動きを意識してはいなかった。身体の感覚はどこにもなかった。眼が動くとき彼が意識しているのは、愛機から切り放され取り残された自分であり、去ってゆく愛機の姿だった。愛機、雪風。その姿が見えなくなるとただ虚空が広がるだけとなり、彼の存在もまた小さな点となって消えると、眼球の運動は止まり、そして再び意識は生と死の狭間へとおち込んだ。

生にも死にも無関心で、ただ時間だけが流れ去り、その時間さえも彼にとってはなんの意味も持っていなかった。
目覚めよ、と呼ぶ声を聞くまでは。

1

FAF、フェアリイ空軍・フェアリイ基地戦術戦闘航空軍団・特殊戦第五飛行戦隊の出撃管理と作戦を担当するジェイムズ・ブッカー少佐は、このところ頭を悩ます多くの問題をかかえていた。

まず第一に、自分の頸がまだときどき痛むこと。その頸を傷める原因となった例の事件の全容が完全には解明されていないこと。そして特殊戦の三番機・雪風のパイロットだった深井零中尉がいまだ目を覚まさず、ほとんど植物状態であること。あれ以来、ジャムの戦略が微妙に変化しているような気がするのだが、はっきりとは捉えられないこと。前線基地に配備されている、雪風と同型機であるシルフィード、正確には雪風はその改造高性能版だったが、その被害が急に増えていること。

頸がいまだに痛むのならば神経ブロックでもしてみるかと、特殊戦の軍医のバルームが言ったのを少佐は思い出す。そんなのはごめんだ、あんたの酔っぱらった腕でやられたら殺されてしまう、と断ると、その軍医は、ならば心理療法がいいだろうと言った。不安を取り除けば痛みも消えてしまう可能性はある、と。

『なにが不安なんだ、少佐。あんたは生きて帰ってきたじゃないか。FRX00に殺されそうになったのは事実だが、もうあんたはあれに乗る必要はないんだぜ』

だめだこれは、と少佐は思った。この軍医には、おれの不安は取り除けない、これは自分で解決するしかないだろう、そう悟った。

なにが不安かというのならば、それは二番目の問題にかかわっていた。すなわち、あのとき、FRX00になにが起こったのか、完全には解明されていないことなのだ。

あのとき雪風はジャムに傷つけられ二度と飛べずに炎上する古い機体を捨てて、ちょうど接近中だったFRX00へ自己を転送したのだ。新しい機体を得た雪風は付近にジャムの三機を認め、攻撃のための機動を開始した。そのとたん、そのFRX00機上のパイロットと、後席のフライトオフィサ役の自分は気絶した。操縦していたのは特殊戦一三番機のサミア大尉。彼は頸の骨を折ってほぼ即死状態だった。

まったくすさまじい機動だった、とブッカー少佐はそれを思い返して、首筋をなでる。FRX00の空戦機動性能は予想を超えていた。システム軍団のコンピュータらの嘲笑う声が聞こえてきそうだ。

《無人機として設計されたFRX99を人間が操れると本気で思っていたのか？　FRX99改、FRX00を？》

ブッカー少佐は自分の要請により試作されたその機の性能を実体験すべく後席に乗ったの

だが、このような事態になるとはむろん予想していなかった。少佐がそれに乗り込んだのは、出撃した雪風が帰投予定時刻になっても帰ってこないことが心配でFRX００の実戦運用テストを口実に自分で探したいという思いもあった。それはたしかに雪風を援護する結果となったわけだが、そこでなにが起きたのかは、機上で確認することはできなかった。いまでも、よくわからない。

あのとき、FRX００を操縦していたサミア大尉は、自機に向けてどこからか転送されてくる情報内容を確かめようとディスプレイに向けて身を乗り出したのだろう。しかし致命的な誤ちだった。注意すべきだったのだと少佐は悔んだが、そんな余裕はなかったのだと自分を慰めた。あのときは、その情報が撃墜されて炎上中の雪風から送られてくる雪風の意思そのものなのだ、などとは想像もできなかった。それでもかつてパイロットとして飛んでいたことのある自分は、異常を感じた時点で全身を緊張させ、戦闘機動にそなえた。それが、頸を護った。頸椎を脱臼したが。

かつて培った戦闘機乗りの勘だったかもしれない。想像以上のGがかかるかもしれないと、とっさに危険を予想したのは。いや、違う、とも少佐は思う。自分は戦闘機の実戦パイロットの仕事から離れて久しい。あのとき感じたのは戦闘そのものへの危険というよりも、FRX００という新しい機体の、その危険性ではなかったか。このような機体に人間を乗せるのは間違っていると感じ、まさにその機内に自分がいるという事実に、恐怖したのではなかろうか。

ＦＲＸ００は無人機として開発されたＦＲＸ９９という機体を有人用に改造したものだ。有人機に改造された結果、乗員保護装置なども加えられたために重量はかなり増加したが、それでもその空戦機動能力は他の有人機とは比べものにならないほど高い。ＦＲＸ９９と同じ性能ポテンシャルがあるからだ。

有人機は、Ｇに弱い人体のことを考慮して設計する必要がある。そのため空戦格闘能力が低下するのは避けられない。また人間は、地上の動物なので三次元空間を把握する能力が低い。雲の中を逆さまで飛んでいてもそれに気がつかないことすらあるのだ。

だが、無人機として設計するならば、それらの弱点はすべて解消できる。人間を気にすることなく、技術的に可能なかぎりの機動能力を有する機体が実現できるのだ。制御された水平きりもみ状態に入らせることも簡単にできる。かつてそのような機動にはなんら実戦的な利点はないとされていたが、完璧に制御できるとなれば自由度が高いほうが格闘戦では有利だ。

ＦＲＸ９９はまさにそのようにして生まれてきた機体だ。垂直カナードを有し、エンジン出力ノズルを二次元形状にしていた。直接横力制御によりブーメランのように回転することすら可能なのだ。その機体は横力だけでなく直接揚力も制御される。機体を水平に保ったまま素早く上下に移動できる。激しいその機動でもエンジン吸気能力が低下しないように、吸気口が主翼をはさんで上下にあり、そのため双発にもかかわらず一見すると四発機にも見えた。

特殊戦に引き渡されたそのプロトタイプを深井零中尉が初めて見たときの感想をブッカー少佐は忘れてはいない。

『高性能らしいのはわかるが、不格好だな』

零は、そう言った。

自分の頸を傷めてから、少佐は何度も零のその言葉を思い出した。ＦＲＸ９９を元型に造られたその機体は、人間など必要ない、近よるな、という意志を発していて、零はそれを感じたのかもしれない。人間を無視して造られた戦闘機械。人間とうまくやっていこうという思想そのものがなく、それを形に表している。零は一目でそれを感じとったのだろう。

それでもそのＦＲＸ００は有人タイプでは現ＦＡＦで最も高性能である、とは言える。それが殺人的な空戦機動性能を持っているというのは、むしろ高性能機のあかしだ。安全な戦闘機などというのはない。重要なのは、それを人間がコントロールできるかどうか、なのだ。あのときのＦＲＸ００をコントロールしていたのは雪風だ。それは間違いない。問題は、雪風が、ＦＲＸ００機上の乗員をまったく無視し、人間を傷つけてもかまわないとして機動したことなのだ。

帰投したＦＲＸ００の中枢コンピュータのデータファイルを調べたブッカー少佐は、そこに乗員に関するものがまったくないのを知って、怖れを感じたのだった。

これはいったいどういうことなのか。人間が乗っていることをその中枢機能が知らない、などということはあり得なかった。だとすれば、中枢コンピュータのほうで、人間を無視し、それに関するデータを抹消したのだ。

なぜ？

あのときのFRX00はもはや試作機などではなく雪風になっていたからだろう。雪風は燃えてゆく旧機体から零をすでに射出していた。雪風にとっては、機上に人間はいなかった。いるはずがなかった。そのためFRX00乗員に関する情報はエラー、と判断した……そういう解釈は可能だが、しかし雪風の記録データからはそれを確認できない。雪風はあいまいな人語を理解しないので、おまえはいったいどういうつもりだったのだ、という問いには答えない。データで示すだけであり、そこにこちらの知りたいものがないとなれば、人間は、雪風に起きたこと、その思惑を、想像するしかないのだ。

FRX00に乗り移った雪風はあのとき、一刻も早く周囲の敵、ジャムを撃墜したかったのは間違いない。帰投後の調査では、FRX00のすべての機動リミッタは解除されていた。解除されたというより、作動しなかった、というほうが正しい。FRX00の乗員保護装置は正常に働いていたはずだが、それは雪風にしてみれば誤動作としか思えなかったのだ、と想像できる。雪風は全リミッタを解除するために、乗員はいないという偽情報を全センサシステムに送り込んで保護装置の動作そのものをキャンセルしてしまったに違いない。雪風にとっては、それは偽情報ではなかった。零を射出している以上、機上に人間がいるという保護装置の情報はエラーで、雪風はそのエラーを訂正したにすぎない、ということだ。しかし、通常そのようなことは起こり得ない。そのため、それを説明するには、そのときの雪風は錯誤に陥っていたのだ、とでも考えるしかない。そこがわからない点なのだ。

自己を新しい機体に転送する、などというのは雪風にとって経験したことのない行為で、そこになんらかの錯誤が生じたとしても不思議ではない。でなければ、リミッタを解除するもっと簡単な手段があり、正気ならそうしていたはずだ。雪風は、ただFRX00の射出シートを作動させるだけでよかったのだ。旧雪風の機体もFRX00も、乗員が失神していて脱出行動がとれない状況を想定した、中枢コンピュータの判断によるシートの射出が可能だ。すべての機動リミッタや、Gスーツのコントローラや頸部を保護する可動ヘッドレスト等を制御する乗員保護機能は、無人状態ならば作動しないように設計されている。シートを射出してしまえばどのような殺人的な空戦機動も可能だし、なんの問題も生じない。

だが雪風は、そうはしなかったのだ。それが自己を転送するということで生じた錯誤なのか、射出の手間も時間も惜しみ零以外の人間は護る必要はないと判断したためなのか、その雪風の本心というものを、捉えることができない。あるいは、雪風の行為とはまったく関係のない、FRX00の乗員保護装置自体の欠陥である可能性もあった。

真の理由は謎のままだ。

その問題があるため、FRX00を量産して新特殊戦を設立するという計画も中断せざるを得なかった。頸の痛みが消えないのはそのせいだとバルーム軍医は言っているわけだな、とブッカー少佐は憂鬱になる。その問題を解決しないかぎり頸の痛みも続くというのか。

くそう、零さえ目を覚ませば不安は解消するのだ、と少佐は思う。雪風の相棒であるそのパイロットの深井零中尉が、「雪風はおれ以外の乗員など殺してもいいと判断したのだ」と言うのなら、その内容いかんにかかわらず納得できる気がした。

それなのに。零は正常な意識を取り戻そうとしない。

FRX00の、つまり雪風の、その危険な機動の原因が特殊戦で解明できないならば、こちらで調べよう、とシステム軍団が言ってきた。それをブッカー少佐がことわると、機体を引き渡せ、と強く要求してきた。

ブッカー少佐はそれを蹴った。絶対に渡すわけにはいかなかった。なぜなら、そのFRX00はもはや実戦運用された特殊戦機、雪風そのものなのだ。その中枢情報ファイルの内容を他部隊に読まれてはならない。それに、雪風の中枢コンピュータを特殊戦を介さずに調べようとすれば、雪風は自爆する。それを指摘されたシステム軍団は引き下がるしかなかった。特殊戦機の中枢コンピュータのそうした危険性をシステム軍団は知っていた。なにしろそのように設計したのはシステム軍団自身なのだ。

いまのFRX00は雪風なのだとシステム軍団に納得させるためには、そのときのFRX00の帰投宣言を記録した交信ログを示さなければならなかった。

そのとき、その機は、自ら名乗ったのだ。こちら雪風、と。

〈DE YUKIKAZE ETA2146. AR.〉

——こちら雪風、基地帰投予定時刻、二一時四六分、以上。

作戦出撃機のコードナンバのB－3ではなく、雪風は〈YUKIKAZE〉と自機名を発信した。初めて。ただ一度だけ。

雪風は、自分の機体がもはや以前のものではない、だからB－3ではない、と意識したのかもしれない。ならば、自機はYUKIKAZEとしか表現のしようがない。おそらくそうだろう、とブッカー少佐は思ったが、あるいは、あのときの雪風は、自分に名を付けた零を探し求めていたのかもしれない、とも思った。雪風も動揺していたのだ、と。

システム軍団は、それが事実なら戦闘機械が人間的に行動するのは危険であることを示しているではないか、戦闘機が個性をもつ必要はないのだ、と言った。ようするにシステム軍団はこれらの事態を根拠にして、FAFにはもはや有人機は必要がないのだということを特殊戦に、このおれに認めさせようとしている、雪風を奪おうとしているのだ、とブッカー少佐は判断した。現役の戦隊機を味方の手で潰されてたまるか、と少佐は憤った。議論は感情的なやり取りになったが、結局システム軍団はあきらめた。捨て台詞を残して。

雪風がFRX00に自己データを転送したというのが事実ならば、雪風は空中波を使ったのだろうから、それをジャムが読み取った可能性はある、現在旧雪風とほぼ同型であるシルフィードの被害率が増えているのはそのせいかもしれない。雪風を渡さない以上、それは特殊戦が調べなくてはならない事項であり、それについてはこちらは責任を負わないからな、云云。

なんとでも言うがいいさ、しかし、有人機などいらないと本気でシステム軍団が信じているとしたらそれは間違いだ、とブッカー少佐は思う。特殊戦の任務においては、人間と機械を切り放してはいけないのだ。

ブッカー少佐は、無人機の信頼性が今後いくら向上しようと、特殊戦に有人機は必要だとあらためて思った。現特殊戦機であるスーパーシルフを無人で運用するというやり方も、駄目だ。戦闘時には、機械では無視してしまう、人間にしかわからない情報というものがたしかにあるのだ。雪風の、あの事件は、それをまさに実戦で証明してみせたものだったのだ。

その任務の途中で、雪風は乗員を二度、射出している。そう戦闘記録に記載されているのだ。最初にジャムと接触したとき。次に謎の空白時間を経て、ジャムに撃墜されたとき。

二度射出シートが使用されたということは、そのパイロットである零は一度雪風からそれを使って脱出し、その後、再び雪風に乗ったということだ。新たな射出シートユニットをセットし直さないかぎりそれは不可能だ。では、二番目の射出シートはだれが用意したか。もっとも近い前線基地TAB－15には、雪風から予備の射出シートを要求されたなどという記録はなかった。では考えられることはただ一つ、ジャムが用意したのだ。雪風が行動していた、こちらにはいまだ解明不能の空白の時間内に。雪風の情報ファイルに入っていないその情報は、乗員であった深井零中尉が知っているはずだ。まさしく有人出撃ならではの情報だ。ジャムは、初めて人間と直接交渉しようとしたのだ、ということも考えられる。

すべては、零の頭の中にあるだろう。

目覚めてくれ、とブッカー少佐は祈った。切実に。零さえまともになってくれれば、いま頭を痛ませる原因になっている悩みのほとんどは、それで解消されるのだ。自信をもってF

ＲＸ００の量産タイプを導入できる。人間にとっては危険な戦闘機だが、それはそのままジャムに対する脅威でもあるのだ。

ＦＲＸ００、その機体は、特殊戦の格納庫で、他の戦隊機のスーパーシルフと並び、自分の確かな位置をしめていた。ＦＡＦでただ一機の、人を乗せることのできるＦＲＸ９９改、ＦＲＸ００。パーソナルネームは雪風。新しい機体を得た雪風だ。

雪風はＦＲＸ００に乗り移るという形で帰ってきたが、パイロットの深井零中尉はまだ帰ってこなかった。ブッカー少佐の頸のコルセットがとれても、零の意識は正常に戻らなかった。肉体はそこにあっても、零はいないも同然だった。

ブッカー少佐を悩ませる問題は山積みにされていた。零のこと、雪風のこと、対ジャム戦略戦術のこと。

そして、それらの悩みのそれぞれに、また新たな問題が生じようとしていた。

2

猫の手も借りたいくらいなのに、零、おまえは目を開こうともしない。

ブッカー少佐は戦隊機の整備記録ファイルを閉じて一息つき、ココアを自分で入れながら、そうつぶやいた。椅子ではなくデスクに尻を下ろし、少佐はココアのマグカップを持ち、飲むか、と深井零中尉に言った。

零は車椅子に乗せられて、少佐のデスクのわきにいた。わずかに目を開いたまま身じろぎもせず。

このところ毎日、一時間ほど、少佐は自分のオフィスに零をつれてこさせるようにしていた。病院にいるだけでは零はただの病人だが、特殊戦のエリアに入れば彼は戦士だ、と少佐は思い、そのようにさせた。少しでも零に刺激を与えて目を覚ます可能性を高めようと。

「飲みたくないか」少佐はかすかにため息をもらしてココアを飲む。「カップを洗うのもセルフサービスだ。気のきいた美人の秘書が欲しいな。そうは思わないか」

おれには関係ない、それはあんたの問題だろう。零はそう言うだろう。口が利けたなら。だいたい見当がつく。

「飛ばない戦士か。情けないな。ま、お互いさまだ。おれはすっかり独り言のくせがついてしまった。いや、独り言じゃないさ。おまえといるときはな。おれは、おまえに話しているんだ」

零の様子にさほどの変化はない。それでも、雪風の名に反応しているように思えるときもあって、いい兆しだと少佐は信じた。目を閉じたままでもぴくりと頬をひきつらせたりする。

これまでに二度、零が目を開いたことがあった。いったいなにに反応したのだろう？　頭の中で彼はジャムと戦っているのかもしれない。しかし外界のなにかに反応したのかもしれない。それが知りたい。

ブッカー少佐は医学専門知識は持たなかったが、零については医療スタッフのだれよりもよく知っていた。零はこの自分との会話を望んでいるに違いない、と信じた。それで少佐は零の頭につけられた脳波モニタのテレメータ信号を特殊戦エリア内のどこでも受信できるようにした。零とのやりとりを特殊戦司令部の戦術コンピュータにすべてリアルタイムで入力するためだった。自分の話す内容と零の脳波の変化になにか相関があれば、自分は独り言を言っているわけではなく、会話だ、と少佐は思う。

「涙ぐましい努力だ、零。おまえも認めるだろう。特殊戦の戦術コンピュータがおまえをモニタしている。おまえはまったく偉いやつだよ」

いまのところ零が外界に反応しているという分析結果は出ていなかった。零が考えていることが直接言葉に翻訳できればいいのだが。いまのところそれは実現していないが、そのうちに可能になるだろう。少佐は零にそう言った。

「ばかげていると思うか。いいや、そのうち、思考で直接機械とコミュニケーションが可能になるさ。考えだけで、戦闘機を操縦できるようになる。まあ、高度な機動はまだ無理だろうが。危険を感じて機を脱出しようというとき、手足が動かなくても射出シーケンサを作動させるくらいはできる。零、おまえは死んではいない。外界とアクセスできないでいるだけだ。そうだろう？　どこかで繋がる。おれはあきらめないからな。おまえの口から聞きたいことがたくさんあるんだ」

零は応えない。車椅子のヘッドレストに頭をもたせかけたままだった。脳波センサをつけた頭には帽子が被せられていたが、服装はフライトスーツだ。

独り言だと思うとくたびれる。少佐は、零が話を聞きたがっているのだと思い直し、話を続ける。

「前にも言ったかな、新米が入ってきた。一三番機だ。サミア大尉の後任がやっと見つかった。ヤガシラ少尉だ。弓矢の矢に頭と書く。彼は、おまえのことを、どういう隊員なんだ、と訊いていた。のんびり休んでいるとそのうちおまえを知っているやつは一人もいなくなるぞ。パイロットとしての寿命は短いからな。ジャムにやられなくても、体力がついていかなくなる。おれはFRX00で懲りた。おまえはどうだ？」

おれはまだ飛べる。おまえはまだ飛べる。そう言うだろう、零は。

「そうだな。おまえはまだ飛べる。目を覚ませば、すぐにでも」

放っておけば零の身体はまさしく植物のように動けなくなるのは目に見えていた。少佐は零にこのままそうなってほしくはなかった。友人がそうなるのは悲しかったし、特殊戦の隊員監理者としても優秀なパイロットを失いたくはなかった。

特殊戦の任務をこなせる人間は多くない。教育や訓練ではなんともしがたい、非情に徹することのできる性格的なものが特殊戦のパイロットには要求された。

新しく第五飛行戦隊に着任した矢頭少尉は、それが少し弱いかもしれない。ということは、人間的ということだな、と少佐は冷ややかに思う。矢頭少尉は零のことを、あれはだれなのか、などと訊く。他の特殊戦の隊員たちは零には無関心だ。矢頭少尉はパイロットとしての特殊戦の任務には向かないかもしれない。零は、そうではない。戦の任務のために生まれてきたかのような人間だ。覚醒したらすぐにも実戦に復帰させたい。

　そこで零は、体力をおとさないため、一日のうちのかなりの時間、強制的に身体を動かされていた。リハビリセンターで、パワードスーツのような動く機械に入れられて運動をする。筋肉も電気刺激を受ける。その様子は死体の踊りのようでもあり、一度見学した少佐は目をそらしたかったが、がまんした。そうしてくれと申し出たのは少佐自身だったから。

「感謝しろよな、零。おまえには苦労させられているんだ。ま、おれでなくても、こうしたろう。おまえは最重要人物だ。いったい、あのとき、なにがあったんだ。ジャムと会ったのか。ジャムの本体と？　どんな姿をしていた？　答えろよ、頼むから。親友だろう。ここだけの話でいい。目を覚ませよ。おまえの頭は、どこも悪くないんだ。ヤブ医者らがそう言っているが、今度だけはそれを信じるよ。零、なんとか言え——」

　ノックの音。ブッカー少佐は「入れ」と言い、ココアを飲み干した。

　意外な人間が入ってきた。

「……クーリィ准将」

　特殊戦のボス、クーリィ准将だ。ブッカー少佐はデスクからおりて、敬礼。自分の席の椅子をすすめる。このオフィスには気の利いた来客用ソファなどない。

　准将は眼鏡に手を当てて、零を見た。

「零は邪魔ですか」と少佐は訊く。「そろそろ看護士を呼ぼうと思っていたところですが」

「いいえ、けっこう。深井中尉はそのままでいい」

「零に用があるとでも？」

「そうね……そう。情報軍が、深井中尉をいつまでこうしておくのか、と言ってきた」

「フム」と少佐。「またですか」

この上官は、いつも面倒な問題を持ってくる。なあ、零？

「零は渡せません、准将。彼は特殊戦に必要な人間だ」

「パイロットとしてね」

「飛びますよ、また」

「いつ」

「努力しています」

「それはわかるわ、少佐」くだけた口調になって准将は少佐の椅子に腰かけた。「あなたは努力している。わたしも、優秀なパイロットをみすみす失いたくはない」

それなら零を引き渡せ、というFAF情報軍の話は准将レベルで処理してくれればいいのに、と少佐は言いたかったが、かろうじてこらえる。

「それなら、なにが問題なんですか。情報軍に渡したら零は植物人間になってしまいますよ。運動もさせられず、頭の中味の情報を引き出すことだけの治療、治療とは言えないような扱いを受ける」

「あなたのやり方は正しいとわたしは思う。でも情報軍はそうは思っていない。苛立っているのよ。中尉がこうなってから、どのくらいになるかしら」

「……約三ヶ月、本日で九十二日です、准将」

「深井中尉のFAF軍人としての扱いは、もうじき解消される」

「どういうことです。――そうか、退役というわけか。軍役期間が切れるわけですね。しかし零は延長を申し出るでしょう」

「その意志を自ら表明しなければ、軍役は終了、ただの民間人になる。そうなれば、彼を特殊戦に引き止めてはおけない」

「情報軍ならできるのですか」

「FAFに協力してもらうという名目でね。なんとでもなるわ、少佐。あの連中なら、やりたいようにやるでしょう。われわれには、深井中尉を引き止めておくための、連中に対抗できる名目がない。わたしにもその力はない。実質的には、わたしが特殊戦の司令だが、正式には特殊戦の直属の長はフェアリィ基地戦術戦闘航空軍団の司令よ。いま現在はライトゥーム中将。わたしは副司令でしかない」

「われわれは独立した特殊戦司令部を持っているのにな」

「階級にしてもわたしは中将クラスの責任を負っているし、あなたにしても少佐クラスの仕事ではないでしょう。特殊戦が低く見られているわけではない。戦況の変化によりわれわれの任務が重要さを増していくというのに、FAF内部組織の編制がそれに追いつけないでいる。でも、いまそれをどうこう言ってもはじまらない。結論を言えば、いまのままでは一ヶ月のちに深井中尉を手放さなくてはならない」

クーリィ准将は横目で零を見ながら言った。

「そこで――」

「そこで、命令ですか。零に軍役期間延長のサインをさせよ、というわけか」

「そう。可能性は？」

「一ヶ月か。なんとも言えない。しかし、情報軍に現状で引き渡したら、たぶん零は廃人にされる」

「わが特殊戦には軍団レベルの力がありながら、これはどうにもならない」

わずか十三機の戦術戦闘電子偵察機しか持たないというのに、数百機をコントロールする軍団レベルと同じか。だが、たしかにそれは言えるだろうと少佐は思う。特殊戦の収集する情報は、ＦＡＦ全体の動きを左右するのだ。とくにジャムの正体をかいま見たかもしれない今回の零の頭の中の情報は、まさにＦＡＦの、地球の、運命を左右するものだろう。それをクーリィ准将は、あくまで自らの手で引き出したいのだ。この情報は特殊戦によるものである、と。手柄にしたいのだろう、一言で言ってしまえば。

ブッカー少佐は、焦りにまかせて、それを口にした。

「そうかもしれない」と准将は冷静にうなずき、そして言った。「でも深井中尉はもともとわが特殊戦の人間だし、わが戦隊がなければ、貴重な情報は得られなかった。そう主張すれば、手柄は得られるわよ、少佐。もし彼がそんな情報を持っていればの話だけれど。わたしは、少佐、あなたの努力を無駄にしたくない。深井中尉の治療には特殊戦の司令部戦術コンピュータまで使用している。許可したのは、わたし。ここで彼を情報軍に取られたら、わたしの立場がない」

「よくわかります、准将」

「深井中尉の具合はどうなの」

「肉体上は、大丈夫です。彼は幸運だった。射出されたのがTAB－15に近かったからです。前線の軍医は荒っぽいが、手慣れたものだ。死体でも治そうとするくらいだ。実際、零はほとんど死体だったそうです」

「脳はさほどの損傷を受けていなかったそうだけど」

「前線軍医の適切な初期手当てのおかげでしょう。このフェアリイ基地の医師たちは理屈はこねるが、実戦経験は薄い。うちの医療チーム首席軍医のバルームは優秀だが、それはアルコールが入った最初の五分間だけときている」

「あなたに期待している」と准将。「深井中尉はピストルで撃たれていた。フライトオフィサのバーガディシュ少尉が撃ったのか？　彼はどこへ消えたのだ？　深井中尉が正常にならないと、それもはっきりしない。なにがあったのか、知りたい。一ヶ月以内に。わが特殊戦でできることなら、なんでもする。以上。質問は」

「ありません、准将」

「よろしい」

とクーリィ准将はうなずいたが、部屋を出てゆく気配がない。

「コーヒーでもどうです」と少佐は言う。「お疲れのようだ」

「あなたもね、少佐。コーヒーはいらない。戦況分析のほうはどう。TAB-15方面の戦闘が激化しているのは、確かだ。シルフィードがとくにやられているのは、旧雪風が撃墜されたせいなのか」

「もうじき戦術作戦ブリーフィングの時間ですから、そのとき——」

「あなたの私的意見を聞きたいのだ、ブッカー少佐」

「プライベートな世間話ですか」

「そう」

戦略会議、戦術開発会議、作戦計画会議、作戦行動ブリーフィング、などなど、会議は多い。会議によってそろう顔ぶれは異なる。戦略会議で、次期に必要とされる機の条件を検討するときはシステム軍団の人間も出席するし、戦術開発会議では戦隊員の多く、というように。それらのすべてに、出撃前のプリフライトブリーフィングは別にして、必ず出席するのがクーリィ准将だった。そうした会議や、あるいは准将のオフィスでは、少佐は個人的な見解を求められることはあった。しかし准将が自らこのオフィスに足を運んで、会議に先立って私的な意見を求める、などというのは初めてだった。

「ここだけの話よ、少佐」

「あなたはどう思っているのですか、准将」

「あなたの意見を聞きたい」

「フム」

准将は、悩んでいる。いつも自信たっぷりの特殊戦の主、女王のように振る舞っているこの准将の、自信が揺らいでいるのだ。

こいつは特殊戦全体の危機だと少佐は思った。あの雪風事件は衝撃波となってFAFを震わせたのだ。とくに特殊戦を直撃した。雪風は特殊戦機の中で初めてジャムに撃墜された機体となった。その機体から雪風は自己そのものをFRX00に転送した。その情報の中にはシルフィード／スーパーシルフという機体に関する情報、限界機動性能などの情報も含まれている。それをもしジャムが入手すれば、たしかにシルフは不利になる。システム軍団の言うとおりだ。しかし雪風からその情報がジャムに漏れたなどというのはあり得ない。

「雪風の一件とは関係ない」少佐はそう言い切った。「雪風はジャムに情報を盗まれるなどというへまはやらない」

「しかし可能性はある」

「雪風以外の機からジャムがシルフの弱点を入手する可能性なら、あります。その確率のほうがずっと高い」

「そう思いたいわね、少佐」

「信じれば、そうなります。あなたらしくないな。迷っていると、出世のチャンスを棒に振りますよ、准将」

准将はそれには答えず、小さくため息をついた。

「准将、雪風が情報を転送する手段をとったのはわれわれにとっても初めての経験だった。ジャムにも、もちろん未知の出来事だった。ジャムに、わかるはずがない。雪風は、U／VHF帯のコミュニケーション・システムを使ってFRX００を誘導し、偽情報を発信している。本物の重要な情報は、攻撃管制レーダーでFRX００に送り込んだんだ」

雪風はFC（火器管制）レーダーを単一目標追跡モードにして指向性を高め、FRX００を狙った。情報はジグソーパズルのようにばらばらにされ、レーダー波の変調波としてFRX００に送り込まれた。FRX００は特殊戦向けに開発された電子偵察機なので、攻撃照準波を感知するにとどまらずその内容をリアルタイムで収集分析する能力がある。雪風はそれを利用した。

「緊急暗号デコード・システムはFRX００の中枢機能も持っている。ジャムが万一そのデコード部のハードウエアを入手していたとしても、ハードだけでは解析できない。デコーダが中枢コンピュータによって機能させられたとき、初めて暗号復調が可能です。雪風の発信情報を理解するには作動し機能している雪風と同じ機能構造体が必要です。リアルタイムで、です。FRX００がまさにそれだった」

「周囲に三機のジャムがいた」

「そいつが雪風と同じ機能構造体を持っていたという可能性はある。だからFRXという新機体を得た雪風は、わたしとサミア大尉を殺してでも、そいつを即座に破壊する必要があったんだ。ジャムは仲間になにか伝えようとする間もなく完全に、一撃で破壊され、叩き墜とされた。新雪風がそれを確認している」

「そうね」

「前線のシルフがやられる原因は他にあります。FAFは次期新型機投入までのつなぎとして、シルフィードを量産している。ご存知でしょうが、その量産されるシルフは、生産性を高めるためにさまざまな合理的な設計変更がされている。ほとんど新設計と言ってもいい。合理的設計というのは、言い換えれば簡略化です。本来のシルフィードより手を抜いた箇所があるということだ。そこになんらかの欠陥が生じたという可能性はある」

「やられているのは、そうした新しく実戦に投入された新バージョンのシルフに限定されているわけではない。それはあなたも知っているでしょう」

「フム……機体のせいでなければ、未熟な新米パイロットが増えているせいでしょう。それに」と少佐はさりげなく言った。「万一、雪風のせいだとしても盗まれた情報はもう古い。シルフの機体のものです。FRX００のものではない。特殊戦は、やはりFRX００を導入すべきだ。量産計画を再開しましょう」

「無人機ではなく？」

「人間は必要ですよ。情報入手手段は多いほうがいい」

ブッカー少佐は、ものを言わずじっと車椅子についたままの零を見て言った。自分や准将を弱気にさせているのは、おまえがいつまでもそんな状態だからだ、と少佐は心でつぶやいた。

「新米パイロットといえば、わが戦隊に新しく着任した彼はどう」

「矢頭少尉ですか。まだ一度出撃しただけですから、なんとも言えません」

「実戦経験は豊富でしょう。戦歴は立派だ」

「TAB-15のエースパイロットだったわけですからね。でも墜とされて、ここに来た」

「彼は優秀だった。だから引き抜いた」

「あなたのお気に入りですか」

ちらりと准将は、立っている少佐を見上げる。

「失礼。しかし特殊戦には零のようなパイロットが必要だ」

「自分以外のことには関心を持たない、機械のような、ね。いまの深井中尉は、まるで壊れた機械のようだ」

「そうですね」とブッカー少佐。「まさしく、そうだ。人間の医師には治せない。零自身の自己修復機能が作動しないと、だめなようです。しかし、零は帰ってきた。雪風も。あなたに気に入られなくても」

「それは関係ない。そう、たしかに矢頭少尉は人間味がありすぎるかもしれない。使えそうにないと判断したら、わたしに伝えなさい、少佐」

「はい、准将」

「会議の時間だ」腕時計を見てクーリィ准将は腰を上げた。「あなたと話ができてよかった」

「わたしもです。――准将」

部屋を出ようとするクーリィ准将を呼び止めて少佐は言った。

「雪風を実戦任務に再投入しましょう。ＦＲＸ００を」

「パイロットはだれ」

「無人で、です」

「矛盾しているわ、少佐」

「雪風は他の無人機とは違う。生まれたときから無人で飛んでいるＦＲＸ９９とは違う。あれは、雪風ですよ、准将。零の一部を取り込んでいる」

いま雪風は、他の戦隊員を乗せて、ＦＲＸ００という機体習熟のための訓練飛行任務に使われている。実戦には出していなかった。雪風がどのような動きをするのか予想がつかなかったからだ。それでもトレーニング飛行としてでも運用すれば、そのあたりのことがだんだんわかるようになるとブッカー少佐は期待していたし、どんな名目をつけてでも飛ばさなくては雪風をシステム軍団に取られてしまう。

「本当は零を乗せたいところです。雪風はジャムと戦いたくてうずうずしているでしょう。シルフがやられるようになったのが自分のせいにされているなんて、雪風にはがまんできないと思う」

「雪風を擬人視しているわね、少佐」

「雪風はたしかに人間ではない。擬人化して考えるのは危険だ。だが雪風は零に育てられたというのは事実だ。わたしは零とは親しい……そういうことです。TAB‐15方面の戦闘偵察に雪風を出しましょう。雪風はなにかをつかんでくると思います。計画はできている」

「了解した、少佐」とクーリィ准将は言った。「ジャムに負けるわけにはいかない。やれることはなんでもやる。特殊戦は負けるわけにはいかないのだ。では少佐、会議で」

クーリィ准将は少佐になにか言う間もあたえず、出ていった。准将らしさを取り戻したな、と少佐は思った。

インターカムで看護士を呼ぶ。

「零、体操の時間だ。のんびり寝ていると、永久に雪風とはおさらばだぞ」

零に残された時間は一ヶ月しかない。それまでになんとかなるだろうか。やらなくてはならない。

やってきた看護士に、零を運動させるときは着換えさせること、運動を終えたらシャワーを浴びさせることなど、注意を与えた。いつものことだった。ちゃんとやっていますと看護士は言い、車椅子を押して出ていった。

零には生きているという実感、刺激が必要だ。恋人でもいればいいのだが、と少佐は会議の資料をそろえながら思う。零にとっての恋人といえば雪風なのだから、それに零を乗せてやるというショック療法を本気で検討すべき時期がきている。零には「おまえはいつでも飛べる」と言ってはいるが、体力的に無理だろう。医師は生命の保証はできないと言うだろう。

それでも、やってみる価値はある。決断を下す立場としては大変だったが。

ブッカー少佐は、まず無人の雪風を実戦に使う計画を携えて、自室を出た。

明日だ。必ず飛ばしてやる。クーリィ准将の許可は出たも同然だ。零、雪風が実戦に復帰するのを、おまえにも見せてやるからな。

3

予定どおり、新しい雪風が戦闘出撃する。

垂直尾翼と水平尾翼をかねた二対のそれは水平状態にたたまれて格納されている。地下格納庫からエレベータで地上に出て、エンジンが始動されると、垂直尾翼となる第一尾翼が立ち上がる。

その尾翼が立ち上がってゆくさまは、まるで機体に生命が吹き込まれてゆくかのようだ。

ブッカー少佐は雪風のコクピットに着き、後ろを見て、その尾翼の可動状態を目視点検する。

その尾翼の内側には他の特殊戦第五飛行戦隊機のような、風の妖精シルフィードを描いたマスコットキャラクターはない。こいつはスーパーシルフではないのだ。この戦術戦闘電子偵察機にはまだ愛称がない。なにしろＦＡＦで唯一の機体だ。愛称どころか正式型式名すら決まっていない。いまだにＦＲＸ００のままだ。しかしパーソナルネームだけは、あのとき決定されている。自称というわけだ、と少佐は思う。

雪風。その名は、コクピット下に、小さく漢字で、旧雪風と同じくブッカー少佐の手で書かれていた。昨夜、書いた。零に見学させながら。

尾翼外面には濃い灰色でブーメランマーク。その下に小さくＳＡＦ‐Ｖの文字。特殊戦第五飛行戦隊機であることを示す。

戦隊機ナンバは０５０１３。機体の通しナンバであるシリアルナンバは９６０６５。それ以外はマークもナンバも一切ない。

特殊戦の地上区、人間用エレベータの出口で、零が二人の看護士につきそわれているのがコクピットから見える。ブッカー少佐はトゥブレーキを踏み込み、スロットルを押す。

二基の大出力エンジン、５０００系の高性能なそれ、改良を重ねられたスーパーフェニックス・マークⅪが吠える。かん高い吸気音。爆発的な排気。その大音量のなかでも零は興味を示していないのがコクピットからもわかる。いや、ここからはわからないが、耳を傾けているに違いないと少佐は思う。思いたい。だが零に気をとられていては雪風は飛べない。入念なプリフライトチェックをすべく、スロットルをアイドルへ。

今回は無人の戦闘任務だったから、射出シートやキャビンコントロール・システムなどの点検は無用だったが、少佐はいちおう確認する。訓練飛行で雪風を飛ばすパイロットと同じように。

雪風は飛ばないときでも他の機と同じく毎日のように点検されていた。すべての戦隊パイロットが雪風のその点検を行なうべく少佐はローテーションを組んでいた。しかしきょうは、ブッカー少佐自ら行なう。

コンピュータアドレス・パネルに手を伸ばし、セルフテスト・プログラムを起動状態にセット。マスタ・テストセレクタを機上チェックに合わせる。

オートスロットル、ALS（自動着陸システム）、ADC（エアデータ・コンピュータ）のセルフテスト。

FRX00は、スーパーシルフには五基あったADCが三系統しかない。正確には二基だけだった。その二系統は補助的なもので、主役は中枢コンピュータ内にダイレクトに組み込まれたMADC（メイン・エアデータ・コンピュータ）だった。シルフでは中枢コンピュータとCADC（セントラル・エアデータ・コンピュータ）はそれぞれ独立し、間接的に繋がるだけだったが、FRX00ではダイレクトに、中枢コンピュータ自身が機体を制御するように造られていた。無人機として設計されたFRX99の構造をそのまま受けついでいるのだ。

機体の各動翼を制御するためのエアデータ・コンピュータなしでは、静的に負の安定性を持つその機は一瞬たりとも平衡状態を保てない。その点では有人無人にかかわらず同じことだったから、予備のADCはあった。

無人機のFRX99にはその予備は一系統しかない。中枢コンピュータがやられたらもうおしまいだが、万一その不調箇所がADC部分だけだった場合を考えての予備システムだ。

それに対して、FRX００は有人だから、中枢コンピュータがフェイルしてもパイロットが操れるように二基の独立したADCが備えられた。それぞれにセルフモニタ機能があって、中枢コンピュータを含めて一系統が死んでも飛べる。

しかしいずれにしても、FRX００という機を操る主役はあくまでも中枢コンピュータだった。ADCというシステムは、中枢コンピュータ内のMADCをバックアップするサブシステムにすぎない。

ブッカー少佐は手動、人間の手で、そのADCやスロットルコントローラに信号を入力するセンサ群に擬似信号を入れ、異常がないかどうか調べた。

すべて、クリア。

雪風の中枢コンピュータ、それこそ雪風そのものといえたが、それが行なったセルフテストの結果と少佐のテスト結果が一致すると、ディスプレイ上のチェック項目が消えてゆく。MADC、ADC1、ADC2、ALS、AFCSなど。

AICS、吸気コントロール・システムをチェックせよ、のサインが消えない。これを実行する手段は、手動によるテストプログラムがあるだけだ。

AICSは、エンジン吸気量を最適に調整するものだった。超音速で飛ぶとき、エンジン吸気口には数種類の衝撃波が発生する。それを安定して発生させるため、吸気口内部に可動する板、ランプがある。そのランプが低速から亜音速、遷音速、超音速、と高速になるにつれて吸気口をふさぐような形でせり出し、吸入空気流量と衝撃波をコントロールする。その位置は速度の関数として決定された。たとえば単純に速度に比例するとすれば、その比例定数がプログラムされているだけで、MADCのように高度で複雑な制御をしているわけではなかった。そのため、中枢コンピュータが直接これを制御するようにはなっていない。その分、中枢コンピュータの負担が軽減される。

AICSが不調になっても、十分に飛行が可能だ。そのプログラムは速度の関数という一義的で単純なものだったから、信頼性は高い。もし不調になるとすれば、ランプを可動させる油圧アクチュエータくらいのものだ。機構的に単純なので高度な中枢コンピュータによるモニタシステムはない。そうした部分こそ、より念入りなプリフライトチェックが必要だろうと、少佐は、AICSプログラマを確認する。

迎角センサバルブのチェック。全圧を静圧信号に合わせる。それから疑似圧を与えて飛行時のプログラム作動状態をチェックする。疑似圧信号を機体の限界速度・高度を超える状態までゼロから変化させて、電子‐油圧系統をシミュレートチェック。異常なし、を確認。

さほど手間どらず、終了。機体のすべてのチェックが終わる。

あと残っているのは、武装のマスターアーム・スイッチを入れるだけだ。搭載武装はガン、八発の中距離対空ミサイル、同じく八発の短距離ミサイルだった。それらの空対空ミサイルのセイフティはすでに地上員によって解除されている。

雪風から降りる前に、ブッカー少佐はもう一度、雪風に与えた任務を確認するため、中枢コンピュータを呼び出す。

コミュニケーション・システムをオートに。ヘッドセットのマイクで特殊戦司令部を呼び出す。司令部の戦術コンピュータと雪風の中枢コンピュータをリンク。

マイクに向かって、ブッカー少佐は雪風に戦闘任務の再確認を命じる。特殊戦司令部戦術コンピュータが少佐の質問を雪風に翻訳して伝える。

ミッションナンバ、離陸時間、帰投要領、作戦参加部隊機の識別、偵察要領、航法支援、武装制限、天候と作戦空域、などなど。

事前にそれらを入力されたときの雪風は、嬉しそうな反応は示さなかった。当然だろう、雪風に表情はない。しかしいま、ディスプレイ上に再確認してそれらが表示される様子は、早く出撃させろ、と言っているように少佐には感じられた。読み取れないほど素早く項目が次次に表示されては消える。

「オーケー、雪風、わたしが出たら発進だ」

武装、マスターアームをオン。搭載武装の表示。使用制限‐なし。

ヘッドセットのコードピンを機内ジャックから引き抜き、少佐は雪風のコクピットから出る。

地上に降りて、もう一度ピンを雪風の胴体下部の外部ジャックに入れ、司令部戦術コンピュータに雪風の発進準備がすべて整ったことを知らせる。

フェアリイ基地滑走路管制コンピュータから雪風に発進してよし、の指令が出る。

それはエンジン音が急激に高まったことで知れる。ヘッドセットのピンを抜く。小さなパネルドアがしまる。キャノピが自動で降り、ロックされる。

ブッカー少佐は素早く雪風から離れ、零のもとへ走った。息を切らせて振り返ると雪風はすでにタキシーウェイを出ていた。

「零、見ろよ。本来なら、あれにおまえは乗っているはずだ。雪風が発進してゆく。おまえをおいて。悔しくないか」

エンジン音が遠くなる。滑走路端に位置した雪風の機影は小さい。が、エンジン音が高まったかと思うと雪風は猛然とダッシュ。

地面を毛嫌いしている生き物のように、身震いし、怒りを地面に叩きつけるようにあっという間に離陸、ギアを納めるが早いか戦闘上昇を開始した。

ブッカー少佐はそれに見とれていた。フェアリイ基地は夏。天候は曇り。厚い雲が垂れ込めている。

雪風は大出力エンジンの音を残して雲中に消える。

「少佐。ブッカー少佐」

看護士の一人が呼んでいた。ブッカー少佐が振り返ると、零が目を開いていた。視線は雪風の方向を向いてはいなかったが。

わかるのだ、とブッカー少佐は感激した。零にはわかっているのだ、と。雪風のエンジン音がやがて聞こえなくなると、零は再び目を閉ざしてしまった。だが、こいつはいい兆しだ。

少佐はそう期待した。

「下へ行く。司令センターだ。零、雪風の戦う様子を見にいこう」

ブッカー少佐は看護士をうながし、零とともに地下に降りた。雪風の飛行状態が送られてくる特殊戦司令センターへと。

4

ＦＡＦが制空権を持つ空域の、もっとも外れに位置する前線戦術航空基地ＴＡＢ－15から複数の戦闘部隊が出撃する。

主力攻撃部隊はＴＡＢ－15戦術航空師団・５０５攻撃部隊の十二機。機種はシルフィードだった。対空武装は四発の短距離ミサイルとガンという最小限のもので、そのかわり大型の強力な対地ミサイルを搭載する。

空中格闘戦を主任務とする５１５戦闘部隊が、５０５攻撃部隊の援護を受け持つ。５１５戦闘部隊はファーンⅡで編制される、十七機。

５０５攻撃部隊のチームリーダー、ギャビン・メイル中尉は針路を確認、真っ直ぐにジャムの基地をめざす。三機ずつの編隊、四組だ。

本来ならばもう一組編隊を組めるのだが、部隊は最近になって立てつづけに三機を失っていた。そのもっとも優秀なパイロットだったのが矢頭少尉だった。それはメイル中尉も認めていたが、同時に部隊からいなくなってせいせいした気分でもあった。

左右を飛ぶ編隊機を確認して、その機上には矢頭少尉はいないのだと思うとふと安心している自分にメイル中尉は気づくのだった。

自分一人でジャムと戦っているつもりの男だった、あの矢頭少尉は。あいつには苦労させられた。あいつには特殊戦の仕事がお似合いだ。特殊戦はよくあいつを引き抜いてくれた。特殊戦には感謝すべきだろうな、とメイル中尉は思う。チーム行動というものが理解できない男だった。理解したくなかったのかもしれない。好意的に見れば、ぎりぎりの戦闘時では自分を守ることに精いっぱいにならざるを得ず、矢頭少尉はそのように機を操ったのだ、とも言える。しかし、そのぎりぎりの戦いを自ら好むようなところが矢頭少尉にはあった。あいつのおかげで、編隊や攻撃部隊全体が危うくなることがたびたびあった。部隊のみんなが、あいつと組むのをいやがった。シルフドライバーとしては第一級の腕を持っているというのに。

本来なら、そんなパイロットと組むのは心強いはずなのだ。自機がピンチになったときに、素早く援護に回ってくれるはずだ。たしかに矢頭少尉はそんなときはそのように機動した。ところが、そのようなピンチを招く原因を少尉が生じさせることが何度となくあった、というのもまた事実だ、とメイル中尉は思った。矢頭少尉にとっては、確実にやれるジャムを攻撃しているということなのだが、一撃で墜とせればいいが、それを逃がして反撃を食らう事態になったときが問題だ。それを食らうのは矢頭少尉の僚機だった。

矢頭少尉の腕が他のパイロットと比べてずばぬけて優れている、というのは事実だった。しかしチームとしては全体が負けないというのが重要で、こちらが負けそうな相手にも手を出すというのはばかげていた。

矢頭少尉の身勝手な行動のせいで実際に墜とされた僚機があったかといえば、それはなく、それもまた事実なのだが、しかし危ないやつだとはだれもが思っていた。

あいつとだけは組みたくない。どうしてと問われれば答えは簡単だ。

――みんなあいつを嫌っていた。

おれも、とメイル中尉は思う。人間として信頼できなかった。あの男は人間とのつき合いにおいて、基本的なところで重要な部分が欠けていた。いったいどういう環境で育ったのかと思いたくなる。人間味に欠けているのに、あの男自身はそれを自覚していない。

犬の話事件はよかった、と皮肉っぽくメイル中尉はつぶやいた。

いつだったか数人で犬が好きだという話をしていたとき、ふらりと矢頭少尉が入ってきて、犬の話題だと知ると、「ぼくは犬は嫌いだ。猫の話をしよう」と言い、一人で話し出した。みんなしらけたが、少尉は気づかないようだった。相手が人間だということを忘れているかのようだった。相手がコンピュータなら、それでもいい。話題をチェンジして相手をしてくれるだろう。あの男はコンピュータだけを相手にしていればいいのだ。実際、機上のあの男は素晴しい働きをした。機から降りたら、黙っていればよかったのだ。みんなを苛立たせる真似はせずに。あの男は人とのコミュニケーション能力がない。言うなれば人間ではないのだ。それなのに自分ではそれを自覚せず、自分も同じ人間だと思っている。だから始末におえなかったのだ。

あの男は自分が嫌われ者だというのは知っていたろう。しかしどうして嫌われるのかは、わからなかっただろうし、死んでもわかるまいとメイル中尉は思った。特殊戦なら、あの男をうまく使いこなすかもしれない。あそこでは隊員同士の交流はほとんどないと聞いている。非人間的な集団だ。まさしく人間ではない。あそこでは矢頭少尉は好かれることも嫌われることもないだろう。あの男は人間という皮をかぶっているような存在だが、特殊戦の連中はそんな皮など脱ぎすてている。矢頭少尉がそれに気づけば、なぜ自分が毛嫌いされていたのか理解できるかもしれない。

しかしあの男はどこへ行ってもあのままだろうな、とメイル中尉は思う。特殊戦の連中は、最初から矢頭少尉を相手にしないだろう。相手にされなかったら黙って引っ込んでいればいいが、矢頭少尉は自分を人間的だと思っているから、黙ってはいまい。すると特殊戦の戦士たちは、苛立つ。目に見えるようだ。その苛立ちを、少尉はおそらく嫌われたと思うだろう。

特殊戦の連中は、嫌う以前に「おまえと関係したくない」と言うだろうが、少尉にはたぶん理解できない。なんとか人間的に振る舞おうとする。それが本物の人間性なら、「独りにしておいてくれ」という相手を尊重して自分は黙るだろうが、あの男はそうではないのだ。

特殊戦もいずれあの男の正体に気づくだろう。知りつつ引き抜いたのかもしれない。完全な戦闘マシンとして使う自信があるのかもしれない。対ジャム戦には有効な男ではある。

現在は、そんな人間が増えている、とメイル中尉は思った。あんなやつ、もうこちらとは関係ないのだが。あの男はもう元の部隊のことなど、まったく気にしないでいるだろうに、こうしてこちらがあいつを思うなんて、まったく割に合わない。いっそ、あんな男はジャムに殺されればよかったのだ。そう中尉は思った。

――口にこそ出さなかったが、みんなもそう思っていた。

矢頭機が墜とされたとき、その援護ポジションにいたのがメイル機だった。矢頭機は二機のジャムに後方占位され大G旋回して振り切ろうとしていた。ジャムの一機はなんとかなる、と矢頭少尉は思ったに違いなかった。残る一機は、スターボード側にいるメイル機にまかせる、ととっさに判断して、メイル機がそれを攻撃しやすいようなコースをとっていた。メイル中尉にもそれがわかった。素早い判断で、適確だった。天才的だ。まるで二機のジャムに対して罠を仕掛けたような機動だった。いまになればそう思えるが、あのときはそうではなかった、とメイル中尉は思い返す。

一瞬、メイル中尉の援護が遅れた。あの矢頭機がやられると思い、緊張した。あんなやつ、殺られてしまえ。そんな思いが機動を一瞬遅らせた、などというのはばかげている。そんな余裕は自分にはなかった。しかしあれが矢頭機でなければ、あのほんの一瞬の遅れはなかったろう、それも事実だ、とメイル中尉は思った。結果として矢頭機を援護し切れなかった。そうなってもかまわないと、頭ではなく自分の肉体が反応したのかもしれない。

肉体は思考しない。ただ反応するだけだ。考えではないから、いまさら考えたところでわからない、とメイル中尉は思っていた。それは、しかし恐ろしいことだ。FAFの内部で、そのようなことが起きるという人間がいて、そう思う人間がいる、というのは。殺されればよかったのだという人間がいて、あれは未必の故意による殺人行為だと責められてもしかたがない。口には出せない。出せば、あれは未必の故意による殺人行為だと責められてもしかたがない。そうなれば、この戦場はジャムとの戦いではなく人間同士のものになってしまう。505攻撃部隊は内部から崩れる。口が裂けても、矢頭少尉は殺されればよかった、などとは言えない。冗談でも、だ。

ジャムに撃墜された機から脱出したパイロットの矢頭少尉と後席のフライトオフィサは、丸二日以上たってから救出された。激戦が続いたことと、二人の救難ビーコン波がなかなかつかまえられなかったためだが、ともあれ無事に発見された。救助された矢頭少尉は、人が変わったようにぼんやりしていた。エースだった自分が墜とされてさぞかしショックだったのだろう、脱出してから救難機に発見されるまでのことをまったく覚えていなかった。

その後、愛機を失った少尉は、他人の機の整備点検役を自らかって出た。他のパイロットを押しのけてでも自分を乗せろと言わなかったのはメイル中尉には意外だった。飛ぶのが怖くなったのかもしれない。他のパイロットのほうは、矢頭少尉に自分の機を使ってもらい、自分が出撃しなくてもよくなりたいと思っていた。だがFAFは優秀なパイロットを遊ばせておくわけもなく、またあの少尉といっしょに飛ぶのかと思うとメイル中尉でなくても憂鬱になった。全員が、いっそ消えてくれと願っていたところに、特殊戦から優秀なパイロットはいないかという話がきた。

なんという幸運だったろう。矢頭少尉の異動を部隊全体で祝った。出世であることは、確かだった。うらやましいことだった。あの祝いは本物だった。自分が出世できずとも、やっかい者がとにかくいなくなるのはめでたいことだったから。

あれが少尉の葬式ならもっと盛り上がったろうと中尉は思った。あいつは、FAF中枢であるフェアリイ基地へ行ったのだ。エリートだった。祝い気分が醒めてみれば、なんであんなやつが、という思いがわきおこる。二度と顔を合わせることはないだろうが、特殊戦となれば、その乗機が上から見下ろすという状況はあるだろう。フェアリイ基地の連中は、いつもこっちを見下している。面白くない。

警告音。中尉はわれに返る。ジャムの制空域に突入した、という警告。ジャムからの能動探査は感知されない。が、遅かれ早かれ発見される。

全機に戦闘警戒を命じる。無線を使う。

「ジャムの迎撃機が出てくる前に、さっさと土産をぶち込んで帰ろうぜ」

メイル中尉は機の高度を上げる。目標を捉えやすくなる。ジャムからも発見されやすくなるが、それも任務のうちなのだった。

おれたちは囮だ、とメイル中尉は思った。第一波の地上攻撃を仕掛ける役だ。第二波こそ主力だ。フェアリイ基地から出撃し、TAB‐15を中継してやってくる、十六機の第九戦術戦闘部隊。メイル部隊とはまったく異なるコースをとり、時間をずらしてジャム基地を狙う。

あいつらはエリートだ。こちらはその引き立て役なのだ。どちらが危険かは、そのときにならないとわからないが、常識上は、こちらが危ない。ジャムの注意を引きつけるのだから。

再び警告音。違う音だ。ジャムの警戒波を捉えている。メイル機はズーム上昇。高高空へと向かう。眼下にフェアリイの森が広がる。夏のその色は鮮やかだった。紫を主体に、青や緑の金属光沢をもち、連星の太陽の光を浴びて輝いている。その森は後ろへと去り、前方の地上は純白の砂漠だった。

ジャムの基地はそのどこかにある。肉眼ではわからないが、攻撃目標のデータは中枢コンピュータに入力されている。それはジャムの恒久的な大きな基地であるとFAFは判断していた。ジャムの基地はいつも使い捨てのようで、その戦闘機はもっと未知のどこかからやってきて、その前線基地からあらためて発進してくるのが常だったが、今回目標にしているそこは、捨てることなく守りきる構えのようだった。ジャムはそこに戦闘機の生産能力も持たせるつもりらしい。絶対に見すごせない。これまで六回攻撃しているが、効果的な打撃は与えられないでいた。TAB-15の戦力だけでは。

今回は、フェアリイ基地からの戦力が加わっている。こちらはわき役だ。ならば、ぎりぎりまでがんばる必要はない。

メイル中尉は上昇限界高度近くまで機を上昇させる。ファーンII部隊は少し前方下に位置する。敵機を迎え撃つ構えだが、メイル中尉はその前に反転離脱をはかりたかった。

対地ミサイルの射程距離に目標が入るのを待つ。IR（赤外線）レシーバが異常を捉える。

敵基地から発進するジャムの迎撃機だ。位置情報はIRレシーバではっきりとしないものの、いまは正確なその位置情報は必要ない。だが、無数の敵機だというのはわかる。

全機発進して、こっちにやってくればいい。こちらが放つミサイルを狙ってくれればいい。そのすきに、第九戦術戦闘部隊の連中が目標基地中枢部を叩くだろう。それが、今回の作戦だ。

HUD（ヘッドアップ・ディスプレイ）に目標とステアリング表示が出る。射程距離を示す表示がゼロに近づく。

メイル中尉は僚機にオートモードでの攻撃を命じる。ステアリング表示を見ながら機を誘導するだけだ。

搭載されたすべての対地ミサイルが自動で発射される。HUDに機体を引き起こせ、というプルアップ・キューが出る。メイル中尉は反転離脱をはかる。最大推力。僚機が続く。

あとは一直線に基地に戻るだけだった。放ったミサイルが命中したか、敵にどれだけの損害を与えたかは、知る必要はなかった。それはフェアリイ基地所属の連中の役目だった。

敵機を迎撃するファーンⅡ部隊は三方向に分かれた。一群はメイル中尉の部隊の援護、もう二手は、左右に分かれて第九戦術戦闘部隊の支援に回る。

最大速度で戦闘空域を離れるメイル部隊の後方で、追いついてきたジャムの迎撃機とファーンⅡの格闘戦が始まっていた。その間に第九戦術戦闘部隊がすきをついて攻撃をしかけているだろう。だが、メイル中尉にはそれを気にかける余裕はなかった。自機のエンジンが不調になっていた。エンジンか、そのコントローラの異変だ。速度が急激におちる。どうなっている、と後席のフライトオフィサが叫ぶ。激しい振動。

「やられるぞ。ジャムが急速接近中だ」

フライトオフィサに言われるまでもなく、そんなことはわかっている。

原因はなんだ？　整備不良か。

メイル中尉はしかしエンジン不調の警告音は聞いていない。コーションライト類も点灯してはいない。なにが起こっているのか、どこが不調なのか、わからない。スロットルはMAXの位置にあったが、速度が落ちている。燃料流量は正常だ。しかし燃焼効率が悪化しているのは間違いない。この激しい振動はなんだ？　乱気流に巻き込まれているかのようだ。

ファーンⅡが逃がしたジャムが接近してくる。メイル中尉だけではなく、僚機の状態もおかしいようだった。速度が上がらないのだ。逃げ切れない。

ならば、敵機と戦うまでだ。

エンゲージ、と宣言し、フライトオフィサに敵機を視認するように命じて、メイル中尉もコクピットの外を見た。自機のさらに高空を単独で飛ぶ機をメイル中尉は視認する。ジャムではない。FAF機だ。

特殊戦機だった。B-3、雪風。無人で飛んでいる。それはメイル中尉にも知らされていた。無人であろうとなかろうと、援護は期待できない。特殊戦は戦いには参加しない。

ジャムが後方に占位する。速度の落ちたメイル機をせせら笑うように。

メイル中尉は急旋回して振り切ることを試みる。

「違う、逆だ、逆。スターボード」

フライトオフィサが絶叫する。

メイル中尉は回避方向を誤ったのを悟る。やられる。覚悟を決める。しかし操縦桿からは手を離さなかった。脱出は間に合わない。目の前に閃光が走った。跳ね飛ばされるような衝撃。しかし自機はまだ飛んでいた。

「なんだ、なにがあった」

機の体勢を立てなおして針路を再確認しながら、メイル中尉は後席に訊いた。

「信じられないが、中尉」とフライトオフィサが言った。「ジャムは撃墜された。援護機が来た」

「ファーンⅡは頼りになる」と中尉。

「違う、B‐3、特殊戦機だ」

「……なんだ？」

雪風だった。その無人機はジャムを墜とし、メイル機の下方にいた。TAB‐15が視認できる位置だった。

「あいつは、戦闘を監視するだけじゃないのか――」

雪風が降下してゆく。TAB‐15に向けて。そしてメイル中尉は、信じられない光景を見た。

「なにをする気だ」

雪風が、地上に向けて発砲し始める。

地上にはTAB-15があり、地上要員が出ている。雪風は、その人間を狙い撃っているのだ。メイル中尉の目には、そう見えた。自分をジャムから救ってくれたというのが信じられない、雪風の行動だった。

やめろ、とメイル中尉は絶叫した。あいつは、狂っている。

5

フェアリイ基地の地下深く守られた特殊戦司令部、その司令センターが静まりかえる。センター正面の大きなメインスクリーン上に、帰投しつつある505攻撃部隊機の位置がいきなり表示された。B-3、雪風が、作戦行動中に異常な情報を送信してきた。

作戦行動中の特殊戦機は偵察空域のすべての機の位置を捉えているが、通常はリアルタイムでその情報を基地に伝えてくることはなく、あったとしても敵機に関するものだけだった。敵機が予想もしない行動に出た場合など、明らかにFAFにとって不利な緊急時にのみ基地本部にその情報がリアルタイムで送られるだけで、通常メインスクリーンに表示されているのは作戦の各段階の経過を示すフェーズサインのみだった。

うまく作戦が進めば、その表示は作戦機からの〈任務完了、これより帰投する〉というサインでしめくくられる。

すべての情報、敵味方の行動や電子戦情報、敵味方の戦果情報などは、作戦機が自機の情報ファイルに納めて持ち帰るのだ。戦闘に参加せず、上空から見下ろすのが特殊戦機の任務で、その収集情報がなければ何機のジャムを撃墜したかすらだれにもわからないのが常だった。格闘戦にもつれこんだ機には、相手を確実に墜としたかどうかを確認する余裕などないためだった。

それで作戦行動中は、正面のそのメインスクリーンには〈情報収集中〉のサインと作戦空域の各時間における攻撃行動予定図だけが表示されるのであり、ブッカー少佐にできることといえば、そのままスクリーンに大きな変化のないこと、作戦機が無事に帰ってくることを、ただ祈るだけだった。いま現在戦況がどうなっているのかをリアルタイムで知りたいという欲求をこらえつつ、ただ待つのだ。そうしなければ、ジャムに情報を盗まれるおそれがあった。

もし作戦機が具体的にどのような機動をしているのかわかるときは、異常事態が発生した場合だ。機体に異常を生じたときや、直接ジャムに狙われたときなどだった。

しかしいまは、そのどれでもない。まったく過去にはない情況だった。雪風は、帰投コースにのっている５０５攻撃部隊機の正確な位置、速度、加速度情報を送ってきた。緊急性を要する情報として、だった。しかも雪風は、その５０５攻撃機群を〈敵味方不明機〉として伝えてきているのだ。

メインスクリーン上では不明機は黄色で示される。敵か味方かわからなければ敵として扱うべきで、それは脅威に違いないのだが、いま雪風がそのように認識している機群はあきらかに505攻撃部隊だった。その背後に五機のジャムが追撃しており、それは敵性を表わす赤で、タイプは高速局地迎撃戦闘機、あるいはその改良型、と雪風は伝えてきている。

センターの管制卓群についている特殊戦の戦況監視要員たちには、いったいなにが生じているのか判断できなかった。それは司令センター内に直接ジャムがとび込んできたかのような衝撃で、そのために全員の思考能力が低下したような静けさのうちに、505攻撃部隊の後方の三機が、ほとんど同時にジャムに撃墜されている。機種はシルフィード。対地攻撃を終えて身軽になったはずのシルフィードが追撃を受け、ジャムを振り切れずに一瞬のうちに複数がやられる。

高速性を重視した一撃離脱タイプのシルフィードが、ジャムの追撃機につかまるなどということはかつてない事態だった。

センター要員の背を見渡せるいちばん奥の、一段高い主司令卓にクーリィ准将がつき、ブッカー少佐はその隣の副卓に、車椅子の零をともなってついていたが、その考えられない情況をメインスクリーン上に目の当たりにしたブッカー少佐は息を飲んだ。

「なぜ加速しない。シルフならあんなジャムなど振り切れるはずだ。なにをもたもたしている」

「515戦闘部隊の位置を確認せよ」クーリィ准将が落ち着いた声で言った。「505攻撃部隊を援護するよう、雪風に515戦闘部隊にコースを指示させよ」

「雪風の位置も出せ」

ブッカー少佐はヘッドセットのマイクで司令部戦術コンピュータに准将の命令を伝える。命令実行、の表示。雪風は本来の偵察空域を離れ、505攻撃部隊に急速接近中だった。

「雪風は、なにをやっているのだ」とクーリィ准将。

505攻撃部隊機のさらに三機がその間に撃墜される。ファーンIIの515戦闘部隊は一機のジャム機を墜としたものの、505攻撃部隊機を追う残り四機のジャムに振り切られる。

「雪風は、シルフがやられた原因を探る気なんだ」とブッカー少佐。「雪風はこの事態を予想していたかのようだ」

505攻撃部隊を目標に定めたジャム機は、515戦闘部隊のファーンIIとの格闘戦は避けて、高速でそれらをかわしていた。二、三機はファーンIIにやられてもかまわない、という戦術のようだった。ファーンIIを振り切れば、先をゆくシルフィードのすべてを捉えて撃墜できる、とでもいうように。実際、そのような状況になりつつあった。

515戦闘部隊にしてみれば、505攻撃部隊と少し離れたところでジャム機を迎え撃ち、万一突破されても505攻撃部隊は十分ジャム機を振り切れるとした戦術をとっていた。ジャムが深追いするはずがなかった。TAB-15に接近すれば、その基地の対空防衛ラインに入ってしまうからだ。

ところが防衛ラインに近づく前に、ジャムは505攻撃部隊を捉えていた。505攻撃部隊機が増速しないためだ。それも一機二機ではなく、すべての機が、増速どころか、狙い撃たれるのを待つかのように減速している。まさしく異常な事態だった。

雪風は、その事実を司令部に実況中継しているのだ。

ジャムの四機は易易と接近し、505攻撃部隊を狙い撃った。対空ミサイルを放ち、さらにガン攻撃を仕掛ける。505攻撃部隊が逃げきれずに格闘戦を開始したとき、残っているのはわずか三機、先をゆくメイル機の編隊機だけだった。そのうちの二機も、格闘戦では勝ち目がなく、やられる。

雪風は高高度から超音速降下、一機のジャム機を中距離ミサイルにより撃墜する。ジャムの二機を追い抜きざまに短距離ミサイルにより攻撃、なおそれをかいくぐって生き残った一機に向けて急旋回、逃げるそれを狙い、ガン攻撃により叩き墜とした。

515戦闘部隊がジャム機の接近を捉えてから三分とたっていない。その短い間に、505攻撃部隊は壊滅した。メイル機、ただ一機を残して。

雪風はジャムとの戦闘を宣言していた。付近のジャムをすべて撃墜しても、脅威が消えても、しかし雪風はジャムと交戦中であるというサインを出し続け、攻撃モードを解除していない。メイル機を示す表示は〈不明機〉のままだ。

雪風は、あっけなくジャムにやられるようなシルフィードに対して怒りをぶつけるかのように、旋回するメイル機を追い、それから、ふとわれに返ったかのように針路をTAB-15

にとり、高速で接近、低空でそこに達すると、地上に向けて発砲する。対地ガン攻撃モードだ。

交戦中、というサインがスクリーンに表示される。

「攻撃中止」クーリィ准将が言った。「雪風に帰投命令を。任務を解除」

冷静な声だ、とブッカー少佐は思いつつ、自身も事務的に答えている。

「中止命令は無駄です。そのような命令は受けつけない」

攻撃中止指令暗号をジャムに解析されれば雪風は無力化される。そのような危険はおかせないから、最初からそのような受令機能は組み込まれてはいない。あくまでも雪風の判断にまかせるしかない。それは、雪風がもし人間は敵であると判断した場合、それを止めることはだれにもできないということだ。少佐はその可能性は考えてはいたが、いまそれが現実になっているのではないかと思い、ぞっと身を震わせた。

「雪風、なにをしている」

ブッカー少佐が問う。

「目標はなんだ？　攻撃目標を知らせよ。聞こえるか、雪風」

そのブッカー少佐の言葉による雪風への指令は、戦術コンピュータが翻訳して雪風に伝える。雪風からの通信も同様だ。

雪風は上昇旋回、TAB-15の上空を低速度で舞う。対地探査モード。

雪風からの返答を戦術コンピュータが正面スクリーンに表示する。

〈精密探知不能〉

その画面上のTAB－15の位置を示すマークが青から黄色に変わる。それを中心に赤い円が描かれた。敵を示す表示。

「どういうことだ」とクーリィ准将。

敵性を示すその赤い円が点滅する。目標はそこにあるが、正確な位置がわからない、見失った、というサインだった。

「帰投させよ、少佐。雪風はTAB－15から攻撃を受ける可能性がある」

「はい、准将」

准将の言うとおりだった。雪風は空中波を使用しては伝えられない重大な異変を捉えたのだ。あるいは単に雪風の判断機能の異常かもしれなかったが、とにかく雪風を無事に帰投させなければ、その行動を理解することはできない。常識では、雪風の行動はFAF、TAB－15に対する裏切り行為だ。攻撃してくるものはすべて敵、という考えは前線基地ではとくに強い。雪風は基地からの迎撃を受けるだろう。

ブッカー少佐は雪風に緊急帰投を命じようとして、管制卓を操作しようと手を伸ばした。そのときだった。少佐は声を聞いた。

「ジャムだ」

かすかな声だった。幽霊に呼びかけられたかのように少佐はぎくりと動きをとめ、とっさに声の方向を振り返る。車椅子に乗せられた深井零中尉がいた。頭に脳波センサとトランスミッターをつけた零。

「ジャムがいる……そこに」

「少佐、早く――」

と言う准将を少佐は手で制した。クーリィ准将も零の異変に気づいた。

「よく見ろ……ジャムがいるぞ。見るんだ」

零の声は小さかった。が、しっかりした声だった。すべてわかっている、とでもいうような声。三ヶ月を経て、それは初めて聞く零の声だった。

「零、おまえ、雪風からの声が聞こえるのか。頭の中で？」

そんなはずはない。しかし零からの声は雪風に伝わっているかのようだ。

センター内がざわめく。

少佐はメインスクリーンに目をやる。赤い円の点滅が、点灯状態になり、固定されている。スクリーン画面が分割され、雪風の視界が転送されてきた。TAB‐15を捉えた映像が映され、雪風の攻撃管制システムが目標を捕捉した円が重ねて表示される。

〈精密探知不能〉という文字。〈敵味方識別‐不能〉さらに続けて、〈ジャムのニュータイプである確率、大〉

「ニュータイプだって？」

零が意識を取り戻したらしいという感激よりも、その雪風の情報に少佐は衝撃を受けた。

「なんだ？　どこにいる？」

少佐は叫んだ。ジャムの正体は不明だ。しかし機械のような生物かもしれないのだ。TAB-15基地のどこかに、そのような未知の機械生命体を雪風は捉えたのか。

「動くものは……すべて攻撃する」

ささやくように零が言った。

少佐は振り向いた。零は目を開いていた。ずっとメインスクリーンを見ていたのかもしれない。雪風が情報を送ってきたときから。

いままで決して自ら動くことのなかった零の右腕が、上がる。その位置。操縦桿を握る形だ。その人差指が動く。武装選択の動きだ、と少佐は反射的に悟った。それから、零の親指に力がこめられる。

雪風がその動きに呼応した。レディ、ガン。ガン攻撃モード、再地上攻撃。

少佐には信じられなかった。零の意志が雪風に伝わっているとしか思えなかった。脳波か節電流か、それを感知している。たしかに零の身体にはそれらをモニタするセンサがつけられていた。が、しかしその意志を翻訳するシステムは、ないはずだ。

いや、と少佐は思い直す。戦術コンピュータがある。人間がやらなくても、特殊戦のコンピュータ群がやっているのかもしれない。

「やめさせろ」クーリィ准将の鋭い声。

雪風はTAB-15の地上要員を狙う。少佐は零の頭につけられたトランスミッターをとっさにつかみ、そのエネルギーパックと本体とを分離する。

センター内に雪風からの警告音。

目標を見失った、というサインだ。

クーリィ准将が少佐に代わって雪風に通常偵察任務に復帰せよと指示を出す。

「零、なにを見た。聞こえるか」

少佐は零の身体を揺さぶった。零は答えなかった。雪風は再び上昇する。ゆるやかに。まるで自分がいままでなにをしていたのかわからないというような動きだった。

零の右腕に力がこめられているのを少佐は見た。零はあくまで雪風を操ろうとしている。

少佐は零のその腕に触れる。鋼のように硬い。管制卓に警告音。戦術コンピュータからだ。

〈深井中尉のコミュニケーション・システムに異常。正常状態に復改させ、攻撃目標を再指示させよ〉

コミュニケーション・システムだ？

ブッカー少佐はその文字を読み、自分の知らない間にやはり零と戦術コンピュータ、そして雪風を繋ぐシステムが組み上げられているのを知る。

自分が零に目覚めてほしいと思うのと同じく、特殊戦の機械知性体のほうでも、零の頭の中の情報を強く求めているのだ。感情のない分、より直接的な欲求かもしれない。目覚めよ、と機械たちが、雪風が、零に言っている。そして零はそれに応えた。医師や、友人の自分でもできなかったというのに。

しかしこれが本当に目覚めた状態だろうか、とブッカー少佐は疑った。零は悪夢を見て、その頭の中のジャムと戦っているだけではないのか。ようするに寝ぼけているだけで、戦術コンピュータはそれに引きずられているだけ、という可能性もある。

「目標とはなんだ。なにを攻撃しようとしているんだ」

少佐は零に呼びかけた。しかし返答はなく、零はメインスクリーンを見たまま硬直している。だめだ。零は完全に覚醒してはいない。

〈未知のジャムである〉

特殊戦司令部戦術コンピュータが応じた。

〈形態、性能、機能、すべて不明のジャムの脅威がTAB-15におよんでいるものと推察される〉

「それを零が、深井中尉が知っているというのか。その脅威の詳細を?」

〈深井中尉が、B-3に攻撃指令を出したことからみて、中尉が未知のジャムの脅威を感知した可能性は高い。B-3は、505攻撃部隊機の異常をジャムによるものと判断して緊急回線接続を実行した。深井中尉はそれを察知し、原因がTAB-15基地に存在するジャムであると判断したものと思われる。だがわれわれにはその敵を直接認識感知はできない。深井中尉の指示が必要である。中尉に接続されているコミュニケーション・システムに異常が認められる。異常の原因を知らせよ〉

雪風の高度な偵察機能、人間には感じられない電子情報はもちろん、人間の眼よりも分解能の高い光学監視装置などをもってしてもわからないものが、ここにいる零にリアルタイムでわかるわけがない。未知のそのジャムについて零が知っているにしても、TAB‐15に直接そのジャムの存在を察知したなどというのは考えられない。零はこの実戦の場におかれて、その刺激により反応したのは確かだが、正常な覚醒状態ではない。一種、寝ぼけた、夢遊状態だ。無差別に攻撃しようとしているとしか思えない。

ブッカー少佐はそれでも零と戦術コンピュータを繋ぐ、トランスミッターのエネルギーパックをもとどおりにしたほうがいいかもしれないと思った。戦術コンピュータが訊いているコミュニケーション・システムの異常とは、この自分がそのエネルギーパックを外したことであり、それを復帰させれば零がなにを狙おうとしているのか、それではっきりするのかもしれない。

だがブッカー少佐は、動くものはすべて攻撃する、という零の言葉を思い出し、思いとどまった。それではTAB‐15の人間たちを皆殺しにしてもいいということになる。

「深井中尉はブラックアウト。彼には指示は出せない。雪風にそう伝えろ」

〈了解。B‐3は505攻撃部隊機の異常減速の調査を続行する〉

了解、と戦術コンピュータが文字出力するまでほんの少し間があった。余裕があれば、戦術コンピュータはあくまで零を呼び出すことにこだわったかもしれず、それはブッカー少佐にしても同じだった。戦術コンピュータとじっくり話をして、零や雪風になにが生じているのか、それを戦術コンピュータに代表される特殊戦の機械知性体たちがどこまで捉えているのか、確かめたかった。

雪風がTAB－15を攻撃したのは零の意志によるものらしい。だが505攻撃部隊を敵味方不明としたのは雪風自身の判断だろう。それを見て、零が反応し、雪風の行動に割り込んだのだ。その行為に合理的な説明がつけられないとすれば、零は狂っているとしか言いようがない。人間ならそう思う。しかし戦術コンピュータや雪風は、零が狂っているとは思っていないのだ。

人間と戦闘機械知性体との判断が食い違っていることをブッカー少佐は思い知らされることになった。戦術コンピュータを相手にしている短い間に、情況がめまぐるしく変化していて、少佐は零にかまう余裕を失い、戦術コンピュータ側も同様だった。TAB－15からは、二度にわたる雪風の地上ガン攻撃について釈明せよ、という緊急通信が入った。

クーリィ准将が責任者として回答しなくてはならなかった。准将は数瞬、唇を結んでいたが、すぐに、「誤射、と返答せよ」とブッカー少佐に言った。

少佐は戦術コンピュータを相手にしていて、それを聞き漏らし、准将に注意されて、あわてなにが起こったのか理解したとき、TAB－15が了解した、と返答してきた。

〈こちらTAB－15、了解した〉

という文字が大スクリーンに出る。

ところがTAB－15の通信管制員のものらしい肉声による音声が入ってきていて、それは、『なにを言っている、だれだ』と叫んでいた。『ジャムがいる、とはどういうことだ』

特殊戦の司令部戦術コンピュータが、TAB－15の基地中枢戦術コンピュータに情報をデジタル送信していて、了解したのはそのコンピュータのみであり、TAB－15の人間たちは了解したわけではないのだ。

『機体整備員に負傷者が出ている。特殊戦はわれわれを殺す気か』

ブッカー少佐が、あれは誤射だと説明をする前に、〈音声通信回線を切る〉と戦術コンピュータが伝えてくる。だがその表示にだれも注意を払わなかった。

メイル機が、505攻撃部隊の唯一の生き残り機が、雪風を敵性と判断し、攻撃態勢に入ったからだ。

〈α－1からの攻撃照準波をキャッチ〉

雪風からのサイン。α－1とはメイル機のコードナンバだ。

〈了解〉と戦術コンピュータ。〈α－1の機動性能を調べよ。模擬戦闘を開始〉

〈こちらB－3、了解〉

クーリィ准将は両手を握りしめ、怒ったようにメインスクリーンを見つめ、小さな声でなにか言ったが、少佐には聞こえなかった。神さま、か、でなければ売女とか畜生とかいう汚い罵りで、それもメイル機に対するものではなく、自分を無視してやりとりしている雪風と戦術コンピュータに向けられたものだと少佐は思った。

しかし准将は、「やめろ」とは言わなかった。音声回線は封鎖され、そのうえメイル機の通信回線は雪風による妨害波の照射を受けていた。やめろ、と言っても通じないのだ。

「515戦闘部隊の動きに注意」クーリィ准将が早口に言う。「彼らがやってくる前に雪風を帰投させよ」

「長くは続きません、准将」ブッカー少佐は答えた。「α-1はもう燃料が残り少ない」

雪風とα-1の格闘戦は、どのみち長くは続かない。三十秒か一分で勝負はつく。格闘能力が互角ならば、帰投燃料を多く残しているほうが勝ちだった。燃料がなくなれば墜とされなくても墜ちるしかない。機を操るパイロットは常に敵と燃料を食ってゆく時間と闘っている。

雪風は巨大な燃料増槽をジャム機との戦闘の前に切り放していた。帰投分にはぎりぎりの残存燃料だが、万一にそなえた空中給油ポイントまでは十分だろうと少佐は判断した。何事もなければ空中給油は必要ない。雪風が得た新しい機体がシルフィード／スーパーシルフに勝る性能のうちの一つが、それだった。航続距離は火力や機動性能よりもある意味ではもっとも重要な性能といえた。飛行機にとっての燃料は、水中にもぐる人間に必要な空気と同じだ。切れれば、死ぬしかない。残存燃料がどのくらいかパイロットはいつも気にかけていなければならず、それは大きな心理的なストレスとなる。

「こいつは見ものだ」

再び正体不明の声を聞き、ブッカー少佐は振り返った。そこに一人の特殊戦のパイロットが腕組みをして大スクリーンを見つめていた。ブーメラン戦士だ。特殊戦に最近やってきた一三番機の新入りパイロット、矢頭少尉。

特殊戦の戦士たちは特別な許可なしで司令センターに入ることができた。が、命令でもなければ入る隊員はいない。自分の意志でここに来た機上要員などブッカー少佐の記憶にはない。なにか場違いな人間がいると少佐は感じた。

新入りだから特殊戦の雰囲気に慣れたいのか。いかにもクーリィ准将好みのやつらしいと少佐は矢頭少尉を無視し、雪風へと注意を向けた。

「メイル中尉は、勝てないでしょう」

背後で矢頭少尉が言った。

「燃料が危うい。それでもやろうとするのはメイル中尉らしい。あの人はいい人間だが、戦闘になると反応が遅れる」

世間話のような口調で矢頭少尉が言っていた。

「無人の最新鋭機に勝てるわけがない。ぼくなら——」

「だまれ」とブッカー少佐はどなった。

矢頭少尉の言うことはいちいちもっともだったが、その言葉はブッカー少佐の神経を逆撫でした。ガラスに爪を立てて出る音のように。なぜそうなのかと考えている余裕はない。雪風はメイル機との戦闘機動を開始している。

「しかし特殊戦は、なぜ雪風をとめないんですか」矢頭少尉がまだ言っていた。「メイル機を戦闘に誘い込んだんですか。雪風にTAB‐15を攻撃させて？　メイル中尉はああいう人だから、あれを見れば黙っていない。わかっていて——」

退室せよ、とブッカー少佐は矢頭少尉に面と向かって命じた。驚いた表情をする矢頭少尉に少佐は言った。

「自分の部屋か、営倉か、どっちかへ行け」

FAFには正式な営倉というものはなかったが矢頭少尉は理解したようだ。しかしなぜそう言われたかわからないのだろう、血の気の引いた顔で、無言で敬礼し、司令センターを出ていった。

6

一度ならば見間違えということもあり得たが、メイル中尉は再度雪風が地上攻撃に出たのをより近い距離で視認した。

「だれか殺られたぞ」

メイル中尉は叫んだ。最大出力でTAB-15に向かいながら、オープンにしたままの航空無線で、ランコム少尉がやられたらしい、という基地からの声を聞く。

基地からのものであると確認はできない。戦闘中は多くの情報が入ってくる。だれがだれに伝えるものかはっきりしないことも珍しくなく、自分の判断だけが頼りだ。双方向同時通話が可能な高度な回線で、発信側のコードが自動発信されるから、だれが発信したかは機のメインディスプレイを見ればわかるものの、戦闘中はそんなものを確かめる暇はない。それでなくとも実戦では思考力が低下する。考えていては殺られるのだ。熱いものに触れて反射的に身体を動かすように、機を操らなければならなかった。

大Gや恐怖のために知的能力というものが頼りにならなくなり、それでも危機回避とさらに攻撃をこなせるというのが戦闘機乗りの条件だ。メイル中尉はためらわずに雪風を追い、ロックオン。後席のフライトオフィサに交戦を伝える。

「あれは特殊戦機だぞ。味方機だ」とフライトオフィサ。

「かまわん。ジョナサンがあいつに殺られた。聞いたろう」

ジョナサン・ランコム少尉はメイル中尉の部下の一人だった。同じパイロット仲間だ。ジャムに一度やられたが、生きて帰ってきた。それなのに味方に殺られるとは。

パイロットは原則として乗機が決まっていた。緊急時には他人の機や予備機に乗ることもあったが、しかし505攻撃部隊は予備機も失っており、結果として余りの機上要員が出た。新しい機が与えられるまでは、そんな人間も出撃要員に組み込み、だれかを休ませるか、別の部隊へ行くか、パイロット以外の仕事をさせることになる。矢頭少尉は出世したが、ランコム少尉はそうではない。FAFは休む人間を認めなかったから、機体整備員となった。もう自分にはパイロットとして飛ぶ自信がない、とランコム少尉が言ったせいもある。メイル中尉としてはランコム少尉も機上要員として残し、原則にこだわらず乗機というものを決めないやり方にしたかったが、ランコム少尉の弱気を知るとそれを通す気にはなれなかった。

ジャムに乗機を墜とされるという恐怖は簡単には消えそうになかったからだった。

——かわいそうなジョナサン。地上で、しかも味方の機に殺されるなんて。

メイル中尉は雪風を墜とす機動にまったくためらうことなく入った。右手で操縦桿を、左手でスロットルレバーを握りしめ、雪風に向けて急旋回する。雪風はTAB-15を離れ、メイル機の戦闘機動に反応した。こちらを誘っているように旋回する。

「やる気だぞ」とフライトオフィサ。「どういうつもりだ」

メイル中尉は口を開かなかった。アフターバーナに点火。しかし燃焼状態異常の警告が出て、機が振動する。雪風が急反転、メイル中尉は雪風を見失った。

急旋回すると、ぞっとする衝撃が襲いかかってきた。信じられなかったが、雪風が旋回するこちらを追い抜いていったのだ。触れ合わんばかりの至近距離だった。メイル機はその衝撃波と気流に左翼をあおられ、その揚力を失って左へ急ロールした。同時に主翼の前縁フラップが脱落したようだった。その破片が左の垂直尾翼の一部を破損させたのを頸をねじまげてフライトオフィサが確認した。

それでもメイル機のフライトコンピュータは各翼を一瞬のうちに操作し、メイル中尉の意志に忠実に機体を安定化させる。

「おかしいのはエンジンだ」

メイル中尉は叫んだが、エンジン自体の警告灯は消えたままだ。

急降下と急上昇。機速がわずか時速二〇〇キロほどまで低下。最大出力で急旋回降下、雪風を振り切ろうとする。

再びアフターバーナを点火、全力で加速を試みる。三秒で最大出力回転に達するはずだったが、右側に大きな破裂音と衝撃があった。エンジン内のファンブレードが破損したらしい。同時に左エンジンもコンプレッサストールを生じて、燃焼停止する。

きりもみ降下する機を立て直すのに精いっぱいでエンジンの再始動を試みる余裕はなかった。地上に激突する直前、あやうくメイル中尉は機の回転を止めるのに成功する。落下速度を利用して機体を上昇させる。

右エンジンは出火はまぬがれたようだが、完全に壊れている。左エンジンの再始動は試みてもできなかった。推力を失った機は上昇力を失う。緩降下。

エンジン音が消えて、静かだった。メイル中尉は、すぐわき、右手、手を伸ばせば触れられそうなそこに、雪風が並飛行するのを見た。雪風はその位置で、つねに見張るように機動していたような気がした。武装を使わずにこいつはおれに勝った、とメイル中尉は、しびれ、麻痺しているような頭で、思った。格闘戦では、自機の機動性に絶対的な自信があれば、相手の機のエンジンを失速させるような戦術も可能だろう。あいつはそれをやったのだ。

メイル中尉は無言で右手を握り、上へ突き上げ、後席のフライトオフィサに脱出を伝えた。雪風のキャノピがフェアリイの二連太陽の光を浴びて輝いた。コクピット内は無人だ。まるで、こいつ自身が笑ったかのようだ、とメイル中尉は思った。

もうなにも考えたくなかった。高度のあるうちに、脱出する。

パラシュートで降下しながらメイル中尉は自機と雪風がフェアリイの森へ吸い込まれていくのを見た。雪風はエンジン出力を絞り、メイル機と並行飛行していた。森に触れるかと見えた瞬間、その雪風の排気口が輝いた。一秒で全力回転、さらにアフターバーナを点火、あっという間に視界から消える。それからエンジン音が聞こえてきた。メイル機が自爆する音が少し遅れて、やってきた。

ジョナサンの仇をとるどころか、自分がまだ生きているのは奇跡だとメイル中尉は身を震わせた。あいつは、雪風は、化け物だ。ジャムの相手はあいつにやらせればいいのだ。ジャムも人間ではない。非人間同士、やり合えばいい。なぜ自分がここにいなければならないのだ？

メイル中尉は、少し下を降下する相棒のパラシュートキャノピを見ながら、自分は二度と戦闘機には乗りたくないと思い、ランコム少尉の気持ちを理解した。自分たちが戦ってきた相手は、ＦＡＦの敵は、人間ではない。ジャムという正体不明の異星体だ。得体の知れない相手だ。

それを初めて肌でメイル中尉は実感として味わった。人間には絶対に理解できない、勝つとか負けるとかいう価値基準のおよばない、だから決して勝つことができない相手なのではないか、と。それは、おまえが生きていることなどこの世にはなんの価値もないことなのだと言われ、しかもそれを認めるしかないのだと悟ったにも等しかった。

それをジャムではない雪風という人間の造った無人機に思い知らされるとはな、とメイル中尉は不思議に冷めた心でそう感じ、こんな無力感を植えつけて去っていったあいつも、ようするにジャムと同類なのだと思いつつフェアリイのぶ厚い森の表面についた衝撃は、予想したよりも激しく、その見た目には美しく幻想的な金属光沢のあるスポンジ状の異星の植物に、しっかりしろとひっぱたかれたかのような心地よさを感じた。

7

まったく突然に、深井零は機上にいる自分に気づく。

右手は操縦桿を握っていて、左手はスロットルレバーにあり、操作ボタンをさぐっていた。その左手を離し、零は頭に手をやった。ヘルメットの触感がフライトグローブごしに感じられた。口元にはマスクのそれがある。

外はフェアリイの空だった。零はコクピット内を見た。初めて見る光景だ。スーパーシルフではない。だが初めてのような気がしない。計器類の基本配置は同じだ。

雪風だ。自分は雪風の機上にいる。

零は弾かれたように左手をスロットルレバーに戻し、そして一瞬、自分が反射的にやろうとしていたことを、思考する形で確認しなくてはならなかった。ヘルメット内には悲鳴のような雪風からの警告音が響いている。目覚めよ、目覚めよ、目覚めよ、と鳴っているかのようであり、それは実際そうだった。

雪風は零を必要としていた。自らの機能では機体を正常に制御できない事態が発生しているから、戦闘機動を自動から手動にせよ、と叫んでいるのだった。

計器パネル正面のメインディスプレイには〈MANUAL CONTROL〉という文字が出て、激しく点滅している。初めて見る警告だった。それはまるで雪風が零に〈助けてくれ〉と言っているようでもあり、〈おまえが必要だ〉と呼びかけているようでもあった。零が完全に目覚めなければ、自分にはなにもできない、なすすべもなくジャムにやられる、という悲痛な呼びかけなのだ。

これは幻覚でも、夢でもない。このままではやられる。零は脅威を現実のものとして感じとった。ジャムが接近中だ。追われている。零は素早くオートマニューバ・スイッチを解除、雪風に、自分に任せろと返答した。明滅していた〈MANUAL CONTROL〉の表示が点灯状態で固定される。

零は覚醒した。しかし、どうして自分がここにいるのか、雪風になにが生じているのかを捉えるには、時間感覚のない過去の、その夢とも現実ともはっきりしない、まるで他人のもののような記憶を呼び覚まさなくてはならなかった。

自分のものではないようなそれらの記憶を、幻想と夢の類から区別して、ここに自分がいる、この現実に、過去を結びつけなければならない。時間感覚も現実感もともなわない記憶の断片を、パズルのように並べて組み立てなければならなかった。

それにはパズルを組むような時間も努力も必要なかった。現実という海に覚醒した意識の糸を入れると、瞬間的に自己という存在が結晶化して出現する。そのような感覚だった。あいまいな夢想空間にただよい、薄れ、ついには消えようとするそこに、自己を再結晶させる核がとび込んできた。それが、雪風の、目覚めよ、という叫びだった。

「メイル中尉の機と同じだ」

後席のフライトオフィサが言っている。そう、あのときと同じだ、と零は過去の半覚醒状態の記憶が間違いなく現実のものであり、だから、いまの自分も正しく結晶されている、完全な自分自身であることを確認する思いでその声を聞いた。

「ヘイ、ジャック」零は後席のフライトオフィサに呼びかける。「落ちつけよ。出力が制限されてても腕があれば負けはしない。わからせてやる」

「零。おまえ、零だな」

「あたりまえだ。ジャムじゃない。寝ぼけたことをぬかすな」

「寝ぼけてたのはおまえだ。やっと目が覚めたか。まったく——」

「口を閉じてろ。反吐を吐くなよ」

「高機動は無理だ。いまのおまえの体力では勝ち目はない。一三番機を追うんだ。なんとかしろ。雪風はジャムに汚染されている」

追ってくるジャムは三機。ジャムから発射された二発のミサイルを高機動でかわし、零はブッカー少佐の正しさを身体で知る。

格闘戦になれば、体力がもたない。FRX00はすさまじい格闘能力を持っていることを零は実感した。しかも、これでも一〇〇パーセントではないのだ。全能力を発揮したら死ぬかもしれない。雪風は、格闘戦を自分に求めているわけではないのだと零は悟っている。いま必要なのは最高速でジャムを振り切り、前方を行く特殊戦一三番機を追うことなのだ。

ところが、最大出力を発揮することができないでいる。メイル機と同じだった。原因はAICSだ。そう、特殊戦司令部の戦術コンピュータが言ったように。間違いない。

AICSだって？　ブッカー少佐が司令センターの戦術コンピュータの専用ターミナルブース内で言ったのを零は思い出す。

『AICSだって？』

《そうだ》

ディスプレイに戦術コンピュータの返答文字が出力されるのを零は虚ろな目で見ている。

ブース内にはクーリィ准将もいた。ブース外の広いセンター内にはだれもいない。照明もおとされていた。

雪風が収集して持ち帰った505攻撃部隊機の異常状態情報を、特殊戦の司令部戦術コンピュータはその三人の特殊戦の人間にのみ公開した。クーリィ准将とブッカー少佐、そしてぼんやりとした態度でまだ車椅子からはなれられないでいる深井中尉の、三人。

ブッカー少佐が零をその場に同席させたのは戦術コンピュータが強く要請したからだった。

零は喋ることができる状態を九十三日ぶりに取り戻していたが、まだ自らの意志で記憶をたどることができないでいた。

ブッカー少佐はそんな零をすぐにでもFAF中央医療センターへ送り込みたかったが、特殊戦の戦術コンピュータが、零の記憶情報は重大なものである可能性があり、他の軍団や特殊戦内部の人間にすら極秘にしてそれを再生する、つまり記憶を呼び覚まさせるほうがいいと提案したため、思い直したのだった。

戦闘知性体である戦術コンピュータのその提案は半ば命令であり、零と雪風が入手している情報に対する強い関心がうかがわれた。その知性体に感情があれば、関心は恐怖と不安と緊張をともなっていると少佐は感じ、その提案に同意した。その戦術コンピュータ、戦闘知性体は零に質問した。

九十三日前にあったこと。零の腹を拳銃で撃ったのはだれか。なにがあったのか。

質問に零は機械的に答えた。自らの意志で記憶をたどっているのではなく、質問に対する回答部分の記憶分野が外部からの刺激で呼び起こされ、それが言葉として引き出されているという感覚だった。零自身は自分が喋っているのはわかるものの、他人の声のようで、その内容や喋っている自分の情況というものにはまったく無関心だった。

自分を撃ったのは、もう一人の自分自身だと零は言った。ジャムに造られた人間のコピーだ。光学異性体の分子で構成されたジャムの対人間用兵器らしい、と言った。そのジャムの基地に何日いたのか覚えていないが、光学異性体でできた食物は消化できず、自分は死亡したフライトオフィサ、バーガディシュ少尉の肉を食べさせられた……

ブッカー少佐とクーリィ准将は口を挟むこともなく、黙って零と戦闘知性体の機械的なやり取りを聞いていた。割り込むことができなかった。その知性体の質問は的確であり、感情や恐怖や不安に左右されることがなかった。

少佐は、口を開けば「ばかな」とか「信じられない」とか、この場では無意味な声しか出せないだろうと思い、心にそのような言葉が渦巻いている自分を意識した。零にはしかし、そのような心の渦がない、と少佐は、零が淡淡と喋るのを聞きつつ、感情的にその身体を揺さぶったり頭をぶん殴りたい気持ちを必死にこらえていた。

戦術コンピュータは零からその情報を引き出したあと、しばらく沈黙した。

それから、《505攻撃部隊機の機速制御の異常の原因はAICSにあると予想される》と切り出した。

ブッカー少佐には、唐突な話題の変更に思えた。もっと零を覚醒させる努力をすべきだ。まだまともではない。だが戦術コンピュータはそんな少佐を無視して、雪風の収集情報を司令センターの正面にあるディスプレイ上に再生出力し、そして説明した。

メイル機との格闘機動で、雪風はメイル機の吸気口をはっきりと光学認識していた。

AICSにより制御される吸気口ランプ、吸気口からエンジン内に導く空気の流れを制御する可動板のようなものだが、それが正常な位置にないのを、少佐は知った。メイル機はそのため、吸気口に発生する衝撃波を正しく制御利用することができなかった。激しく乱れた流入空気のためエンジンの燃焼効率が著しく低下、さらには過熱という悪条件も重なってエンジン自体が破壊された。

戦闘時でなければそこまでは到らなかったろう。シルフィードのエンジンは流入空気が大きく乱れても円滑化が可能なブレード形状を持っていた。しかしそれを上まわる設計限界を超えるエンジン出力操作を戦闘時のパイロットはやることがあり、メイル機のそれは典型的な例だった。超音速、最高速度でジャムから逃げる505攻撃部隊機のAICSが異常に作動し、流入空気の流れが大きく乱されたならば、アフターバーナの炎と黒煙を後ろに長く引いてエンジン失速するか出力が低下するのは当然だった。おそらくパイロットはあわててスロットルを絞るだろう。エンジンが燃焼停止しているならば再始動をせざるを得ない。余裕があれば原因がAICSにあることがわかるかもしれず、その場合はAICSの自動モードを切り、手動でランプ位置を選択することも可能だ。単純なAICSの故障ならば、そうできる。ところがAICSの故障にメイル中尉は気づかなかった。他のパイロットたちも同様だったろう。もし気づいたならば、そのときはすでにジャム機の追撃を受けており、低速から高速へめまぐるしく変化させなければ勝てないジャムとの高度な格闘戦に入るのは自殺行為だから、ランプ位置を超高速側にして最大出力で逃げるしかない。

それをやる者がいなかったのは、AICSの異常を示す警告がAICSから来なかったか、不調に気づいても手動制御に切り換わらなかった、そのようにしても反応がなかった、と考えるしかない。それは単純な故障とは言えなかった。

それらのＡＩＣＳは敵に汚染されていたと考えられる。戦闘知性体はそう言った。

メイル機の中枢コンピュータには異常がなかったと思われた。中枢コンピュータはエンジンや機体動翼を統合的に制御するが、ＡＩＣＳはそれから独立している。ただ機速にのみ反応するだけだ。だから独立していても通常はまったく支障がない。ジャムはその盲点をついてきたらしかった。

しかし、どうやって？　ＡＩＣＳといえどもその電子回路は厳重な対電磁シールドがされているから、飛行中に電磁波を照射して誤動作させられるとは考えにくかった。

だとすれば、答えは一つしかない。５０５攻撃部隊機は発進時にすでに異常な反応をするようなＡＩＣＳを組み込まれていたのだ。

《ＡＩＣＳは敵により改造されたと思われる。機体に触れても疑われずに実行できるのは限られた人間しかいない。ＦＡＦに敵対する人間、あるいはジャム。ジャムである確率が高い。だとすれば、それは人間の姿をしているであろうと推測される》

墜ちた機を調べようにも、ＡＩＣＳをはじめ重要部分は自爆装置により破壊されている。帰投できても、ＡＩＣＳの機能はその時点で正常状態に復帰するのかもしれなかった。

人間の姿をしているジャムがいるなら気づかれずにＡＩＣＳユニットを交換することも不可能ではない――その戦闘知性体はそう言った。

《われわれは、この問題に対する対抗手段を持っていない》

人間型のジャム兵器か。ブッカー少佐はぞっとした。零の経験が事実なら、ありそうなことだ。光学異性体による人間に似たものではなく、同じものを食べて生きられる完全タイプが存在するとしたら、それがジャムでも見た目にはわからないだろう。

『こいつは、単なるＡＩＣＳの問題ではないということか』とブッカー少佐は言った。『どうすれば確かめられる』

《前線で行方不明になった人間は、ジャムと接触した可能性が高い。救出回収された人間がジャムの新タイプである可能性はある》

そんな人間なら、特殊戦内にも二人いた。零と、矢頭少尉。

『矢頭少尉が……まさか』

うめくようにクーリィ准将が言った。

矢頭少尉とは聞いたことのない名だな、と現実感のない頭で零は思っていた……

零は雪風の機上でＡＩＣＳを調べながら、５０５攻撃部隊機の異常を捉えて雪風がその情報を伝えてきたあのとき、自分にはそれらの機がジャムに操られていることはすぐにわかった、と思い返していた。雪風も、５０５攻撃機群は味方ではないと判断したのだ。そんなことができるのはＴＡＢ‐15にジャムがいるからだと思った。ジャム。

夢を見ている感覚だった。悪夢だ。あのとき雪風を操作したが、じきにそのコミュニケーションが不能になり、雪風は去っていった。去っていく雪風、繰り返し見ている夢の続き。すべては夢。

しかし、いまのこれは夢ではない。ＡＩＣＳが不調だ。しかし異常サインは出ていない。手動に切り換えても反応がなかった。絶体絶命だ。このままではジャムにやられる。

異常振動が発生するぎりぎりまでスロットルを操作し、零は機上テストシステムを起動した。この機体を発進させる前に行なったプリフライトチェックの記憶は薄い非現実感のベールに包まれていたが、あのときはＡＩＣＳに異常は発見されなかった。テスト用信号には正しく反応するのだ。

いまはどうだろう？

作戦行動中、という警告がメインディスプレイに表示される。戦いの最中にテストなどやるな、飛行中だ、と雪風が叫んでいるかのようだ。脅えているのかもしれない。

その干渉があり、テストプログラムが起動しない。雪風に向かって、やめろ、手を出すな、とどなっても言葉は通じないだろう。

零はとっさにランディングギアを降ろした。機速が急激に落ちる。テストプログラムのモードを手動にする。雪風は素早いその変化に、零のやりたいことを理解したのか、警告を消す。

「ブレイク、ポート」と少佐。

左へ急旋回、ジャムをやりすごす。急激に速度が落ちたのがさいわいした。ジャムには思いもよらない雪風の機動だったに違いない。

超音速最高速度のテスト用信号を選択、ＡＩＣＳをテストラン。そのままスロットルをマキシマムへ、叩き込む。ギア、アップ。

旋回した三機のジャムが正面から突っ込んでくる。零は左へ機体をすべらせ、ジャムの射撃をかわす。左右に動くことはしなかった。左から右へ移る一瞬、加速度がゼロになる瞬間が危ない。ガン攻撃を仕掛ける場合は敵のその一瞬が待ち遠しいのだが。いまは攻撃よりは回避だ。加速しろと祈る。

雪風は三秒とたたないうちに正常な最大推力を得た。すさまじい加速度だった。ジャムがあっという間に背後になる。

零は必死に操縦桿を握り、上昇させる。高高度に達すると雪風の機速はさらに上がった。格闘タイプの三機のジャムはまったくついてこれない。

ジャムは、雪風を特殊戦機と認識し、それならばその三機で勝てると信じていたに違いない。AICSがジャムに汚染されていた、それがその証拠のようだ。異常が発生するとすればAICSだという予備知識がなければ、テスト用信号を入力してみようなどと思いつく前にあの三機のジャムに墜とされていたろう。

「正常になったな」と少佐。「どうやった」

「応急処置だ。テスト用信号で動いている。出撃前になぜ新品のAICSユニットと交換しなかった。原因はわかっていたはずだ。こうなることは予想できた」

「AICS異常に気づいていることを矢頭少尉に知られたくないからだ。この件は極秘だ」

雪風は純白の砂漠の上空を飛んでいた。ジャムの制空域だ。ここを悠然と飛んでいられるのはジャムだけだ。

雪風が発進する前に、矢頭機が単独で、その砂漠に偵察ポッドを射出する任務で出撃している。旧雪風の最後の作戦と同様に。

前方に、その矢頭機が一機のジャムと編隊飛行しているのを、ブッカー少佐が確認する。

「矢頭機はジャム機と飛んでいるぞ」

「わかっている」と零は言った。

「やはり彼はジャムだな」と少佐。「こうなれば、彼には言い訳はできない」

「おれは……彼と話したような気がする」

ああ、と少佐は答えた。病室で、零と矢頭少尉は会っているのだった。

『友だちになりたいな』

と矢頭少尉が言った。ベッドのわきに立っているその男は若かった。

『みんながどうもへんな目でぼくをみる。深井中尉、いろいろ話してください。ブーメラン戦士はすご腕だ。ぼくもそうなりたいんですよ』

『零は雪風に捨てられたと思ってる』ブッカー少佐が言った。『それを解決しないと飛べないだろう』

『辛い目にあったようですね……実はぼくもジャムに墜とされた。救助されるまでの記憶が、ないんです』

病室で、矢頭少尉がそう言っていたのを零は思い出す。あれは夢ではないのだ。だとすれば、あの男は自分がジャムに操られていることを知らなかったのだ。操られているのか、本人は死んでいて記憶もそっくりコピーされた別体なのかはわからないが。

「病室に矢頭少尉が来て、そう、友だちになりたいと言っていた。あれから何日たっている？」

九日だ、と少佐。

「この作戦でおまえがまともにならなければ、おまえを帰すつもりだった。地球へ。FAFの兵器としてコンピュータに繋いだままにしたくないからな。おまえはまったく、人間ではないようだった」

矢頭少尉はしかし、人間らしい人間だった。ジャムの兵器だなどというのはいまだに信じられない気持ちで、零は矢頭少尉の特殊戦一三番機を監視した。

と、その矢頭機とジャムが雪風に向けて迎撃態勢に入る。

「攻撃してくるぞ」と零。

「やつはあわてている」と少佐。「あの男には今回の雪風の作戦行動は伝えていない。他のFAF部隊にもだ。雪風が来なければ、やつはジャムの基地に情報を伝えてFAFに戻ってきたろう。あいつはジャムの戦術情報収集兵器だ。人間じゃない、ジャムだ。ばれた以上、われわれを生きて帰すわけがない。必死だ。殺らなければ、こちらが殺られる」

「ジャムの、兵器。彼が？」

「零、また寝ぼけるんじゃない。おまえはすでにそういうジャムと出会っているんだ。おまえ自身のコピーと。自分で言ったことを忘れたのか？　今回の作戦はそれを確かめるためのものでもあるんだ」

　そう、それも飛行前に聞いたような気がする。一三番機を無人で旧雪風と同じ任務につかせると公表したら、矢頭少尉が、それなら自分を乗せろ、と申し出たのだ。ブッカー少佐は半ばそれを予想していたが、それが的中した恐怖をこらえて許可したのだった。フライトオフィサは必要ない、一人でいいと矢頭少尉は言った。

「やつは逃亡するつもりだったのかもしれん。ジャムによる情報ポッドの回収というわけだ。危なくなったと感じたのだろう」と少佐。

「……そうかな」と零。

　あの男は自分と雪風にあこがれていて、同じ任務につきたいと言っていた。そういう記憶がある。彼には生意気なところもあるが、それこそ人間らしいではないか。ブーメラン戦士たちより、ずっと、と零は思う。

「零、やられるぞ」

　まだ距離はあった。

　一三番機の武装は短距離ミサイルとガンだけだ。雪風のＡＩＣＳは正常になったわけではないから、格闘戦は不利だった。攻撃するならいまのうちだ。零は中距離ミサイル攻撃を選択する。わずかな時間、零は発射をためらった。が、ためらうための時間は、余裕は、ごく短い。殺らなければ、殺られる。二発の新型中距離可変速ミサイルと二発の超高速中距離ミサイルの、計四発を同時発射。

矢頭少尉が自らをどう意識していたのか、ジャムである自身を意識していたのか、それともあくまで自分は人間だと思っていたのか、それはわからない。だがいまは、間違いなくジャムとして行動していた。

人間としての彼はもう死んでいるのだと零は各ミサイル到達の数字を見ながら思い、そして自分はなぜそれを気にするのかといぶかしんだ。

彼が人の形をしているからか。ジャム戦闘機に対してはためらったりしていないではないか。ジャムの戦闘機は、あれ自体がジャムという生き物かもしれないのに、平気で射てるではないか。敵が人の形をしているというのはたしかに恐ろしいことで、ジャムもそれを計算しているかもしれないが、どんな形をしていようと相手がジャムなら、ためらうことなどなにもない。矢頭少尉がジャムであることは確かだ。ブッカー少佐に言われるまでもなく、疑いのない事実だ。それなのに、なんだろう、この気持ちは。

もっと話したかった。その思いがこみあげてきて、零はためらいの原因を悟った。あの男とは、わかりあえそうな気がしたのだ。

『みんな、ぼくを嫌うんです。自分にもわかってる。人の気持ちを無視してしまう。機械のようだと上官のメイル中尉に言われたことがあります。機械を相手にしているようだ、口を利くなと。でもそうしていたら、自分はほんとに機械になってしまう……』

雪風を操ることで、自分もまた雪風という機械に近づいているような気がする。それで、ジャムに造られたあの男と通じるものがあったのか。

理由はどうであれ、もっと話してみたかった。あの男が兵器なら、それを意識しているなら、兵器の気持ちがわかったことだろう。自分は雪風の気持ちというものをわかっているだろうか？

雪風の戦闘意識についてはジャムのほうがより詳しくわかっているかもしれない。それでもジャムは攻撃してくる。それだけ必死なのだ、と零は思った。ジャムの目的はいったいなんなのだろう？

ミサイルの命中を肉眼で捉えた。ジャムが、続いて矢頭機が、爆散した。

乗員の脱出は認められなかった。わかりあえたかもしれない相手の最期だ。

悲しみか。悔しさか。複雑な、かつて感じたことのない喪失感がわきおこる。自分は、ジャムによってこのような気持ちを生じさせられた最初の人間だろう、と零は思った。

雪風を急反転させ、コントロールを雪風に渡して、零は空を仰いだ。二連の太陽を別にすれば地球の空にそっくりだ。青い。

帰りたい、と零は思った。どこへ？

ＦＡＦに来て初めて、零は地球に帰りたいと思っている自分を意識した。

「目が覚めすぎた感じだ」

そう言うと、零は目を閉ざした。これも夢ならいいと思いながら。

II　戦士の休暇

深井零は一度地球に戻って気持ちを整理してみたかった。

零は身体が動かせない植物状態で救出されてから、新雪風の機上で覚醒するまでずっと、ジャムが造った人間のコピーに出会ったあの出来事を反芻しながら、そんな悪夢の空間に閉じ込められていた。とくに繰り返しこみ上げてくるのは食べてはならないあのチキンブロスの味だった。雪風のフライトオフィサだったバーガディシュ少尉の味。

覚醒した零を待っていたのは、そのミッションに関する徹底的な事情聴取だった。零が任務で収集した情報の回収というわけだ。特殊戦だけでなく、空軍団レベルでも、さらにFAF情報軍でも、同じことを零は何度も繰り返さなければならなかった。

FAFにとってとりわけ重大なのは、ジャムが人間の身体を造ることができる、という零の報告だった。そして特殊戦では、すでにジャムは完全な人間の身体を造りFAF内に送り込むのに成功しているか、少なくともそれが可能だと分析判断していた。

FAFのトップレベルでは、零や特殊戦そのものがすでにジャムに汚染されている可能性も検討しなければならなかった。フェアリイ空軍の戦略をジャムが誤った方向に導くために、零と特殊戦を操っている、という事態も考えられるのだ。

自分の体験を他人がどう受け取ろうと、しかし零には関心がなかった。零はこれまで、得体の知れない異星体であるジャムに脅威を感じることはあっても、恐怖を覚えたことはなかった。それはFAFの戦闘知性体である無数のコンピュータにしても同じだろうと、あの体験の後、零にはそれが実感できた。それを感じられるようになった自分というものが、その変化こそが、零には重大な関心事だった。

いったい自分はこのフェアリイ星でなにをしてきたのか。雪風にも見捨てられ、まったく自分であることの意味も価値もないことをしてきたのではないのか——あの体験はそう問いかけるもので、植物状態の間ずっとそれを無視して忘れようとし、それができないために現実世界にも戻れなかったのだと零は思った。それが新しい機体を得た雪風の危機に直面して、現実の力で覚醒させられたのだ。雪風が自分を必要とした瞬間に。

覚醒してみれば、あの体験のせいで、以前のままではいられなかった。零はジャムを初めて身近に感じた。

ジャムとはなにか。ジャムにとって自分はどう見られているのか。

かつてそんな疑問は雪風とともに飛んでいれば忘れていられたが、人間の身体をしたジャムの兵器と遭遇したあとでは、あのバーガディシュ少尉の味とともに、もはや忘れたり無視することはできなかった。

ジャムが人間のコピーを造り始めたのは、ここ最近にきて急にやりはじめた新戦略というものではない、と零は思った。ずっと以前からジャムはその準備をしていたのだ。おそらく地球侵略を開始した直後から。

ジャムにとっては、人間の存在は予想外だったのかもしれない。理解不能のもの、として捉えていたのは間違いない。なぜ人間というものがフェアリイ空軍機に乗っているのか、わからなかったのだ。ジャムにとっての敵は、FAF機そのものであって、人間ではなかった。敵は地球の戦闘機械であり、そこに付属する有機物である人間は戦いの相手の主体ではないと認識していた。主体は地球の戦闘機械や戦闘コンピュータであり、人間はそこに付属する兵器なのだ。ミサイルやコンピュータなどと同じく。

ジャムは敵の戦闘機に搭載されている有機物、人間の存在理由を必死で探り、情報分析を試みてきたことだろう。人間というものが意思を持っていると気づくのには時間がかかったかもしれないし、いまだに人間とは戦闘知性体の働きをサポートするための有機的なコンピュータのようなもの、と思っているのかもしれない。いずれにしてもこの存在は無視できないと、ジャムは早くから対策を立てていたことだろう。人間という兵器が自律して動くことができるのなら、こちらでも同様な兵器を造って対抗しよう、そうジャムは考えたに違いない。あるいは想像もつかない使用目的や戦略があるのかもしれないが、とにかくジャムは人間のコピーを造った。

それは人間とまったく変わらないとしても、意思や感情を備えていようとも、あくまでも兵器なのだ。でなければジャムがそれを造る意味がないから、それだけは間違いない。ジャムというおそらくは無機的な、生物かどうかもわからない知性によって造られた、有機兵器。人間が戦闘機械を造ることと同じ感覚だろう。

そのような人間のコピーたちは、彼あるいは彼女自身を、どう感じるのか。特殊戦に着任した矢頭少尉という男は、ジャムに造られた兵器であった可能性が極めて高いと特殊戦では調査のうえで結論づけていた。着任前の部隊での戦闘で本物の矢頭少尉は死亡しており、その死体をもとにジャムがコピーして兵器として送り込んできたものである、と。TAB－15で雪風のガン攻撃を受けて殺されたランコム少尉も。だが特殊戦はそれを証明することはできなかったから、FAFにもその結論を公表せず、部隊の極秘情報事項として扱った。

零は矢頭少尉がブッカー少佐とともに病室にやってきたときのことを、植物状態でいたにもかかわらず、ぼんやりとではあったが、覚えていた。

その男は、零のような最強のシルフドライバーになりたいと言った。零と親しくなりたい、とも。ジャムの兵器が、そう言った。

零は、自分がこの戦いで一個の消耗兵器であるなどと思ったことはなかった。自分がなぜ、だれのために戦うのかなどというのはどうでもよく、関心などなかった。だがいまは、ジャムに造られたその兵器のことを思うと、自分もあれとまったくの同類だと感じた。兵器は自己の性能にしか関心がないものだ。だれのためにその性能を発揮するのかなどと考え始めると性能が低下する。最強の戦士になれたとすればそんなことは考えなかったためで、ジャムの兵器から「あなたのようになりたい」と言われるのは、自分はジャムの兵器よりも兵器らしいということなのだろう。ジャムがこの自分に脅威を感じるのは当然かもしれない。

矢頭少尉自身に、ジャムに造られたという自覚があったのかどうかはわからない。あるいはそれを知っていて、兵器であるより人間としての自意識が強くなっていたためにまともな兵器としての性能が発揮できず、人間なのに完全な兵器として機能しているこの自分のようになりたいと言ったのかもしれないと零は思う。もしそうなら、彼はこの自分よりもずっと完全な人間だったのだ。自分が兵器なのか人間なのかなどどうでもいいと無関心でいたこの自分よりずっと。彼が完全な人間なら、この自分は完全な戦闘機械だ。それでは立場がまったく逆ではないか。

矢頭少尉を狙って新雪風からミサイルを放ったとき、あれはジャムだと信じて疑わなかったにもかかわらず、それでも一瞬ためらったのはなぜだろう。わかりあえた相手だったかもしれないと感じたのはどうしてなのか。

わからないのは自分自身のことなのだ。自分が恐れているのはジャムではなく自分なのではないか。

零はそんな自分の変化した心の内を見つめ直したかった。自分を生んだ地球に帰って。

そんな心境を唯一の親友でもある上官のジェイムズ・ブッカー少佐に打ち明けると、少佐は「それがいい」とうなずいた。

特殊戦の格納庫だった。

十三機の戦隊機が並んでいる。一番機の位置に雪風がいた。かつて三番機だった雪風が。

「おまえはより人間らしくなったわけだ」とブッカー少佐は言った。「覚醒したんだ。雪風も新しい機体を得てより強力に生まれ変わった。名実ともに一番機だ。おまえもそうなるがいい」

戦隊機ナンバは０５０３１と書き換えられている。雪風は一番機としては四代目にあたる。

「生まれ変わりたいとは思わないよ、おれは」と零は言った。

「心身ともにショックだったろう。環境を変えて気分をリフレッシュするのはいいことだ。特殊戦も機体を入れ替える。中断していた計画を練り直し、順次ＦＲＸ００にしていくつもりだ。もっともシステム軍団はいまだにＦＲＸ９９がいいと言っている」

「なぜそれを受け入れて無人機にしない」

「この戦いには人間が必要なんだ。ジャムの戦略に対抗するには、特殊戦の戦士のような人間が有効なんだ」

「戦闘機械としての人間が、だろう」

「それとは少し違う。人間は機械とは異なるから、ジャムにとって脅威となるんだ」

「おれが言いたいのは、ジャック――」

「わかるよ、零。おまえの受けたダメージは。いまのままでは飛べないだろう。休暇をとるべきだ。おまえにはその権利がある。当局が地球帰省許可を出そうとしなくても、だ」

「おれは地球には戻れないというのか」

「フェアリイ空軍はおまえを自由にはしたくないんだ。おまえは優秀で必要だが、おまえこそジャムかもしれないと疑心暗鬼になっている」

「ばかばかしい」

「特殊戦の任務の性質上、その二律背反する感情は常についてまわる。これまでもよくあったことだ」

「おれがジャムなら、ジャムが人間のコピーを造っているなどとは言わないよ」

「それはどうかな。ジャムの目的はＦＡＦの人間と機械を対立させることなのかもしれない。わざとおまえにそう言わせて、だ」

「それなら、おれがもうやってしまったわけだ。ジャムであろうとなかろうと」

「そのとおりだ。だからといって、おまえがジャムの手先ではないという証明にはならない。そんなおまえを当局は完全な監視下に置いておきたいんだ。わかるだろう。簡単には帰省許可は出ない。そもそも特殊戦の戦闘機乗りが一時帰省を願い出た例はない。地球や故郷などには興味も関心もない者が集まる戦隊だ。くびになるか、退役するしかない者が地球に戻るだけだ」

「……どうしても戻りたいのなら、退役するしかないのか」

「めでたく、な。おまえのフェアリイ軍役期間はちょうど切れるところだ。あと四日だ。退役でなく、契約更改もできる。更改条件として、おまえには大尉を要求する権利がある。おまえが退役を選ぶと言ったなら、当局は引き留めるために、二階級特進の少佐を提示してくるかもしれん。そのへんは駆け引きだ」

「階級には興味がない。意味がないよ、ここでは」

「まあな。佐官クラスになれば、人事にも口出しができるようになるし、他の部隊にも大きな顔ができるようになるが」

「雑事も抱え込むことになる」

「大尉というポジションがいちばんおまえにはいいのかもしれないが、しかし大きな階級でも邪魔にはならん。取れるときに取っておくのが利口なやり方だ」

「雪風がいる。退役はしない」

「そうとも」ブッカー少佐はうなずいた。「おれが一時帰省できるように上と掛け合ってやる。おまえは帰ってくるさ。ここに。雪風のいるここにだ」

零は無表情に雪風を見上げた。

威嚇的な機体だった。もともと無人機として開発されたFRX99を改造した機体だ。他の戦隊機のスーパーシルフはこれに比べればどことなく優しい。人間の美的感覚を反映しているような趣があった。しかし雪風の新しい機体はまったく異質な感覚で創られている、と零は思う。高性能な武器は無駄を省かれた機能的な美しさがあるものだが、雪風の機体にはその凄みに加えて、さらに不気味な雰囲気すら感じられる。それがなぜなのか、メインの照明のおとされた薄暗い格納庫で、零は気づいた。雪風は黒く塗られている。ジャムの機体のように。その連想は錯覚ではない。形もそうなのだ。

「これは……ジャムの戦闘機に似ている」

「ジャムのいいところを設計に取り入れたからだ。おれも気づいていたよ。口に出すのが恐ろしい気がする……ジャムのほうにはコクピットはないが、この機体にしても、それは付け足しなんだ。いちおう人間は乗れるが、実体は無人機だ。乗員を殺せる機動能力がある」

雪風はもはや試作機のFRX00ではなく、新しい戦術戦闘電子偵察機としての正式な名称が与えられていた。FFR41。愛称は、メイヴ。風の妖精を統べる女神。

「まさしく荒ぶる女神だ。機嫌を損なうと危ない。スーパーシルフでさえ乗る人間を選んだんだ。こいつは、それ以上だ。並の人間では操れない。おまえが必要だ、零。必ず帰ってきてくれ。おれもおまえを手放したくはない」

零は無言のまま雪風の機体をなでた。雪風の胴体は温かかった。

零が事情聴取に引き回されている間も雪風は無人で任務をこなしていた。特殊戦の任務としては単純な、無人でも問題がないと判断されたミッションだった。雪風の新しい性能を完全に発揮させるには零なしでは危険だとブッカー少佐は考えていた。雪風が地上からは予想もつかない行動をとる可能性はますます高くなっていて、そんなときその原因を知るには機上員が必要だったし、しかも、それを完全に理解できるのはおそらくは零だけだった。当の零にもそれはよくわかった。それでも零は一度雪風を含めたこの戦いの場から距離をおいて、自分を見つめ直してみたかった。

「地球に戻れるように手配してくれ」と零は言った。

「ジャック、よろしく頼む」

「わかった」

ブッカー少佐はそれ以上、もうなにも言わなかった。


フェアリィ空軍当局はブッカー少佐が予想したように、零の帰省にはいい返事をしなかった。FAFはおまえを退役させたくないのだ、軍役を延長しても一時帰省については審査手続きという理由で引き延ばしをはかるだろう、最低でも一ヶ月は駄目だ、と交渉してきたブッカー少佐は言った。

「一ヶ月たてば必ずこちらの要求が通るというのではなさそうだな」

「そのとおりです、深井中尉」

ブッカー少佐のオフィスには見慣れない男がいて、その男がそう言った。

「零、紹介する。国際弁護士のチャン・ポラックさんだ。力になってくれる」

「弁護士ね。基本的におれは犯罪者なわけだ。忘れていたよ。日本の刑務所に入るかわりにここに来たんだ」

「フェアリィ空軍を一度退役するまでのことです」ポラックというその弁護士は言った。

「あなたはかつて、除隊期限を自ら延長し、中尉になられた。つまりその時点で除隊できる権利を放棄したのです。そのため、今回は、自動的に除隊されることはありません。辞めるためには退役申請が必要です。今回もフェアリィ軍役を延長するならば、あなたの立場は変わりません。不定期刑として扱われていますから」

　これまでは地球に戻るつもりはなかったから、そんな、除隊と退役の違いなどということは気にしたこともなかった。

「わたしとしてはこの際、退役することをお勧めします。この権利を自ら放棄することはありません。フェアリイ空軍は、放棄せよと迫ることはできても、退役願いを握りつぶす権限はありません。退役すれば、あなたはフェアリイ空軍からは自由になれます。日本国に対しても義務を果たし、善良なる国民としてすべての権利を行使する自由と、国の保護を受ける権利を取り戻すことになります」

「おれもそれがいいと思う」ブッカー少佐は言った。「戻ってくるときは、志願すればいいんだ。志願してここに来る者は中尉として迎えられるし、おまえなら大尉だろう」

「気にいらんな」と零。

「なにがです」とポラック。

「なにもかもだ」と零は言った。「おれは人間だ。ただの人間として地球に戻りたいんだ。日本という国や、組織など、どうでもいい」

「そういうわけには――」

「おまえの気持ちはわかる」とブッカー少佐は言った。「しかし現実問題として、無所属の一個の人間ではいられない。選択しなくてはならん。FAF軍人として一時帰省するなら、行動は軍規によって規制される。行く場所も、会う人間も、制限される」

「監視付きか」

「そのかわりFAFの強力なバックアップがある。悪いことばかりではない。だれもおまえに手出しはできない。一国家が相手だとしてもだ。民間人になっても同じことが言える。退役したのにフェアリィ空軍がおまえを拘束し続けようとしたら、日本国に救出を要請することができる」

「頼りにはならんさ」

「わたしがいます」ポラックが言った。「あなたのような方の権利を護るために働いている」

「ジャムにもそう言えるのか」と零は言った。「権利などというのは人間がそう言っているだけのことだ。ジャムには通用しない。おれはジャムを相手にしている。信頼できるのは自分だけだ。それなのに、おれは――くそう、このままジャムにやられたくはない」

「退役しろ、深井零中尉」とブッカー少佐は言った。「それで少しは身軽になれる。この問題はおまえにしか解決できない。いつまでも中途半端でいられてはこちらも迷惑だ。どういう結果になろうと、早くけりをつけたい」

書類にサインを、とポラックがペンを差し出した。零はそれを受け取り、複数の書類に署名した。

「それでいい」とブッカー少佐はうなずいた。「おまえが戻るには、それしかない。サインしてしまえば、FAF当局がどう出てこようと、三日後にはおまえは自由だ。生きていればの話だが」

「おれを殺そうとするということか」

「可能性はある。すでにおまえを特殊戦から外そうという動きがある。組織がでかいから三日はなんとか護ってやれるだろう。クーリィ准将もおまえを手放したくないから、抵抗しているよ」

「万一、あなたが死亡してもこのサインは有効です」とポラックは言った。「あなたの名誉は護られます。わたしが責任を持って預かります」

「あんたには渡さない」と零はポラックに言った。

「ブッカー少佐はFAFの人間ですよ、深井中尉。それを書き換えたり、なんらかの工作をしないとは言い切れない。わたしとしては、信用できない。あなたはわたしを信頼すべきです」

「だれにも渡さないと言っているんだ。自分の足で管理局に出向いて提出してくる」

「そういうことなら、どうぞご勝手に」

ポラックは肩をすくめて、さほど気分を害したふうもなく、オフィスから出ていった。

「やつは信用できるか、ジャック」

「高い料金を取っているからな。おまえの給与からの天引き前払いだ。その分の働きはするだろう。法的処理は彼に依頼してある」

「おれには信じられん」

「いちおう信用していい」

「そうじゃなく、やつが、丸腰で歩いていられることが、だ。ここでは殺されない権利がある、とでも思っているのか。そんなのは幻想だ」

「共同幻想だな。ポラックは地球の幻想で動いている男だよ。地球の常識と言ってもいい。ここでは異質だ。FAF内、フェアリイ星ではな。とくにもっとも間近でジャムと相対しているわれわれ特殊戦の人間からすれば、あの男の自信たっぷりな態度に奇異な印象を抱くのは当然だ。わたしも彼と話していると、生きている次元が違うと感じる。彼は歩く地球の常識だよ」

「地球の常識か。もとよりなじめなかった」

「わかる。おれもそうだった。いま地球に戻れば、もっとなじめないだろう。ジャムなどというインベーダーは実はでっち上げだという人間は以前からいたが、いまは、ジャムの存在自体を信じない者も多いようだ。ジャムの脅威をまったく意識しない人間が増えているということだよ。そういう連中にとっては、ここフェアリイ星での戦闘はフィクションにすぎない。だいたいこんな惑星があること自体がフィクションになりつつある」

「フィクション。お伽話か」

「そうだ。ジャムもわれわれも、その登場人物だ。この共同幻想が支配的になれば、もしもジャムがこのフェアリイ星の防衛ラインを突破して地球に侵攻したとしても、人間にはなにが起きているのかまったくわからないということもあり得る。ジャムを認識できないとなれば、雪風のようなジャムを狙って攻撃する戦闘機や戦闘知性体こそ人類の敵と感じるだろうな。それも雪風が頭上を飛びすぎるのを目の当たりにしなければ、現実の脅威とは感じられないかもしれない。いや、それでもなお現実として認識できるかどうかは、怪しいものだ」

「脅威も恐怖も感じずに殺され、支配される連中は幸せだ」零は書類をていねいに折り畳みながら言った。「ジャムもそのほうがやりやすいだろう。ジャムが人間もどきを造り、それを対人兵器として使う気でいるとしたら、その戦略は間違っている」

「そのようなことはジャムは考えてはいないだろう。いまのところは、もっぱら情報収集用に少数を使うに違いない。ジャムにとってのそれは、われわれの雪風のようなものだと思う。対人兵器として使うとすれば大量生産が必要だし、そうなればその維持が大変だ。食糧生産だけでも大きな問題になる。そんな非効率的な戦略をとるはずがない。ジャムが人間のコピーを造ったということは、人体を徹底的に調べ尽くしたということだ。人体が造れるなら、人体を自己崩壊させるウイルスなど簡単に造れるだろう。それをばらまけばいいだけの話だ。増殖し感染していく自律したマイクロ兵器だ。どんな手段よりも効率がいい。だが、ジャムはそれを使ってはいない。完成していないのか、その気はないのか、いずれにしてもジャムがなにを考えているかは、わからん。永久に、絶対にコミュニケーションのとれない存在かもしれない。脳が認識できる相手ならどんなに困難であっても理解する手段があるはずだ、というのはそれこそ人間の幻想だろう。思い上がりだとわたしは思う。雪風やFAFのコンピュータ群にしても、なにを考えているのか、本当のところはわれわれ人間にはわからん」

「他人も同じだ。人間を相手にしてもだ」

「真の理解は不可能でも、信ずることはできる。人間にはそういう能力がある」

「おれは、あんたを信じている」零は畳んだ書類を内ポケットにしまって、言った。「雪風も、そして、ジャムもだ」

「それでもなお地球に戻りたいというのは、なぜだ。それがおまえにわかるか、零？」

意外な質問に零はとまどった。それは、自分のことがよくわからないという証かもしれないと、零は長いつき合いのブッカー少佐を無言で見つめた。

「それはたぶん、こういうことだ」と少佐は言った。「おれもよく感じるから、わかる」

「どういうことだ」

「おまえは、まだ地球というものが存在しているものかどうか、身体で確かめたいんだよ」

「……なんだって？」

「行ってくるがいい。おまえは自由だ。だれもおまえを拘束はできない。退役後一週間だけ待つ。今日から十日後までにおまえからなんの連絡も入らなかったら、おまえなしの特殊戦を再編制する」

「……わかった」

「以上だ、深井中尉」

「了解だ、少佐」

零は姿勢を正して答礼した。ブッカー少佐は席を立って、軽く手を挙げて返礼した。いつものように。ブーメラン戦士とあだ名される部下は必ずここに戻ってくると確信している態度だった。ブーメランが獲物に命中したら、それを回収する。それがブッカー少佐の役目だ。おかげで自分は助かったのだ、と零は思った。ブッカー少佐はただ任務を遂行しているだけだ、という見方もできたが、それでは自分はブッカー少佐にとっても単なる兵器にすぎないと自ら認めることになる。友人と信じていたブッカー少佐との関係まで白紙に戻してここから出ていきたくはなかった。

「あんたの厚意には感謝している。これから管理局に行ってくる」

零は手を下ろして言った。

「特殊戦としては、おまえが戻ってこないとなると痛手だが、しかたがない」とブッカー少佐は答えた。「これは賭だよ、零。おまえを再び戦士として使い物になるようにするにはこれしかない。荒療治だ。失敗の可能性もある」

「先のことは考えたくないな」

「慣れない地球に戻るのだから、なにがあるかわからない。ナビゲーターがいるほうが安心だ。リン・ジャクスンに連絡しておいた。プライベートな依頼だ。少佐の立場では手続きが面倒だし、そのつもりもない。おれの私人としての依頼だ」

「リン・ジャクスンか」

「フェアリイ空軍の情報軍も動くだろうが、あらかじめ断っておくが、それはおれとは無関係だからな。リン・ジャクスンは優秀なジャーナリストだ。おまえと彼女自身を護れるだろう」

「まるで地球にはジャム以上の危険があるみたいだ」

「いまのおまえの精神にとっては、まさしくそうなんだよ。ナイーブで脆い。精神がクラッシュしないことを祈っている」

退室する零の背に向けて、幸運を祈る、とブッカー少佐は言った。零は無言で、なじみの少佐のオフィスを後にした。

三日後、零は無事に退役となった。複雑怪奇な手続きが行なわれたに違いなかったが、チャン・ポラックが料金分の仕事をこなしたのだろう、面倒な事態に煩わされることはなかった。取り上げられていた日本国の旅券が返還されて、すべては終了した。深井零はもはやフェアリイ軍人ではなく、服役を終えた一民間人だった。

零は基地に来たときと同じく、地下と地上を結ぶトンネルを歩いて、しかし今度は逆方向に上がり、地表に向かう。私服のジャケットに私物のボストンバッグという軽装で零は明るいトンネルの出口を目指した。出口が近づき外光が力強さを増すにつれて、夢から醒めていくような気がした。

見送りはなかった。地球に戻る同じ立場の人間が二十数名いた。他に軍服を着た一時帰省を許可された者たちが四人いた。軍服組ははしゃいでいたが、退役した者たちの表情はさまざまだった。笑顔よりはむっつりとした者のほうが多かった。

零は一行のいちばん後からトンネルを出て、フェアリイの連星の太陽光を振り仰いだ。

連星の片方から吹き出すガスが形作る巨大な渦がかすかに赤い帯状の天の川のように見えた。ブラッディ・ロードと呼ばれるそれは、高空の機上で見るよりも薄い。昼の地上からはまったく見えないのが普通だ。帰心が本来見えないものを見させるのかもしれない、と零は思った。FAFの戦術戦闘機の編隊が上空を横切っていった。その反対側には巨大な白い霧柱がそびえている。地球とフェアリイ星とを繋ぐ〈通路〉だ。この光景はまるで絵のようだと零は思った。

滑走路の端に、地球行きの輸送機が待っていた。UNマークをつけた国連機だった。地球とフェアリイ星を繋ぐ超空間の〈通路〉を往復するシャトル機だ。原則としてFAF機は地球には行かない。

搭乗前に身元確認が行なわれた。旅券に退役証明欄があり、それでもはやフェアリイ軍人ではないことが確かめられた。さらに軍服組以外は搭乗券の提示を求められた。私費で帰れ、というわけだった。その機にファーストクラス席があるわけではなかったが。

シャトル機の機長はベテランのパイロットらしかった。迷うことなく〈通路〉の正しい方向と高度からその超空間の霧柱に進入し、機体をさほど動揺させずに地球側へ出た。霧が晴れるとまばゆい南極の空が広がった。一行から歓声があがった。地球の空には、赤い血の川のようなブラッディ・ロードはなかった。帰ってきた、と零は思った。

オーストラリアのシドニーで零は解放された。

リン・ジャクスンが零を待っていた。ジャムの脅威を取材でまとめた『ジ・インベーダー』の著者である彼女は、まだジャムとフェアリイ空軍への興味を失ってはいなかった。ジャムをよく知っているに違いないフェアリイ星から帰ってきた男を十年来の知己のごとく出迎えた。

零は、その女にかつて一度だけ会ったことがあった。話はしなかったが。そのときよりも少し老けて見えたが、知的な眼の輝きは以前のままだった。

「おかえりなさい、深井中尉。生還おめでとう」

リン・ジャクスンは空港の出口に向かう零と歩調を合わせて言った。

「どういうつもりだ。どこまでついてくるつもりだ」

「あなたの力になるようにとブッカー少佐に頼まれているの。わたしを覚えている?」

「ああ」

「これからの予定は? なにがしたい?」

「地球めぐりだ」

「祖国に戻る気分になるまで、ということかしら」

「あなたには関係ない」

「そうかしら。深井中尉、あなたはジャムについての情報を全人類に伝える義務があるとは思わない?」

「義務を果たして地球に戻ってきたんだ。ジャムを知りたければ、志願して戦場に行けばいい。あなた自身が」

「戦闘に参加しては客観的な視点を失う」

「ジャムに対して公正中立な客観的な立場があるなどと信じているとしたら、では、あなたは人間ではないわけだな。人間ではいられないだろう」

「ある意味ではそのとおりでしょう、わたしは、中尉——」

「おれはもう中尉ではない」

「フェアリイ星に戻るつもりはない、ということかしら？」

「取材はお断りだ」

空港の喧噪と色彩の渦と人間のうごめきに、零は船酔いのような気分の悪さを覚えた。

「わたしがあなたの同類でも？」

「同類だって？」

「いろいろ訊きたいのは確かだけれど」とリン・ジャクスンはよそ行きの口調を捨てて言った。「あなたもわたしもジャムの脅威を知っている。ジャムの目的はわからないけれど、ジャムを客観的に捉えようとすれば、人間の感覚や常識は頼りにならない。人間ではいられないというあなたの指摘はそのとおりよ。あなたも、そう。あなたこそ、そうでしょう」

「おれが人間でないとしたら、なんだというんだ」

立ち止まって零は訊いた。

リン・ジャクスンは零の目を見つめて、迷うことなく答えた。

「フェアリイ星人よ」

「異星人というわけか」

「そう。そのとおり。異星人のあなたが地球観光するなら、ガイドを雇うべきでしょう。人間の慣習には不案内でしょうから」

「そのかわり、独占取材に応じろと」

「あなたの英雄気分を害するかもしれないけれど、あなたはヒーローとして自分を売り込むことはできない。ジャムとの戦闘はいまはもうセンセーショナルなものではなく、帰還戦士の手柄話に興味を持つ人間はごく一部の特殊な者に限られる。あなたに取材しようなどという物好きは、少なくともマスコミ関係者にはいないのよ」

「フェアリイ星でのことは夢だったような気がする。悪夢を見せる装置があって、それで精神的な刑を受けたという感覚だ。実際、戦闘機の基本操縦技能を脳に学習させる、あの装置がそういうものだったと疑うこともできる」零はため息をついた。「いま地球でジャムが妖精扱いされているなら、本当にそのような刑だったと言ってもいい。ジャムが実在しようとしまいと、そんなことに関係なく、たいした違いはないんだ」

「そのような帰還戦士の精神的な傷に対する公的配慮が必要だと思うけれど、それもない。わたしにはそれが信じられない」

「公的配慮などというのはまっぴらだ」

「わたしは個人よ」

「個人的な興味か」

「そう。あなたはいまの人間社会にはなじめないと思う。独りでは生きていけない」

「……ガイドとして雇うよ」

「料金は高いわよ」

「金はある。フェアリィ基地ではたいした使い道はなかったからな」

「そのへんの話も聞かせてもらえれば、その分割り引いてあげる」

「残高が心細くなったら考える」

「計算を忘れないことね」

「良心的な料金を期待してるよ」

「信じなさい」

リン・ジャクスンは先に立って空港ロビーを出た。

「どこへ行く」

「落ち着くところが必要でしょう。メレディアン・ホテルをとってある」

「用意がいい」

「いまわたしはそこに住んでるの。フェアリィに近いからなにかと便利なのよ」

「いい身分だ」

「経済的には不自由はないわ」

「大ベストセラーだったそうだからな。『ジ・インベーダー』の続篇も書けば売れるだろう」

「いま執筆に取り掛かっている。でも、エージェントは売り込み先に苦慮している」

「どうして」

「フィクションのファンタシィとしてなら買う出版社はあるかもしれない。そういう時代なのよ。でもジャム関係は、ファンタシィよ。ジャムの名を出すと真面目な内容とは受け取られない。わたしは物語作家になったつもりはないのだけれど、出版社にするとわたしがそのようになったと感じるだろうとエージェントは言うのよ。きわものを書くようになったと思われたら、国際ジャーナリストとしての信頼感も損なわれる。わたしは他にもハードなやつも書いている。その路線から外れるな、というのよ」

「では『ジ・インベーダー』は、いまはどういう本として見られているんだ」

「ファンタシィというのは言いすぎかもしれないけれど、一時期大量に出た玉石混淆のジャム関係の本と同じよ。いまは流行らない。わたしは、もう売れなくなった流行作家というわけ。わたし自身は流行作家ではなくジャーナリストのつもりだったし、いまもそうだけど、世間はそうは見ていない。まだジャムをネタに書いているなんて時代錯誤もいいとこ、というわけ」

「どうかしている」

「それだけフェアリィ空軍がジャムの脅威を封じ込めるのに成功しているということだわ」

「現実問題が他にたくさんあるわけだ」

「そう。人間同士の対立のほうが身近な問題なのよ。経済、政治、宗教、民族、人種、性差、エトセトラ」

零はリン・ジャクスンが『ジ・インベーダー』で書いていたことを思い出した。

ジャムが南極に、地球とフェアリイ星を超空間で結ぶ〈通路〉をぶち込んで侵攻を開始したとき、人類はそれでも一つにまとまって戦おうとはしなかった。結局人間にとってジャムも対立して無数に存在する異民族の一つにすぎない、と捉えたのだ。地球には人類はいるが地球人というまとまった集団はない。われこそ集団の支配者にと闘争する動物であるヒトだから、支配する者が少しでも力を失えば、集団は分裂する。集合と分裂の繰り返し。支配と被支配の関係。権力闘争。ジャムがいようといまいと、これは変わらない。人間が滅ぶときにも最後まで残っているのは、こうした対立意識なのだ。

「肌の色は違っていても同じ人間、か」

リン・ジャクスンとタクシーに乗り込む前に零は言った。

「え？」

「あんたの著作からの引用だよ。人間は結局この事実を最期まで認めようとはしないだろう、ということ」

「あなたはどう思っているの」

「食べて寝て、やがて年をとってこの世から消えていく。それ以外は幻想だ」

「悟りきった老人のようね」

「ジャムのせいだ」

零はタクシーのドアを閉めて言った。

走り出したタクシーの窓からニュース・スタンドを見つけた零は止めさせて、新聞を四種類買い込んだ。戻るとリン・ジャクスンが、新聞ならホテルに頼めばなんでも買えるし、部屋のMTでニュース記事のハードコピーも取り放題だと笑ったが、零はリン・ジャクスンの言いなりになるつもりはなかった。

「新聞の偽造やコンピュータ情報の内容の細工など簡単にできる」

「街で売っている新聞なら少しはましというわけ」

「まあね」

「だれがそんな細工をすると思うの」

「おれを笑うやつさ」

リン・ジャクスンは肩をすくめて、口を閉じた。

ホテルに着き、チェックインをした後、リン・ジャクスンとディナーの約束をして別れた。いいレストランに案内するから、そこで人間らしく食事をして、これからの予定を立てればいいとリン・ジャクスンは言ったが、零はのんびりしている気分にはなれなかった。ブッカー少佐からの猶予期間は一週間だった。その間は零の特殊戦におけるポストは保証するが、それが過ぎたらわからない、フェアリイ星に戻っても雪風と飛べるとは限らない、ということだ。

この一週間で雪風の存在を忘れるような新たな生き甲斐が得られるとは零には思えなかったが、時間を無駄にしたくはなかった。ジャムという存在を地球の感覚で捉えたかった。いったい自分はどういう相手と戦ってきたのか、と。

リン・ジャクスンがとってくれた部屋は豪華なスイートだった。大きなベッドの上で零は買ってきた新聞を読んだ。ジャムに関する記事はなかった。信じられなかったが、一行も見つけることができなかった。

新聞を投げ出し、ライティングデスクの上のMTという、フェアリイ星に行く以前にはなかったそれのスイッチを入れてみた。

マルチメディアの端末機だった。それで大手らしきニュースサイトを呼び出しジャムに関する情報を検索してみたが、最近の日付になるほど情報量は少ない。そもそも驚いたことに、ジャムというキーワードでの検索では、たいした情報が得られなかった。ジャムという語はあっても、一部にしか通用しない特殊な用語か俗語であるかのように扱われていた。ジャムという語による検索では、《――最初にだれがジャムと言い始めたのかはわかっていないが、その地球侵略を狙っているらしい謎の集団の正式名称はいまだに決まっていない》という記述が出てくるだけだ。

ばかげていると思いつつ、調べるにはフェアリイ空軍というキーワードを使うしかなかった。その情報にしてもたいしたものではなく、公開してもよさそうな最新の戦況なども、なかった。公報は存在するはずだが、MTというこのメディア上にはアップロードされていないのだ。

まるで報道管制されているかのようだった。おそらくそうだろうと零は思った。ようするに、だれかがジャムの存在を知られ難くしているのだ。調べるのにおそろしく手間が掛かるようにしている。ジャムやフェアリイ空軍に関する膨大な情報はあるのかもしれないが、それを捜すとなると一生かかるというように、実際には捜すことができないようにされているかのようだ。

新聞にジャムに関する記事がないのは、売り物にならないからだとリン・ジャクスンなら言うだろう。彼女が執筆中の『ジ・インベーダー』の続篇もそれが理由で出版先を見つけられないでいるらしい。

だが、その根本的な理由は、そのように大衆の意識を変化させるべく情報を操作していった者がいるからだと零は感じた。全地球規模で行なわれているに違いない。ジャムを宣伝に使いたい集団がいたとしても、ジャムという単語は入力したとたん消去されるか、あるいは検索が困難な他の表現に変化するようにされているのではないかと零は疑った。

そんなことをだれがするというのか。

利益を受ける者、だ。ジャム。MTというそれを構成する電子システムはすでにジャムにコントロールされている。

音もなくフェアリイ空軍にキャッチされずに地球に侵入して、注意深く時間をかけて実行すれば、可能だろう。変化はごく緩やかだから、リン・ジャクスンのような人間ですら気づかないのも無理はない。それとも、と零は後ずさり、ベッドに腰を下ろして思った、これがフェアリイから帰還した戦士が抱く幻想、精神的な傷というものなのか。

命がけでジャムと戦ってきたというのに、帰郷してみればジャムなど話題にもならない。ではあの戦いはなんだったのだ、なんのために命を張っていたというのだ、ジャムはいる、ほら、そこに……そのように思いたいのは当然だろう。

もしもジャムという存在が、人間の生み出した仮想的なものならば、すべてそれで説明がつく。国際的な犯罪者収容システムがフェアリイ星という空間なのだと説明されれば、なるほど、と思う。

だがジャムもフェアリイ星も人工的な仮想的存在であると主張するのは、非現実的だ。そのようなシステムを維持していくコストを考えれば、そんなものに金は出せないという集団がかならず出てきてシステムは崩壊する。とてもこの三十年もの長い間、そのような幻想システムを維持できるはずがない。

しかし、もし本当にそうだったとしても、ジャムというものが実は最初は仮想的存在だったとしても、いまは、もはやそうではないのだ。ジャムは実在する。ゲームは終わりだ、などと、もしもそれを始めた責任機関がいまも存在し、それがそう言ったところで、それはいまのFAFには通用しない。

ＦＡＦは自分が戦っているジャムというものを仮想扱いなどしていない。仮想だろうと現実だろうと、そんなことに関係なく、殺らなければ殺られるのだ。ジャムは幻想などでは決してない。ＦＡＦがそれを確固たるものにしてしまっているのだ。ジャムはフェアリイからいずれ地球に侵入する。それが本物のジャムだろうと、ＦＡＦの人間や戦闘機械たちが生み出したものだろうと関係なく、それはジャムなのだ。

なんと強力な戦闘精神後遺症だろう、と零は思う。ようするに、なにがなんでもジャムは存在すると思いたいのだ。すでに地球に侵入しているという考えは、そのせいか。もしそうならば、この地球も本物ではない。もしジャムが幻想だというのなら、その存在をここで感じるというのは、幻想から抜け出せないでいるということなのだから。それを精神的な治療で治すことはできるだろうか。いいや、自分は、ジャムの脅威は決して忘れないだろう。幻想だなどと無理に思い込むより、実在すると思って生きていくほうがいい。他人の思惑などどうでもいい。自分にとってジャムは脅威だ。ならば、それは実在する。正体がなんであれ、だ。それを幻想扱いする地球人は、ジャムの正体を知ることなく滅びるだろう。原因がジャムだとも思わずに。

自分はそんなのはごめんだ、と零は思う。

ジャムにとって、これはいい戦略だ。ジャムは人間のコピーを造って対人兵器にする必要などない。人間が生みだし、高性能化・複雑化していく電子情報手段を利用して、人間の意識をコントロールすればいいのだ。真の敵から意識をそらさせ、人間同士の対立意識をほんの少し後押ししてやるだけでいい。もともと人間はそういう生き物だから、わざわざ洗脳する手間はいらない。人間は自ら作ったシステムと自らの生物的性質により自滅するだろう。

食べて寝て、それだけで満足している人間をも、ジャムではなく、武器を持った他の人間や集団が、蹂躙するのだ。実際、この新聞にもそんな記事がやたらと目に付く。ジャムが仕向けているのではない、人間自身がやっていることだ。ジャムはただ待つだけでよかったのだ。百年か。千年か。一万年はいらないだろう。ジャムは侵攻開始を早まったがために戦う羽目になったのかもしれない。これに対抗できるのは、人間ではなく、自律した雪風のような戦闘機械知性体だろう。

腕を枕にベッドに仰向けになり、人間が自滅するならすればいい、と零は思った。ジャムがすでに地球のコンピュータネットワークを支配しているというのが幻想だとしても、自分は以前と変わらない。こんな自分を人間集団は許さないだろう、それも同じだ。なにも変わってはいない。地球に戻ってみてそれがよくわかった。まだ半日と経っていないというのに。

自分は完全な戦闘機械なのではないか、などと悩むことはないのだ。自分は人間ではない、そう認めれば済むことだ。人間でも兵器でもないとしたら、ではなんなのかがわからなかったが、リン・ジャクスンが教えてくれた。あっけない答えだ。

フェアリイ星人。

ジャムがいるから戦っているが、それは兵器としてではなく、フェアリイ星人として生き抜くためなのだ。

それにしてもどうしてこんな自分が生まれてきたのだろう。正常な人間社会から疎外されるような性質を持った人間が。群れて生きることが我慢できない人間。

特殊なミュータントなのだ、などとは零は思わなかった。これも人間として、種を生き延びさせるために進化のプログラムに組み込まれているにすぎないのだろう。いつの時代にも存在したのだ。たまたま自分が生まれた時代にジャムがいたというだけのことだ。ジャムが、人間を排除したいのにその自滅を待ってはいられないとすれば、自分のような人間がいるからだ、そう感じる。

ジャムは、地球の大多数の人間よりも、こんな自分のようなタイプの人間にとってこそ脅威なのだ。地球の人間にしてみればジャムがいようといまいとさほど違いがない。いま人間はまさしくそのように生きている。どのみち放っておいても自滅するだろう。

しかし自分が生きるためには、こんな地球にいては身を護れない。ジャムがすでにここにいるならなおのことだ。武器がない。

着いて間もないが、明日の朝にもブッカー少佐に連絡を取ろうと零は決心した。

リン・ジャクスンには感謝すべきだ。ブッカー少佐からはいつのシャトル便に乗れと連絡があるだろうから、それまではリン・ジャクスンにつき合ってもいい。時間の余裕が与えられたら、観光もいいだろう。どこにでも行ける。あたりまえのことなのに、それを阻んでいる人間の常識がおかしいのだ。移動するためにパスポートを必要とする動物など、人間だけだ。

零は少し早めだがリン・ジャクスンを呼び出そうとベッドを降りた。

ドアがノックされて、彼女も同じことを考えたのかとドアスコープから外をうかがうと、廊下に立っているのは男だった。三人。顔つきは日本人だ。

「だれだ」

ドアを開かずに訊く。久しぶりの日本語だった。

「深井零さん、お迎えに上がりました」ドア越しに答えが返ってくる。「あなたのような帰還軍人のお世話をする者です」

「必要ない」

「本当にそうなら、証明書にサインをいただかないと困るのですが。手続きをしていただかないと私どもの職務怠慢になります」

どう言っても帰りそうになかった。零はドアを開けた。

「いい部屋ですな」

「用件を」

「こういう者です」

代表格の男が名刺を差し出した。

「……日本海軍省、開発部だ？」

「あなたのような優秀なパイロットには、ぜひ我が海軍航空部隊に来ていただきたい」

なにもかも計算ずくなのだと零は悟った。

たいした罪とも思えないことでフェアリイ星に追いやり、生き延びた優秀な人間を利用する。莫大な国費をフェアリイ空軍に供出してもなお、引き合うのだろう。そのためにも、拒否させないに違いない。強制だ。

「あんたらのためにジャムと戦ってきたのではない」

「ほう。ではなんのためですか」

「自分が生き延びるためだ」

「その技量をぜひ生かしてください。せっかくの才能です」

「こう言ってはなんだが」と別の一人が言った。「あなたのような経歴の人間は、帰国してもろくな民間の仕事につけない」

「大きなお世話だ」と零は言った、抵抗は無駄だと思いつつ。「へそをながめて暮らすよ。申し出は拒否する。権利はあるよな」

「ではすぐに帰国——」

「ことわる。美人と約束がある」

「ジャクスンさん以外には接触してきた者はないと思いますが、従っていただかないと面倒なことになります。あなたの才能を他国に渡したくはない。あなたも日本人なら、日本のために働きたいでしょう。祖国のために」

「帰ってみれば、そんな価値しかおれにはないというのか。日本人として戦闘機に乗り、他国人を殺す仕事か。同じ人間を？」

「国益を護るのです。国際法に基づいて、です」

「そんなのになんの意味がある。人間同士、勝ったの負けたのと、そのどこが面白い。死ぬまでやってろ。国家は国民奉仕機関に徹する存在であるべきだ。権力も武力も必要ない。だがいまだそうなってはいない。おれはそんな原始的なもののために命を張る気はない。ジャムと戦ったのは、自分のためだ。帰ってきておまえたちの役に立つためじゃない」

「国家のためではない、と」

「あたりまえだ」

「おまえを逮捕する」

　そんな権利があるのかと叫んでも無駄だと零にはわかった。たとえ裁判になっても、二度とフェアリイ星に送るという判決は出ないだろう。国家のために戦うように洗脳される。人間として、自滅する方向へ従わされる。人間として正しい道がそれなのだ。人間同士が戦うのが、人間は楽しいのだ。他人を操り、ときに自分を犠牲にしてでも。楽しくないとしてもそうせずにはいられないのが人間なのだ。

　零は後ずさった。

「抵抗するとためにならない」

「おれの才能を殺せば、国益に反するよな」と零。

「従わないのなら、しかたがない。しかし、馬鹿な男だ。地位も名誉も生活も保証されるというのに。生まれながらの反逆者だな」

後ろの二人がスタンガンのような武器を出した。身体の自由を奪う機能があると予想できる。格闘技に関してもかないそうになかった。それでも戦うしかない。

と、室内のほうに動きを感じた。

「深井中尉」フェアリイなまりとでもいう英語の警告だった。「伏せろ。こちらを見るな」

反射的に零は床に伏せた。眼を閉じてなおまばゆい光を感じた。手榴弾のようなものだと思ったが、閃光目つぶし弾だった。

「深井中尉、出ろ。早く」

零は素早く起きて、その指示に従った。視界が薄暗かったが、三人の日本軍人は目を押さえてうめいているのが見えた。

廊下に飛び出す。エレベータホールにリン・ジャクスンがいた。開いたエレベータの扉を押さえている。そのケージに飛び込む。中に知らない顔の男がいた。リン・ジャクスンが素早くエレベータのボタンを押す。

「あの部屋に、どこから入ってきた。どうやって出た。きみはFAF情報局の人間だな」

「そうだ」と男が言った。「情報局の実戦部隊、FAF情報軍だ」

「わたしの部屋から入ったのよ」とリン・ジャクスン。「続き部屋なの」

「豪勢な暮らしだ。——きみは、リンの部屋から、おれを監視していたのか」

「そう」とFAFの情報軍人。まだ若い。

「なぜだ。おれは退役したんだぞ。それともあの証明書は偽なのか」

「本物です。だから、お国から出迎えがあった。素早い対応なんで、こちらも驚いた」

「きみのやったことは違法だ。おれを誘拐しているんだから」

「いいえ。違法行為は彼らのほうです。FAFに再志願したあなたを、それこそ拉致しようとしたのですから」

「なるほどな。タイミングも絶好だったし」零は息をついた。「都合のいいことだ。再志願とはな」

「本当のことらしいわ、零」

「本当です」と男。「あなたが空港を出て新聞を買った時間に、FAF当局はあなたからの再志願申請を受理しています」

「……ブッカー少佐だ。最初からそういう手筈だったんだ」

「あなたの意志ではなかったと？」

あの日本海軍省の人間とやらは俳優で、すべてがFAFによって仕組まれた芝居なのかもしれない。フェアリイ星に連れ戻すための。だが、それでもかまわない、と零は思った。こうなる前に、すでに戻る決心をしていたから。

「いいんだ。助かった」

エントランス階にケージが止まると、早く、と男はうながした。

「ここにいては危険です、中尉。追ってくる連中に、あなたがFAFの人間だと証明する書類がまだ整っていない。シャトル機に搭乗するのに必要なので、間に合わせるよう部下に命じます。サインすればオーケーです」

これが芝居ではなく、事実なら、そんな書類があっても国家権力には無視されそうだ。

「ジャムがいるフェアリイのほうが安全とは、皮肉だよ」と零は言った。

「深井中尉、ゆっくり観光案内できなくて残念だわ。慌ただしいのはいつものことだけど」

ホテルの建物から出たリン・ジャクスンが言った。この女がいなかったら自分はどうなっていたかわからない、と零は思う。そして、自分がここでは危険なように、リン・ジャクスンも似たような立場にいるのだと気づいた。

「あなたもフェアリイに来たほうが安全だろう。人間じゃないんだから。人間たちのばかげた戦いに巻き込まれるのは危ない。あなたのキャリアがあれば民間人の資格でフェアリイ星に来れるだろう。そこで仕事をすればいい」

路上に停められている車に乗り込む前に零はそう言った。だがリン・ジャクスンは首を横に振った。

「人間同士がばかげた戦いをしているとは、わたしも思う。でも、行かないわ」

「なぜ」

「希望を持っているから。いつまでも人間は愚かではいないと信じている。わたしはたしかに、あなたと同じように普通の人間ではないのかもしれない。でも、あなたとも違うのよ」

「そうか……まったくあっけなく終わった休暇だ。でもあなたに会えてよかった」

「今度来たときは、心ゆくまでガイドしたいものだわ」

「良心的料金で頼む」

「ええ、もちろん。信じなさい」

そう言ってリン・ジャクスンは微笑んだ。

いい笑顔だ。一瞬の休暇だったというのにこんな笑顔を見られたのは幸運だった、と零は思った。

いったいなにが起きたのかはあとでじっくり振り返ってみることにして、しかしこれだけは確かだ、自分は、もはや地球にはいないのではないかと疑っていた、ジャムの脅威を認識している人間と出会ったのだ。普通の人間でないというそんな彼女は、では、なんだろう？

地球人。そうだ、おれは、その笑顔を見たのだ。

「また会おう、地球人。グッドラック」

「あなたも、深井中尉、フェアリイ星人」

零はうなずき、車に乗ってドアを閉め、出せと運転手に命じた。休暇は終わりだ。雪風が待っている。

Ⅲ　戦闘復帰

1

　ほとんど植物状態で三ヶ月を過ごした零だったが、その半分に満たない期間でもとの体力を取り戻せるだろうと特殊戦の医療スタッフは保証した。もっとも、リハビリテーションのメニューをきちんとこなせば、だが。そのメニューは零が覚醒した時点で作成され即時に開始されたが、事情聴取や帰省のために変更を余儀なくされ、本格的に開始されたのは零が再志願して戻ってからになった。零は特殊戦に復帰して十日というもの、真面目にそのメニューをこなしていた。ブッカー少佐は、その効果を把握するために零を自分のオフィスに呼び出した。

　見たところ零の体調はよさそうだった。自分よりもよほど。若い身体はいい、とブッカー少佐は零に言った。

「おれの年になると、倍の時間をかけても元には戻らんよ。いまだにときどき頸が痛む」

「その年で戦闘機に乗ろうなんて考えること自体がむちゃだったんだよ、ジャック」

「わたしの判断はしかし、間違ってはいなかった。おまえは意識を取り戻したろう」

「あんた自身がFRXや雪風に乗る必要はなかった」

「いや。必要だった。矢頭少尉の件では、だれも信用できなかった。これは戦争だ。実戦だ。机上演習ではない。久しぶりに戦闘機で出撃して、頭ではなく身体で戦況を理解できた。お偉方もときどき戦闘機に乗せるのがいい」

「身をもってジャムの脅威を体験できる、か」

「それだけじゃないさ」とブッカー少佐は言った。

「他になにがある」と零。

「脅威はジャムだけではない。それが、乗ればわかる」

「メイヴの戦闘機動性能か」

FFR41。実戦投入された新型戦術戦闘偵察機、風の女王、メイヴ。いまだ雪風一機しか存在しない。

「メイヴのことだけじゃない。わがFAFの戦闘知性体がなにを考えているかわからない、ということがわかるだろう。人間にとって、それが脅威でなくてなんだ？　お偉方には、それがわかっていない」

「この戦いは、ジャム対FAFの戦闘機械であって、ジャム対人間ではない、ということだな」

「そうだ」とブッカー少佐はうなずいた。「最初から、三十年前に初めてジャムが姿を現したその当初から、ジャムは人間など相手にしていなかったんだ。それが、おれたちにはわかってきた。だが、戦闘員を管理するお偉方には、それがわかっていない。理解もできないだろう。実際に前線の戦闘の場に出て危険に身をさらさなければ、わかるはずがない。ここですらそうなんだ。地球でのうのうと暮らしている人間の意識は推して知るべしだ」

「ジャムはすでに地球に侵入しているよ」

「……なんだって？」

「はっきりとは言えない。地球に帰省してみて、そんな気がしただけだ。ジャムの本体は、というか、実体は、人間には感知できないんだ。たぶんな」

零は短い休暇で感じたことをブッカー少佐に言った。地球の電子ネットワークにはすでにジャムが侵入していると感じたことを。

「零、おまえ、それをなぜ黙っていた」

「報告の義務はないだろう。おれは民間人の身の上で地球に行ったわけだし、確証もない。それに、もしそうだとしても、地球のジャムは、地球の人間がなんとかすべきだ。おれたちには関係ない」

「関係ないでは済まされない」

「どうして」

「どうして、だ？」ブッカー少佐はあきれたというように首を左右に振って言った。「零、おまえ、なぜここに来た」

「なぜって、おれの心身回復プログラムがうまくいっているかどうか報告しろというから、ここに出頭した。あんたのもとにだ、ブッカー少佐」

「おまえは、おれのこの部屋や、特殊戦やFAFが、地球とはまったく無関係に存在するとでも言いたいのか。おまえはここで地球とは関係なく勝手に生きている、生きていられると、本気で思っているのか」

「思っている」と零は言った。「FAFがそう思っていないとすれば、それは間違っているとおれは思う」

「おまえは地球に行ってきた。地球はたしかに存在していたか」

「地球が夢だろうと実在しようと、どうでもいい。このフェアリイ星で生きていくには、そんなのは問題ではない」

「ここだけが自分の生きる場だと感じたから戻ってきたというわけだ」

「まあ、そうだ」

「地球がジャムにすでに汚染されているなら、地球では戦えない、だから戻ってきたんだ。そうだろう」

「ああ。地球では、ジャム以外に、地球の人間の相手もしなくてはならない。戦う相手は少ないほどいい」

「地球の人間と戦うだと?」

「そうだよ、ジャック」と零はうなずいた。「生きるのは、戦いだ。だれも頼りにはできない。おれは地球の人間ではない。あんたもだ」

「地球の人間ではないとは、どういうことだ」

「おれたちはフェアリイ星人なんだ。その生存を脅かす相手とは戦わなくてはならない。戦闘ではない、これは戦争ではない、生存競争だ。相手を叩きのめせばいいというものではない。生きていればいい。負けなければ、勝ちなんだ。競争相手はジャムだけではない。地球に行ってきて、それがよくわかった」

「零、おれは、おまえの人生哲学などを聞いている暇はない。おまえがどう思おうと、FAFは地球代表の意思によって存在しているんだ。それが現実だ。負けなければいい？　地球からのバックアップがなくなれば、あっという間に負ける。おまえにはそれがわかっていない。おれたちはフェアリイ星人だって？　どこでそんな考えを仕入れた。だれにそんなことを吹き込まれた。おまえのアイデアではなかろう……リン・ジャクスンだな？」

「ああ」

「彼女は、FAFに地球からの独立戦争を期待しているのか。そうおまえをたき付けたのか」

「いや。ジャクスン女史は、おれは人間ではない、と言った。では、なんなのだと訊くと、フェアリイ星人だと。そのとおり、単純明快な答えだとおれは思った。それだけだ」

「彼女は筋金入りのジャーナリストだ。だれにも与しないでやっていける強靭な自己を持っている。だが、おまえは、そうではない。ナイーブだ。とくにいまは心身ともに不安定だ。

病み上がりのいまのおまえを洗脳するのはたやすい」

「では、あんたがやれよ、ジャック」

「おれが？」

「そう。地球の人間のために自分を犠牲にしろ、それが楽しい人生だと、そうおれを信じさせるのは簡単なんだろう？　やってみろよ」

ブッカー少佐はまじまじと深井零大尉を見た。この男は変わった、と少佐は思う。話し方の雰囲気が以前とは微妙に違う。しかし、どこがどう変わったというのだ。

階級は中尉から大尉に昇進した。外観はといえば、より痩せて、筋肉も落ちている。だがそのような変化はたいしたことではない。大きく変わったのは、その内面だろう。目を見ればわかる。

その目付きは以前よりも鋭く精気にあふれていて、別の見方をするならば、畏れを知っている者の目だ。警戒心を外面に出している。以前の零はそうではなかった。ただひたすら受動的で、気に入らないものは見ない、見えない、というような態度で、目の前の蠅を追い払うようにジャムだけを相手にし、それ以外のことは『おれには関係ない』と言い続けてきた。高性能の兵器そのものだった。つまりジャムという目標しか見ていなかったのだ。

いまは、違う。零は、この男は、より高い視点から自分というものを見下ろしている。自分と、自分が生きている世界とが、どう関係しているのかを意識し始めているのだ。そういう問題に対して、それは意識して考えるだけの価値がある、と気づいたのだろう。

ようするに、とブッカー少佐は思った、零は生まれて初めて自分以外の存在がこの世に生きていることを認めた、ということだろう。それはしかし、より情操面で豊かになった、などというような変化ではない。機械のように無機的で、まるで感情などないかのように振舞うという、その性格自体はまったく変わっていない。地球人などどうなろうとかまわない、とこの男は思っている。さきほど、まさにそう言ったではないか。だがそれは、『おれには関係ない』ではなく、『おれたちには関係ない』だった。表面上はわずかな違いでしかない。しかしその違いは決定的だ。兵器にたとえるなら、受動誘導から能動誘導に切り替えたミサイルのようなものだ。

もっともそれが成功するかどうかは、まだなんとも言えない、と冷ややかにブッカー少佐は思う。精神的には、いまだにナイーブであるのは間違いない。唯一信じていた雪風にいったんは裏切られ、深い傷を負ったのだ。身体と同じくリハビリテーションが必要だろう。自分がさきほど零に言ったように、いまなら洗脳はたやすいだろう。零は『やってみろよ』と言い放ったが、おそらく内面では、自分自身の変化が正しい方向に向かっているのかどうか、自分でつかみきってはいない。

だがそれでも、この男は自分の力で、自己をより精密に誘導する方法を欲しているのは確かだ。零は、この男は、どこへ向かって飛んでいこうとしているのだろう？

「この闘いは、戦争ではない、生存競争か」ブッカー少佐は零が言ったことを自分でも口にしてみる。「あらゆる戦争はしかし、一兵卒にとっては、そうなんだ。犬死にしたいと思う兵隊はいない。目の前の敵を殺さなければ殺される。敵もまたそうだ。生存競争だ。ようするにおまえは、ただ消耗される兵隊ではいたくなったというわけだ」

「おれは兵隊じゃない。もとよりFAFには兵隊はいないし、いまのおれは大尉だ、ブッカー少佐」

「言葉の上ではな。そんなのは関係ないとおまえは言い続けてきた。それとも階級に意味を見いだして、もっと出世したくなったのか」

「おれの人生哲学を聞いている暇はなかったんじゃないのか」

「もう十分に時間を食われている。どうなんだ、零」

「それを訊いてどうする」

「おまえが、まだ特殊戦の優秀なメイヴドライバーとして使えるかどうかを確かめたい。それがわたしの仕事だ。答えろ、深井大尉」

「より上の階級章が自分で納得できる死に様を保証するというのなら、それを狙うのも悪くないかもしれない。だが、大将ならば風呂場で転倒して事故死するなどというつまらん死に方は絶対にしない、とは言えない。むしろ逆だろう。大将なら戦死よりはそうした滑稽な死に様をさらす確率が高い」

「滑稽な死に様か。アイスキュロスの話を思い出させる話だ」

「だれだ、それ。滑稽な死に方をした有名人か」

「滑稽かどうかは、見方による。古代ギリシャの三大悲劇作家の一人だよ。彼は、空から降ってきた亀に脳天を割られて死んだんだ」

「なんだ？」

「亀を捕まえた鴉だか鷲だかが、上空を飛んでいたんだ。その鳥は亀を上空から落として甲羅を割るための、適当な石を探していた。アイスキュロスは見事な禿げ頭だった。その鳥は、悲劇作家の禿げ頭を亀を割るための石と間違えたのだ、という有名な話だ。悲劇と喜劇は裏表だ。どのようにもとれる。この死に様自体も作り話かもしれん。だが重要なのは、彼が、そうした逸話を後世に残すほどの生き方をした、ということだ。階級や身分が高いほどそうした生き方がしやすいとは思わないか」

「それは他人の評価にすぎない。その男が満足していたかどうかは、そんなのとは関係ない」

「なぜ生き方ではなく、死に様にこだわるんだ？　死に様はそう思いどおりにはいかんぞ、零。人知を超えた要素が入り込む。しかも、死んでしまってからでは、納得するもないだろう」

「階級も身分も関係なく、人はだれでも死ぬ。それに気づかずに生きているのは意味がない。無意味な生き方はしたくない」

「メメントモリ、死を忘れるな、だな。零、おまえはたしかに変わったよ」

「おれは、納得のいく生き方をするのはたやすいとは思わなかったが、それでもできるだけそのように生きてきた」

「自分には関係ないと言い続けて、だ」

「後悔はしなかったし、いまも後悔はしていない」

「だが、死んでも死にきれないと思っているのだろう。それはようするに、過去の生き方が間違っていたということではないのか、零？」

ブッカー少佐は訊いた。すると零は冷ややかに答えた。

「そう、間違いというのなら、そうかもしれない。後悔しない生き方をしていれば、いずれ迎える死も納得できる、わけではないんだ。それが、わかった。以前はそんなことなど思いつきもしなかった」

「なるほど、そういうことか」とブッカー少佐はうなずく。「関係ないといくら主張したところで、いやおうなく関係してくるものがいる。それが現実だ。あたりまえのことだ。死も、そうだ。たとえ『おれは死なない、死というものにおれは興味がない』と主張したところで、死はやってくる。普通の人間はあたりまえにそういう現実を生きている。おまえの生き方はあたりまえではなかった。自分は死なないと言っていれば死なない、とでもいうような生き方だった。だが、もちろんそれは、いずれ現実という力によって破綻させられる。そうおまえに悟らせたのは、ジャムではないだろう。信頼していた雪風だ。そうだろう。ジャムに殺されるのは納得がいく。だが雪風となれば、そうではない——」

「おれはいまだってジャムに殺されたくはない。だれにも、だ」

「むろん、そうだろう。おまえがなにを心配しているのか、よくわかったよ」

「なんだというんだ」

「零、おまえは、雪風に殺される状況がこれからもあるかもしれないと感じているんだ。それが、いまだに納得がいかない。そういうことだ」

「おれは雪風に裏切られたとは思ってはいない。これからもだ。雪風はいまもおれを必要としている」

「おまえが不死身なら、それでいい。なんの問題もない。だがおまえは人間だ。死体になったら再生はできないし、予備のおまえの身体もない。雪風とは同等な関係にはなれない。それが納得のいかない原因になっているんだ。裏切ったの、そうは思わないの、という感情次元の問題ではないんだよ、零。それは当然だろう。雪風は機械だから、感情はない。だからおまえと雪風との関係には、感情問題が入り込む余地がない。雪風に嫌われて殺されるのなら納得がいく。だがおまえが雪風に殺されるときは、ただ殺されるんだ。それはしかし、拳銃を撃とうとしたらそれが暴発してその持ち主を殺した、という単純な事態とは話が違う。雪風は拳銃のような単なる物体ではない。ある種の自律した自己を持っている。それに殺されるという事態をどう納得すればいいのか、おまえにはわからない、ということなんだ。おまえは、その答えを求めて雪風のもとに帰ってきたんだ」

「それでは、おれは雪風に殺されるためにここに戻ってきたということになる。そんなのはばかげている。違う――」

「雪風に負けないためにだ、もちろん。生存競争の相手として、雪風を理解したいんだ。勝つ必要はない、負けなければいい。負けるときは、しかし負けであることを納得して死にたい。納得できるなら、おまえにとっては、もはやそれは負けではないんだ。零、おまえはいまだに、あくまでも自己中心的で、他人のことなど知ったことかと思っている。その面ではまったく変わっていない」

零は、僚機がジャムにやられようと、地球がジャムに占領されようと、人類が絶滅しようと、そんなことはどうでもいいのだ。それらは彼ら自身が解決すべき問題であって、この男は自分さえ負けなければいいと思っている。過去も、いまもだ。

「それがどうした」

「そう言うだろうと思った。安心したよ。変わってしまったおまえなんかとは話したくない。おれも、おまえに似ているからだ。雪風に関していま言ったことは、おれ自身の思いでもある。雪風は脅威なんだよ。ジャムと同レベルの敵なんだ。生存競争の相手としての、な」

「おれは雪風を怖れてなどいない」

「いや、ある種、畏怖の念を抱いている。おまえは初めて、雪風は自分とは独立して存在する他者なのだ、と気づいたんだ。そういう意味では、初めておまえと雪風は対等な関係になった、ということだ」

以前の雪風は、零にとっては、自己の一部であって、他者ではなかった。決して自分を裏切らない、自分のまさに片腕に等しかった。しかし、もちろん、現実はそうではない。零はあの事件でそれを思い知ったのだ。

「雪風とどう関係していくのが最適か、それにどういう意味があるのか、という問題は、心理療法で解決できる問題ではない」とブッカー少佐は言った。「哲学問題だ。結局、それは生きる意味を問うているのだからな。おまえはずっとそういう疑問を抱いていた。人間の存在には意味があるのか、ないのか。あるのならそれはなにか。ないというのなら、意味もなく生きていられるのはなぜか――おれは、そんなおまえのナイーブな感性に共感してきた。だから友人としてつき合ってこれたんだ。雪風の問題は、おれの問題でもある。だがジャムとの戦闘に対処するのに精いっぱいだったから、そんな問題につき合う暇がなかった。とりあえず雪風は味方だと思わなければ、対ジャム戦略は立てられないからだ。いずれにしても、こういう問題は自分で解いていくしかない。いまのおまえは、自分で解決したいと積極的に思っている。それが以前のおまえとは違う――」

「だから、どうだというんだ？」

「雪風に早く乗れるようになるがいい。友人として、少佐の立場としても、わたしはそう願っている。おまえのリハビリプログラムにおける精神カウンセリングに関するメニューはもう必要ない。時間の無駄だ。おまえを遊ばせておく余裕はわが特殊戦にはない。身体を鍛えろ。もとの体力を一刻も早く取り戻せ。これは命令だ。退室していい、深井大尉」

無言で敬礼してオフィスを出ていく零をブッカー少佐は見送り、それから手元に広げていた零のリハビリ関連書類をめくって、リハビリ担当の医師に指示すべき箇所をチェックする。零の精神面のケアはもう必要ない。担当医がなんと言おうとだ。零についてはその医師よりも自分のほうがよく知っている。専門家の意見を無視するつもりかと言われようが、責任者はこの自分だ。医師の見解はあくまで参考意見にすぎない。すべての責任は自分が負う。

手が足りないのだ。特殊戦は優秀なパイロットを必要としている。零がこの戦争をどう感じようと、そんなことにかまってはいられない。必要なのは、その戦闘能力であって、彼がどんな心の傷を負っていようが、戦闘に直接支障のないものは無視してかまわない。ここは戦場だ。病院ではない。もし零が心の不安をなんとか治療したいと願っていたとしても、ここではそれを許すだけの余裕はない。どのみち、零は他人を頼ってはいない。あの男は、自身の力でやるだろう。そのためにここに戻ってきたのだ。雪風のいる、ここ、FAFのある、フェアリイ星に。自分にはそれがわかった。

だが、とブッカー少佐は思う、零の担当医には、それがわかるだろうか？

2

零のリハビリプログラムでの精神面のケアを担当している医師は、最近特殊戦に異動してきた若い軍医だった。ブッカー少佐はまだ直に顔を合わせたことがない。

若いということ、それから特殊戦に来て間もないという事実がブッカー少佐には気に入らない。ようするに実戦経験に乏しいということだ。

ブッカー少佐はその医師の経歴ファイルを机上の端末で呼び出す。名前はエディス・フォス、階級は大尉、女性。志願してフェアリイ空軍にやってきた。専門は航空生理学および航空精神医学、特殊戦に来る前はシステム軍団にいた。そこで主にテストパイロットたちの精神面のケアをしている。

どんなケアだろう？　ＦＡＦシステム軍団のテストパイロットといえば、エリートだ。操縦技能の面ではいうまでもないが、テストパイロットはそれだけでは務まらない。テストしている機体のどこに問題があるのかを高度な操縦技量を発揮して調べ、そのテスト結果を他人にうまく伝えるという対人コミュニケーション能力が絶対に必要で、特殊戦のパイロットのように『他人のことなどどうでもいい』などというのでは失格だ。他人とうまくやっていけない人間はテストパイロットにはなれない。つまり彼らは破綻のない人格を備えていて、そういう人間の精神は安定しており、精神医の世話にならなければ解決できない問題が生じることはめったにない。そのおそれのある人間は適性がないということで最初から排除されるのだから。

システム軍団でのフォス大尉は、精神面のケアというよりは研究対象として診ていたのだろう、とブッカー少佐はその医師の経歴を読んで想像する。エディス・フォスは、学者であり、研究者だ。犯罪歴はない。いまのＦＡＦにはこうした人間が多くなっている。

ＦＡＦの創立当時は、その人員は精鋭たちで構成されていた。ジャムは真の脅威であり、人類の総力を上げてその侵攻を食い止めなければならないという意識がそうさせたのだ。だが、戦いが長引くにつれて、エリートたちが底なしに消耗されていく現実に人類は危機感を抱いた。地球の未来を担っていくべき優秀な人間が、つぎつぎにジャムに殺されていくのだ。そうした人間は即席に量産はできない。このままでは地球は優秀なリーダー予備軍を失うことによっていずれ烏合の衆と化してしまうだろう、と。そこで人類は、真に地球の将来を、正確には出身国家のそれを、担っていくべき人間を対ジャム戦の最前線に送りだすことはやめ、そのかわり地球を守り抜くという使命感を刷り込んだ最先端の戦闘機械システムをFAFに投入することにより、その機械知性に優秀な人間の肩代わりをさせることにしたのだ。その結果、FAFに送り込まれる人間は、消耗しても人間社会の将来に悪影響をおよぼさないだろうという基準で選ばれるようになっていく。具体的には反社会的あるいは非人間的と烙印の押された者たち、ありていに言えばあらゆる種類の犯罪者たちだった。

そのようにすべきだという全地球的な合意があったわけではないので、そうした変化はごくゆっくりと進んだ。選抜方法も各国家機関によって独自に行なわれたから、他国の基準からすればどうしてこんな善人が、という人間もいたろう。それでもそうした人間というのは、国家という、全地球規模ではついに一つにまとめることができなかった複数の権力機関による、各支配階級の利益追求の結果として送りだされてきた弱者であるということでは共通していた。

逃亡を企てる者たちも少なくなかったろうとブッカー少佐は思う。だが、一度でも最前線でジャムに遭遇すれば、人生観が変わる。とにかく生き延びなければ、逃亡することすらできない。逃げ出すのは容易ではない。敵は国家権力だけだったのが、FAFからもマークされ、その背後にはジャムがいるのだ。

ジャムに対しては、人間的な取り引きは通用しない。相手が人間ならば、自分と同じ価値観を持っている集団に参加することで他の集団からの迫害に対抗することも可能だったが、ジャムは違う。おまえと戦う意志はないから見逃してくれなどという思いなど、まったく伝わらない。だれでもそれはここに来ればわかる。

多くの人間が来て、戦死し、あるいは生き延びて地球に帰り、ある者はFAFにとどまった。このところ、しかしやってくる人間の種類がまた変化し始めていた。送り込まれてくるのではなく、志願してくる者たちが増えている。志願者は以前からけっこういたのだが、その志願の動機が変化しているのだ。かつては、地球では生きにくいという理由で、いわば地球での自分の立場に見切りをつけてやってくる者たちが多かったのだが、いまは、地球との関係を保持したままここで自己の才能を生かそうという動機で来る者たちが増えている。ほとんどスリルを求めてゲーム場に来る感覚の者すらいる。優秀な者も多いが、しかしFAF創立当初のエリートたちとはジャムに対する危機感においてまったく異なる種類の人間たちだ。彼らにとっていまのFAFは、仮想ゲーム空間のようなものなのだ。

システム軍団の連中には昔からこうした人間は多い。今回そこから異動してきたエディス・フォス大尉も、そうしたタイプの人間だろう、とブッカー少佐は思う。特殊戦の人間は、そうではない。古いタイプの戦士がそろう戦隊だ。フォス大尉は、まさしくそうした人間の精神構造を研究するためにＦＡＦに来たのではないか。おそらくそうに違いない。

ブッカー少佐は、フォス大尉が自分の意志で特殊戦への異動を望んだ、という記載データの最後の部分を読んで、ため息をついた。

わが特殊戦にとっては迷惑な話だ。彼女とここの戦士たちとでは、水と油だ。ではその間を取り持たなければならない自分は、界面活性剤か。ようするに石鹸ではないか。石鹸とはいいたとえだ。たしかに身をすり減らす仕事ではある。

そんな新任の医師の思惑に古参の戦隊員らが振り回されるというのは管理者として放置してはおけない。しかし、フォス大尉が想像どおりのタイプの人間ならば、零にはあなたの診察は必要ないと言っても、おそらくすんなりとはいかないだろう、とブッカー少佐は憂鬱な気分になる。

理由を訊かれるだろう。下命の際には、それが出される理由の説明など必要ないし、部下は上官の命令に従うだけだ。拒むことはできない。だがそのような無条件の命令を下せるのは直属の上官だけであり、フォス大尉の場合は、特殊戦の実質的なボス、クーリィ准将だ。そこが他の戦隊員とは異なる。自分が命じても、フォス大尉は納得しないだろう。軍医とはいえ、フォス大尉は軍人意識は薄いだろうという予想はつく。軍人というより、外部からフィールドワークにやってきた学者か留学気分の研究者だろう。命令は理屈ではない、ということがわからない、もっとも扱いにくいタイプだと予想できる。

特殊戦にはこういう人間は必要ない。ここはクーリィ准将の力で、どうにかすべきだ。しかしなぜ准将は、このような医師が配属されてくるのを拒まなかったのだろう。直接戦闘に関係ない人事のことなどにかまっていられないというのか。それはあり得る。だからそういった仕事は、自分がやっているわけだ。身をすり減らして。これ以上は、しかし痩せたくはない。

ブッカー少佐は経歴ファイルへの接続を切り、凝った首筋をもむ。まったく、休養をとりたいのはこの自分だ。安楽なソファに寝そべって、カウンセラーに洗いざらい自分の精神的な重荷を吐き出せば、すっきりするだろう。

フォス大尉はカウンセラーの資格を持っている。もちろん、こちらの相談にのるだろう。そのためにここにいるのだ。信頼のおける人物かどうかはわからないが。ちょうどいい、新任のその軍医の人柄や仕事の能力を試してやろう。診察の予約は必要かな？　こういうとき専属の秘書がいればいいのだが。

ブッカー少佐は端末でフォス大尉の部屋にアクセスする。すると電子合成音とわかる音声が、〈わたしの主人はただいま席を外しています〉と言った。〈ご用件はわたしが受けたまわります〉

ブッカー少佐は一瞬とまどった。わたしの主人だって？　エディス・フォスのことか。ではこいつは、だれなのだ。

〈わたしはこの端末内に設置された電子秘書です。あなたからの伝言はわたしの主人以外には漏れないように保護されます。ご用件をどうぞ〉

ごく単純な端末エージェントプログラムによる応答だった。その電子秘書の映像までは出ていない。それが喋った内容がそのままテキストでも表示されているだけだ。より高度な、実体のある人間かどうか区別がつけられないほどの電子秘書もいまの世の中にはありふれている。それを知らないブッカー少佐ではなかったが、しかしここ特殊戦の戦隊区では、珍しい。端末にこのような、人格を感じさせるエージェント機能をインストールした人間は、初めてだ。

〈あなたは、どなたですか?〉とフォス端末の電子秘書。

ブッカー少佐だ、もちろん。しかし少佐は、そうは答えなかった。

「相談したいことがあるのでわたしのオフィスに来い」

アクセスしている人間がだれか、などというのは、電子秘書が問いただささなくてもわかる。それをわざわざ電子秘書を介して確認するというのは、見方によっては親切なインターフェイスだが、本来必要のない冗長な手段だ。そんな電子エージェント機能を端末に組み込むなどというのは、これも新しいタイプの人間がやりそうなことだが、もしかしたらこの時点ですでにフォス医師の診察は始まっているのかもしれない、診察の予備知識を得るためにその電子秘書に問診をやらせているのかも、とブッカー少佐は疑った。少なくとも、この応対の仕方によって、こちらの性格の見当は付けられるだろう。精神状態も。

考えすぎか。いいや、ありそうなことだ。しかしこちらがフォス大尉に関心を抱いていなければ気がつかなかっただろうし、気にもとめなかったろう、というのは確かだ。

「フォス大尉、話がある。わたしのオフィスに来てもらいたい。できるだけ早くだ」

もういちどフォス大尉の電子秘書がこちらの名を問うのを無視して、ブッカー少佐は接続を切った。いまの伝言内容は自動記録されている。フォス大尉は電子秘書から聞くまでもなく、それがわかる。FAF内の通信の基幹システムプログラムがそのようにできているのだ。だから、ようするにあの電子秘書は単なる装飾にすぎない。

電子的な人工秘書だ？　ばかげている。ここは戦場だ。FAFの病院はいわば野戦病院であり、患者という客の機嫌を取らなければならない個人経営の病院ではない。フォス大尉にそうした意識が希薄ならば、それを正すのは自分の役目だろう。

この医者はいったいなにを考えているのだとブッカー少佐は苛立ち、そして、それをこらえる。とにかく、会ってみなければ始まらない。

3

零はフェアリイ基地戦術戦闘航空軍団のトレーニングセンターのプールで泳ぐ。

特殊戦は独自の司令部を有する師団クラスの存在だったが、隊員が身体を鍛えたり気分転換をしたりするための専用のトレーニング施設までは持っていない。

そのプールには他の部隊の人間が二十名ほど来ていた。仲間たちと談笑したり、ゆったりと流して泳いだりと、くつろいでいる。これはトレーニングセンターというよりはホテルのレジャープールの雰囲気だと零は思う。歓声が反響するさまは銭湯だ。フェアリイ基地は地下にあるから、地中の温泉プールといった趣だ。

零は黙々と独りで泳いだ。だれからも声をかけられなかった。

このセンターのある区域に足を踏み込んだとき、更衣室に入ったとき、プールサイドに立ったとき、そのいつも最初に顔を合わせた人間が話しかけてきたが、零がひとこと「特殊戦から来た」と言うと、みな親しげな態度をあらためて無口になった。他部隊の人間は特殊戦の戦士たちがつき合いにくい人種だと知っていた。それでも彼らは特殊戦に対して無関心なのではなかった。特殊戦はフェアリイ基地戦術戦闘航空軍団に所属するとはいえ、独立した軍団のように振る舞い、大きな力を持っている。他の部隊の人間には、具体的な活動内容は知らされない。しかもこうした共有区域に出てくるその戦士たちが無口ときては、その内部の様子は他の部隊にはほとんど伝わらなかった。謎は、好奇心をかき立てる。

プールでは零に直接話しかける者はいなかったが、泳いでいると、その好奇の視線を感じたし、ときにはにぎやかな話し声のなかから「特殊戦――」という単語が聞こえてきた。

零は自分が噂の対象になっていることを気にはとめなかった。なにを言われようと、自分のやっていることに彼らが直接干渉してこないかぎり、どうでもよかった。実戦任務の最中に雪風の無線回線を通じて他部隊からの罵倒の声を聴くのには慣れていた。ここで泳ぐのもブッカー少佐の命令なのだから、これも任務のうちで、彼らと親睦を深めるために来たのではないのだ。

零は泳ぎは得意だったが、気分転換ではなく泳ぎのために泳ぐ、ただそれのみを目的にしてプールに入ったのは久しぶりのことだった。任務であることを忘れて、零は水の感触と、無駄なく泳ぐということをだんだん思い出していく身体の動きを楽しんだ。

さすがに全力では一分ももたなかったので、疲れるとゆっくりとツービートのクロールで流し、それからまたシックスビートで頑張ってみることを繰り返す。それを四、五回やると息が上がり、体力が落ちていることを思い知らされる。泳法をバタフライに変えてみようという計画はあきらめ、いちばん楽なクロールで流す。これなら何時間でもやれそうな気がしたが、しだいに腕が重くなっていき、プールの壁に掛けてあるアナログの大時計を見やると、まだ二十分ほどしかたっていない。せめて三十分と決めて続けると、時計の針の動きがひどくのろい。時間が気になるというのはやはり体力がついてこれないのだと零は無理はやめて、プールから上がった。

集団から離れたところにあるデッキチェアに腰を下ろして息を整える。清潔で新しいチェアだった。それを意識すると、このチェアや室内が清潔なのは、だれかが掃除しているからなのだろうと唐突に思いついた。もちろん専任の管理員がいるのだ。彼らはジャムを見ない。階級を持たない軍属の身分でフェアリイ星に来ている者も多いことだろう。戦争というのは、一大産業だ。いかに多くの人間がジャム戦に関っていることか、などというのは、以前は考えたこともなかったが、思えば、前線で直接ジャムと相対する危険な任務についているのは

ＦＡＦの人間の中でもほんの一握りにすぎないだろう。それでも後方にいるここのプール管理などの雑務をこなしている人間が安全かといえば、そうとも限らないと零は思った。ジャムがその気になれば、つまり人間をこの戦闘の主体と見なして皆殺しを謀るならば、方法はいくらでもある。ジャムはいまその準備を始めているのかもしれない。非戦闘員であっても安全な場所はどこにもない。プール管理員たちがそれを意識しているかどうかはわからないが、もともとそれは彼らの問題であって、こちらは彼らがちゃんとした仕事をしていることに感謝するだけだ。清潔なのは、ありがたい。

プールサイドでは陽気な連中が、零が上がるのを待っていたかのようにスタートラインに並んだ。チームを即席で組んでのミニ水泳大会を始めるつもりだ。

実況中継役によるユーモラスな泳者紹介の後、レースが始まった。参加しない者たちからも応援の声が飛ぶ。零は疲れていたが、その声援を聞くのは心地よかった。泳ぎに自信のある者たちが参加しているのだろうが、そのレベルはまちまちだ。それでも全力で真剣にやっているのを見るのは悪くなかった。

レースは三コースを使ったリレー形式で、第二泳者が飛び込むと、その中央レーンの泳者の泳ぎに零は注目した。段違いに速く、泳ぎに無駄がない。女性だが、リードして先をゆく男性泳者を追い抜く。競泳の選手だったのかもしれないと、零はその見事な泳ぎに見とれた。訓練された人間の身体の動きは美しい。見ていて飽きるということがない。

「あなたは参加しないの、深井大尉」

突然、背後から声をかけられた。零は振り向かない。声でフォス大尉だとわかる。いつここに入ってきたのか、気がつかなかった。

「おれにもやらせろ、と言ってか？　興味ない」

零はレースを見たまま答える。

「競争に負けるのが怖いからやりたくない、ということかしら」

世間話のように、フォス大尉。

「負けるのは怖いことではない」顔をフォス大尉に向けて零は言った。「負けて感じるのは恐怖ではなく、悔しさだ」

「それを味わうのが嫌だから、最初から勝負を避ける者は少なくない。負けるのが怖い、というのはそういうこと。勝負すること自体が嫌なのよ。あなたはそうではないの？」

「負けて悔しいと思わない勝負など、やる必要がないとおれは思っている。あのレースがそうだ。おれはここに勝ちに来たわけではないからな。——あなたはここになにをやりに来た」

フォス大尉は、カウンセリング時には着けていない白衣姿だった。医師であることを示す作業着、ようするに制服だ。非番なので遊びに来た、というのではない。

「ブッカー少佐から、あなたのことをよろしく頼むと言われたわ」

「そうか」と零。

ひとことそう言って黙っていると、フォス大尉は、それだけか、と言った。

「どういう意味だ」

「さきほど少佐から呼び出され、あなたの担当を外れるようにと強く言われた」

「おれのことをよろしく頼むと少佐から言われたというのは、では嘘か」

「いいえ。あなたのことを心配するならばこれ以上関らないでほしい、よろしく頼む、ということよ」

「あなたは関っていたいわけだ」

「それが仕事だから、当然でしょう。わたしには少佐がなにを考えているのか、わからない。あなたのことも。わたしのやり方が気に入らないのなら、わたしに直接言ってもらいたい」

「少佐は、まさにそのようにしたわけだ。おれは少佐の命令に従うだけだ。あなたの診察を受け続ける必要はない、と言われた」零はデッキチェアから立ち上がって、言った。「あなたと少佐との間でなにがあったのかなどというのは、おれには関係ない」

「どこへ行くの」

「サウナだ」

「わたしから逃げるの」

「逃げる？」零は思わず笑ってしまう。「あなたはおれと戦いたいらしいが、やり方がわかっていない。逃がしたくなかったら、追うことだ。こちらは、邪魔ならば叩く。ブッカー少佐からそうしてもいいという許可を得ているも同然だからな」

「あなたはいったいだれと戦っているの、深井大尉」

プール付属のサウナ入口で、フォス大尉がそう訊いた。

「ジャムだ」

「わたしにはそうは見えない」

「おれと熱い仲になりたいか？」

「え？」

「あなたもサウナにつき合うのか」

「あなたが入るなら、ええ、もちろん」

「その格好でか」

そう零に言われたフォス大尉は、おもむろに白衣を脱ぎ、それからセーターの裾に手をやってそれも脱ぎかけた。

「サウナはやめだ。暑くて狭い部屋であれこれ訊かれるのはかなわない」

白い腹部を見せたところでフォス大尉は動きを止めて、「ではわたしのオフィスに来る？」

「いや」

「あなたはまだ実戦で飛べる精神状態じゃないわ」

「そうだな」と零はうなずく。「まず、あなたを片づける必要がありそうだ」

「わたしを片づける？」

「なぜそうまでおれの心に興味を持つのか、それがわからないままでは落ち着かない」

いつまでもつきまとわれるのは煩しい。この基地内には逃げ場はない。無視するにもそれなりの努力が必要だ。向かい合って決着をつけるしかない。

プールの例のレースは、まだ決着がついていなかった。最終泳者が飛び込んだところだ。見とれたくなるような泳ぎをする者はいなかった。零は興味を失ったが、プール内の人間は、零を意識していた。零が引き上げようと歩きだすと口笛が響き、一人が「特殊戦が引き上げるぞ」と言った。嘲りや怒りといった調子ではなく、ただ報告するような口調だった。声援がやんだ。これは実戦任務での他部隊の反応と同じだと零は思った。特殊戦は特殊な立場にいる。零は振り返らずにプールを後にした。

更衣室でトレーニングウエアに着替えて腕時計を着け、クリップボードに挟んだ報告書類にいまの運動内容と時間を記した。それを手にして更衣室を出ると、フォス大尉が待ち構えていた。

本来この時間はフォス大尉の診察時間だったから、こちらが勝手に自主トレーニングをしていたというのは、この担当医にしてみれば面白くないことだろう。自分はブッカー少佐の命令に従っただけなのだが、少佐がこの医師を説得できなかったというのは明らかで、結局この担当医を納得させられるのは、当事者である自分しかいないということだ。この医師が、もう診察は必要ないと納得するならば自分も落ち着く。それはブッカー少佐がこのような手段に出ようと出まいと、いずれにしても同じことだ。

零はそう思い、あらためて覚悟を決める。自分で予定を立てていた水泳のあとの筋肉トレーニングは取り止め、フォス大尉につき合うべく、センターを出た。

特殊戦の居住区の自室で零は地上勤務用の制服にまた着替えた。フォス大尉のオフィス兼診察室に行くつもりはなかったので、出撃ブリーフィングルームに向かった。フォス大尉は無言でついてきた。

その部屋は暗くて、だれもいない。入ると天井の照明が自動で点いた。明るくなると、しばらく意識していなかった出撃直前の緊張感がよみがえった。

部屋正面の壁面に設置された、作戦行動図などを映し出すディスプレイはいまは作動していない。その脇に端末コンソールがある。その前に立った零にフォス大尉が声をかけた。

「気分はどう。ここに来た感想は」

「早く出撃したい。体力の回復具合は順調だ。いまでもあなたよりはあるだろう。自分では出撃してもなんの問題もないと思う。ブッカー少佐は慎重だからな。完璧を求めるんだ。あなたもそうなのか？」

「そうね。少佐とは立場が違うけれど」

「あなたのＦＡＦでの立場は、なんなんだ。なぜＦＡＦに来た。強制的に送り込まれたのではないらしいが、ただの仕事熱心な軍医という感じでもない。軍医は上官には逆らわないものだ」

「逆らってはいない。クーリィ准将には。ブッカー少佐もそれは承知しているでしょう」

「きみは、まるでジャムだよ」少し口調をくだけて、零は言った。「こちらのことをどう思っているのか謎で、うまくコミュニケーションができない。なぜフェアリイ星にいるのか、わからない。そのくせ、どこまでも追ってくる。正体不明だ。クーリィ准将はきみのことを知っているのかな」

「彼女とは遠い親戚関係なの」

「へえ」

零は端末コンソールに寄り掛かり、小馬鹿にした声を思わず出してしまう。そんな零を見ながらフォス大尉は近づいてきて、出撃隊員用の最前列の机の一つに腰を下ろす。教室に居残りを命じられた子供のような態度だと零は思う。

「もっとも」とフォス大尉は言った。「ここに来るまで会ったこともなかった。彼女のほうでも、わたしを身内だなどとは思ってはいないでしょう。でもコネにはなった。FAFの戦闘機乗りたちの精神構造を研究するためには、実際に来なくては始まらない。本当は民間人の立場で来たかったのだけれど」

「そういうことか」と零はうなずく。「迷惑な話だな」

「ブッカー少佐もそう言った。でもわたしは、軍医としての仕事をないがしろにしてまで自分の興味を優先させているわけではない。あなたを含めて、診察をしてきた患者の詳細な報告書を作成している。でも少佐がそれを読んだ形跡はない。それを無視して、わたしなど必要ないというのは、わたしにすれば、どうかしているとしか思えない。前にいたシステム軍団ではそうではなかった。わたしの仕事はちゃんと評価してくれた。特殊戦は、わたしに言わせれば異常人格者の集まりだわ」

「医師の言葉とも思えない」

「そうね。軽率だった。でもわたしも感情のある人間よ」

「カウンセリングが必要なのは、きみのほうだ。特殊戦の環境に慣れていない。おれにはきみは必要ない。自分のことは、自分でなんとかする。だれにも救いは求めない。そのかわり、だれも助けない。他人の感情に巻き込まれたくはない。自分以外の感情などというのは幻想だ。特殊戦はそういう人間の集団なんだ」

「見事にね」とフォス大尉はうなずいた。「一人ひとりは異常とまでは言えないけれど、それが集まると、文字どおり特殊な集団になる。共感能力に乏しい人間たちがチームを組んでいられるというのはとても興味深い」

「ブッカー少佐の、というより、クーリィ准将の手腕だろう。ジャムは人間ではない。異質な、なにか得体の知れない存在だ。その情報を集めて分析するには、非人間的な能力こそ必要だと准将は考えている。ジャムも人間と同じような存在だなどと人間的な共感能力を無意識に使っては判断を誤る、ということだろう」

「ジャムが本当に存在する、実在する脅威ならば、でしょう」

「そう、実体はないかもしれない、たしかにな」

「……なんですって？　本気でそう思っているの？　驚いた。実在しないかもしれないと言われて、あなたのほうこそ驚くと思ったのに――」

「きみはジャムなど幻想だと思っているらしいが、おれにとってはそうではない。実体はないかもしれないが、感じることはできる。きみの存在よりもリアルなくらいだ」

「FAFはとうの昔に本来のジャムの撃退に成功しているのかもしれない。いまのジャムは特殊戦がこの戦闘環境を消滅させないために生み出している幻想、仮想敵のようなものではないの？　この環境は、あなたのようなタイプの人間には生きやすい。だから集団で他の人間たちを欺いているのではないの？　あなたはこういう見方をどう思う？」

「世の中にはそのような考え方をする人間もいるだろう、べつに不思議なことじゃない」

「つまり、あなたもそう思ったことがあるということね」

「溺れかかった人間が目の前にいたら、おれでも手を差し伸べると思う。助けるべく。それは感情問題ではない。とっさに出る身体反応だ」

「──それで？」

　唐突な話題の変更にも、フォス大尉は、なにを言っているのか、などとは言わなかった。うまい誘導の仕方だと零は思う。

「きみはきみ自身の考えに溺れかけているように見える。おれは、それを感じることができる。だがおれがジャムなら、きみのことは見ないし、たぶん見えない。ジャムは溺れかけているきみ自身を直接狙って攻撃はしないし、助けもしない。完全に無視する。ジャムにとって人間は存在しないに等しい。自分が主役になれないそんな存在を人間の想像力が生み出せるとは、おれには思えない」

「人間の想像力や、その他人への影響力を過小評価してはいけない。特殊戦は、まさにそのような幻想を生み出す力と影響力を持った集団といえる、というのがわたしの感想だけど、そんなわたしが溺れているように見えるというあなたの見方は、まさしくわたしのその考えを補強するものだわ」

「ジャムの戦闘機は肉眼で見えるし、攻撃してくる。だがそれを操っている正体が見えない。ジャムから見る人間の存在もそうなのかもしれない。直接認識できないが、脅威を感じ始めていて、人間というものを感知するためのシステムを作ろうとしているように思える。人間と同じ感覚器官、対世界認識装置を有する、ようするに人間のコピーだ。人間側では、ジャムに対するそうした装置は最初から持っていた。雪風に代表される戦闘機械知性体だ。——このような考えを出してくるには、さほどの想像力はいらない。特殊戦が自己の存在理由を他に示すために仮想のジャムを自ら生み出しているのだ、という考えも、そうだ。だれでもそんなことは思いつけるし、自分に都合のいい考えを信じればいいだけのことだろう」

「そのように、あなたはわたしを心理的に取り込むことができる。それをあなた自身、意識していると判断できるけれど、どうなの」

「おれが実戦に出ていけるような精神状態ではない、という診断はもう撤回してもらってもいいと思う。敵はジャムだ。雪風ではない。おれはそう言っているのだし、そう言いながら、あらためてそれに気づいた。きみのカウンセリングのおかげだ。きみは優秀だよ。戦争状態なのに敵の存在を忘れかけているおれに、敵はジャムだ、殺せ、という気にさせたのだからな」

「敵はジャムというより、わたしなのだ、とあなたは感じているように思える。それについてはどうかしら？」

「それが、きみの不安の核心なんだな。おれが雪風と出撃すれば、本来仮想のはずのジャムというものをより強く世界に広めてしまうのではないか、というのだろう。狂気は伝染する、という感じだろうな。きみにすれば、特殊戦は狂っている。しかし戦争というのは、みなそうなんだ。きみはいまだそうした共同幻想に取り込まれてはいない。戦争状態にある特殊戦にすれば、狂っているのはきみのほうだ。きみは、この戦争自体が無意味だ、ジャムは幻だ、敵など本当はどこにもいないと感じているらしいからな」

「あなたこそ、そういう感覚を持っている。無意味な戦闘になんとか意味づけしなくてはならない、と思っている」

「おれは、ジャムは幻であるという可能性を否定しない。しかし幻であっても、それがおれの頭や特殊戦のデータ処理の結果から出てきた仮想の怪物であろうと、そんなのはどうでもいいんだ。そんなことには関係なく、おれたちにとってジャムはたしかな脅威であり、無視すれば殺されてしまう敵なんだ。それが特殊戦にとっての現実だ。だからきみがなんと言おうと、戦う。生きるためにだ。きみの言うなりになった結果ジャムに殺されてからでは文句の言いようがない」

「ブッカー少佐もそういう感覚なのかしら？」

「特殊戦全体のことは、おれは指揮官ではないからなんとも言えない。が、少なくとも、おれにとってこの戦いは戦争ではない。生存競争だ。それを無意味だ、などと横から言われるのは、生き抜こうとする者にとって邪魔だ。排除しようとするのは当然だろう」

「わたしを、排除する？」

「きみはかなり危険な立場にいるとおれは思う。問題は、きみのほうなんだよ」

「ご忠告ありがとう、深井大尉」

「おれは危険な存在か？」

その問いに、フォス大尉はあいまいにうなずいた。

「ええ。とても。わたしはあなたが怖い。本来こうした態度を見せてはいけないのだけれど」

「きみの不安はわかるよ。おれの出撃許可をきみが出さなくても、いずれおれは出撃する。そして、ジャムでなく、いやジャムと戦うことを名目にして、無差別に、味方をも、おれが邪魔だと判断したものすべてを攻撃する、そうきみは感じていたし、いまもそれは変わらないのだろう」

「間違っていると思いたいわ」

「間違ってはいない。それが特殊戦の任務なんだ。必要とあらば味方をも攻撃する。それは戦争では許される戦闘行為、戦略の一つにすぎない」

「でもあなたは、これは戦争ではない、と言った。まさにそういう意識こそが重大な、いま問題になっている核心部分なのよ」

「そうおれが感じ始めたのは、最近のことだ」と零は言った。「戦う相手がもしジャムではなく人間なら、おれはここには戻ってはこなかった。戦争など勝手にやっていろという気分だ。だがジャム相手の戦闘は他人任せにはしておけないと感じる。関係ないと無視しようとも、どこにいても、その脅威からは逃れられないというのが実感できるんだ。おそらく戦争よりも厳しい。協定も裏切りもない。ただ強いほうが生き延びる。ルールはそれだけだ。人間同士の戦争なら、大を生かすために小を見殺しにするという戦略も成り立つ。非戦闘員を味方が見殺しにすることもあるだろう。だがジャムとの戦いでは、もっと厳しい戦略も考えられる」

「どんな」

「全人類と引き換えに自分一人が生き残れる可能性があるのなら、そういう戦略も許される。そう思う。それは極端だが、とにかく殺されなければ、負けではない。そういう戦いだ。ジャムもおそらくそういう戦略をとっている。地球に戻ればここでのことは幻想だったとしてこともなく一生暮らせるかもしれない。だがもしそこでジャムの脅威に気づいたら、そのときはもう遅いかもしれない。おれはそれでは悔しい。負けたくない。だから戻ってきた。きみは、そういうおれの感覚を理解できないでいる。だから精いっぱいの仮説を持ち出してきて、なんとか溺れまいとしてもがいている」

「あなたには仮説でも、専門家としては——」

「ＦＡＦでは、まともな神経では生きてはいけない。とくに特殊戦では。もしここで生きていきたいなら、みんなと同じように狂ってしまうことだ。そう悪いものでもない。ジャムを実感すればいいんだ」

「……なにを考えているの」

ふと不安な表情を見せるフォス大尉に零は言った。

「おれはもう出撃してもいいという報告書を書き、サインしてくれ。おれがきみにジャムを感じさせてやる」

「どうやって」

「ジャムは幻などではない。雪風と同じレベルで存在する。目に見える部分だけが雪風のすべてではない。そのように反応するおれの飛行中の精神状態をモニタするがいい。きみも軍医なら、そのくらいのリスクを負うべきだろう」

「わたしも、飛べというの？」

零はうなずきながら、言う。

「そうだ。きみを、雪風に乗せてやる」

特殊戦の一番機、雪風に。

フォス大尉は零をまっすぐに見つめて、しばらく沈黙した。それから、しっかりとした口調で答えた。

「許可がクーリィ准将から出るならば、望むところだわ。だけど、そんなことは――」

「許可はきみが出すんだ、フォス大尉。クーリィ准将やブッカー少佐を説得するのは、きみだ。それに失敗したら、きみがやれることは一つだけだ。転属願を出して特殊戦から出ていくことだ」

「あなたというひとは、そうまでして……もしその機上で、やはりまだ飛行に適さないとわたしが判断したら――」

「そのときは、きみが判断するまでもなく、ジャムにやられる」

「実戦空域に出るというの」

「FAFに絶対安全な場所などないんだよ、フォス大尉。きみはどこにも逃げられない。おれの出撃許可を出してくれ。それでブッカー少佐もきみを無視できなくなる。いい提案だと思うがな」

「……少し考えさせてほしい」

「これは演習ではない、実戦だ。即答しろ、フォス大尉。こんな機会は二度とない」

「いいでしょう」フォス大尉は立ち上がって、言った。「あなたの提案を受ける。実は以前から一度最新鋭の戦闘機に乗ってみたかった」

「それが本音か。回りくどかったな」と零は真顔で言ってやった。「最初から正直にそう言えばよかったんだ。そうすればだれもきみを無視したりはしなかった。もっとも、それではきみが雪風に乗る機会は絶対に与えられなかったろうが。うまくやったな。どんな気分だ？」

「ミイラ取りがミイラになった」

フォス大尉は手を差し出して、言った。零は握手に応じずに言う。

「どちらがミイラになった？　まだどちらもなっていない。きみとおれとの問題はこれで片がついたと思うが、きみの闘いは始まったばかりだ。われわれの敵ではないことを祈ってるよ」

「特殊戦はジャムの存在を実感できない者は敵と見なす、というのね」

「そんな次元の話ではない。きみがジャムではない、という保証はどこにもない、という意味だ」

「わたしが、ジャムですって？」

「ここで行なわれているのは、いまやそういう戦いなんだ。特殊戦はそれを頭ではなく肌で知っている、ＦＡＦで唯一の部隊だ」

「それを承知で、あなたはわたしを実戦現場に連れ出して——試すつもりなの」

「判断はブッカー少佐が下す。彼は手ごわいぞ。おれは、雪風に乗れればそれでいい。あとはきみ自身の問題だ。雪風に乗るという選択は命懸けになる。それは覚悟しておくことだ」

こちらもだ、と零は思った。この人間がジャムである確率は低いとしてもだ。

ブッカー少佐にいまのことを報告すべく零は部屋を出る。余計なことをしてくれた、という少佐の怒りを覚悟しながら。

零の予想に反してブッカー少佐は冷静に話を聞き、しばし黙考したあと、「いい仕事をしたな。それが最善策だろう」と言った。

少佐は、フォス大尉がジャムかもしれないという零の言葉を一笑に付したりはしなかった。素性の知れない者はまずそのように疑うべきだろうとブッカー少佐は零にうなずいた。それを考慮したうえで、フォス大尉を実戦現場に連れ出すというのはいい考えだ、と少佐は言った。

もしジャムだとすれば非常に危険であり、それに対処できるのは特殊戦だけだろう。おそらくジャムなどではないだろうが、それにしてもジャムなど幻だなどという考えをFAF内部にまき散らされるのは混乱のもとだ。特殊戦の人間はそれに左右されたりはしないが、他部隊の人間はそうではないかもしれない。だからそんな彼女を特殊戦から放り出すことはできない。単に戦闘機という高性能な機械とそれを操る人間の能力について関心があるだけならば、現実は甘くないことを身体に叩き込んでやらなくては特殊戦に勤務し続ける軍医として使い物にならない。

「エディス・フォス大尉を実戦投入する計画を立てる」とブッカー少佐は言った。「ジャムなら、正体を現す」

4

「正体を現さないまま帰還し、ここに居続けるかもしれない」

「監視は続ける。これでフォス大尉が変わることを期待しよう」

「彼女は活きがいい。簡単にはミイラにならないだろう。おれたちと同じにはな」

「おれたち、か。おまえは本当に変わったよ。実戦能力がそれで落ちていないことを祈るばかりだ」

それを確かめるためにも専門医を同乗させて出撃させるのは合理的な選択だとブッカー少佐は思った。エディス・フォス大尉にはそういう重要な責務を負ってもらうとしよう。


それから十二日後、零とフォス大尉は再び出撃ブリーフィングルームにいた。フライトスーツを着け、手にヘルメットを持って。

作戦任務に関するブリーフィングはすでに行なわれていた。内容は、最近FAFが叩いたジャムの主力基地の一つ、コードネーム、リッチウォー基地とその周辺の偵察で、ブッカー少佐はそれに二機の特殊戦機を投入することにした。FAFが完全にリッチウォー基地の息の根を止めたとはブッカー少佐は判断しなかった。生き残りが必ずいるだろう。それと他の基地とのなんらかの連絡手段があり、支援を求めているはずだった。もちろんそうした偵察はこれまでも行なってきたが、十分とはいえない。ジャム間のそうしたコミュニケーションや支援手段を捉えることができないでいる。それで叩いたはずのジャムの基地なのに、ある日突然なんの予兆もなく甦ってくるのだ。どういう手を使っているのかを知るには壊滅したかに見えるジャムの基地を観察するしかない。そうした機会はめったにない。いまはそのチャンスで、連日その偵察任務のために、ほかの任務と兼ね合いをつけつつ、やり繰りしながら、ブッカー少佐は戦隊機を飛ばしていた。その地点に偵察ポッドも投下しており、それが収集した情報の回収も今回の任務のうちだ。

フォス大尉はその作戦ブリーフィングに参加していたが、それとは別にブッカー少佐から呼び出され、専門家の立場から零の状態をよく観察して報告しろ、これはクーリィ准将の命令だ、と言われていた。

出撃直前に行なわれるブリーフィングは飛行計画に関するさまざまな情報伝達であり、気象状態や飛行ルート、航法支援環境、搭載燃料量や搭載武装などの確認といった簡単なものだ。フォス大尉にとってはしかし簡単ではなかった。零を観察するという、その仕事はこの時点ですでに始まっているのだが、実戦に向かうのが初めてというフォス大尉にとっては、その自分の不安とまず闘わなくてはならなかった。しかもその不安を共有する人間が出撃チームのなかにはいなかった。零は被験者だから当然そうしてはいけなかったし、今回雪風とチームを組むのは無人機だった。その機の愛称はRAFE、レイフ。ブッカー少佐がつけた。一三番機としてあらたに補充されたその機体は、真の無人機、メイヴの元型となったFRX99。

ブッカー少佐は無人機を単独で任務につかせたりはしなかった。無人機では得られない情報というものが必ずある。それこそが重要な情報なのだ。それでも無人機を導入したのは、一機でも多く欲しいからだった。単独では危険が大きいと判断される場合に、それが使える。その無人機自体が危険な存在になる場合もあるということを承知のうえで。そうした事態をモニタするのも特殊戦の仕事のうちだと少佐は意識していた。

雪風の後席に収まったフォス大尉は、ブッカー少佐とは違う意味で、その黒く塗られた威嚇的な一三番機のエンジン始動の様子を見ながら、不安を感じていた。あの無人機は雪風の支援、援護の任務を負っているが、本当に信頼できるのだろうか、いざとなればこちらを見捨てるのではなかろうか、と。そう、特殊戦機なのだから、そのように行動するのだろう。有人機であっても、それは同じだ。ということは、特殊戦の人間というのは、機械に近い。

そんなことは、いまさら気づいたことではなかった。零とのやり取りでも、零の口からそのような言葉はいくどとなく出た。それでも、このような立場になると、その意味が実感できるフォス大尉だった。

外部支援車の動力で雪風のエンジンが回っている。

「コンタクト」と零が宣言する。

雪風のエンジン、スーパーフェニックスに火が入る。前輪のショックアブソーバを縮めたニーリングの姿勢でその推力に耐える機体の姿勢変化にフォス大尉は緊張した。雪風はまるで咆哮しながら獲物に飛びかかろうとしている猛獣のようだ。

零が振り返る。自分は大丈夫だといいかけて、フォス大尉は零がこちらを気にかけているのではないと気づいた。ヘルメットバイザは下ろしていないので、視線がわかる。

零は雪風の折り畳まれた二対の尾翼が正しく上がってきているかを視認した。それから動翼のすべてが正常に反応することを確認する。プリフライトチェック終了、すべて異常なし。地上員が搭載ミサイルのセイフティピンを引き抜く。それを監督する出撃機管理責任者が機内との通話用のヘッドセットのコードピンを雪風の胴体から引き抜き、GOサインを出した。

「行くぞ、雪風」

キャノピを降ろし、ロック。ブレーキを放すと、雪風は動きだす。タイヤの転がるゴトゴトという感触。それはフォス大尉には、自分の心臓の鼓動が増幅されているかのような感じだった。

零は、『行くぞ、フォス大尉』とは言わなかった。そうフォス大尉は気づき、これはメモするに値すると思い、テストパイロットのように太股に貼り付けたメモ用紙に書き込んだ。それで落ち着きを取り戻す。すると、零に声をかけられた。

「気分が悪くなったら黙っていないですぐに伝えろ。こちらに余裕があれば対処する」

「いちおう、訓練は受けた。大丈夫、わたしのことは気にしないでいい」

「オーケー、いい覚悟だ。頼りにしているからな」

「わたしを、頼りにする？」

「当然だ。きみは客ではない、戦闘員だ。戦闘時には一つでも多くの目があったほうがいい。幸いきみには二つある」

「わたし、視力はよくない。だから——」

「それは関係ない。生命の危機に陥れば、敵は見える。行くぞ、エディス、相棒」

一三番機レイフが猛然とダッシュ、滑走開始。一瞬遅れて雪風はそれと並び、出力を最大にして続く。フォス大尉は圧倒的な加速に声が出せない。

編隊離陸。敵を察知する自分の能力が損なわれているのではないかという危惧を抱いていた零だったが、発進してしまうとそんなことは忘れた。

「負けるな雪風、狼においていかれるぞ」

巡航高度へ一気に達する。高高度で巡航速度に入る。加速の重圧から解放されたフォス大尉はひと息つき、さきほど零が絞るような口調で言った、狼とはなんなのかと疑問に思う。

「一三番機、レイフのことだ。知恵の狼、という意味だそうだ。ブッカー少佐の趣味だ。おかしなことをたくさん知っている」

その機をフォス大尉は探す。ポート側、数百メートル離れた同高度を並飛行していた。

「あれに負けたくない？」

「雪風はレイフの機体を有人機に改造したものだ。機動性能ではどうしても劣る。だから励ましてやったんだ。掛け声だ。深い意味はない」

「だれに対する励ましなのかしら。自分、それとも雪風？」

「両方だろう。それでおれと雪風の人格分離が不完全だとかいう理屈をこねるわけだな」

「あなた自身、それが気になる？」

「分析と診断は帰ってからにしてくれ。集中力をそがれるのは危険だ。きみ自身の安全にも関る」

フォス大尉は黙った。眼下にはフェアリイの森が広がっていた。金属光沢のある紫を基調とした色彩。うねり、渦巻き、縞模様とさまざまで、抽象画を見ている気分だった。まるでだれかの心を直接のぞいているかのようだ、とフォス大尉は思った。とりとめもなく分裂的だ。でも、美しい。このどこからか出てくるジャムもこのように幻想的で美しいのだろうか。

いくつかの外部交信のほかは零は無言だった。二度警戒音が鳴り、FAF機群が低空を横切った。もう一度、違う音質の警告音が鳴る。作戦空域に到達したことを示す。

「エディス、しばらくおれの観察はやめて、周囲警戒任務につけ」

「了解」とエディス・フォス大尉。

森はもうない。広がるのは純白の砂糖のような砂漠だ。平坦ではなく波打っている。

レイフが大出力のルックダウンレーダーを作動。地上の索敵を開始。雪風は周囲の電磁環境をモニタしつつ、地上に設置されている偵察ポッドが収集した情報を転送させるべく、IFF、敵味方識別装置を作動。その偵察ポッドはこのリッチウォー基地が壊滅したあと特殊戦機から射出され、地上で周囲を探っている。特殊戦機からのIFF波により反応する、はずだ。

「おかしい」反応がない。

地上に細長い鏡を砕いたように見える一帯がある。リッチウォー基地の中枢部、破壊された滑走路の跡だった。その付近に偵察ポッドが降りているはずだ。零はそのあたりを肉眼で調べるべく機体をバンクさせようとしたが、そうするまでもなく、偵察ポッドからの接続準備音が鳴った。応答してきた。おそらくレイフが発する強力な対地レーダー波にIFF波が攪乱されていたのだろう。零はそれでも、なにかおかしいという気持ちを払拭できない。

ポッド内情報を回収すべく、ポッドに向けて情報内容の送信開始を伝える指令暗号波を発する。うまくいったかにみえたが、雪風が警告を発した。メインディスプレイに表示。

〈TRP32157 : decode error〉

その偵察ポッドは指令暗号波を正しく解いていない。だからこちらも、送信してくるその内容を正しく再構築できない。

あれは故障しているか、ジャムに汚染されている。ジャムのせいなら、不正な情報をFAF内に侵入させるのが目的だろう。送信内容を正しく受け取れなかったのは幸いだ。もしジャムの仕業なら、こちらの暗号化手段を解いていないということでもある。

〈ENGAGE〉と雪風は交戦宣言をする。

雪風はこう言っていた。その偵察ポッド・TRP32157を敵性と判断し、破壊する。零は許可した。レイフにやらせる。

レイフが雪風機上の零の命令に従った。攻撃態勢に入り、目標をその偵察ポッドに定める。急降下してガン攻撃。その一撃にて目標の偵察ポッドは爆散した。

その様子を機体を傾けて肉眼で確認していた零は、後席のフォス大尉の緊迫した声を聞く。それは雪風の発した警告とほぼ同時だった。

「右下、後方から、ジャム、二機。接近中」

雪風はバレルロール。零も視認する。急激なインメルマンターン。雪風は目標をロックオン、直後に短距離ミサイルを放つ。自動攻撃。だがロックが完全ではなく、外される。

ジャムを追尾するために雪風は旋回すると同時に急激な機首の引き起こしをはかった。と、突然機体がスピン。限界を超えた機動でもたらされた予期せぬきりもみ状態。零が操作するまでもなく雪風が各動翼を最適制御、すぐに回復したが、そのまま加速しようとする雪風の気配を察した零はとっさにオートマニューバ・スイッチを切る。スロットルをアイドルに。エンジンの排気温度がかなり高い。このままではサージングが発生してエンジンが過熱し、破壊される。ドグファイト・スイッチをオン。雪風に、おれにやらせろと零は宣言する。

——雪風、この機体はスーパーシルフではない、メイヴだ。旧機体のデータは役には立たない。ここはおれに任せろ。

雪風は拒まなかった。

高度はあった。スロットルを最大にしたいのをこらえつつ、ほぼ垂直降下。エンジンが冷えるのを確認して、慎重に出力を上げていく。泳ぎと同じだ。焦って息継ぎのタイミングを間違えては、溺れる。

いったん雪風の攻撃を回避したジャムは急旋回して向かってくる。それを零は視認。ジャムがとるであろう最適な射撃コースが予想できた。ジャムの攻撃照準波をキャッチ。零は瞬時に武装選択、ガン攻撃モード。雪風を緩旋回上昇、このへんだという勘に従って無謀とも思える急旋回を敢行。大Gのために数瞬間ブラックアウト。明るくなる視界のなか、予想どおり真っ正面をジャムが横切ろうとしていた。勘は鈍っていない。敵はまだ旋回の途中なのだ。

クロスアタック。射撃、〇・五秒。あっという間に目標が背後になる。零は振り返る。ジャムは二機とも撃墜されていた。

レイフが、爆発煙を飛び抜けてあとをついてきている。二機のジャムの破片が落ちていく。一機はレイフが墜とした。雪風を見習うかのように。

零は残存燃料量を確認する。もうしばらく留まっていられる。砂中に潜んでじっと特殊戦の出方を探っているジャムがまだいるだろう。ジャムは、もしかしたら、あの偵察ポッドを利用してこちらに話しかけようと試みたのかもしれない。それを拒否されたので襲ってきたのではないか。ふと零はそんな幻想にとらわれた。

そんな境地を、背後のフォス大尉の存在が破った。速く弱い息遣いに気づいて振り返ると、フォス大尉はマスクを外してあえいでいた。マスク内に吐いたのだ。零は雪風を急降下させながら、早くマスクの詰まりを掃除して着けるように指示する。

フォス大尉はいまの戦闘をどのように評価しただろう。彼女自身が発見したジャムを、それでも幻想だと思っているかもしれない。だが頭でどう考えようと、いまの身体の反応は現実だ。それは認めざるを得まい。自分にもあてはまることだ、そう零は思う。

今回はこれで十分だ。分析すべき情報を大量に得た。特殊戦も、フォス大尉も。

任務完了、帰投する、と零はフォス大尉に言った。

Ⅳ　戦闘意識

1

格納庫で翼を休めているときも雪風の中枢コンピュータは眠らない。待機中の電力は床から延びているケーブルから取っている。雪風の胴体下部に接続されたそのケーブル内には特殊戦の戦術コンピュータとのリンク回線もあり、雪風はそこから特殊戦内部の情報をすべて読み取ることができる。

いま出撃中の特殊戦機の任務・作戦行動も把握できるが、出撃中の戦隊機が収集しているリアルタイム情報そのものまでは、わからない。出撃している戦隊機はよほどの緊急事態でもなければ司令本部にアクセスしてくることはないからだ。特殊戦機が収集した戦闘情報は、帰投してから格納庫のそのケーブルを通じて特殊戦司令部にある戦術コンピュータに送られた。

そうした情報を分析して特殊戦では戦略を練るのだが、その元になるデータは改変されたり消去されたりせずに生のままで保存され、いつでも参照することができる。帰投した乗員は出撃レポート作成のためにそれを利用した。自分の記憶と乗機が収集したデータにずれがないか、戦闘中に下した自分の判断は適切だったかどうか。とくにいきなり敵に襲われたときなどは、そのジャムはいつどちらから現れたのか、もっと早く発見できた可能性があったのではないかというようなことを検討するためにその戦闘を機上で再現し、より効率的な危険回避機動のシミュレートにも役に立った。それは生命に関ることであり、生き延びるための知恵を過去の自分の行動から引き出すことだったから、出撃レポート作成時でなくても待機中の自分の乗機のコクピットで過ごす隊員は多い。

零ももちろん例外ではなかった。他の戦隊員よりも長いくらいだし、以前の零と比べても最近は長く雪風のコクピットにいる。

雪風が古い機体を捨てていまのこの機体を得てから、雪風のことをもっと詳しく知りたくなったからだった。雪風は見かけだけでなく以前と変わったように感じた。どこが変わったのかを知りたくて、実戦復帰に備えたリハビリテーション期間中も暇を見つけては雪風に接していた。

待機中の雪風はなにを考えているのか、司令部戦術コンピュータとどのようなやり取りをしているのか。いまは以前には抱かなかったそうしたことに関心がある。それで格納庫内の雪風の機上で過ごす時間が長くなった。

そこで零は考える。

雪風や特殊戦のコンピュータ、機械知性体は、ジャムのことをどう感じているのだろう。

以前の自分にとって雪風はたんに自分が操る戦闘機にすぎなかった。いまは、そうではないと感じる。その中枢コンピュータは人間である自分とは独立した戦闘意識体だ。人間と同じような意識を持っているわけもないが、雪風なりの世界認識を持っているだろう。それが知りたい。おそらくジャムは、この自分よりも雪風や地球の機械知性体について理解しているのだろう。ジャムにとっては機械知性体のほうが人間よりもリアルな存在に違いない。もしそうなら、雪風とそれと接続されたコンピュータ群がジャムという敵をどう認識しているのかを理解することは、ジャムという敵を知る手がかりになる。そういう作業は、出撃中よりはむしろ待機中の状態でこそ可能だ。雪風の中枢コンピュータが特殊戦の戦闘知性体群と直接会話ができるここは、もう一つの戦場でもあるのだ。戦闘に復帰してみて、本当にそう感じる。もうリハビリテーションは必要ない。

実戦に復帰して帰投した零は、しかしリハビリのための肉体トレーニングはもう必要ないとはブッカー少佐からは言われてはいなかった。今回の出撃についての評価を出してから今後のことを決めるから、それまで待機していろという命令だった。ようするに休んでいていいということだと少佐は言った。遅くとも二日で結論を出す、と。むろん出撃レポートは提出しなければならないので、寝て過ごすわけにはいかない。

いったい二日もかけてなにを検討するというのだ、と零はいぶかった。体力はもうほとんど問題はない。リハビリなどというメニューを組まなくても、自主的なトレーニングで十分だ。久しぶりの実戦任務はちゃんとこなした。生きて帰投できたのがなによりの証だ。それともなにかまずい行動をとっただろうか？　ブッカー少佐は久しぶりの実戦から帰投したこのおれに、じっくりと時間をかけて戦闘行動の自己評価をしろと言っているのか。おそらくそうだろう。でなければ、『待機していろ』ではなく、はっきりと『二日の休養日を与える』と言うはずだ……

待機期間という宙ぶらりんな時間のほとんどを、零は雪風の機上で過ごすことになった。自分の作戦時の行動を待機中の雪風の中枢コンピュータを使って振り返り、なにも問題はないと納得すると、今度は雪風と特殊戦のコンピュータ群とのリンク状態をモニタすることにした。じっくりと、時間をかけて。

コクピット内のメインディスプレイをオンにしてそれを見ていると、ときどき雪風が特殊戦の戦術コンピュータにアクセスしているのがわかる。突発的に表示画面に記号の羅列が流れるのだ。その具体的な内容まではよくわからない。だが、いまどういうデータを雪風が要求しているのか、応答してくるデータ配列はなにを意味しているのか、というレベルならば、素早く目を走らせれば読み取ることができた。

雪風はその回線を通じて他の戦隊機の過去の戦闘情報なども収集しているのだった。そこまではわかる。だが、ではそれをもとにして雪風はなにを考えているのか、戦術コンピュータとどういう会話を交わしているのかというのは、想像するしかない。そうしたレベルの内容は表示されない。そのようなインターフェイス機能が雪風には備えられていないのだ。むろん司令部にあるその戦術コンピュータの操作卓を使えば、その通信内容を人間にわかる形で引き出すことはできた。

零は実際にそこに行って、それを確かめてみた。

特殊戦の司令部戦術コンピュータは、雪風から一三番機レイフの例の作戦での行動と収集情報内容を渡せという要求があったと、音声で応答した。が、では雪風はそれをもとになにをしているのかと問うと、〈おそらく戦闘シミュレーションを独自に実行中〉と推測するだけだった。

雪風の中枢コンピュータがなにを考え、どういう判断を下そうとしているのかは、司令部の戦術コンピュータにもわからないのだ。

通常はそれでもまったく問題はない。雪風が関心を持っているのはジャムに負けないことであり、それは製造時に組み込まれた本能といえた。そうした機能があるのだから待機中にも対ジャム戦略や戦術を研究しているのは不思議ではない。その結果は実戦で生かされる。雪風がなにを学習したかを知りたければ次回の戦闘時にその反応をみればいいだけのことだった。言葉は必要ない。戦闘時には。なにをするつもりだなどと問いかけ、その答えを待っている暇などないからだ。だからそのようなシステム、人間との音声によるコミュニケーション手段などは搭載されていないし、その必要性も零は感じたことはなかった。とにかく生きて帰ることこそが重要で、ジャムとは何者かという分析は特殊戦の司令部がやることだと思っていたからだ。

雪風はしかし待機中にも自身の問題としてそうした作業を行なっているのだった。パイロットの自分よりも優秀だと零は思った。雪風においていかれるわけにはいかない。雪風の考え方がわからないままでは、またその機上からいきなり放り出される恐れがある。

雪風は人間よりもジャムについて多くを理解しているだろう。それは間違いない。なにしろそのデータ収集と処理能力は人間の比ではなかった。決して眠らず、電力が供給され続けるかぎりそれをやめないのだから。そうしてジャムに勝つ戦略や戦術を四六時中研究しているとしても、しかしだからといって、ジャムの正体を理解しているとは限らない。ジャムというのは人間を認識できないかもしれない、というような次元の推測を雪風がしているのかどうかは、わからない。特殊戦の戦闘知性体群はそうした見方をしているので、それを参考にすれば雪風にも可能だが、そんなことは雪風にとってはどうでもいいことなのかもしれない。だが、と零は思うのだ、その機上にこの自分、人間が乗り続けるかぎりは、雪風は人間を無視することはできないし、してもらいたくない。ともに戦う相棒として。

零は待機中の雪風の機上でその中枢コンピュータの動作をモニタし続ける。雪風がなにをどう思っているのかを知るにはそれしか方法がないのだ。戦闘時の雪風の反応を感じ取るのと同じことだった。

おそらく雪風が人語でコミュニケーションできたとしても、その意識を言葉にするのは不可能だろう、と零は想像する。なぜなら人語とは人間という存在様式から出るものであって、異なるアーキテクチャから成る雪風には、それを模倣はできても、翻訳不能な部分がどうしても出てくるだろう。たとえば感情に関する言葉を雪風は真に意識して使うことはできまい。

『おれが好きか』というような言葉による問いかけを雪風は理解しない。

それでも雪風は、いま機上に深井大尉という相棒が乗っている、ということは認識できた。そこでなにかの操作を零がすれば、零がなにを求めているのかがわかるのだ。無言のコミュニケーションといえた。

雪風は、機上に零がいることは知っている。現在の特殊戦の戦闘機は、主人であるパイロットが乗り込んでくれば、それがわかるようにできていた。

パイロットの表情をモニタするごく小さなレンズが、計器パネルと、そしていまはかぶっていないがヘルメットに備わっていて、そのレンズで顔を捉え、いま乗っているのは零であることを雪風は認識できた。

もっとも、そのシステムはパイロットがだれなのかを判別するためのものではなく、操縦する人間の視線を常にモニタするための装置だった。

それは視線でもって雪風へ命令を入力するために備えられているのではない。命令入力装置というようなアクティブな機能を持っているわけではなく、視線といっても正確な視点の位置を認識できるわけではない。人間の目のコントラスト、黒眼と白眼のコントラストを捉え、どちらを見ているかをそれで判別しているにすぎない。つまり視線入力装置といった直接的な装置ではないが、しかしその情報をもとにより高度なマンマシンインターフェイスを実現しようとして考えられたシステムだった。

その装置は特殊戦機のみに実験的に搭載されているのだが、これを搭載することに決めたブッカー少佐は、実験とは考えていない。実用装置だ。雪風のような高度な中枢コンピュータを搭載した特殊戦機はその装置を使って、いまパイロットがなにを考えているのかを予想できるようになる、と少佐は考え、そのような処理をするためのプログラムをシステム軍団に開発させた。それが搭載された中枢コンピュータは、ある程度の学習期間を経れば、《パイロットはいま肉眼で敵機を見ているからそちらに機を誘導しよう》とか、《ヘッドアップ・ディスプレイを注視しているから機の誘導はパイロットに任せて、自分は全方向の警戒に全力をあげよう》とか、《ずっと目を閉じたままだということは、これは失神しているのだ。全権を託されたと判断してよい》などといった情報処理ができるようになる。そうなるように、開発されたのだ。

パイロットと機が協調して戦うには言葉はいらない。目配せだけで、リーダーがなにを考えなにを自分に期待しているかがわかる、というのが理想的だ。それには、リーダーがいまなにを見ているかがはっきりとわかることが必要で、かつそれだけで十分だ——それがブッカー少佐の理論だった。搭載されたのは最近だが、雪風はこれをすでに使いこなしているに違いないと零は思う。無言で。

雪風の意識は人間のものとは次元が異なるだろう。そもそもそんなものは初めからない、とはだれにも言えない。他人に意識があるかどうかなどというのは、人間同士でもわからないのだ。相手の態度から、こいつは自分と同じように世界を意識しているだろう、と、それこそこちらが無意識のうちに予想しているにすぎない。人間の場合は、その予想はしやすい。

同じアーキテクチャから成るという前提があるからだ。しかし人間ではない雪風の場合はそうした予想はつけにくい。それでも長くつき合っているうちに、それができるようになる、あるいは、そんなことはやっても無駄だとわかるようになる、と零は期待した。

おそらく雪風の側では、それをやってきたのだ。ジャムと戦うには、深井零という人間が役に立つかどうか、評価し続けてきたに違いない。いまもこうして過去の戦闘を振り返って分析しているのだ。そこにパイロットに対する評価が含まれないはずがない。ならば、おれも、そうするとしよう。

雪風は変わってはいない。以前から雪風は雪風だったのだ。そう気づいた自分こそが変わったのだと、零は悟った。本当の雪風のことを自分はなにも知らなかったのだ、と。

2

腕時計のアラームが鳴って、ちょっとした昼食会をやるから午後の予定をあけておくようにとブッカー少佐から言われていたのを零は思い出した。

待機を命じられてから三日経っている。昼食会の件を伝えられたのは前日の午後だった。どういう会なのか、だれとの会食なのかなど、詳しいことはなにもブッカー少佐は言わなかった。零も訊かなかった。少佐はそれ以上なにも言うつもりはないというのが態度から知れたし、それはそのときになればわかることだった。そんなことはどうでもいい。零は待機中の雪風がバックグラウンドでなにをやっているか知りたかった。だが、意気込んで臨んだわりにはたいした収穫は得られなかった。

雪風の中枢コンピュータは特殊戦すべての戦隊機の任務状態などを常に把握していたらしく、それらのデータを司令部コンピュータに要求していた。そのため、いま他の戦隊機がどこでなにをしているのかということが雪風のメインディスプレイ上にて零にも確認できた。

しかし、それがなんだというのだ、と零は自問する。これは雪風に備わっている機能の一つにすぎなくて、ようするに単なる機械的反応であって雪風には意識などというものはないのかもしれない、自分は愛機に対して買いかぶった幻想を抱いているだけではないのか。

ま、結論を出すにはまだ早い、と零は頭に着けていたヘッドセットを頸にかけ、そのプラグを機のコミュニケーション装置から引き抜いて、雪風から降りる。ブッカー少佐は時間にうるさい。どこで昼食会をやるのかは少佐のオフィスに出頭してみないとわからない。詳細はそこで伝達されることになっていた。

特殊戦やFAF内に豪華なレストランがあるわけでもなし、せいぜい佐官クラスの専用食堂に違いないのに、こうしたもったいをつけた人間くさいやり方はいかにもブッカー少佐らしいと零は思う。嫌な気分ではなかった。長いつき合いから、少佐がもったいぶるにはそれなりの合理的な理由があるということを零は知っていた。これが他の人間ならば、そうした態度はたんなる虚栄として感じられて軽蔑するところだ。結局同じ態度に接しても相手をよく知っているかどうかでこちらにわき起こる感情も異なるのだ。雪風に対してもそうなのだろう。まだ自分は雪風を知らない。

格納庫には特殊戦機が並ぶ。待機中のそれらの機は雪風と同じく胴体下部からケーブルを垂らしている。まるでへその緒のようだ。そのケーブルによって電力を得、FAFという巨大な情報体に接続されているわけだった。胎児のように。いいや、違うな、と零は思い直す。ここの戦隊機たちは胎児というよりは、草を食む牛のようだ。危険をかいくぐって収集してきた情報を、あらためて落ち着いたここで反芻している。彼らは草ならぬ情報を反芻しているのだ。

ずらりと並ぶ戦隊機をながめながら歩く。こいつらは生き物のようだ、と零は思う。情報を食ってそれを自分のものに変容させて吸収し、育つ生き物。どのように育つのかは人間にはわからない。それはおそらく隣り合った同士の戦隊機コンピュータにもわからないだろう。並んでいながらも、群れているという感じはない。

途中、三機の機上に戦隊員が乗って作業しているのを零は見かけた。うち一機はまさしくこれから出撃するという態勢だった。

零はそのだれにも声はかけなかった。用もないのに挨拶をするのは相手に迷惑なだけだ。特殊戦の戦隊員は互いに情報交換をまったくしないわけではなかったが、情報には敏感でも、他人の存在そのものには無関心だった。特殊戦の戦隊員というのは集団であっても群れているわけではないのだ。全体が一丸となって行動することは特殊戦ではなかった。単独行動が基本であり、戦闘中も司令部のバックアップは期待できない。戦闘行動中に頼りになるのは自分の実力だけで、そこにはリーダーも部下もいない。戦隊員は自分だけを信じている。自分こそがいちばん大切で、偉いと思っている。特殊戦はそういう人間を集めた部隊なのだった。

人間がそうなのだから、それに操られ、その行動を学習し続けている戦隊機の中枢コンピュータもそうに違いなかった。それらが人間にはわからないレベルで互いに協調し合って総合的な機械意識を形成している——ということはあり得ると零は思うが、それをいうなら、人間の戦隊員でも特殊戦に属しているという共通した意識というものはあるわけで、だから戦隊機コンピュータたちが集団で行動しているとは言えない。特殊戦の個個のコンピュータは独立していて、どれがリーダーシップをとるでもなく、つねに自分を中心として機能しているのは間違いない。互いの働きには干渉しない。それは特殊戦司令部の戦術コンピュータなどの機械知性体にしても同じだった。たとえば待機中の雪風の中枢コンピュータがなにを実行していようと、その稼働状態をモニタすることはできるが、内容の動作そのものに干渉したりすることはない。零はそれは確認済みだった。もっとも、干渉しようとしても、できない。システムの構造がそのように作られているからだ。戦隊機コンピュータはジャムからの干渉を排除すべく最強レベルの自己保存能力が与えられていた。味方であろうと強引にそれに逆らうことを実行すれば戦隊機の中枢コンピュータはその力に対抗する手段を選択する。どうしても自己の独立性を守れないとなれば、自爆するのだ。

つまり、特殊戦のコンピュータたちも戦隊員と同様に、群れとして行動しているわけではないのだ。干渉を受けないということは、他からのバックアップも期待しないということであり、FAF内では、それはまさしく特殊な機械知性集団だった。

こいつらは大型の猫のようだ、無言の集会を開いているように見える、などと思いながら格納庫の出口に近づくと、注意をうながすサイレンが庫内に響いた。戦隊機が庫内から出る際の、おなじみのものだった。

中央付近に駐機していた七番機が、無人のスポッティングドーリー、駐機用の小型牽引車に引き出され、三基ある中央のエレベータに向かう。機種はスーパーシルフ。機上にはパイロットとフライトオフィサ。

「ヘイ、深井大尉」

機上のパイロットが身を乗り出して零に声をかけた。とてもめずらしいことだった。パイロットの名前はヴィンセント・ブリューイ、階級は中尉だ。

「どうした中尉」と零。「邪魔をしているとは思わないが？」

「ランヴァボンに撃たれないように気をつけろよ、大尉どの」

「どういうことだ」

ランヴァボンはブリューイ中尉の愛機、七番機の愛称だ。

「きみが招待されている昼食会だ」とブリューイ中尉。「その護衛と監視任務につく」

「空中でやるのか、昼食会を」

「詳細は極秘事項になっている。司令部コンピュータにも詳しい内容は入力されていないスペシャルミッションだそうだ。行けばわかる。ブッカー少佐は昼食会にジャムが紛れ込むのを恐れているのだろう。きみがジャムなら撃つ、そういうことだ」

「あんたは、おれを撃ちたいのか？　なぜ声をかけたんだ。極秘任務なら黙ってやれよ」

「さきほどランヴァボンのチェックをしているとき、雪風から何度もダイレクトアクセス要求信号がきた。きみはこのスペシャルミッションにランヴァボンが使われることを知っていたんだろう。極秘のはずなのに、なぜだろうと思ってな」

「おれは知らない。雪風がランヴァボンにアクセスしようとしていただって？」

「きみがやらせていたのではないというのか、深井大尉」

「いや。おれではない」

「それを信じるならば、雪風自身が今回のミッション内容を知りたがっているということだろうな。司令部戦術コンピュータにも詳細は入力されていない特殊任務だ。雪風がランヴァボンの任務内容を知りたければ、直接こちらに問い合わせるしかない。興味深い雪風の行動だ。本件は作戦終了後にブッカー少佐に報告する。すでにミッションは開始されているんだ。もし、きみがジャムなら、いずれ雪風にやられるだろうが、今回がきみの最後の午餐にならないことを祈っている。じゃあな」

零は腕時計に目を走らせる。アラームが鳴ってから三分強たっていた。雪風のコクピットに素早く戻り、ディスプレイ群のメインスイッチを入れる。先ほどやっていたように、メインディスプレイを中枢コンピュータ動作モニタモードにし、そのメニューから外部交信状況モニタ表示を選択、実行する。

するとそこには、こう表示された。

〈watch on B-7/mission unknown/request contents… STC〉

雪風も秘密の昼食会に興味を持ったらしい。

昼食会の詳しい内容に関してはブッカー少佐は特殊戦のどのコンピュータにも入力していないようだった。だから雪風もそれが行なわれるということは知らなかったろう。だが、ランヴァボンの作戦行動については、出撃機ナンバ〈B‐7〉を与えられて、スケジュールに組まれていた。しかし雪風はその出撃任務についての詳しい記述がどこにもないことに気づいたのだろう、それを執拗に探っているのだ。

零はブリューイ中尉にさきほど呼び止められるまで、雪風がその行動にそれほど注目していることに気がつかなかった。さきほどの雪風は、ランヴァボンについては〈B‐7 mission unknown〉と表示していただけだ。

しかしいま、ランヴァボンが実際に動き始めたことで、雪風はその任務の詳細を知らせろ、と特殊戦司令部の戦術コンピュータに要求しているのだ。そして自らも〈watch on B‐7〉と表示されているとおり、ランヴァボンの行動の監視を開始している。

と、新しいメッセージが続けて表示された。

〈request sortie … STC/get permission to sortie … Lt. FUKAI〉

雪風による出撃要請だ。予想もしていないことだったが、その意味はわかる。しかし、この最後にある、深井大尉、というのはなんなのだ、と零はとまどう。雪風がこちらの名を表示してくるのはかつてないことだった。

雪風が、パイロットの自分に、出撃許可を司令部から得よ、と言っているのか。考える間もなく、新たな表示。

〈STC : permit/set 20908107•sp•mission/ready〉

司令部の戦術コンピュータからだった。出撃は許可され、作戦番号が与えられている。

〈STC : trace and watch on B-7… B-1〉

戦術コンピュータからの指令、ランヴァボンを追跡・監視・警戒せよ、雪風。

〈roger〉

雪風の返答、了解。

〈STC : enter 20908107•sp•mission〉

作戦番号20908107・特殊任務、開始。

〈action … Lt. FUKAI〉

実行せよ、行動せよ、深井大尉。

零は雪風がなにをしようとし、なにを自分に要求しているのか、わかる。反射的に雪風のマスターアーム・スイッチを入れている。即座に全武装システムが使用可能状態になる。格納庫内でこれを実行するのは初めてのことだ。実際には弾薬もミサイルも搭載されてはいないが、電子戦闘用の全システムがこれで稼働状態になる。索敵システム、自動作動。

　機体後部でかすかな動力音、雪風の補助パワーユニットが始動。胴体下部の、司令部との接続ケーブルが自動で切り離され、雪風は独立した完全な戦闘態勢に入った。全フライトシステム、起動。

　格納庫内に出庫する機があることを知らせる警報が響いた。自動制御のスポッティングドーリーが雪風に近づいてきて、カプラを雪風の首脚の連結部に接続する。出撃シーケンスが自動的に開始されている。

　零は無意識に操縦桿を握っていた。違和感がある。素手のためだ。戦闘中はフライトグローブをしている。いまはフライトスーツもGスーツも脱出用パラシュートも着けていない。ヘルメットもかぶっていなければ、酸素ホースも接続していない。自分は飛べる状態ではないと雪風に伝えなくてはならない。いや、わかっていることだろう。しかしいったん開始された出撃シーケンスを途中で中止するのは現時点ではできない。

　雪風はエレベータに向かって動き始めていた。機から降りることはできる。だが零は降りなかった。降りるのは、途中階でいったん停止して作戦のために選択された武器弾薬などを搭載される時点でも、また地上に出てからでも、可能だ。降りれば雪風は無人でも出撃していくだろうが、そうはさせたくない。しかしこのまま飛ぶわけにはいかない。自分の準備が整うまで待ってもらうしかない。

　雪風に待ってもらう？

自分は昼食会に出席しなくてはならないのだ。このまま出撃するのは重大な抗命行為だ。しかし雪風に対しての出撃許可は出ている。これは、どういうことだ。いったいなにが起きているのだ？

頸にかけていたヘッドセットのスピーカーから聞き慣れた声が響いた。

『零、なにをしている。どういうつもりだ。雪風でピクニックに行くつもりか』

ブッカー少佐だ。ピクニックだって？

『零、応答しろ。深井大尉、雪風の機上にいるのはわかっている』

零はヘッドセットを頭に着ける。そのピンプラグは機内のコミュニケーション端子に差し込んであった。雪風を探るための聴診器のように。いまは外部からの通信だ。ブッカー少佐のオフィス端末からであることがディスプレイに表示されている。

「こちらB－1」と零。「作戦番号２００９０８１０７、ランヴァボンを監視する特殊任務を遂行するため、出撃準備態勢にある。出撃シーケンス続行中」

『なにを寝ぼけたことを言っているんだ。わたしはおまえに、昼食会に出ろ、と命令したはずだ。ランヴァボンを監視しろ、とは言っていない』

「これは雪風が出撃していくランヴァボンの任務を知りたがって行動した結果だ。あんたが雪風の出撃許可を出したんだろう、少佐」

『わたしではない』

「ではだれだ。戦術コンピュータが単独で許可を出したとでもいうのか。人間の同意なしには、機械たちだけで作戦行動はとれないはずだ」

『おまえが勝手にやったのではない、というのか、零』

「ジャック、おれにもどうしてこうなったのか、よくわからないんだ。そちらの調べではどうなっている。おれが要請した出撃だというのか」

『そうだ。戦術コンピュータは、深井大尉から緊急出撃要請があり、緊急度が高いと判断して即座に作戦をプランニングした、と言っている』

「最終的な許可を出したのは、だれだ」

『SSC、特殊戦司令部・戦略コンピュータだ。名目上は、通常どおりクーリィ准将の許可コードの下に発令された出撃になっているが、クーリィ准将はそのような覚えはない、と言っている』

「それでは雪風が出撃できるはずがない。だが現実には、いまも出撃シーケンスは続行中だ。だれがこの作戦の責任をとるんだ？」

『おまえだよ、深井大尉。零、おまえ自身だ』

雪風はエレベータ内に牽引される。背後で耐爆扉が閉まる。上昇する。

「なるほど」と零はつぶやく。「そうか」

雪風が〈request sortie〉と出撃要請をしたとき、それだけでは許可は下りなくて、だから機上のパイロット、深井大尉にそれをとれ、と雪風はうながしたのだ。そして同時に雪風は、出撃の許可を深井大尉がとれと言っている、と戦術コンピュータに伝えた。それが〈get 〈permission to sortie … Lt. FUKAI〉という意味なのだ、と零は悟った。

『一人でなにを納得しているんだ。越権かつ抗命行為だぞ。聞こえるか、零。どう責任をとるつもりだ。答えろ、深井大尉』

エレベータ内でも感度は良好だ。

「責任は雪風がとる。雪風が、出撃要請をおれの名で出したんだ」

『おまえの名を雪風が騙ったというのか』

「雪風は、おれなら出撃に同意する、とわかっていたんだろう」

『どうしてこうなったのか、おまえ、わからない、と言ったぞ』

「いま、わかった。出撃は必要だろう。雪風はランヴァボンの行動目的がわからないのが気に入らないんだ。それを知りたいだけだ。戦術コンピュータもそう思っている。だから、雪風を出撃させることにしたんだよ。人間であるおれからの要請だから、人間を無視して独自に行動しているわけではない、という理屈だ。最終的に特殊戦司令部の戦略コンピュータが出撃許可を出しているというのは、そこに昼食会に関する作戦が、概略だけでも入力されているから、それを修正するという手段で処理したためだろう。おそらくそうだ」

『作戦を修正する？　戦略コンピュータが勝手に作戦内容を修正したというのか』

「その昼食会作戦に付随した特殊な作戦として付け加えた、というべきかな。ある作戦中に、パイロットが作戦内容を緊急で変更したい、そうすべきだ、と要求することがある。出撃前にそんなことがあるはずがないが、いまはそういう事態であると戦略コンピュータは判断したんだ。そのような手順を踏めば出撃シーケンスは起動できる。もとより今回の作戦は通常とは様子が異なるスペシャルなものだ。ようするに、あんたの秘密主義がいけないんだ、ジャック。昼食会についての詳細をコンピュータ群にも知らせておけば、雪風はそれで納得したろう。どうする、少佐。出撃を強制中止するか。簡単にはいかないぜ。雪風はやる気になっている。いまさら説明しても、雪風はそれを確かめようとする。つまり、ランヴァボンを追って出撃する――」

『了解した』

そうブッカー少佐は答えた。

「了解した？　では飛ぶ用意をしていいんだな」

『雪風の出撃については、深井大尉からの要請を司令部は受け入れるという形で承認する。自分が要請した出撃であると、認めろ、深井大尉。それで問題はない。おまえは、予定どおり昼食会に出席しろ。おまえ、とは深井零大尉のことだ。わかったか。復唱しろ、深井大尉』

「こちら深井大尉、昼食会に出席する。雪風の出撃は自分が要請した。復唱終わり」

『よろしい』

「雪風はオートマニューバ・モードで出す。それでいいんだな、少佐」

『かまわない。雪風の行動は予想もしていなかったが、この件は作戦終了後、分析し、おまえへの処分についても検討する。おまえはそのまま機上にとどまり、地上に出たところで降機。軍医のエディス・フォス大尉を迎えにやらせる。フォス大尉の指示に従え。大尉に案内させる』

「フォス大尉か。軍医の付き添いが必要な昼食会なのか。それとも彼女も昼食会に招待したのか？」

『だれを招待しているか、目的は何か、などの詳細に関してはノーコメント。雪風の武装および搭載燃料量などは、戦術コンピュータのプランのままでいい。基本的にランヴァボンと同じであることをこちらで確認した。干渉するな』

「こちら、B-1、了解。深井大尉、了解」

『よろしい。以上』

B-1は雪風の出撃作戦機としてのナンバ。B、は特殊戦の俗称でもあるブーメラン戦隊のB、数字は戦隊の一番機であることを示す。そして、深井大尉とは、もちろん零自身のことだ。これらを区別して返答したのは初めてのことだった。

初めて自分は雪風と別行動をとるわけだと零は思い、そして思い直した。いいや、以前から雪風は独自に行動していたのだろう。自分はただそれに気がつかなかっただけなのだ。

エレベータから出た武装搭載区域で、雪風が武器を身につける様子を零は機上で見守る。いつもの出撃と同じ手順なのだが、すべてが自動化されていることに初めて気づいたかのような、少し恐れの混じった感動に似た感覚がわき起こった。

機関砲の実包が収められた巨大なドラムが上部の自動クレーンによって雪風の胴体上部に

収められ、短距離ミサイルが計四発、胴体下部左右に装着される。燃料給油も行なわれるが、搭載量を知らされていないため正しく全量搭載されたのかどうか零にはわからない。それも初体験だった。翼の燃料タンクには給油されなかったことからして、短時間のフライト計画らしいとわかる程度だ。

搭載手順のすべてが、自動的に完了する。自分の思いとは無関係に行動しているのは雪風だけではない、特殊戦の司令部戦闘知性体もそうなのだ。

だが、雪風は自分を無視してはいないと零は、雪風のメインディスプレイに雪風からの警告が出るのを見て、心強く思った。警告は、酸素ホースや射出シートなどの設定が正しく行なわれていないこと、ようするにそのままでは出撃できない、飛べない、というものだ。

だからといって喜ぶな、と零は自分に言い聞かせる。

雪風はフライト準備が整っていないおれを邪魔だ、と言っているのかもしれないのだ。必要ないとなれば、地上に出たところで雪風は乗員射出シーケンスを実行するかもしれない。シートごと放り出されるのはごめんだ。パラシュートもなければシートに固定されてもいないから、そうなったら生命に関る。いいや、乗員の保護機能が働くだろうから正常にセッティングされていない射出シートの脱出シーケンサは起動しないだろう、しかし……

雪風は地上に出るためのエレベータに向かって再び牽引され始める。ここで降りたほうがいいのではないかと零は真剣に思う。どうするのが自分の安全にとって最善かを考える。判断を下せないでいると、雪風から警告表示に続いて、行動せよ、のメッセージが再び表示された。

〈action ... Lt. FUKAI〉

メッセージが明滅している。雪風が、なにをぐずぐずしているのだ、と苛立っているかのようだ。零は、雪風にはわからないだろうと思いつつも、自分は一緒には行かない、と言う。

「おれ、深井大尉は、今作戦でランヴァボンが援護する対象の昼食会に参加する。雪風、おまえは、おれを援護しろ。おれは地上に出たところで、自分で降りる。わかったか？」

雪風からの返答はない。もちろんそうだろうと、零は落胆したりはしなかった。伝えたいことは言った。あとは無事に降りられるのを祈るばかりだ。雪風に全権を渡すときが危ない。それが杞憂であってほしい。

エレベータを出ると、エレベータ舎の出口から差し込むフェアリイの日差しがまばゆい。いい天気だった。少し先にランヴァボンが見えた。停止している。

外に引き出された雪風のもとに、エディス・フォス大尉が近づいてきた。

零は緊張しながら、雪風のオートマニューバ・スイッチを入れ、口頭でも「ユー・ハヴ・コントロール、雪風」と宣言する。独自に行動しろ、雪風。

すると雪風から応答があった。すべての警告が消える。あらたなディスプレイの表示。

〈I have control/I wish you luck ... Lt. FUKAI〉

素早く機から降りようと腰を浮かせていた零だったが、その後半の表示を思わず注視してしまう。

幸運を祈る、というのは常套句にすぎない。了解した、という程度の意味だろう。だが、そうだろうか？　こんなメッセージを目にするのは初めてだ。本来必要ない表示ではないか。わざわざそれを表示したのは、雪風は人語を理解している、それを伝えているのだ、とも考えられる。これは喜ぶべきことなのだろうか。いいや、もしそうなら雪風に対する接し方を根底から考え直さなくてはならない。これは単純に喜んでいい事態ではない。しかしそれについて検討している時間がいまはない。

「おれが出るまでキャノピは閉じるな、雪風。いいな？」

応答のメッセージはなかった。キャノピがいま自動閉鎖されないことが雪風の返答だ、と思いつつ、零はヘッドセットのコードを抜いて、雪風から降りた。機体備え付けの折り畳み式ラダーをたたみ、ロック。

キャノピを見上げたが、それが閉じる気配がない。手動で降ろさなければならないのかと零は意外に感じたが、その心を見透かしたように、コクピットから警告音が聞こえてきた。ミサイルが使用不能であることを警告する連続音だ。セイフティピンだ、と零は悟る。雪風はミサイルのそれを引き抜け、と催促しているのだ。

地上にはそれらの武装管理担当の整備員もいたが、零は雪風の周囲を回り、自分の手で四基の短距離高速ミサイルのセイフティピンを抜いた。作業が完了すると、キャノピが自動で降りてきた。ロックされる。パイロットなしの出撃準備、完了。

「グッドラック、雪風」と零はつぶやく。

近づいてきたフォス大尉がそんな零を見て言った。

「雪風はあなたにとって親友なのね」

「……親友？」

「恋人、かしら」

零はフォス大尉に顔を向けて、言う。

「違う」

「強い力を持った友人がいるというのは心強いでしょう、深井大尉」

雪風は機搭載のエンジン始動システムを起動した。ランヴァボンのほうはエンジンは始動していないにもかかわらず。水平位置に寝ていた尾翼が立つ。二基あるターボファンエンジンの右エンジンから始動。零とフォス大尉は雪風から離れる。

「雪風は友人などではない。恋人だって？　ばかげている」

「では、あなたにとって、雪風はなんなの」

雪風の甲高いエンジン音にかき消されそうになるそのフォス大尉の質問に、零は雪風のその音に負けないように大声で答えた。

「雪風はこの世でもっとも危険な戦闘機械だ。独自の戦闘意識を持っている。人間関係にたとえられるような相手ではない」

――しいてたとえるなら、雪風は野生動物だ。

零は口には出さずにそう思った。うまく協調していけるかどうかはこちらの出方次第の、共通した餌を求めている、危うい関係を保った、相棒。相棒というより、狩りの仕方を示してくれるトレーナー、戦い方を見習うべき教師というべきか。

——雪風は親友でも、まして恋人などでは決してない。人間の理解を超えた存在なのだ。おれは、それに近づいてやる。

雪風は地上で旋回して向きを変え、機首を沈み込ませた姿勢で静止する。機関砲の射線を近くのランヴァボンに合わせて、いつでも発砲できる体勢をとった。ランヴァボン機上のブリューイ中尉の表情が零には想像できた。まるで猛獣に狙われた獲物の気分だろう。ランヴァボンよりも雪風の機体はわずかだが、小さい。スーパーシルフの優雅な機体を狙うメイヴは、しかし大きく、どう猛に見えた。

3

零はフェアリイ基地の広大な滑走路方向に目をやったが、戦闘機以外の機を認めることはできなかった。昼食会は空中で、たとえば大型輸送機かなにかに乗ってやるのだろうと思ったが、どうやら違うらしい。

ではどこでやるのか。

それを訊くまでもなく軍医のエディス・フォス、階級は大尉、が「こちらよ」と言い、歩き始めた。基地の主管制塔のほうだ。

「よほどうまい料理が出るのだろうな」零は大尉と並んで歩きながら、言う。「ブッカー少佐は世にも珍しい食材を手に入れたのだろう。コンピュータたちには内緒で珍味を味わうつもりだ。きみも呼ばれているのか」

「ええ」

「ほかの参加者は」

「知らない。珍味を味わうための会というのは面白いたとえだと思うけれど、それを楽しめるようなランチではなさそうだわ。あなた流に言うなら、ブッカー少佐は料理の毒味をするように、そういう目的で呼んだのだ、とにらんでいる。わたしは毒味役よ。あなたの精神ケア担当医だったことと無関係じゃないでしょう」

「フム」

「あなたは、雪風に乗って登場とはね。派手な演出だった。ほかの参加者への威嚇のつもりなの？　ブッカー少佐はショーを盛り上げるのがうまいわね」

フォス大尉には、雪風が出てきたのは予定外の出来事だという認識がないのだと零は知る。おそらく、ランヴァボンが昼食会の警戒と監視任務で出ている、というのもフォス大尉は知らないのだろう。

零が黙っているとフォス大尉は横目で零を見ながら、訊いた。

「ブッカー少佐ではなく、あなたが計画した演出かしら？」

「もう、おれを診察しなくていいのだろう、大尉」

「個人的な興味よ。こんな質問で気を悪くするようなあなたではないことはわかっている。雪風に乗ってここに現れたのは、なにか別の任務のついでだったわけではないのでしょう？　わざわざこんなことをするというのが、わたしにはわからない。特殊戦の人間や、そのやり方には、謎が多い」

「雪風をここに出すことにしたのはブッカー少佐でも、おれでもない。ショーではないんだ。しかし偶然でもないし、ついで、でもない」

「ストレートに言ってほしい。単刀直入にものが言えないというのは、ときには病んでいる証として――」

「おれは、きみが、気に入らない。これでいいか？」

「けっこう。それで、雪風で来た理由はなんなの」

「ノーコメント。ブッカー少佐から、この件について他言してもいいとは言われていない」

「でも、これはショーではなく、偶然でもない、とは言っている。それは言ってもいいの」

「他言無用、とも言われていないからな」

「それ以上は、でもノーコメント、というのはどうして」

「一度、『ノーコメント』という言葉を使ってみたかったんだ」

「わたしをからかっているの？」

「よくわかったな。そのとおり」

「性格に問題あり、だわ」

「お互い様だろう。雪風でショーアップするために乗ってきた、とはな。面白い。からかいがいがある」

「あなたは、わたしに、からかわれたと思っているのかしら」

「どういう意味なのか、わからないな」

「わたしはあなたと雪風の関係に、いまも興味がある。あなたにとって雪風は恋人か、と訊いたとき、あなたはからかわれていると思ったのかしら、ということ」

「それはない。きみは真面目だったし、だからおれも真面目に答えた。どうしてそんなことを訊くんだ」

「どうして？　面白くないからよ。からかわれて面白いはずがないでしょう。婉曲な仕返しをしているようなあなたの態度じゃないの。特殊戦の人間はみんなそうよ。話していると、イライラしてくる。こちらは必死になってそんな自分の私的な感情をこらえないといけない。軍医として、一個の人間としても、よ。でも限度というものがある。わたしは、あなたが、嫌いよ。もう話したくない。わかった？」

遠い昔、もう顔も覚えていない女から、まったく同じことを言われたことがある。零は立ち止まって、フォス大尉の目を見つめた。

──わたしは、あなたが、嫌いよ。もう話したくない。わかった？

そう言わせる、なにが自分にあるのだろう。そのような、どす黒い怒りを噴き出させるような、なにが自分にあるというのか、あるいは欠けているというのだろう。

フォス大尉も歩を進めるのをやめて、零の視線を受け止めた。口を開きかけたが零の硬い表情に気づいて、ゆっくりと唇を結んだ。フォス大尉の瞳孔が小さく変化するのを零は見逃さなかった。

この軍医は、さきほどまでは本当に私的に憤っていたが、いまは違う。こちらの反応が予想外だったので、それに対する医師としての好奇心か義務感が頭をもたげてきて、こちらを観察しようとしている。この患者が、自分の言葉にいつもと違って過剰に反応したのはどうしてなのか、と。

零自身も、自らの反応にとまどった。

昔のことなどきれいに忘れていたはずなのに、いまごろ、なぜだろう。似たような言葉は、FAFに来てから何度となく他人から聞かされてきたのだ。嫌いだと言われて、それが気になることなど一度としてなかった。自分はさきほど、フォス大尉に『きみが気に入らない』と言った。すると彼女は、『あなたが、嫌いよ。もう話したくない。わかった？』と答えた。それだけのことだ。それがどうしたというのだ。なにも問題はない。なのに、自分に問題があると感じるのはなぜなのか。自分はこの女性に嫌われたくないと無意識のうちに性的な好意を抱いているとでもいうのか。この軍医が男性でも、同じことを感じたろうか？　女性からも、嫌いだと言われたことは数知れずあるのだが。

数瞬間、フォス大尉は息を詰めて零の出方をうかがったが、零が口を開く気配がないと察して、言った。

「雪風とあなたの間に、なにがあったの」

零はため息をつき、質問を無視して、どちらだ、と訊いた。

「昼食会だ。案内してくれ」

「我慢することはないのよ、深井大尉。あなたにも、もちろん感情がある。嫌いだと言われて無感覚でいられる人間はいない。あなたの心を傷つけてしまったことは謝るわ」

「きみと喧嘩をするつもりはない。痴話喧嘩のようなやりとりをするほど、親しくもない」

「昼食会はあそこよ。ブッカー少佐が見えるでしょう。あれが目に入らないはずがない。話をそらさないで、零。これはあなたにとって、重要な問題よ」

「なにが、問題なんだ」

「あなたは、喧嘩がしたい。痴話喧嘩、まさに恋人関係になりたいと願っている」

「ばかげている。なぜきみとそんな関係に——」

「相手はわたしではない。雪風よ。もう一度訊くわ。深井大尉、雪風との間に、なにがあったの」

「ノーコメント」

「ではわたしが勝手に言うわ。独り言だと思ってちょうだい。あなたは、雪風から、嫌いだ、と言われたことがある。以前の話ではなく、つい最近。それをわたしの言葉で思い出した——」

「雪風には感情はない」

「でも、あなたにはある。嫌われた、というあなたの思いというのは、たとえば、あなたにもなにが起きたのかわからない、雪風があなたを無視するようなことよ。わたしが、『雪風はあなたにとって恋人なのか』と訊いたとき、もはやそうではないことが、あなたにはわかっていた。以前の雪風との関係はそうではなかった。あなたは、もとの関係に戻りたいと思っているけれど、それがもうできない、とも知っている。その苛立ち、というより、やるせない思いを、わたしをからかうことで晴らしていたというのに、わたしがそれを拒否することで、あなたの心は空白になってしまった。問題は、あなたをやるせなくさせる、雪風の変化よ。あなたは、わたしが、『あなたが嫌い、もう話したくない』と言ったのを、まさに雪風からそう言われたように感じたんだわ。なぜかといえば、似たようなことが雪風との間にあったからよ。だから、なにがあったのか、と訊いたの。コメントしたくなければそれでいいけれど、それならわたしを感情的な捌け口として利用するのはやめてほしい。わたしも独立した一個の人間よ、深井大尉。あなたの恋人でも親友でも、まして世話を焼かなくてはならない責任を持った、あなたの親でも子守でもない。わたしをからかうのはやめてちょうだい。軍医でなかったら、人間はあなた一人じゃない、身勝手な自分を自覚しろ、と言うところよ」

「もう、言っている」

「独り言よ」

「軍医だから、言えるんだ。きみはおれを、精神的に問題がある患者として見ている。一般の人間には、そのようなことは言わない。言う必要がないからだ。嫌いな人間には近づかなければいいだけのことだからな。すべて、計算ずくなのか？　おれの反応を見るために、わざと機嫌を損ねてみせたのか」

「それは自意識過剰というものよ。本当にあなたは人間を相手にするというのがどういうことなのか、わかっていない」

「きみの態度がころころと猫の目のように変わるからだ」

「わたしは変わってなんかいないわよ。それとも、いま怒っているとか機嫌がいいとか悪いとか、それを示すメーターでも胸に付けておけとでもいうの」

「そうしてもらえると、助かる」

「計器があっても、それをあなたは見ようとはしない。あるいは、見ても理解できない。そういう人間なのよ、あなたは。せいぜい雪風と痴話喧嘩しているがいい。雪風にはメーターがたくさん付いているものね」

フォス大尉はさっさと歩き始める。

感情的な捌け口として利用されていたのはこちらのほうではないか、と零は、あきれるというよりあっけにとられて、あとを追った。

しかし彼女の洞察力のすごさには素直に脱帽すべきだ、と零は思った。

フォス大尉は特殊戦に異動してきて間もない、その短い間に、雪風がこの自分にとってどういうものなのかをよく理解している。この軍医は、最近雪風になんらかの変化があったであろうと、雪風ではなくこちらを観察することで見抜いた。

やるせない思いだろう、とフォス大尉は指摘した。そうかもしれない。独自に行動する雪風に対して、自分は、まるで恋人の心変わりにとまどっているような気分になっていたのだろう、そう指摘されれば、そのとおりだという気がする。

だが、雪風はそのような相手ではない。恋人などという甘い関係ではない、いまはそれは自覚している。もっと厳しい関係だ。雪風が要求する能力がこちらにないとしたら、自分は雪風に捨てられる。それは、やるせない思い、などという感傷的なものではない。雪風に捨てられるというのは、生命に関る事態を意味するのだ。

見限られ、もう話したくないと無視されることに対する恐れが心の中にあるのは間違いない。その事実をフォス大尉から指摘されたに等しい。

――わけもわからず、捨てられる。それが、嫌なのだ。いいや、もっと端的に表現することもできる。

「おれは……」零は再び立ち止まり、後方を振り返って、つぶやいた。「雪風が、怖いのだ」

本音だった。ずっと認めたくなかった、雪風への、それがいまの自分の本心だ。

それを口にすると、身震いが出る。

深くつき合っていたと思っていた相手から、予想もつかない形で別れを告げられるような、その原因となるなにが自分にあったというのか、あるいは欠けていたというのか、それがわかった、と零は思う。

フォス大尉が指摘したとおり、自分は、人間を相手にするというのがどういうことなのか、わかっていなかった。とても簡単なことなのに。他人というのは他者であり、他者とは自分とは違う世界を持っている存在のことだ。ただそれを認めるだけでよかったのだ。真のつき合いはそこから始まる。敵であれ、恋人関係であれ、それは同じだ。ようするに、自分は、これまでだれとも本当につき合ったことがなかった、ということだ。雪風とも。

そう、ブッカー少佐も同じようなことを言っていた。しかし、その指摘内容を自分のこととして実感することができなかった。雪風への恐れを認めていなかったから。

――おれは、真に相手を恐れたことがない。だから、相手もこちらを恐れない。それが、相手に『もう話したくない』と言わせる原因だったのだ。

いま、恐れるべきは、雪風だ。そして、ジャム。自分は、本気でジャムが恐るべき敵であると、そのように実感したことがいままでなかったのではないかと零は過去を振り返って、そう思う。フォス大尉と話していると、そういう過去の自分が見えてくる。

「大丈夫よ、深井大尉」フォス大尉が振り返り、言った。「あなたは雪風をうまくコントロールできる。もしできなくても、だれもそれを責めたりはしない。雪風については、あなたがいちばんよく知っているのだから」

「喧嘩ができるほどではない」

「だから計器をよく読めばいい。計器を駆使して喧嘩すればいいのよ。あなたにお似合いだわ」

「……そうだな。そのとおりだ。きみは優秀な軍医だよ、フォス大尉」

恐れを解消する必要はない。そのような努力は無駄だ。これは、怖いならば雪風に乗らなければいい、というような問題ではないのだから。

自分がやりたいのは、雪風を恐れているという事実を雪風に伝えることだ。それには雪風の計器を、そしてそこには表示されない情報をも、読み取り、こちらがそれに対応した行動をとっていくしか手段はない。それがうまくいけば、雪風はこちらを同じように恐れるかもしれない。あるいは、気に入らない、という行動をとるだろう。いずれにしても、雪風がこちらに逆らう事態を予想できるようになる。事前にそうはさせまいとするならば、雪風はその操作を拒否するだろう。それは喧嘩だ。喧嘩のできる相手とは、和解交渉もできる。いまはまだそこまでいっていない。いけるのかどうかも、わからない。それがいいことなのかどうかも。そういうことだ。

「ありがとう、深井大尉」

零から『きみは優秀な軍医だ』と言われたフォス大尉は、そっけなく、さほどありがたいとは思っていない表情で答えた。

まあ、そうだろう、よく理解もせずに『きみが、気に入らない』などと言った相手の言うことだ。素直に喜べるはずもない。だが自分にとってこの軍医は、まるで苦い薬のように、気には入らなくても必要な人間だろう。

そう零は思い、あとはなにも言わず、昼食会に向かう。

ブッカー少佐が苛立たしげに、早くこちらに来いと手招きしていた。

4

あの二人はいったいなにをしているのだ、とブッカー少佐は訝しんだ。重要な呼び出しなのに、それを忘れたかのようにのんびりと立ち止まって話をしている。雪風のほうを見ていたから、それについて零は話しているのか。それにしても零があんなに会話に夢中になるのはめずらしい。フォス大尉は怒っているようだ。なんだか喧嘩しているように見える。いつからあの二人はそんな仲になったのだろう。喧嘩するほどの関係に。

ま、あの二人の会話の内容は後になればわかると、ブッカー少佐は、再び歩き始めた二人の、その背後を見やった。

機首を真っ直ぐにこちらに向けて待機している、ランヴァボン。すべての会話を超指向性マイクで集音、記録せよ、というのも命令のうちだ。その後ろに、そこにいろと命令した覚えのない、雪風の姿。

雪風があたかも人間を無視して勝手に出てきたように感じるのは、それはこちら人間側の思惑であって、雪風には関係ないことだろう。どうして雪風が出てこれたのかというのは、悩むほどのことではない。

ブッカー少佐は冷静にそう判断している。

雪風はパイロットの零が機上にいたから、特殊戦内の命令システムを利用して出てこれたのだ。零がいなければ、それは不可能だったろう。雪風の行動目的自体は単純明快だ。ジャムを警戒し、それを殲滅すること。

実にわかりやすい。雪風に感情があるとすれば、ようするに、ジャムが怖いのだ。あれは、そんな雪風の行動の現れにすぎない。

雪風の行動は一貫している。それが人間にとって脅威になる場合が問題なのであって、それについては検討する必要があるだろうが、雪風に人間の立場を理解させる必要はない。人間の都合を考えて行動させるなどというのは、雪風に人間になれ、というにも等しい。そのような要求は雪風の戦闘能力を低下させる。あれは感情のない戦闘マシンだ。だからこそジャムに通用する。雪風に要求すべきことがあるとすれば、自機と乗員を護れという、それだけだ。それでいい。

ようやく二人がやってくる。フォス大尉が敬礼する。

零もフォス大尉にならって、しかし大尉よりはぞんざいに、敬礼。

「遅かったな」とブッカー少佐。

「いろいろあったからな」と零。「主賓がまだのようだな。まさかおれたち三人で、給仕付きのバーベキュー大会でもあるまい。だれが来るんだ。地球のお偉いさんでも招待したのか」

管制塔の脇の、紫色のフェアリイの短い草が広がる空き地に、バーベキューの用意ができている。折り畳みの食卓と椅子はピクニックセット。椅子は六脚。こんなもの、どこから持ってきたのだ、と零は思う。草原のピクニックというより、シェフ付きのガーデンパーティの雰囲気だ。コック姿の男がバーベキューコンロの火の具合を見ている。

「主賓は、FAFのフェアリイ基地戦術戦闘航空軍団の司令、ギブリール・ライトゥーム中将だ」とブッカー少佐は言った。「われわれの形式上のボスだよ。それと、FAF情報軍の実務上のトップ、アンセル・ロンバート大佐だ。それとわが特殊戦の事実上の司令、クーリィ准将」

クーリィ准将は副司令官で、司令官はライトゥーム中将だが、実際には特殊戦はクーリィ准将が取り仕切っている。

「パワーランチというわけね」とフォス大尉。「大きな取り引きの相談かしら」

「そちらのシェフは」と零。「あまり見かけないが」

「彼は戦闘機には乗らないからな」とブッカー少佐。「シェフの戦場は厨房だ。紹介する。ミュルレ・シェフだ。特殊戦の食堂のシェフ、コック長」

「ミュルレと申します。ガレ・ミュルレ」

特殊戦の食堂は、他の師団区域が二つ以上の施設を持つのとは異なり、ただ一つしかない。

複数の食堂施設が存在するというのは、人員数の規模が大きいという理由とは別に、佐官クラス以上の者とそれ以下の者が利用するところというように分かれているためだ。特殊戦にはそうした区別がない。

このシェフは軍人だろう。ブッカー少佐がこうした席に起用したのだから、少佐に信頼されているのだ、と零は思う。他の部隊における上級食堂のシェフには、地球から招いた客人というような、軍人ではなく軍属としての立場としてやってきた者もいる。彼らはプライドが高い。正規軍人よりも軍属の自分のほうが一段上だと、正規のFAF軍人を見下すような風潮があった。ここの軍人の多くが犯罪を犯して送り込まれたという事実からだった。だが特殊戦には、軍属の身分の者はいない。すべて軍人のはずで、それはこのシェフも例外ではないだろう。おそらく地球では反社会的な行為、犯罪といわれることをやって、FAFに送り込まれたのだ。

この男がどういう事情でここに来たのか、などというのは零にはどうでもよかった。ただ、いつも食べている料理を思い出し、それはこの男の責任でもって提供されているのかと、親しみを覚えた。食事に関してはとくに意識したことがないが、これまでまずくて食えないというものはなかった。それは自分にとって、またこのシェフにとっても幸せなことなのだろう。

ガレ・ミュルレは軽く会釈して、大きな手押しワゴンに用意された材料の点検という仕事に移る。

「間に合ってよかった」ブッカー少佐が管制塔の地上出口からやってくる人影に目をやって、言った。「おまえたちが主賓より後、というのでは、おれの立場がない」

クーリィ准将を先頭に、二人の男が続く。護衛はいない。

あの肌の浅黒い大男が、戦闘航空軍団の大将、いや、中将、ギブリール・ライトゥームか、名は知っていたが拝謁するのは初めてだ、滑稽な死に様をさらす典型的なタイプに違いない、と零は思う。会ったことはないのに印象に残っているのは、その名のギブリールが、天使ガブリエルの異発音だとブッカー少佐から聞かされていたためだ。

中将がその吉兆天使の名にふさわしい男かどうかは別にして、それでも彼は唯一絶対神を信仰している信者だと少佐から聞かされた零は、自分はそうではなくてよかった、と少佐に言ったものだ。

自分は、そういう絶対者と契約はしていない。だからその恩寵は受けられない。そのかわりそれを裏切ったときの天罰もない。するとブッカー少佐はあきれたように答えた。神は直接手は下さない、おまえは信者に殺されるかもしれないし、そこまでいかなくても反感を買うだろう、そんなことは信心深い者に言ってはならない、と。

むろん、わざわざ他人の信仰にけちをつける気などない零だったが、もし他人から『信じないと天罰を受けるぞ』と言われたならば腹が立つだろうと思った。そんなことは、信者であれ教祖であれ、人間から言われたくはない。人間というのは、思いどおりに操れない他人を支配するためにはどんな理屈でもこねるものだ。仲間に引き込めないとなれば、排除しようとする。絶対者が存在するか否かが問題なのではない。存在するならば、その力は人間など介さずに作用するだろう。天罰が下る、などと人間があえて宣言することはないし、だいたい天罰を下すべきかどうかなどという判断を人間が下すなどというのは僭越というものだ。絶対者の意思は、おそらく信者個人の思惑などに左右されたりはしない。ようするに個個の人間などには関心がない。だからこそ畏怖すべき対象になり得るのだ。そんなものはしかし実在しようとしまいと、信じようと信じまいと、どちらでもたいした違いはない。どのみちその意思は人間側でコントロールできないのだから、信じる者たちの集団が、人間次元での関係において利益を受けるかどうか、という問題でしかない。その仲間になって安心を得たい者はそうすればよく、それがわずらわしいと思う者は、近づかなければいい。それだけのことだ。自分は、絶対者など信じない。唯一それがあるとすれば、自分の存在、それだけだ。

もちろんこうした話題は、ライトゥーム中将に対してはタブーだろう。

もう一人、ロンバート大佐という男には、零は会ったことがある。やせた、鋭い目をした、いかにも情報軍の人間だ。旧雪風の最後の任務で、フライトオフィサのバーガディシュ少尉のコピーをジャムが造り出したという零の話を、何度も繰り返ししゃべらせた男だった。それはスパイに対する取り調べを思わせた。疲れ果てても解放しようとしなかった。筋金入りの情報軍将校だ。それでも機械のように非情、というような人間ではなかった。ときおりユーモア感覚を噴出させる男だと零は記憶している。取り調べという場でのそれは、棘のあるものだったが。

たとえば、『わたしも、深井中尉、気に入らない人間は頭から食ってしまいたいと本気で思うことがあるし——』と当時は中尉だった零に、こう言ったりした。『わたしもたぶんそう思われている。で、考えるんだ。わたしの脳みそはどんな味かな、と。自分のコピーを造ったら、確かめられるわけだ。きみのコピーもジャムは造ったのだろう？　自分の味を確かめるいいチャンスだったのに、惜しいことをした。そうは思わないか』

ようするにロンバート大佐は、零がバーガディシュ少尉を嫌っていて、だから殺せる機会を得て実行したのではないか、コピー云云は作り話だろう、ということを直截ではなく、そのように遠回しに表現した。こいつは食えない男だ、と零は思った。そう言うと、ロンバート大佐は大真面目に、『きみとは話が合いそうだ』と答えた。零のほうでは、合わなくていい、と思ったのだが。

この二人、ライトゥーム中将とロンバート大佐は、いかにも人間くさい人間といえたが、それを案内している特殊戦のクーリィ准将という女性は、そうではなかった。

クーリィ准将は、なにを考えているのか価値観がよくつかめず、しかも他人からそのように思われることを意に介していない。零はむしろそういうクーリィ准将にこそ親しみを感じてきた。他からは、たとえばフォス大尉のような人間からは、得体の知れない女性と評価されているであろう准将だが、零にとってはそうではなかった。クーリィ准将のことは、人間であると思う必要はないのだ。単に命令者であるにすぎない、それでなんの問題も生じない存在だった。

それでも最近は、この女性はどういう経緯でここに来たのだろう、と思うことがある。クーリィ准将は遠い親戚にあたると、フォス大尉から聞かされたことが原因だろう。准将といえども人の子であって、親戚もいるのだ。そういうあたりまえの事実をフォス大尉の言葉は感じさせた。

しかしそれにしても以前はまったく気にもとめなかったことが近頃は気になる。戦いにはそんなことは関係ないと思っていたが、どうもそうではない、と思い始めているからか。こうした自分の変化はしかし、自分を弱くしたりはしないだろう、と零は信じた。

ブッカー少佐がその三人を敬礼で迎える。

零もそれにならった。

クーリィ准将が部下を紹介する。ライトゥーム中将は機嫌が良さそうな笑顔で三人の特殊戦隊員を閲兵する。ブッカー少佐、零、つぎにフォス大尉という順だったが、ライトゥーム中将は女性の軍医の前に来ると、その胸に手を伸ばした。フォス大尉がぎくりと身体を強ばらせる。すると中将はにやりと笑って、「襟章が曲がっているぞ、大尉」と言い、その下を指先で押した。

「わたしにはそうは見えないがな」とロンバート大佐が冷ややかに言った。「中将は目がいい。そのうえ手も早い」

「大佐」とライトゥーム中将は笑顔のまま言う。「きみは目が悪いうえに、口も悪いな」

「わたしにはフォス大尉は若くて美しい女性に見えるが、襟章が曲がっているようには見えない。あなたは女性には評判が良くないという声が聞こえたものでね。失礼。わたしは耳もあまり良くないのです、中将」

「よく覚えておこう、ロンバート大佐。フォス大尉、これからは襟章その他に注意したまえ」

「はい……閣下」とフォス大尉。

「なにか言いたいことがあるかね」

「いいえ」

「よろしい。では、クーリィ准将、さっそく始めようではないか」

ライトゥーム中将はその場を離れた。准将が、まずはシャンパンがいいか、などと言って席に案内する。

「あなたに感謝します、大佐」とフォス大尉は小声で言った。「あの中将、そういう方面で有名なのですね」

「聞こえないな。わたしは耳が良くないんだよ、聞いていたろう？　目には自信があるんだが」と大佐は微笑を浮かべて答えた。「ま、彼は軍人としては有能だ。それが救いではある。さてと、ギネスはあるかな」

「用意してある」とブッカー少佐。「あなたの好みは知っているつもりだ」

「用意のいいことだ。どちらが情報軍かわからんね。特殊戦はなにを企んでいるんだ？　いや、それを訊くための昼食会だ。のんびり楽しむさ。いっしょにどうだね、フォス大尉」

フォス大尉はブッカー少佐をうかがう。少佐が小さくうなずくと、フォス大尉はロンバート大佐についていった。

零はため息をつく。

「おまえの気持ちはわかる」とブッカー少佐。「まったく疲れる」

「中将も大佐もたいして変わらん」

「男の下心ということか。大佐のほうがスマートではある。おまえも知っているだろう、彼はおそろしく頭の切れる男だ。男女関係は頭でこねる理屈どおりにはいかないが、しかし理屈を無視するやつは嫌われる。大佐はその点――」

「そう、そういうことなんだな」と零はうなずく。

「成功率が高い。――なんだ？　なにを納得しているんだ。エディスとなにかあったのか」

「彼女とは、なにもない。雪風との関係だ。理屈ではないと思っていた。ばかげていた。雪風は理屈の固まりだ。それを無視すれば嫌われるのは当然だ、ということだ」

「雪風は女じゃないぞ、零」

「わかっている。それがわかった。さきほどフォス大尉にそれを教えられたんだ。あとで報告する」

「そうしてくれ。断っておくが、おれたちはここではアルコール抜きだからな」

「ロンバート大佐じゃあるまいし、冗談はやめろよ、少佐」

「おれのどこが――」

「雪風を格納庫に戻すまで、これは戦闘任務だ。生命がかかっている。冗談も酒も抜きなのは当然だろう。一刻も早く済ませたい。仕事にかかってくれ、ブッカー少佐」

「おまえは、まったく高性能の戦闘マシンだよ。予想以上にタフになった。もっとも、タフは馬鹿にも通じる」

「そうだな……すまなかった。おれは雪風が怖いんだ。たぶん、あんたが雪風に感じている脅威とは違う」

「あとで飲もうじゃないか」

「いいな。そうしよう」

表面上はなごやかな昼食会が始まった。

5

ライトゥーム中将はグラスを片手に肉をほおばりながら、ランヴァボンと雪風に目をやって言った。

「特殊戦はいい戦闘機を持っている。うらやましい」

「特殊戦の十三機の戦隊機は」とクーリィ准将が言った。「閣下の指揮下にある二百七十九機に含まれます」

「あれはきみのものだ、クーリィ准将。それに、わが航空軍団の所有機数は二百七十九ではない、二百七十七機だ。昨日、二機を失った。特殊戦機がそれを確認したはずだ、准将」

「失礼しました、閣下」

零はクーリィ准将が軍団機数を間違えるはずがない、と思う。これはライトゥーム中将を試したのだ。中将は、無能ではなかった。

「叩いても叩いてもジャムは出てくる。湧いて出てくるかのようだ。まったく嫌になるな」

「厭戦気分がFAF上層部のほうで広がっているのは無視できない現実だ」とロンバート大佐が言った。「上層部の連中は、余裕があるからな。下っ端は嫌だなどと言っている暇も余裕もない。FAFは彼らに支えられている」

「どういう意味だね、大佐」

「あなたの地位の人間は、退役すれば地球での生活は保証されている。前線の連中はそうじゃない。すねに傷を持つ身だ。嫌だとは言っていられない、ということです」

「きみはどちらだね」

「わたしはここでの仕事を楽しんでいる。退役したときのいい思い出になる。ジャム戦に勝利すれば、なおいい」

「厭戦気分が上層部で広がっている、というきみの言葉は聞き捨てならない。わたしがそうだというのなら、情報軍将校として、きみはわたしを軍法会議にでもかけるつもりかね」

「まさか。わたしにはそんな権限はない。あればいいとは思うが、あなたが自分の地位や名誉を自ら放棄するような真似をするはずがない。言い方が悪かった。ようするに上層部は、現戦況を打開する方策をつかめないでいる。それがジャムへの無力感につながっている。ジャムの正体がいまだに謎だからだ。——特殊戦は、それを解明するためのシステムを持っている、そのために存在する部隊だろう。なにかつかんだんだな、ブッカー少佐」

「良い知らせなら、このような昼食会ではなく、大宴会を企画している。残念ながら、そうではない」とブッカー少佐は答えた。「情報軍と軍団の責任者にわが特殊戦から伝えたいことがある」

「聞こうではないか」

立食を楽しんでいた中将が、初めて腰掛ける。皆もそれにならう。クーリィ准将だけが立って、話し始めた。

「これから報告する内容は、極秘です。特殊戦の七番機があそこで、盗聴阻止のための任務についています。報告後の情報の扱いについては、わが戦隊にはそれに干渉することはできませんが、注意深く扱うことを希望します」

「始めたまえ」

「内容は三点です。第一は、公表していない事実を報告すること。第二は、第一の内容についてのわが特殊戦の見解。第三点は、特殊戦がいま計画中の作戦について、お二人の意見をうかがうこと」

「フム。メモを取ってもいいかね。秘書官の同行も駄目と言うから——」

「メモを取るまでもありません。内容は簡明です。ブッカー少佐から報告させます。——少佐」

ブッカー少佐が立とうとすると、中将は腰掛けたままでいい、早く言え、とうながした。

「まず第一点について。以前、ジャムに撃墜されたと公表したわが戦隊機、かつての一三番機、パイロット矢頭少尉の搭乗した機は、実はここにいる深井大尉、当時中尉、が操縦する雪風により撃墜したものである、と訂正します。その雪風にはわたしも同乗していた。誤射ではない。意図的にそうした」

「矢頭少尉という男は、敵前逃亡でも図ったのか」とロンバート大佐。「それならば、それを攻撃するというのは当然だ、隠すこともない——」

「矢頭少尉を、ジャムであると判断した」とブッカー少佐。「彼はジャムによって造られた、人間のコピーだった。ここにいる深井大尉がジャムのそれと遭遇した、という件については報告済みです。ジャムのそうした人間型兵器はすでにFAFに紛れ込んでいるかもしれないという疑念は、いまや事実である、ということを報告したい」

「ふむう」とライトゥーム中将。「面倒なことになったな」

「それが特殊戦の言い訳でないという証明はできるのか」とロンバート大佐。「たとえば、誤ってその矢頭機を墜としてしまった責任をジャムのせいにすべく工作をしているのではない、という証明はできるのか。そちらの深井中尉、いや大尉か、を護ろうとしているのではないか？　彼は、こう言ってはなんだが、精神状態はまともではなかったろう」

「矢頭機の撃墜を命じたのは、わたしだ」とブッカー少佐。「わたしと深井大尉の精神状態については、フォス大尉が作成した診断書を提出する用意がある。この場で直接フォス大尉に確認してもらってもよい。フォス大尉は、特殊戦は現実にはいない仮想の敵を自ら生み出しているのではないか、という疑いを持って特殊戦に異動してきた。いわば中立の立場だ」

「わたしは、ジャムが特殊戦が生み出している幻想だ、などと本気で主張しているわけではありません」とフォス大尉。「特殊戦の秘密主義を、わたしなりに分析して、そういう可能性も考えられる、と言ったまでです。それからすれば、いまのブッカー少佐の報告がある種のプロパガンダである、という可能性は低いと判断できます。矢頭少尉という隊員がジャムであったという、その件はわたしには初耳ですが、そうした、特殊戦の内部組織をも危うくするであろう事態を、特殊戦自体が仮想のものとして生み出している、ということは考えにくい。でなければ……わたしにはまったく理解できない思惑で特殊戦は動いているのだ、としか言えない」

「特殊戦には前科がある」とライトゥーム中将は苦苦しい顔になって言った。「前線基地に向かって、無差別攻撃を仕掛けたろう。たしか、そう、ユキカゼというパーソナルネーム機だ。無人での出撃だったから、プログラムミスということでなんとか片づけた。あの処理にわたしがどんなに苦労したことか」

「あの事件と矢頭少尉の件は無関係ではない」とブッカー少佐。「雪風は矢頭少尉のような、人間のコピーがすでにあの前線基地TAB‐15にいることを知っていた。攻撃を仕掛けたのはそのためだ。だが、これは、戦闘機械に任せてはおけない問題だ。わかるだろう。人間すべてが疑われる。戦闘機械、戦闘知性体、コンピュータたちは、目障りな人間をまず排除して戦場をクリーンにしようと企みかねない。この会合を秘密にしたのもそのためだ」

「矢頭少尉をわざわざ出撃時に、高価な戦闘機を道連れにして排除したというのは、彼がジャムであることを事前に確認できなかったからだろう」とロンバート大佐は言った。「出撃時に敵対行動をとって初めてジャムだと判断できた」

「そのとおりだ、大佐」とブッカー少佐。

「人間のコピーを物理的に区別する手段がないとなれば」と大佐は続けた。「戦闘コンピュータ群は、たしかに人間全体をまとめて排除すべきだと判断する可能性はある。合理的な判断だ」

「なにを悠長なことを言っているのだ」とライトゥーム中将。「そうなればいいとでも言うのかね、大佐」

「いや、これはわたしの仕事だ、ということだ。FAFに敵対する者は、ジャムだけではない。破壊工作を企んでいる者すら過去にはいた。地球からの侵入者、人間だよ。外部に漏らしてはFAFの不利益になる情報をつかもうとやってくる人間は、民間、国家機関を問わず、多い。彼らは外見上から区別することなどできない。本物の人間であることは間違いないのだからね。ジャムもそうだというのなら、そのジャムは、他のそうしたスパイと変わらない。摘発するのはわれわれの仕事だ。戦闘コンピュータ群にはできない。——ブッカー少佐、きみは、いま現在どのくらいのジャムがFAFに侵入していると思う」

「最近の出撃時に乗機をジャムに撃墜され、一旦行方不明になったのち救助された乗員のほとんどが、ジャムによってコピーされたジャム人間だと予想している」

「ジャム人間か。ジャミーズだな」とロンバート大佐が言う。「逆棘の尻尾でもあれば見分けられるのだがな」

「見分けはつけられない。前線基地のほうがジャム人間が紛れ込んでいる割合は多いだろう。フェアリィ基地では、少なくとも十数人が疑わしい」

「そのような目星がつけられるならば、仕事は簡単だ」と大佐。「拘束する。ジャムの情報をつかむいいチャンスだ」

「それは成功しない」とブッカー少佐。「拘束された理由が、その者にはわからない。彼らは自分がジャムであることを意識していない」

「それは、こちらで調べる。それがわれわれの任務だからな。任せておけ」

「調査するのは、かまわない」とクーリィ准将が言った。「だが、大佐、それがジャム摘発であるということは、絶対に漏らしてはいけない。拘束した本人にも。これが伝えたい第二点、特殊戦の見解だ」

「……どういうことですか、准将。理解できませんが」

「この件が公になれば、FAF全体の士気が低下するのは目に見えている。FAFの組織は内部から崩壊しかねない」とクーリィ准将。「それに、そのジャムと目星をつけた者は、拷問でも催眠手段でも自分がジャムだとは認めないと予想できる。ならば、この件を公にして得られる利益はなにもない」

「彼らの目的は、人間という存在を、その情報を収集することだ。彼らはそれを持って帰らねばならない」とブッカー少佐が准将の言葉をひきついで言った。「ジャム人間は出撃時に、その情報を持って部隊から離脱する。あるいはわざとジャムに撃墜される。特殊戦機は、それを狙う。それを認めてほしい。それについてどう思うか、うかがいたい、それが第三点だ」

「……なんてこと」とフォス大尉がつぶやくように言った。「危険すぎる」

「それはわたしの権限で許可できるような話ではない」とライトゥーム中将は真面目に言った。「そのようにわたしに動けというには少少もてなしが貧弱にすぎる。いや、これは冗談だ。が、特殊戦がそのような行動に出ることは、わたしは、認めない。フォス大尉の言うとおり、危険だ。公表せずにそれを実行するなどというのは、きみたちの立場、ひいてはわたしの立場を悪くする。それに、そうなれば、きみらの暴走をだれにも止められなくなる危険がある。FAFと特殊戦の戦闘になるぞ」

「ジャムがFAFに存在していることを人間が認めれば」とブッカー少佐が粘り強く言った。「FAF戦闘知性体群に、人間を排除する口実を与えることになる。いまでさえ彼ら機械群は、人間は邪魔だと感じているんだ。それを受け入れて、われわれ全員が戦闘を放棄する、というのも手だ。無人戦闘機を増やしていき、人間は順次地球に戻る。おそらくそこには、人間のコピージャムも混じる。ジャムは戦場を地球に拡大することに成功する。そうなれば、人間にはもはや退避する場がない」

「そうなっても」と黙って聞いていた零が口を開いた。「地球の人間には、なにか変わったことが起きた、という実感はないだろう。いつものように、どこそこで戦争が起きた、というにすぎない。当事者たちは、自分の縄張りを守るための戦争だとしか意識しない。ジャムは人間が自滅するのを黙って見ているだけだ」

「きみがやっかいの種を持ち込んだ張本人だ」とライトゥーム中将は冷淡な目で零を見た。

「きみこそジャムのように見える」

「この世には、知らないほうが幸せという事実もある」と零は言う。「おれは、ジャムのコピー人間に撃たれた。それが存在することを知った以上、それに対処すべく動くのは当然だろう。無視すれば事実が消えるわけではない。おそらくジャムはすでに地球に侵入している。逃げる場は、もはやどこにもない。ならば、戦うしかない」

「……無人にて前線基地を攻撃した雪風が、その存在を知っていたというのは」とロンバート大佐。「特殊戦のコンピュータたちは、すでにこの事実を知っているわけだ。人間を邪魔にし始めているのか」

「気配はある」とブッカー少佐。「しかし、特殊戦の彼らは、他のＦＡＦ戦闘知性体とは独立して行動している。自らの情報を他には漏らさない。それは、あなた方にこの情報が伝わっていなかったことからも明らかだ。人間からのアクセスを彼らは拒否できないから、もし伝わっていれば、このような重大な情報を彼らは隠し通すことはできない。いまのところは、だが」

「雪風はなにも隠さない」と零は言った。「生き残るために、おれに協力を求めてくる。それを読みとれるかどうかで、おれの余命の長短が決まるだろう」

「どうやら、いまの話は、わたしの胸の内にしまっておくのがよさそうだ」とロンバート大佐は言った。「ジャミーズだと疑われる者の目星はつけられるわけだから、その者たちを極秘で監視する。通常任務と同じだ。ジャムを見分ける確実な方法を見いだすまでは、部下にも監視目的は言うまい。もしこれが特殊戦の工作で事実でなかったとしたら、馬鹿を見るのはわたしだからな。しかし、この件に関して、一つの提言はできる」

「言ってくれ」とライトゥーム中将。「知恵を貸してほしいな」

「目星をつけた者を、まとめて監視しやすくすることはできる。その連中だけで、新部隊を編制するのだ。一度ジャムにやられた者たちというのだから、再教育部隊とでもすればよい。そういう部隊ならば、隊員の身体や心理を徹底的に検査、分析する行為も不自然にはうつらない。ジャミーズかどうか調べるにはいい方法だ。特殊戦のいまの情報が虚妄だとしても、一度やられた者を再教育することは無駄ではあるまい」

「すばらしい。そのような提案ならば、わたしから言い出せる。わが軍団にそうした新部隊を作るというのは、がんばれば認められるだろう」とライトゥーム中将はうなずいた。「それで様子をみるのがいい。ジャムならば、なんらかの行動に出る。それが敵前逃亡という形ならば、特殊戦が出るまでもない、その場でわたしの部下にやらせる。連れ帰れたならば締め上げて、軍法会議を経て処刑すればよい」

「そんな野蛮な真似などせずに、情報を持たせて帰してやればいいんだ」と零は言った。「ジャムは人間が理解できない。だから喧嘩にならない。人間とはこういう生き物だと、教えてやればいい。それからだ、戦いになるのはな」

「あなたの意見は求めてはいない」とクーリィ准将が零を制した。「ブッカー少佐がなぜこの場にあなたを出席させたのか、理解できない——」

「大尉の意見を聞くためです、准将」と少佐。「深井大尉、きみは、ジャムともう一度接触せよと命じられたら、どうする。現在、真剣にそれを検討中だ」

「ブッカー少佐、なにを言っているの」と准将。「そんな作戦については聞いていない」

「命令なら、やるまでだ」と零。「おそらくジャムもそれを望んでいる。三日前にリッチウォー基地の偵察任務で出撃したとき、二機のジャムが接近してきた。あれは、こちらとコンタクトを取りたかったように、いまなら思える。彼らは、こちらを雪風だと知っていたようだ。先制攻撃を仕掛けてこなかったのは事実だ。そのチャンスはあったんだ」

「この作戦は検討に値する、とわたしは思う。クーリィ准将、これが、本当の第三点なのです。ライトゥーム中将にも意見をうかがいたい。黙って実行すれば、まさしく雪風やわたしがジャムだと疑われるのですから」

「深井大尉をもう一度、ジャムと接触させる、か」とロンバート大佐。「深井大尉はいわば全権大使として赴くわけだ」

「全権をこの男に託すなどというのは、わたしが許さない」とライトゥーム中将。

「ではあんたがやれ。雪風に乗せてやってもいい」

「口の利き方に気をつけたまえ」

「だれが行こうと、ジャムに受け入れられるとはわたしには思えない。特殊戦は現実離れした、妄想にとらわれているとしか――」

そうロンバート大佐が言いかけたとき、付近に警報が鳴り響いた。

「空襲だ」と零。「ジャムが接近中だ」

「めずらしくもない。わが軍団は――」

「中将、能書きたれている場合ではない」とブッカー少佐。「退避だ。今の件についての、あなた方の最終的見解はあとでうかがう。クーリィ准将、ゲストをつれて、早く退避してください」

特殊戦地下格納庫入口のエプロンのほうから、出力を全開にしていく大出力ターボファンの甲高い音が耳を刺す。雪風が向きを変えている。離陸態勢に入ろうとしているのだ。

「ランヴァボン、ブリューイ中尉、聞こえるか」とブッカー少佐が叫んだ。「任務終了、帰投しろ。昼食会は終わりだ。司令部にその旨伝えろ。緊急回線で割り込め。命令だ。受命確認に降着灯の点滅三回。司令部に伝えたならば、一回だ。即時実行」

ランヴァボンから、ライトによる確認の応答がくる。聞こえているのだ。

「雪風が出ていくぞ」と冷ややかに零。「止めないのか、ジャック」

「通信手段がない。司令部に戻って雪風とコンタクトする時間もない」

「ランヴァボンからなら、できる」

「そうしてほしいのか、零」

「いや。やらせろ。雪風はジャムを叩き落としたいんだ」

「空中戦に十分な燃料は搭載されていないのが心配だが、単独の雪風の行動には興味がある。干渉したくない」

「おれが乗っていても、こうする。雪風は、退避は間に合わないと判断したんだ。敵は近いぞ。近い。すぐそこまで来ている」

雪風は自機を護ろうとしている。空中哨戒機がもっと早く敵を発見していて、その情報を雪風が知っていれば、その時点で行動を開始していたことだろう。余裕があれば、退避していた、自分ならそうする、と零は思った。退避ではなく迎撃手段を選択するというのは、かなり危険な状況だと思われた。

「ジャック、おれたちも逃げ込んだほうがいい――」

零がそう言い終えるよりも早く、衝撃波とともにすぐ上空を高速物体が飛び抜ける。二基の高速ミサイル。零はそのあとを目で追ったりはしなかった。それが来た方向を注視する。直後に、背後の森をなぎ倒すかのような低空から真っ黒なジャムの一撃離脱タイプの戦闘機が姿を現した。零の鍛えられた動体視力は、つぎに起きたことをスローモーション映像のように捉えている。

　ジャム機の背後から、それを狙って突っ込んでくるミサイル。空中を哨戒中のＦＡＦフェアリイ基地防衛空軍団機から発射されたものだ。ジャムはそれを回避するために急激な旋回を開始するが、間に合わない。ミサイルはその胴体部に命中するかのように見えたが、それより早く、近接信管が作動する。爆発音が連続して響いた。

　零はとっさにフォス大尉をかばって伏せていた。爆発するミサイルは、弾帯を四方に向けて爆散させる。その一部は地上にも威力をもって達した。それを零は身近に感じる。

　一連の爆発音が収まって顔を上げたとき、ジャム機は黒煙を引きながら旋回上昇していくところだった。胴体から閃光を発して爆発する。自爆だ。四散して森のほうへ墜ちていった。

　スクランブル待機中の戦術戦闘航空軍団の迎撃機が二機、ジャムのミサイル攻撃をかいくぐって編隊離陸に成功していた。滑走路の端で、やられた二機が炎上している。

　零は雪風を探す。

　雪風は——編隊離陸していく二機とは逆方向へと加速し、アフターバーナに点火した最大出力でほとんど垂直に上昇し始めていた。ジャムはまだいるのだ。

　フォス大尉を助け起こす。ブッカー少佐とガレ・ミュルレが倒れている。ゲストたちの姿はない。退避が間に合ったのだろう。

「ジャック、大丈夫か」

　ブッカー少佐は頭を振って、差し出された零の手をつかんだ。立ち上がる。

「くそう、味方のミサイルに殺されるところだった。耳がよく聞こえない」

「エディス。シェフは」

ミュルレに駆け寄っていたフォス大尉は、首を横に振る。シェフの白いコック着は真っ赤だった。右手を上げて、上空を指さしている。零はその方向を見上げた。遙かな高空、快晴の空を、四条の白線が延びていく。雪風が発射した短距離ミサイルに違いない。

ミュルレ・シェフを襲ったミサイルは同時にジャムを撃墜した。それは、雪風にとっては命拾いだったかもしれない、と零は思った。雪風と引き替え。このシェフは、恨んでいるだろうか。

「ジャック、エディスをつれて退避、救護班をよこしてくれ」

「なにをしている、おまえも来い」

「シェフは大丈夫だ。ガレ、あんたを独りにはしないからな」

零はフォス大尉と入れ替わりに、ミュルレのもとにひざまずいて、その手を握った。

零は雪風の戦いぶりを見ていたかった。たぶん、このシェフもそうなのだろう、と思う。

「ジャムはこの昼食会を狙ったのか、少佐？」

「どうかな」ブッカー少佐はフォス大尉に救護班を呼ぶよう命じて、自分は残った。「スクランブル待機中の連中にはこちらが見えていた。彼らは、面白がって通信回線で話し合っていたことだろう。それにジャムも興味を持ったことは考えられるが、偶然かもしれん。ランヴァボンと雪風がそれらの情報も収集していた。それを分析してみればわかる」

「ジャムが、初めておれたち人間を目標にした、とも思える」

「……逃げ帰りたい気分だ」

「あんたの弱音を初めて聞く」

「逃げ場はない。受けて立つしかない。おまえの言うとおりだ、零」

　上空が、ふっと静かになる。雪風の燃料が切れたのだ、と零は予想する。それはすぐに確認できた。雪風が視認できるところまで無音で降下してきた。急降下。それから、大きく旋回して、滑空着陸態勢に入った。

　無事に雪風は接地する。それが合図だったかのようにガレ・ミュルレの手の力が抜けた。

「……ジャック、あんたは、ここで昼食会を開けばジャムが来るかもしれないと、それを計算して、情報を漏らすやつを突き止めようとしたんじゃないのか」

　ブッカー少佐は答えない。

「どうなんだ、ブッカー少佐」

「だとしたら、どうだというんだ、零」

「ミュルレはそのせいで生命を落としたんだぞ。おれならいい。おれは——」

「タフラック。彼は運が悪かった」

「言うことはそれだけか」

「零、生命をかけているのは、おれたちだけじゃない」とブッカー少佐は言った。「彼も軍人なんだ。おれたちの仲間なんだよ。おれがなにも感じないとでも思っているのか」

零はそれに言い返す言葉を思いつけなかった。特殊戦のスポッティングドーリーが雪風を牽引してくる様子を見つめながら、戦死したシェフの手を握りしめていた。

近づいてきた雪風の降着灯がフラッシュする。点滅、三回。

「任務終了、というサインだ」とブッカー少佐がつぶやいた。「ランヴァボンにわたしがさせたことを理解してのことだ。なんてやつだ……雪風はこちらを、おまえを、意識している」

そう、そうだろう。だが、雪風はミュルレの死を悼んだりはしない。決して。自分はしかし、そうではない。雪風とは違う。

「おれは……人間だ」

「それを忘れるな。ガレ・ミュルレの死を無駄にするなよ、零。人間には予備の人生はないんだ」

ブッカー少佐は静かにそう言った。

V
戦略偵察・第一段階

1

旧雪風が撃墜されて以来、電子戦を担当するそのフライトオフィサ席は空席のままだった。ブッカー少佐はむろんこの事態を放置しておくつもりはなかった。零が完全な戦闘復帰を果たした以上、早急にフライトオフィサを選定する必要があった。だが、いま現在、それを埋める適任者がいない。人手が足りなかった。

戦隊機の後席に乗って、戦闘空域での戦術偵察や電子戦闘任務を受け持つそのフライトオフィサの仕事は、戦闘時においてはパイロット以上に激務といえた。戦闘空域に入ると、自機の位置と安全を確認しつつパイロットに機の誘導指示を出したり、戦術偵察用の複数のレーダーの選択と操作をし、自動的にバックグラウンドで収集している大量の通信情報の発信源の確認などをリアルタイムでこなすなど、機外を見る余裕はほとんどない。この閉鎖的な環境で、激しい機動に耐えなければならないのだ。

特殊戦には、こうした電子戦闘要員が現在十一名いた。運用している戦闘機は無人機のレイフをのぞいて十二機だから、全機を同時に作戦に投入する場合は、一名足りない。いまはできない。全機同時出撃ということはまずないのだが、それが必要になったとしても、いまはできない。雪風に乗るその要員がいないのだ。

原則としてパイロットとフライトオフィサのコンビは相性のいい二人を選んで固定しておいたほうがいいとブッカー少佐は思っていた。だが零が戦闘に復帰し、実戦に使えるようになったいまは、フライトオフィサを各作戦ごとに割り振らなければならない。電子戦闘要員の負担が増える。これは避けたい。

早急に一名を補充しなければならない。その人間が零とうまくコンビを組めれば問題はすべて解消するが、もしそうでなくても、一名来れば、電子戦闘要員にいま以上の負担を強いなくてもいい。決まったコンビではなく各作戦任務ごとに割り振られるにしても、そうした精神的な負担は精神ケア担当の軍医フォス大尉になんとかしてもらえばいいのだし、とにかく新人が欲しい。

それをブッカー少佐はクーリィ准将に訴える。

「だれでもいい、早急に一名、なんとかしてください」

「だれでもいいというわけにはいかないでしょう、少佐」

クーリィ准将は、オフィスに直訴に来たブッカー少佐をデスクの前に立たせたまま、言った。

「それは、そう、そうです。すぐに使えなくては話にならない。じっくり教育している時間はわが戦隊にはない。一人でいい。どこかから、どの部隊でもいい、一人、引き抜いてください。ジャムでないやつ。いや、ジャムのコピー人間でもかまわない。彼らの戦略をそれでつかめる」

「自分がなにを言っているのか、あなたにはわかっていない。すぐに実戦投入できる電子戦担当要員が一人足りない、あなたはそれしか頭にない。ジャムでもいい？　なにを馬鹿なことを。そんな数合わせなら、わたしにもできる。深井大尉、当時中尉、が帰ってこなければ、そのフライトオフィサのバーガディシュ少尉とともにジャムにやられていれば、この問題は生じなかった。もっともそうなれば、あなたは、パイロットとフライトオフィサの二人、それと一機が足りなくなった、なんとかしろ、と言うのでしょう」

「……准将、それは聞き捨てなりません。零が、深井大尉が帰ってこないほうがよかった？　わたしがそう思っているとおっしゃる――」

「わたしはそんなことは言ってはいない。この件ではわたしも頭を悩ませている。人選はわたしの責任で行なう。頭数だけそろえばいいというわけにはいかない、そう言っている。少し落ち着きなさい、少佐。あなたらしくもない」

クーリィ准将はデスクを立ち、応接セットのソファをブッカー少佐に勧めた。

「あまり時間は取らせないから、ブッカー少佐、相談にのってほしいことがあるの」

クーリィ准将は少し口調を親しいものに変えて、言った。

「はい、准将」

時間は取らせないと言いつつ、クーリィ准将はデスク上のインターカムで秘書官に紅茶とココアを頼んだ。

「両方とも、いつもの。少佐の好みはわかっているわね？　すぐ持ってきて」

いつものとは、准将はレモンティー、ココアは自分用だ、とブッカー少佐は、腰を落ち着ける覚悟を決める。こういう場合は少少やっかいな問題を准将が抱えているときと決まっている。

「深井大尉の様子はどうなの」

クーリィ准将はブッカー少佐の向かいのソファに腰を下ろして訊いた。

「先日報告したとおり、体力的には八五パーセントの回復具合というところですが、問題はありません」

「精神面はまだ不安定のようね。乗機、雪風に対して不安を抱いているということだけど」

「それはむしろ彼の精神面の成長を物語るものだと、報告書に書いたとおりです。フォス大尉も同意見だった。実戦には問題ないとわたしは判断しました」

「いい性格になってきた、というの」

「性格は変わらない。従順な軍人にはなっていないし、将来もならないでしょう。特殊戦の任務を考えればそのほうがいい」

「ようするに、これからも使える、と」

「そうです」

「雪風が無人で出撃した件は、調査完了の報告は受けていない。進行具合はどうなっているの」

「いちおうの調査は済んでいますが、戦闘知性体群の動作動向については継続的に注意を払う必要がある。それを彼らが快く受け入れるかどうかが、いまひとつつかみきれない。こうしたことは、コンピュータネットを使っては報告できない。彼らに読まれる。もっともこうして喋っている内容は盗聴されてはいない、大丈夫だ、とは断言できないのですが」

「それも含めて、どうすべきか検討中ということね」

「そうですが……わたしとしては、表だって戦闘知性体を敵視するような行動をとるのは逆効果だと判断します。彼らの敵は人間ではない。ジャムだ。それははっきりしている。ジャムに汚染され、ジャムに操られるようになることを警戒する、それだけでいい、ということです。むろん、この件についての最終判断はあなたが下すことです、准将」

「特殊戦のコンピュータ群は、いわば身内よ。信頼していなければジャムと戦えない。その信頼性を揺らがせるような事態ではなかった、というのね。今回は」

「はい。そのように判断します」

「わたしは、あなたを信頼している。この件はあなたに任せる。あなたなら、彼らの機嫌を損ねないようにうまくやれるでしょう」

「ありがとうございます」

「コンピュータの機嫌を損ねないように、だなんて自分でもおかしなことを言っていると思う。あなたはどう、少佐」

「そうですね……そう、零と雪風の関係を見てこなければ、コンピュータたちの戦闘意識などに注意を払う気にはならなかったでしょう。それこそ、そんなことはわたしの意識にのぼらなかったと思います。雪風は急激に変わった。いや、変わったというより――」

「本性を現した、という感じかしら」

「戦闘知性体として成長した。それが行動として現れたので、われわれ人間にもそれがわかった、ということだと思います。おそらくこれからも今回のような事態が発生する可能性はある。そんな雪風を御すことができるのは、深井大尉だけだ。それに失敗しないように彼にはさせる必要がある。うまく信頼関係を築ければ、雪風を通して、われわれも他のコンピュータ群との信頼関係を積極的に構築できるようになるでしょう。コンピュータたちの機嫌を取ったりしなくても、ジャムとは戦える。ですが、たしかな信頼関係が築ければ、もっとやりやすくなるのは間違いない。コンピュータにこちらを信頼させるというのは困難でしょうが。なにしろ、相手は人間ではない。超高速自律計算機だ。信頼度は数値ではじき出すでしょうが、信頼関係というのは数字だけで表現できるものではない」

そう言いつつ、零と雪風は数値では表せない完璧な信頼関係なくしてジャムとは戦えまい、とブッカー少佐は思う。その信頼感は雪風の戦闘機動中に即座に反映するのだ。うまくいかないのなら時間をかけて――というような余裕はない。零が、他人から笑われるほどに愛機雪風との関係にこだわるのは、自分の生命がかかっているからだ。だれもそれを笑うことはできない。助けてやることも、できない。特殊戦の機体整備員が熱意を込めて雪風の機体や電子機器のハードウエアの整備を完璧にすればそれでいい、という次元の問題ではないのだ。

「そうね」とクーリィ准将はうなずいた。「わたしもそれは忘れないようにするわ」

いつもの紅茶と、クリームたっぷりで砂糖ひかえめのココア、が来た。ぱりっとした制服の青年秘書士官がそれを置き、敬礼して出ていくと、クーリィ准将は口調を改めて、言った。

「補充人員のことだが、新規に割り当てられる人間を待ってはいられない。それで、即戦力になりそうな他部隊の人間を複数リストアップして、引き抜けるかどうかあたってみた」

いままでの話題は暇つぶしらしい。本題はこれからだ、とブッカー少佐はカップには手をつけず、次の言葉を待った。

「どこも人手が足りない。優秀な隊員となればなおのこと、手放したがらない。また、技量が優秀なだけでは特殊戦の任務は果たせない。どんなに嫌われ者であろうとこちらはかまわないし、そういう、手放してもいい、という人間はいないことはないが、そういう者は調べてみると、こちらの要求技量を持っていない。そんなこんなでリスト上の候補はみな消えた」

「……もう少し待つしかないわけですね」

「新規の人材をただ待っていることはできない。いつ来るのか、はっきりした期日がわからない者を待つなんて、あなたも嫌でしょう。現在特殊戦でもっとも優秀な電子戦要員であるソンムド大尉は、二ヶ月後に退役が決まっている。彼はすでに六年近く自ら軍役を延長して戦ってきた。もう解放してやりたい。彼もそのつもりだ。コズロフ大尉も七ヶ月後には同じ。去る者はわかっている。それに対して、来る者の予定は立たない。のんびりと待ってはいられない」

「もう一度、わたしから候補者をあたってみましょう」

「そう、それは継続的にやってほしいが、今回、向こうから、使ってほしいという人間が現れた。ようするに、売り込みだ。相談したいのは、それを受け入れてもいいものかどうか、ということだ。あなたの意見を聞きたい」

「だれですか。先方から特殊戦を望むとはな。性格に問題でも？　深井大尉のような性格なら歓迎だが、そういう人間は、自ら自分を売り込んだりはしない」

「使ってくれと言ってきたのは、当人ではない。ロンバート大佐だ」

「ロンバート大佐とは、あの、情報軍のロンバート大佐ですか」

ブッカー少佐はココアを飲もうと持ち上げたカップを口元に止めて、訊いた。

「そう。アンセル・ロンバート。人手が足りないのなら自分の部下を出すから使ってくれと彼のほうから言ってきた。戦闘機による電子戦の経験もある人間で、技量面での問題はない。しかし、別の問題を抱えることになる」

「フムン……情報軍は、特殊戦内の様子や情報が知りたいのだろう。ロンバート大佐のことだ、交換条件を提示してきたはず——その者の身分は、特殊戦に異動するのではなく、情報軍付きの、出向という扱いで、とでも言ってきたのではないですか？」

「そう、それを臭わせることは言った。こちらの出方次第で、態度を変えてくるだろう。いまのところは友好的だが」

「ロンバート大佐は、特殊戦内の情報収集をおおっぴらに始めるつもりだな。人員推薦は、はったりかもしれない。いずれにしても、情報軍は特殊戦を野放しにしておくつもりはない、という宣言だろう。警告ともとれる」

「わたしは、ロンバート大佐や情報軍に干渉されたくない。彼らに頭を押さえつけられるのはごめんだ。特殊戦の独立性が損なわれるのは避けたい。普段なら即座に断っている。しかし、いまはこちらも苦しい。申し出を受けようと思う」

「情報軍の紐付きの人間を受け入れる、か。われわれが収集した戦闘情報がロンバート大佐に筒抜けになる。それでもかまわないというわけですか」

「あなたは、ジャムでもいいから、一人欲しい、と言った」

「あれは言葉のあやというものです、准将」

「わたしにはそうは思えなかった。あなたは本気だった。ジャムなら、ジャムの情報がそれから得られる、と」

「ジャム人間、ロンバート大佐いうところの、ジャミーズね。ま、それよりましかもしれない。推薦されている人間はジャミーズではない、というのはロンバート大佐が保証するだろうからな」

「ジャム人間の一人がすでに特殊戦に侵入していた、という情報をわれわれがロンバート大佐に伝えたときから、彼がわれわれに対してなんらかの動きをみせるだろうというのは予想できた。彼が特殊戦の行動を無視できなくなったのは当然だ。われわれも、それは覚悟のうえだった」

「そうですね。しかし秘密裏に動くとばかり思っていた。公然と、スパイ、というより監視役を送り込んでくるとはな」

「ロンバート大佐の懐刀としてやってくる。その人間はわが戦隊内の情報をロンバート大佐に報告する。と同時に、その動きはわれわれにわかる。わかるように、あなたに注意していてほしい。情報軍の動きをこちらでもつかめるいいチャンスだ。それができるかどうか、あなたの意見を聞きたい、ブッカー少佐」

相談とはそのことか、とブッカー少佐はココアをすする。准将の言うとおり、ロンバート大佐の動きや思惑は無視できない。放っておけば秘密裏に特殊戦内を探るだろう。それよりもすべてオープンにして、こちらも、そのやってくる人間から情報収集をし、情報軍と情報交換をするというのはいいやり方だろう。ロンバート大佐はフェアな申し出をしたというわけだ。

しかし大佐は、こちらが考える以上の利益を得られると判断しているに違いない。あの切れ者に伍してこの自分がやっていけるだろうか。向こうはスパイ情報戦のエキスパートだが、自分はそうではない。正直なところ、対ジャム戦以外の問題を抱え込みたくはない。が、人手が足りないでは、ジャム戦もままならない。

「ロンバート大佐が優秀な部下を持っているなら、わたしもよ」とクーリィ准将はブッカー少佐を見つめて、言った。「あなたなら、できる」

「フム……推薦されている人間について、詳しく知りたい」

「ロンバート大佐から資料のハードコピーをもらう手はずになっている。どうやら大佐はそうした資料はコンピュータには入れていないようだ」

「すべては彼の頭の中にあるのでしょう。いちばん安全だ。それができるというのがあの大佐のすごいところだな」

「大佐のそうした能力はべつだん賛嘆するようなことではない。あなたも、隊員の詳細な経歴や戦隊機の現状はいますぐ言えるはず。彼の能力を過大視するのはよくない」

「客観的な評価のつもりです、准将。大佐が情報軍であの地位にいるのは、それなりの能力があるからだ。彼をあなどるのは危険だ、というわたしの覚悟です。弱気になっているわけではない」

「あなたが特殊戦にいるかぎり、ロンバート大佐も下手なことはできないと承知していることでしょう」

「ジャムもそうならいいのですがね。――事前に、その送り込まれる人間のことを知っておきたい。まったくわからないわけではないでしょう」

「詳しい経歴は書類を待つとして、概略は知らされている」

「まずそれを聞かせてください。注意をその者に引きつけておいてロンバート大佐は別の手段を考えているのかもしれませんが、とにかく、データがないことには判断のしようがない。データと、検討する時間が欲しい」

「いいでしょう、使えないとあなたが判断したならば、大佐の申し出は断る。その交渉はわたしがやる。時間はあまりさけない。受けるにせよ断るにせよ、早いほうがいい」

「名前は」

「姓はカツラギ、名はアキラ。情報軍の電子戦解析部に所属、階級は少尉。出身は日本。日本空軍に在籍していた過去を持つ。ジャミーズならぬ、ジャパニーズというわけだ」

「深井大尉と組ませましょう」

「同じ出身国の人間なら、やりやすいとでもいうの。それは――」

「相性は関係ない。そもそも雪風のフライトオフィサが必要なのだし、大佐に裏をかかれないためにも、零と雪風の力が役に立つ。零は新人に勝手な真似は許さないし、雪風もそうだ。とくに雪風はフライトオフィサが機上で操作したすべての行為を記録している。その者は、雪風にわからないように特殊戦コンピュータ群の情報に干渉することはできない。――クーリィ准将、大佐の好意を受けましょう。情報軍の思惑などより、ジャム戦略をどうするかが重要問題だ。つぎに、戦隊内の戦闘知性体の動向を把握すること。雪風は、それにも関心を寄せているのが、今回の零の報告でわかった。零は雪風からそれをつかめる。彼にはその情報を雪風から得るべく努力してもらう。それに比べれば、ロンバート大佐の工作など些事にすぎない。大佐にもいずれそれがわかるだろう。新人を通してそれを大佐に知らしめてやる」

「少し時間を与える」

「はい？」

「ココアをゆっくり味わっていきなさい、ブッカー少佐。その時間をやる。ここにいたくないのなら、カップを持って、自分の部屋で味わうといい」

「……ここでいただきます」

「あなたにも秘書官が必要だと思うのだけれど、適任者がいない。へたな人間をつけたらかえって迷惑でしょう。でも、なんとかしたいとは思っている」

「お心遣い、感謝します。大丈夫です。ココアもコーヒーも、自分で入れるのがいちばんうまい」

しかし他人に入れてもらうというココアもわるくないものだと思いながら、ブッカー少佐はそれをゆっくり味わった。

「深井大尉と雪風には、新しいジャム戦略の任務を担ってもらわなければならない」とクーリィ准将も紅茶を飲みながら世間話のように言った。「あなたにもがんばってもらうことになる」

「わたしが言い出したことです。新任のカツラギ少尉には雪風にまず慣れさせる。それからです。急ぐことはない。ジャムは逃げない。じっくりと探ればいい」

「特殊戦は戦術偵察のための部隊だったけれど、いまや戦略偵察部隊だわ」

「軍団として独立しよう、などとは考えないほうがいいでしょう。出る杭は打たれる」

「わたしはFAF内のパワーゲームに積極参加するつもりはない。でももう少し力があれば、今回のような苦労はしなくていい、という思いはある」

「いまでもあなたは陰の実力者だ。表には出ないほうがいいでしょう。特殊戦は、単なる戦術偵察部隊ではないというのは最初からそうだった。いまは、戦術戦略双方に関係する情報部隊ですよ。FAF内に紛れ込んでいるであろうジャム人間も対象とする総合的情報戦闘部隊だ。ロンバート大佐から学ぶべきノウハウは多いでしょう。われわれが情報交換すべきは戦略偵察軍団ではなく、情報軍だ。あれを取り込むことを考えるのがいい。ロンバート大佐はむろん、特殊戦がそのように動くことは警戒しているでしょうが。それもまた内輪のパワーゲームだ。ジャムにとっては、FAFの内紛は思うつぼかもしれない」

「人間というのはおかしな生き物だわね」

「まったくね。外敵の脅威まで内部権力闘争の勝利に利用しようとする。他にやるべきことがあるだろうにと思うが、そのように思う人間は負け犬とされる。覇権を握りたいというのはあらゆる生物の本能的な行動かと思っていたが、どうもそうではない。ごく特殊な部類に入る。人間の中でも、そういった意識の薄い集団がいる。特殊戦もそうだ。人間集団の中でのわれわれは、まさに特殊な立場にいる。あなたの苦労は察しますよ」

「あなたと互いに同情し合っていてもしかたがない。でも、心強く思う」

「わたしもです」

ココアを飲み干して、ブッカー少佐はソファから立った。

「カツラギ少尉の着任期日が決まったら、すぐに知らせてください。深井大尉に新人の雪風習熟訓練を担当させます。予定を組まなければならない」

「了解した」

クーリィ准将はカップを持ったままうなずいた。紅茶をすする准将に敬礼し、ブッカー少佐は准将のオフィスを後にした。

どんな人間かは知らないが、これで雪風の後席は埋まったわけだ。一つの大きな問題は片づいた。つぎに控えているのは、対ジャム戦における新しい展開となる、零と雪風による戦略偵察作戦だ。彼らには新任のフライトオフィサとともにそれを担ってもらわなくてはならない。

2

要求したカツラギ・アキラ少尉の身上書のコピーはその日のうちにブッカー少佐の元に届けられた。少尉の名前は漢字表記では桂城彰。

ブッカー少佐はそれにざっと目を通したのち、深井大尉とフォス大尉を自分のオフィスに呼び出した。

次の任務を控えて待機中だった零はすぐに出頭した。

ミュルレ・シェフが戦死したあの昼食会の夜、零はブッカー少佐と私室で少佐のウィスキーを飲んだ。ミュルレの死は少佐にもこたえたのだろう、いつになく弱気な少佐だった。酔いにまかせてブッカー少佐は零に人手が足りないと愚痴をこぼした。自分はフライトオフィサなどいなくても雪風とやれる、と零は慰めた。それは本音でもあった。ブッカー少佐は、これから雪風と自分をジャムと積極的に接触させるという任務を考えている。そのような任務ではなにが起きるかわからない、自分はもうフライトオフィサの肉をジャムから食わされるなどという経験はしたくない。そう言うと、少佐は零の気持ちを理解しつつも、単独でやらせるわけにはいかない、と言った。一人でも人間が多いほどいい、バーガディシュ少尉は気の毒だったが、おまえ一人なら帰ってこれなかったかもしれないのだ、と。ブッカー少佐の頬にある古い傷跡は紅潮していた。少佐は、部下をもう一人も失いたくない、だが現実はおそらくそうはいかないだろう、と覚悟している。それに独りで耐えているのだ。零は黙って、もう古いつき合いとなるその友人の、空になるグラスに酒を注ぎ続けたのだった。

例の昼食会から二日経っていたが、雪風と零の出番は回ってきていない。やっと飛べるのかと零は出頭して、そう訊いた。

「例の、おれと雪風の新しい任務の詳細が決まったのか」

それはまだだ、とブッカー少佐。しかし、あの夜の、酔って弱気な態度を見せたのが嘘のような余裕が感じられる。

「なにかいいことがあったらしいな、ジャック。大きな遺産が転がり込んだみたいな顔色だぜ」

「わかるか。金には縁がないが、おまえと組むフライトオフィサの都合がついた。このほうがおれには嬉しいね。正式にはまだ着任は決まっていないのだが、こちらが嫌と言わなければ決まりだ。これで戦隊機を無理なく使える。おまえの例の特殊任務、対ジャム戦略偵察ミッションを段階的に実行できるように計画中だが、通常の戦術偵察任務にも出てくれ。その間に、新入りに雪風に慣れさせる」

「特殊任務には、新入りでないほうがいいんじゃないのか」

「それは新入りの適性を確認してからのことだ。とにかく使えるかどうか実戦で確かめたい。どういう人間か、あらかじめ資料に目を通しておいてくれ」

「仲良くやれるようにか？　幼稚園じゃあるまいし。なにを考えているんだ」

「仲良くやれるにこしたことはない。が、わたしもむろんそんなことは期待していない。幼稚園はよかったな。そう、やってくるやつは、転校生のようなものだ。ロンバート大佐の部下、ロンバート学校の生徒だよ。情報戦とはなにかを叩き込まれた人間だ」

「……それほどまでに人材が不足しているとは思わなかった。おれに、後ろにそんなスパイを乗せて飛べとはな」

「気持ちはわかる。だから予備知識を与えておこうということだ」

「おれが嫌だ、と言っても無駄なんだろうな」

「実戦に出る前から嫌だとは言わせない。習熟訓練のあと、感情論ではなく実践面で問題ありと判断したならば報告しろ。そのうえで、こんなやつと組むのは嫌だとなれば、こちらも考える」

「フムン」

零がブッカー少佐から渡された新任のフライトオフィサの身上書のコピーに目を通そうとしたとき、フォス大尉がやってきた。

「遅くなりました。申し訳ありません」

「予想より早かった。きみも少しは特殊戦の水になじんできたようだな」

「はい、おかげさまで」

「じゃあ、おれはもういいだろう――」

「待て。まだだ、深井大尉」

ブッカー少佐は零を呼び止めておき、新任のフライトオフィサが来ることをフォス大尉にも伝えた。ロンバート大佐のもとからやってくる、ということも。

「それでだ」とブッカー少佐は続けた。「きみには、その新人の性格などを分析してもらいたい。その資料で間に合わなければ、なんとかする。零と、ひいてはわれわれ特殊戦とうまくやっていけるように、新人の性格上の問題点を洗い出しておいてくれ。ロンバート大佐の思惑も考慮して、だ。その男が実際に着任してからも、この作業は継続してやってもらいたい」

「はい、少佐。つまり、この人間のプロファクティングを実行しろということですね」

「わたしはその方面の用語には疎いが、そういうことになるかな。プロファイリングとか言われていることとは違うのか」

「プロファイリングという手法は心理・精神医学分野では広く認知されてはいなかった。加えて大衆に拡大解釈されたり恣意的に使われたりすることが多く、その用語は学術分野からは嫌われたのです。プロファクティングというのは、心身負荷強度分析法などから理論的に導き出された行動心理予測手段の一つです」

「きみの専門だ。零を分析したようにやってほしいということだ」

「わかりました。これは、ロンバート大佐の心理分析も必要になるでしょう」

「表だって動いてはならない。慎重にやってくれ。きみならやれる。そう信じている」

「ご期待にそえると思います、少佐」

「頼もしいね。分析作業には深井大尉の意見も参考にしてくれ。特殊戦と情報軍の関係、ロンバート大佐については、きみよりも深井大尉がよく知っている」

「おれもやるのか」

「そうだ。二人でやるんだ。これはおまえの生命に関る問題でもある。新人の心理分析の結果は、役に立つ」

「了解した」零はうなずいた。「それはいいが、少し大げさすぎやしないか。だれが来ようと、どうでもいいことだ。使えないのなら、放り出す。それだけのことだろう。それでいいと、あんたは言ったよな」

「でも事前に問題点がわかっているほうがいいでしょう」とフォス大尉。「慎重すぎるということはないわ」

「その新人については、そのとおりだ。大げさだとは思うが、無駄ではないとわたしは思っている。その件はそれでいい」

ブッカー少佐は顔を手のひらでこすって、気持ちを切り替える間を取り、それから続けた。

「わたしは、直接ジャムと情報交換することを考えている。雪風と深井大尉にそれをやらせたい」

「向こうがそれを受け入れるでしょうか？　ジャムが？　なにもわからない相手です」とフォス大尉。「危険は大きい」

「だから、計画を練っている」とブッカー少佐。「いきなりは無理だ。そう、われわれは三十年かかってもいまだにジャムについてまったく知らない。しかしデータは収集してきた。特殊戦はジャムに対する戦略を自ら立てるべきときにきていると判断する。これまでのように戦術偵察をこなしているだけではらちがあかない。負けないための戦術計画は立てられても、それでは勝てない。われわれが欲しいのは、勝つための戦略だ。クーリィ准将も同意見だ。で、まずこれまで収集してきたジャムのデータから、ジャム像というべきものを再構築するところから始めたい。ようするに、そう、フォス大尉、きみのいうところの、プロファクティングだよ。ジャムのだ。敵の行動心理分析をやりたい」

「……ジャムは人間じゃないんだぞ」と零。

「わかっている。それがわかっている人間でないとできない作業だ。ジャムの正体はなんなのか、という問題はこの際おいておく。ジャムの行動目的が知りたい。やつらの目的、最終目標はなんなのか、それが知りたいんだ。ここにきて、彼らが人間のコピーを送り込んできたのは、なぜか。人間を知りたいからだろう、という予想はつく。その予想の理論的裏付けが欲しい」

「ジャムの最終目的といえば、単純明快ではありませんか」とフォス大尉が言った。「地球を侵略すること、地球を侵略して覇者になることでしょう。そうではない、とおっしゃるのですか？」

「ジャムが地球に侵入しようとした、いまもしようとしている、というのは事実だとしても、地球という惑星に対して侵略行動を取っていると考えるのは、われわれ人間の思いこみにすぎない。われわれというより、きみの、だ。特殊戦はそうは考えていない。少なくとも、わたしやクーリィ准将は、そうは思っていない」

「そうだな……おれも、ジャムの狙いは単純な地球侵略ではないと思う」と零。「単に地球に侵入するのが目的ならば、人間に知られないように実行することはできたはずだ。いままでも、できる。すでにやっているのかもしれない」

「わたしもそう思う。ジャムは、人間がその侵入を阻止するように動くことは予想していなかったと、そのようにこちらには思える行動をとったのは事実だ。いまも、そうだ。しかしそれが、このところ変化している。彼らは、目的を果たすためには、まず人間に対処しなくてはならない、そう気づいて戦略を変化させているんだ。われわれは、それに対抗しなくてはならない。彼らが新しい戦略を取るならば、こちらもそれを無視できない。これから戦況が激変するのは間違いない。これまでのようにはいかないだろう。できるだけ早く、それに対応しなくてはならん。いいかい、フォス大尉――」

ブッカー少佐は若い軍医を諭すように言う。

「地球を侵略すること、それから、人間社会を侵略すること、この二つは、まったく別の行為だと理解することだ。地球には人間だけが存在するわけではない。地球の支配者が人類であるというのは、外部から見れば、事実ではない。何度も言うが、それは人間の思いこみであり、思い上がりと言ってもいい。地球の支配者は植物だとか、海そのものだ、あるいはコンピュータ群である、という見方もできるんだ。ジャムはまさしくそのように考えて行動してきたかのように見える。きみに、そうしたジャムのこれまでの行動を分析し、なにを考えているのか、世界をどのように捉えているのか、専門家の立場から割り出してほしい。深井大尉の経験もデータに加えて、やってくれ」

「わたしは……ジャムの行動や心理分析の専門家ではありません」

「ジャムの行動心理の専門家など、一人もいないよ。人間にはな」と零は言った。「雪風やコンピュータ群のほうが詳しいだろう」

「これからはそうも言ってはいられない」とブッカー少佐。「だいたい、ジャムについてはおれたちがいちばんよく知っていると、胸を張って言えないのが問題なんだ。FAF以外の民間人にもこれについて関心を持っている者は多いだろう。なかには、特殊戦よりも的を射た分析をやっている者もいるに違いないんだ」

「だろうな」と零。「たとえば、リン・ジャクスンとかな」

「それ以外に思いつく人間はすぐにはいないな。そう、おれも彼女のことを言ったんだ」と少佐。

「リン・ジャクスン、あの、世界的に有名なジャーナリストのですか」とエディス。

「そう」とブッカー少佐はうなずいて言う。「彼女はずっとジャムとFAFを追っている。彼女のライフワークだろう。こちらが世話になったこともある。とくに零はな」

「そうでしたか……わたしは彼女の著作を読み、その内容に引かれて、FAFに来ることを思い立ったのです」

「リンはそれを聞いて、どう思うかな」とブッカー少佐。「ま、若い世代が育っているのは間違いない。きみは、彼女よりも生のジャムに近いところにいる。未開拓の分野だ。第一人者になれるいいチャンスだろう。きみの手柄になる。リンを出し抜けるかもしれん」

「それは皮肉ですか？　そのように受け取れますが。わたしはここに来て、研究者であるよりまず特殊戦のよき軍医でありたいと思っているのですが——」

「きみのやる気の動機付けにはなるだろう、と思ってのことだ、フォス大尉。気を悪くしたのなら、上官のわたしはこういう人間なのだと、あきらめろ。きみの自尊心を傷つけるつもりはないが、いつも気配りしている余裕はない。はっきり言って、そんなことはどうでもいい。それが軍隊というものだ。きみが特殊戦にやってきた動機がなんであれ、しかし特殊戦には、きみの能力が必要だ。ジャムをプロファクティングしろ。命令だ。二人とも即刻作業にかかれ。最優先かつ要継続事項だ。これは対ジャム戦略偵察ミッションの第一段階になる。以上だ。退室していい」

「はい、少佐」

フォス大尉は敬礼。零もそれにならう。退室する。

3

廊下に出たフォス大尉は零に、「行きましょう」と言った。「わたしのオフィスがいいでしょう。最優先事項だそうだから、あなたもやらなくてはね。二人でやれという命令だし」

「要継続事項とも言われたな」と零。「いつもいつもきみの診察室で共同作業をやるというのは息が詰まる」

「あなたは自分のオフィスを持っていないでしょう。作戦ブリーフィングルームでも行く？」

「おれの仕事場は雪風の機上だ」

「いいわね、それ」とエディス・フォスは微笑んだ。「新任のフライトオフィサのプロファクティングをやるにはうってつけよ。雪風も興味を持つかもしれない」

「新任のフライトオフィサの件は、雪風にとってはどうでもいいことだろう。だがジャムの分析作業となれば、なんらかの反応を示す可能性はある。――まず、どうでもいいことから片づけよう。きょうはきみの仕事場でいい」

　そう言って廊下を歩き始める零をフォス大尉は呼び止めた。

「ちょっと待って、深井大尉。それはいい考えだわ」

「なにが」

「雪風の機上で、というあなたの提案よ。雪風にはロンバート大佐や、その息のかかった新任の戦隊員のことを伝えておくのがいいと、わたしも思う。わたしは、かしら。わたしは、そう思う」

　零は首を傾げて、なぜそう思うのか、先を続けるようにとフォス大尉を無言でうながした。その零の意をくんで、フォス大尉は言った。

「雪風は、ジャムのことだけでなく、自機に近づく人間のことにも関心を払っているとわたしは思う。矢頭少尉の件は、ブッカー少佐から聞かせてもらった。矢頭少尉が、雪風の付属機器の一部に手を加えた、ということだった」

　零はうなずいた。

「そうだ。ＡＩＣＳだった。エアインテーク制御システム。それは雪風にとっては、神経が行き渡っていない部分、いわば不随意の機器だった。細工されていることは雪風にはわからなかったんだ。矢頭少尉は、まさにそれを狙ったんだ。雪風の搭載機器の中で、そのような細工ができて、かつ戦闘時にも重要な働きをこなす機器はごくわずかだが、ＡＩＣＳはそのわずかな例外の一つだった」

「だった、というのは、いまはそうではない？」

「いまは応急的だが、すべての機器を中枢コンピュータがモニタできるようなチップが追加されている。完璧ではないが、いまは矢頭少尉のような真似はできない。機体からカード一枚引き抜いても中枢コンピュータにはわかる」

「そのようにしろと雪風が要求したの？」

「いや。ブッカー少佐の考えだ。司令部戦略コンピュータもそのようにすべきだ、とは言ってきたが、最終的にはブッカー少佐が決めたことだ。しかし……そうだな、雪風は、矢頭少尉の細工によって自分が危機に陥ったということは認識したことだろう。帰投してから、戦闘時の自機の状態について司令部コンピュータ群にも探りを入れて分析したのは間違いないと、いまならそのように思える」

「なら、わたしの思っていることは、あなたにも理解できるでしょう」

「だからといって、待機中の雪風の機上でこの作業をやることに、どういう意味があるというんだ？　雪風に向かっていろいろ喋れば、それを聞いた雪風が『はい、わかりました』と答えるとでもいうのか」

「あなたはそうは思わないの、深井大尉？　わたしは、『雪風は自然な音声人語をある程度理解しているらしい』という、ブッカー少佐へのあなたの報告を知ったうえで、この提案をしたのだけれど」

「きみの情報収集能力はロンバート大佐なみだな。おれはしかし、雪風にそのような能力があるということには懐疑的なんだ。雪風にいちばん近いおれがそうなのだから、きみのような立場の人間がそう簡単に雪風にそんな力があると信じるというのは、どうかと思う。外野ではなんとでも言えるものだ。知ったかぶりはやめてくれ」

「あなたが苦心惨憺してようやく気づいたことを、わたしのような外野の人間が易易と横取りしているかのような、わたしの態度が気に入らないのかしら？」

「またそれか」と零はうんざりしているという自分の表情を意識して言った。「きみがおれの心を分析して、そうだ、というのなら、そうなんだろうさ。なんとでも言うがいい――」

「自分で考えて、零。あなた自身の気持ちを、わたしのような他人の言い方に左右されてはいけない。関係ないでは済まされない。あなたの心は、あなた自身のものなのよ。関係ないなどというのは、それを放棄することだわ。そんな希薄な自己では、雪風にも通用しない。それはわかっているはずよ。あなたは変わりつつある。それをいつも意識していれば、どんな人間集団と関っていても正しい自己評価をすることで泰然としていられるようになる。それは強くなる、ということよ。そのうえで『他人のことなど関係ない』というのなら、それでいい。だけど、いまのあなたの心身はまだ脆弱で、リハビリを続ける必要があるとわたしは思っている。訓練し続けることを軍医として勧めるわ。それで、雪風への恐怖心も克服できる。それは雪風に負けないということ、ひいてはジャムに勝つ、ということに繋がるとわたしは信じている。それが特殊戦の軍医としてのわたしの仕事よ。——わたしは雪風のこと、とくにそのハードウエアについては無知だけれど、できるかぎり理解できるようになるべく勉強している。わたしが雪風について、まったく的の外れたことを言っているのならば訂正してほしい。感情的にではなく。わたしは雪風について、知ったかぶりをしているのかしら？」

零は深くため息をつく。この軍医は、自分自身のプロファクティングとやらをやれと、つまりはそう言っているのだと零は理解する。

「きみは……特殊戦の格納庫区域に入れる許可をいまも与えられているか？」

雪風のいる格納庫にはだれでも入れるというわけではなかった。フォス大尉は一度雪風に搭乗する任務に就いていたから、そのときに格納庫区域への進入許可は与えられていたが、いまもそうなのかは零にはわからなかった。

「さあ。どうかしら。ブッカー少佐に訊けばわかると思う——」

「行けばわかる。きみをおれの仕事場に招待する。もし入れなかったら、おれがきみを必要としているのが雪風にもわかるかどうかを確かめてみるいい機会だ。おれにはきみが必要だと、雪風に伝えられれば、雪風は自らきみを受け入れるべく入区域許可申請をブッカー少佐に出すだろう」

「あなたが、わたしを、必要としている?」

「ああ」と零はうなずく。「きみはいまだにおれの担当医だ。面白くないが、いまのところ、そういうきみに反論できない。悔しいが喧嘩にもならない。きみが整備士だったなら、さぞかし完璧な整備をこなすことだろうな。——行こう」

零は格納庫に向かおうとしたが、フォス大尉は動かず、ありがとう、と言った。

「わたしを認めてくれて感謝する、深井大尉」

「それを言うなら、おれよりまずブッカー少佐に感謝すべきだろう。少佐はきみを信頼している」

「少佐は、わたしを完全には信頼してはいないわ」

零と肩を並べて歩き始めて、フォス大尉はそう言った。

「ジャムのプロファクティングという仕事を彼がわたしに与えたのは、わたしが完全な特殊戦の人間になるようにと期待してのことでしょう。テストのようなものよ。わたしがいま、ブッカー少佐やあなたがた特殊戦の人間が捉えている以上の、新しいジャム像や予想もつかない新たな発見を提出できる、などとは少佐は期待していない。だって特殊戦はずっと長い間、独自にそれをやってきた——」

「テストに合格する自信がないというのか」

「ブッカー少佐やあなたに迎合しないこと、特殊戦が抱いている既存のジャム像をそのままこちらが受け入れないこと、それがテストに合格する秘訣でしょう。それはわかっている。

少佐やクーリィ准将は、常識を疑わないような人間は信頼しない——」

「きみのそういう考えは、残念ながら特殊戦やＦＡＦには通用しない」

「どういうこと？」

「きみの、テストに合格しようなどというそんな態度は、ここに学位を得るために留学しているようなものだ。いかにも優等生的な考えだよ。努力すれば結果がどうであれ、努力したという事実でもって自分を認めてもらえると思っている。だが特殊戦は実戦部隊だ。結果だけがすべてなんだ。ブッカー少佐はすでにきみは使えると判断している。テストなどという悠長なことはしない。即、実戦任務だ。きみの思惑などに関係なく、役に立つ結果を期待している。きみに、既存のジャム像をうち破るような、新たな発見を期待しているんだ。これはテストだ、などというきみの意識は、甘いとしかいいようがない。もっとも少佐は、そんなきみの意識を見越したうえで、この命令を下している。リン・ジャクスンを出し抜けるぞ、と持ち上げたりしてだ。少佐も苦労しているよ。端から見ているとよくわかる。現実から逃げるなよ、エディス」

「……そうね」と今度はフォス大尉がため息をつく。「わたしは、ジャムについてのプロファクティングに、自信がない。単にそういうこと。期待にそえないかもしれない。わたしにはそうした実力がない、それを認めたくないんだわ」

「挫折を知らない優等生にはありがちなことだ」

「挫折を知らない、は余計よ」

「そいつはわるかったな」

「でも、あなたにあまり偉そうなことは言えないわね。ああ、自分が嫌になる」

「つけあがるな、と他人から嫌われるくらいでちょうどいい。でなければここでは生き抜けない。実力がなければジャムにやられるだけのことだ。それにきみは医者だ。医者が患者より偉いのは当然だろう。そういう態度でなければ患者を惑わすだけだ。自信過剰の相棒とはやりにくいのは事実だが、弱気な相手はなお悪い。きみには弱気になってもらいたくないな」

「プライベートな時間では弱音を吐きたいときもあるわ」

「いまは勤務中だ」

「そうね……でも人生は仕事の時間だけで成り立っているわけではない。あなたには息抜きの時間というのはないの？」

「あるさ」

「たとえば、ブッカー少佐と一杯やるときとか？」

「まあな」

「あなたにはジェイムズ・ブッカーという良き友人がいる。うらやましいわ。わたしには、愚痴を言い合える友人とか、女性ならではの雑談ができる女友達とか、ここにはいない」

「女友達、か。女であることを忘れたことはないというわけだ」

「当然でしょう。わたしはだれかさんのように自分が人間であることを忘れたことはないし、人間には性があるという事実も意識している。わたしは女よ。無性の生き物だなどとは思ったこともない。戦場でもどこでも、普通の人間はそうなのよ。ライトゥーム中将とか、ロンバート大佐とか。でも、あなたは少し違う」

「おれは……そうだな」と零はエディスを見ずに言った。「自分は人間だと意識すること自体が煩わしくてしかたがない」

「わかるわ。あなたを診てきて、それがよくわかる。一歩間違えば離人症よ。だからリハビリが必要なの。ジャムに対しては人間の立場で戦うべきよ。そのほうがジャムにも脅威のはずでしょう。人間には性がある。たぶんジャムにはそれは理解できない。雪風にも」

「フムン」

それは、たしかにそうかもしれないと零は思う。

「わたしは女性、あなたは男性、そして二人とも人間よ」とエディスも零を見ないで、言った。「仕事でもプライベートでもそれは変化したりはしない。八つ当たりしたいときもあれば、弱音を吐きたいときもある。いまのわたしがそうなのよ。あなたに向かって愚痴をこぼしている。あなたが人間だから、それができる。機械だと思えばこんなことは口にしない。医師の立場でも、患者に私的な愚痴は言えないわ」

「おれを相棒と見込んで、というわけだ」

「そうよ。おかしい？」

「いや。雪風にも愚痴を言ってみると面白いかもしれない」

「……なんですって？」

「思えば、おれは雪風を機械だとは思ってこなかった。けっこう愚痴を言ってきた。戦闘任務中にだよ。それを思い出した。おれも偉そうなことは言えない。相棒相手に八つ当たりしたり無駄口を利いたり、息抜きしている。いまも、そうだ。お互い様だ。雪風はこんなおれたちをどう意識しているかな、と思ったんだ。雪風は、少なくともおれと他の人間を識別して、個別に評価しているのは間違いないところだろう。雪風は単なる機械ではない――」

「雪風から、無駄口を利くなと警告されたことはあるの？」

「それは……そうだな、思い返せば、そのように受け取れる事態はあった。おれのほうでは雪風がそう言っていると意識したことはなかったが」

「あなたが一方的に雪風とは自分の一部だと思っていたからでしょう。他者としてコミュニケーションをとろうとしていなかったからよ」

「反省している」

「雪風に対する精神行動分析も必要のようね」

「おれ以外の第三者による雪風のそれは、たしかに有効だろう。ブッカー少佐はそれには関心がないようだが、おれにとってはいちばん重要なことだ。つき合いの長い相棒なんだ」

「やってみるわ。もし雪風の愚痴を聞けるなら、その負のストレスを解消してやれるでしょう」

「雪風も精神的なストレスを感じているなどとは思ったこともなかったが、ありそうなことだ。整備員でも思いつかないだろう。ブッカー少佐もだ」

「ジャムのプロファクティングに、雪風という戦闘機の精神ストレス解消の仕事とはね」フォス大尉は深呼吸して、言った。「わたしも特殊戦の環境に染まってきたようだわ。ばかげたこと、とは感じなくなっている」

「悪い気分ではないはずだ」

「ええ。以前は特殊戦やあなたが怖かったけれど、いまはそうじゃない。この変化こそを恐れるべきなのかもしれない」

「おれのせいだ。きみを雪風に乗せて実戦に参加させたからだ。仲間になってしまえば怖くはなくなる。だが――」と零は格納庫区域への入口の前で立ち止まり、フォス大尉に顔を向けて言った。「おれは、きみに中立な第三者の立場でいてほしい。おれや特殊戦が狂っていると感じていてほしいんだ。きみには酷で勝手な注文だというのはわかっている。それでも、だ。うまく説明はできないんだが、そのほうがきみを信頼できると、そう思う」

「わたしに正確なメーターになって客観的な現実をいつも示していろ、という注文ね」

「そうだな……孤立無援な環境下で敵情をスパイするようなものだ」

「そういう訓練なら受けているわ」

「スパイとしての訓練？　驚きだ――」

「違う。精神医としてよ。患者の狂った世界に取り込まれないような訓練。他の病気、感染症とかの物理的なワクチンのような予防法はないので難しい。でも、努力するわ。わたしまでおかしくなったら、だれもあなたのリハビリの手助けができないということなのだから。因果な商売よ。相棒のあなたに好かれるようになったらおしまいだなんてね」

「それはきみが判断することだが、いまそれを言うなら、おれはいまも、きみの性格が気に入らない」零は耐爆扉の入区域認識プレートに手を触れて、言った。「だが、きみの戦闘能力には敬意を払う」

「戦闘能力とは、あなたらしい言い方だわ」

生き抜く能力のことさ、と零は思いつつ、フォス大尉が認識プレートに手を伸ばすのを見守った。

4

フォス大尉の格納庫区域への進入を遮る警告はなかった。二人並んで耐爆扉をくぐる。背後でそれが閉まると、格納庫内に通じる第二扉が自動で開いた。

「わたしはまだ入ってもいいらしいわね」

「まだなのか、新たに許可が与えられたのか――いずれにしても、きみは必要とされている人間だということだろう」

準備室でヘッドセットを二つ取り、フォス大尉に一つを手渡して、雪風に乗り込む。

フォス大尉が資料を挟んだフォルダを手にして雪風に乗りにくそうにしていたので、零は手を貸してやる。フォス大尉が雪風の後席に収まったところで、零も自分用のフォルダを開いて、まずどうするのか、と訊いた。

「ここからわたしのオフィスのパーソナルコンピュータ、ドクターレクターにアクセスしてそれを使いたいのだけれど、どうすればいいの」

当然それができるものとフォス大尉は思っているのだ。もちろん、できる。しかしそう簡単ではなかった。零はまずヘッドセットをつけるように指示して、機内コミュニケーション・システムを、オン。

「きみは実戦任務の際に、いま目の前にある電子戦闘システム操作に関する訓練は受けている。まだ覚えているよな」

「ええ、もちろん」

零はマスターアーム・スイッチをオン。後席の電子戦闘システムを起動できる状態にして、それを使えるようにしろ、とフォス大尉に指示する。

すると零の見つめるメインディスプレイに、〈mission unknown〉、作戦不明、と出た。雪風からの一種の警告だ。なにをするつもりか、と尋ねているのだろう。これを無視すればなにが起こるかわからないというのは、経験済みだ。

零は自ら特殊戦の司令部戦術コンピュータを呼び出し、それが記録保存している作戦と命令一覧をディスプレイに表示させる。

ブッカー少佐が下した今回の命令を探す。それは、本日の日付を検索して見つけることができた。桂城少尉の性格分析と、ジャムの将来における行動予測。それぞれに作戦任務番号が与えられている。担当はフォス大尉と深井大尉、とある。これが入力されているので、雪風に作戦内容を伝えるのはたやすい。

零はブッカー少佐のオフィスを音声回線にて呼び出す。返答がすぐにあった。

『深井大尉。また戦術コンピュータから警告があったぞ。雪風を臨戦態勢にして、今度はなにをするつもりだ』

零は表示されている命令番号を読み上げて、この二つの任務を担当する者の欄に、雪風を加えてくれ、と頼む。雪風もこの任務には関心を持つだろう、というフォス大尉の言葉を伝えると、よかろう、と少佐は答えた。

『許可する。おまえたちに任せる』

ブッカー少佐は言葉どおりに、戦術コンピュータに向けて雪風を任務に参加させる旨を伝える。その変更結果はすぐに確認できた。雪風のメインディスプレイの、作戦不明、の表示が消える。準備完了。

零はフォス大尉に言う。

「緊急戦術リンク手段をとる。特殊戦スーパーリンカを起動。きみがやるんだ、エディス。そちらのメニューにある。選択して、実行しろ」

「実行」とフォス大尉。「ＳＳＬの起動を確認。成功したわ」

「いま、きみの音声回路は、特殊戦の戦術コンピュータと直接話せる状態になっている。きみの要求を伝えてみろ。STC、と呼びかけるんだ」

「STC、わたしのコンピュータを呼び出して、雪風とリンクしなさい」

拒否、とすげない戦術コンピュータからの音声返答。

「わたしのコンピュータ、ではわからない」と零。「それに、きみのコンピュータから雪風に、ではなく、雪風からの要求である、と伝えなくてはならない。『こちら雪風、緊急』、あるいは、『B-1、緊急』という宣言が最初にこなくてはならない。その宣言があれば、きみがだれであるかを言う必要はない。作戦行動中の雪風機上からの要求であることはSTCや司令部には確認できるから、最優先で、実行される。どのパーソナルコンピュータを呼び出し、アクセスするのかをSTCにわからせるには、きみのパーソナルコンピュータの、登録してある認識番号もしくはパーソナルネームが必要だ、以上」

「STC、こちら雪風、緊急。特殊戦の軍医、フォス大尉のオフィスにあるパーソナルコンピュータ、パーソナルネーム、ドクターレクターへのアクセスを要求する」

〈こちらSTC、了解。緊急強制接続中。接続完了〉

「了解、と伝える。『こちら雪風』を頭に入れる」

「こちら雪風、了解。——深井大尉、繋がったようだけど、レクターをここから使うにはどうするの」

「そちらの電子戦闘用ディスプレイに、キーボードをソフト的に表示させることができる」

プログラマブル機器に簡単なプログラムや設定命令を入力したりするためのものだ。飛行時にはまず使わない。

「メニューにある。選択しろ」

「出たわ。大きな表示ね」

「フライトグローブをつけたままでも使えるように考慮されているからだ。大きさは変更できる」

「了解。これは……わたしの使っているパーソナルコンピュータ・ドクターレクターというのは、特殊戦の戦術コンピュータの中にある仮想のものなのね」

「機能上独立して存在する特殊戦パーソナルコンピュータだ。仮想ではない。オフィス端末を通じて、特殊戦パーソナルコンピュータ内に割り振られた各自の領域を使用していることになる。その個人領域があたかも一台のパーソナルコンピュータのように振る舞うというのを、仮想コンピュータ、というのなら、そのとおりだろうな。どのようなアプリケーションソフトも組み込める。ただし、そこに本物の個人的なパーソナルコンピュータは接続できない。保安上、それができない構造になっている。だから完全な仮想コンピュータとはいえない。──知らなかったのか？」

「説明された覚えはあるけれど、こうして階層表示されるのを見て、それを確認するのは初めて」フォス大尉は電子戦闘用のディスプレイを見ながら、言った。「それはいいとして、わたしのレクター内の情報は戦術コンピュータには筒抜けなのね。それは全然意識しなかった」

「基本的には干渉できないことになっている。クーリィ准将の許可があればだれにでもできるが、目的を欺いて許可を得るのは難しいだろう。建前はそうだが、パーソナルコンピュータ部分は、ハードウエアとしてみれば戦術コンピュータの一部だ。戦術コンピュータ自身がその気になれば、なんでもやれるだろう」

「でしょうね。実際、こうして雪風からアクセスして使いたい放題にできるのだから」

「特殊戦スーパーリンカがそれを可能にしているんだ。SSLは雪風を介して戦術コンピュータを操ることを可能にする。特殊戦独自の暗号通信プロトコルによって作動している。作戦実行中でないとできない。クーリィ准将の許可の下に、いまは可能になっているということだ」

「でも、こういうことは隊員ならだれでもできるということでしょう。患者のプライバシーもなにもあったものではない。保存ファイルは暗号化してあるけど、無駄のようね」

「無駄にはならない。解読するのに手間がかかる分、盗み読みされた場合、それに気づく確率が大きくなる。——作業にかかってくれ」

フォス大尉が使っているパーソナルコンピュータ部分、レクターに、プロファクティングのためのツールがあるのだろう。心理分析や診断のためのソフトウエアが存在することは零は何度も診察を受けていたので知っていたが、具体的にどのようなツールをフォス大尉が使用しているのかまでは知らない。

フォス大尉が彼女のパーソナルコンピュータ、愛称ドクターレクターを操作するのを、零は前席のメインディスプレイ上でモニタする。

フォス大尉はプロファクティングのためのツールソフトウエアを起動した。

「これは、現在もっとも強力と言われているプロファクティング用のツール、MAcProII」とフォス大尉は零に説明した。「メンタルな負荷要素が実行動におよぼす影響を数値的にはじき出して、こちらが設定したシチュエーションにおいてターゲットの人物がどのような行動をとろうとするか、心理状態になるのかを、シミュレートすることができる。事実上のプロファクティング用の標準ツールだけれど、知ってた？」

「いいや」と零。

「このツールの心理解析用エンジン部分は優秀なのだけれど、ここ、FAFではこれの真価は発揮できない」

「どうして」

「MAcProIIは巨大な専用のアクティブデータベース、マークBBに繋がれることを前提に設計されている。マークBBには、多数の研究者が使用している各MAcProIIが実行した予測データと、その行動を予測されたターゲット、目標者の実際行動データとが入っている。予測行動と実際行動のずれが大きすぎるときは、予測手法が誤っていたことになるから、MAcProIIの解析エンジンはその原因を探り、より現実に合う手法を考える。それは仮説なのだけれど、その仮説的な手法はマークBBを通じて他のMAcProIIにフィードバックされる。似たような事例でその仮説が役に立てば、それは仮説ではなくなるわけよ。そのようにして、マークBBには使える手法やサンプルが集積される。つまり多くの研究者がそこにアクセスすることで、MAcProⅡの解析エンジンは利口になっていく。——でもFAFからはそのマークBBにアクセスできない。孤立したMAcProⅡは実力を発揮できない、ということ」

「まったく使えないというわけではないのだろう」

「そうね。わたしなりのノウハウも持っているし、ないよりましよ。わたしのこのMAcProⅡは、FAF、というより、特殊戦隊員用の専用分析ツールになりつつある」

フォス大尉はそう言いながら、桂城少尉のものらしい数値データを入力し始める。

「予測と実際とった行動結果とを比較する、と言ったな」

零は邪魔にならないように気を遣いつつ、訊いた。

「ええ。MAcProⅡによる予測のことは専門用語では予量、実際行動は実与、という——

——」

「MAcProⅡとやらは、どうやって目標人物の、実行動の結果を知るんだ？　きみがそれを入力するのか」

「基本的にはそう。予測が的中したかどうかを判定することがいつも可能だとは限らないけれど。あなたを例にすれば、『深井大尉は今後雪風に対してどのような感情を抱くか』というシチュエーションでプロファクティングを実行したとすると、MAcProⅡは『怖れを感じる、それを解消すべく行動する』というような解答をする。その後あなたを観察してそれは正しい、とわたしは判断するからそのように入力する。するとＭＡｃＰｒｏⅡは、今後もこの手法でいい、と判断する」

「そのくらいのことは、なにもそんなツールに頼る必要もないだろう」

「それは、あなたが、このあなたをターゲットとしたプロファクティング結果が正しいと認めているからよ。それに実際のプロファクティングはもっと具体的かつ詳細な内容を予測するときにこそ役に立つ。予測される結果は一つとは限らない。各予測が実現する確率数値をはじき出してくる」

「だが、所詮それは予想にすぎない。ようするに経験を積んだ研究者を支援するツールにすぎない。ＭＡｃＰｒｏⅡがどんなに精密な予測をするにしても、必ず当たるわけじゃないだろう」

「もちろん、そのとおりよ。とはいうものの、かなり確度が高い予想を出してくるので、これがやる予測は絶対だとつい思い込んでしまうこともある。専門家でもそうした気分に陥りやすい。素人なら、なおのこと。――やってみましょうか。桂城少尉の、なにが知りたい？具体的な場面を言ってみて。たとえば、雪風を見て、彼がなんて言うか、とか」

「もうそれが可能なのか」

「確度の高いプロファクティングはまだできない。ＰＡＣコードを入力しただけだもの」

「ＰＡＣコードとは、なんだ」

「パーソナリティ分類用の標準コードよ。知らなかったの？　あなたが特殊戦第五飛行戦隊に配属されたのも、ＦＡＦ当局がこの分類法によってこの部隊がいいと判断したからよ。桂城少尉にも当然このコードが与えられている。いま入力したのは、それよ」

「ＦＡＦの人間すべてが、その数値で分類されているのか」

「ＦＡＦだけではない。あなたは知らなかったようだけど、あなたも子供のときからＰＡＣコードの世話になってきたはずよ。まあ、このコードの扱いについては各国で異なるけれど。犯罪者にのみそれを作成する、という国もある。でもとにかく、ＰＡＣコード規格は世界標準なの。ＦＡＦ独自のものではない。血液型などの身体情報をはじめ、内向的か外向的かなどの気質、心理傾向要素などを分類して、それらをまとめて数値化したものよ。ＭＡｃＰｒｏⅡはＰＡＣコードを読み込むこともできるけれど、本格的な使用には、予量精度を上げるためにＰＡＣを拡張したＰＡＸコードというものを使う。ＰＡＣコードよりさらに詳細な精神心理傾向要素をつけ加えたもので、その拡張部分をコード化するのがわたしの仕事ということ。より詳細な性格分析をすることになる。プロファクティングの仕事というのはＭＡｃＰｒｏⅡを使えるようにすることであって、ＭＡｃＰｒｏⅡの操作自体はだれにでもできるのよ」

「なるほど」

その分析を誤れば、いいかげんなプロファクティング結果になるだろうから、専門家の経験と高度な知識が必要なのは零にも理解できる。

「おれのPAXコードとやらも、きみが作ったわけだ」

「そう。でも、あなたのそれは固定してはいない。あなたはどんどん変化していく」

「当然だろう。本来人間はアナログだ。デジタル数値で個性が表現されるとは思えない」

「いいえ」とフォス大尉。「いまのあなたのように過去のPAXコードを修正しなくては正しいプロファクティングができないというのは、めったにない。劇的な変化と言ってもいい。わたしは初めて経験する。最初に作成したPAXコードに誤りがあったのかと思ったけれど、MAcProⅡはそうでない確率のほうが高い、と判定した。いまとなれば、それは正しかったとわかる。珍しいことなのよ。わたしが、あなたに興味がある、というのがわかるでしょう」

「それなら、いや、おれのことではなくて」と零はメインディスプレイから目を上げ、後席を向いて、言った。「そのコードが、その人間の意識を決定するということになるだろう。同じものを見ても、コードの違いで、快く思ったり、不快だと意識する、ということじゃないか？」

「完璧ではないけれど、MAcProⅡを通せばそれを予測できるから、そう言えるかもしれない」

「それでは、人間は機械的なコードで表現できる存在だということになる。ばかげている。そうは思わないか」

「コードで人間を完全に表現できるというのは、たしかに現実的ではない」とフォス大尉は零を見て言う。「こう考えればいい。人間はDNAという機械的なコードを持っているけれど、そのコードを参照すればその人間のすべてがわかるかといえば、そうではないのは明らかでしょう。あるコードを持つ人間はあるものを好む、ということは決定できても、ではその人間はどこに住んでいるのかというのは決定できない。好みの住環境は予想できるけれど、でも実際のそれをそのコードからは特定できないのは当然よ。適地はそれこそ無数にあるのだから。有限なコードによってすべてを表現することはできない。PAXコードはすべてを表現しているわけではないし、DNAにしても同じよ。つまりコードというのは、実現可能な性質、可能性を記述したものにすぎない。〈長生きをする〉という遺伝子コードを持った人間がみんなそのとおり長生きするわけではない。事故死したり殺されたりするでしょう——」

「おれが言いたいのは、そういう小難しいことではないんだ。つまり、どう言えばいいのかな、人間は数字で決定されるような……というのも同じか」

「あなたが感じているのは、他者から自分という存在を操作されることへの不快感よ」とフォス大尉はさらりと言ってのけた。「コードという数値を外部から操作されることによって簡単に自己が操られるのではないか、それはいやだ、ということ。でも、PAXコードだろうとFAF軍用認識番号だろうと、どんな数字であっても、それを変えればあなたが変わるというものではない。あなたが変わることでコードのほうが変化するのであって、その逆では決してない。あなたを変えるのは、あなた自身なのよ。あなたの不快感については、担当医のわたしにはよく理解できるけれど、コードが人間を操るのではないか、ということに関したあなたのそれは、錯誤だわ」

「……そうかな」零はまた正面に向き直って、腕を組む。「自分が変わるというのは自分のコードが変わるということだ、というのなら、自分で自分のDNA配列を変えられる、ということになる」

「それこそ、コードが人間を操る、という考えから出た、まさしく錯誤よ。それは錯覚だ、ということ。人間の主体はコード化し得ない、し得るという考えはばかげていると、あなたも言ったじゃないの」

「しかし、そうはいっても人間が内部にDNAというコードを持っているのは事実だ」

「それを言うなら、DNAコードがあなたを決定している内部コードのすべてではない、人間はDNAという物理的なコードだけで成り立っているわけではない、と考えればいい」

「フム」

「DNA配列は変わるわけがない」と背後でフォス大尉が言うのを零は黙って聴いた。「でも主体が変化することで内部コードも変わるはずだ、というのなら、DNAではない別の部分が変化するのだ、と考えるしかない。そういう視点から見れば、それはもっともなことよ。たとえば、人間の体細胞はみな同じDNAコードを持っているとしても、そのコードのどの部分がアクティブになっているかは、各細胞ごと、また時刻によって、すべて異なる。そのパターンをコード化することは思弁上は可能でしょう。それに人間には知性や意志もあるとされている。それも考慮しなくてはならない。可変長で、しかも総容量に制限のない、書き換え可能な内部コード、ということになる。そのようなコードをだれが書くの？　自分自身がそれをやっているとでも？　一瞬分を書いている間に宇宙の寿命がつきるわよ。そのような非能率的なことを人間や生命体がやっているとは思えないけれど、仮にそうしたコードが存在する、としたところで、それが変化するから自己が変わるわけではない。自己が変化した瞬間にそのコードが書き換えられるのよ。その点では、仮想の内部コードもＰＡＸコードと同じだわ。——納得した？」

「きみの専門分野でのディベートとなれば、おれに勝ち目はないな」

「ディベートとは、いかにもあなたらしいわね。あなたは、でもいいところを突いているのよ。理想的なそうした内部コードではなくて、限定された、予定行動意識をコード化して書き込んでおくためのバッファ領域というようなものが人間の内部に存在するだろう、というのは専門家の間では言われている。ＭＡｃＰｒｏⅡはまさにそれをシミュレートする、ということよ。ＭＡｃＰｒｏⅡによるプロファクティングについて本格的に理解したいのなら、あとで講義してあげる。プライベートで。いまは仕事の時間でしょう。ターゲットは桂城少尉よ。あなたではない」

実際にプロファクティングされた者としてはＭＡｃＰｒｏⅡに関心を持つのは自然なことだろう、とフォス大尉は零に言い、新たな操作を始めた。

5

予定行動意識をコード化して書き込んでおくためのバッファ領域か、それはつまりフィードフォワード制御のためのプログラムのようなものだな、と零はフォス大尉が言ったことを自分なりに理解した。

雪風にも、そうした機能はある。しかし雪風のそうした無数にある各種機能プログラム、ようするにコードを、すべて解析、理解したところで、雪風を理解することにはならない。人間も雪風も、他のコンピュータにしても、同じことだ。コードやプログラムは、エディスが言うように、可能性を示しているにすぎない。それは主体ではなく、しかも、主体はそれに操られているわけではない、そう思うのは錯覚だ、錯誤である、とエディスは言った。

雪風について言うなら、雪風の主体は、コードの集まりではない。それに操られているわけではない。だとすれば、雪風は、いままでにない新たな行動をとる際に、既存のプログラムを書き換える必要はない、ということになる。つまりプログラミングされたとおりにいつも行動するとは限らない、ということだ。

零はウウム、と思わずうなる。

フォス大尉の考えを演繹すれば、そういうことになる。詭弁だろうか。いや、おそらくそれは、正しい。雪風は、プログラムに支配されているわけではないのだ。いままでは漠然と、そうではないかと疑い、しかし常識ではそんなことがあるはずがないと思っていたが、雪風の行動を観察してきた経験からは、内蔵プログラムに左右されない雪風の主体というべきものの存在が、たしかに感じられるのだ。

雪風を理解するには、コード解析では不可能だ。その反応を見るしか方法はないということが、これでも言える。そしてジャムも、そうだろう。

雪風にもジャムにも、人間の場合のような、あらかじめ用意されているPAXコードというようなひな形はない。そのプロファクティングは困難だろう。フォス大尉がジャムのプロファクティングについて後込みする気持ちが理解できる、と零は思う。

「PACコードを入力しただけだけど、桂城少尉について、面白い結果が出たわ。そちらで、見れる?」

フォス大尉が言うのを聞いて、零はわれに返り、大尉のパーソナルコンピュータ・ドクターレクターの画面をミラー表示しているメインディスプレイを見やる。相関図のようなグラフが出ている。

「ああ。これは、なにを表しているんだ」

「特殊戦の戦隊員で桂城少尉にもっとも近い心理傾向を持つ者はだれか、という問いにMAcProⅡが答えた結果よ。右上に向かって引かれた線が桂城少尉の各心理傾向要素を直線にして表示させたもので、その周囲にある赤い点群が、もっとも桂城少尉に近い者の、それ」

「だれだ」

「予想してみて」

「……おれなのか？」

「あたり。そのとおりよ。赤いのは、あなたよ。桂城少尉の心理傾向はあなたに瓜二つだわ」

零は黙る。どう言っていいのか、言葉が浮かばない。

「ただし」とフォス大尉は続けた。「いまのあなたではない。この赤いのは、過去のあなたのPACコードによる心理評価。もしあなたが過去にロンバート大佐に目をつけられていたら、いまごろ情報軍にいた可能性がある、ということよ。ね、面白いでしょ。いまのあなたは、でもこれとは異なる。別な表示をさせてみましょうか」

フォス大尉は、桂城少尉の心理分析コードを水平線として表示し、他の特殊戦の隊員のそれを重ねて表示させる。桂城少尉とまったく同じコードならばそれと同じように水平線になるが、さすがに完全に一致するものはない。それでも同じような性格傾向の者を集めた戦隊なのでそれほどかけはなれた線はなかった。他の戦隊員のそれは、波形に、桂城線にまといつくように表示されている。その無数の波形線の中に、ほぼ桂城線と重なるような波線があって、これが過去の深井少尉の、少尉時代の零だ、とフォス大尉は説明した。

「いまのあなたにとって、桂城少尉は過去のあなたの亡霊のようなものよ。あなたは彼に近親憎悪的な感情を抱くと予想できる。彼、桂城少尉のほうではどうかといえば、そんなあなたの感情は理解できない。あなたが少尉に向かって、『おれはおまえが嫌いだ』と言うとしたら、少尉はきっと、こう言うに違いない――」

「おれには関係ない」

「それがどうした、おれには関係ない――よ。口には出さなくても、そう思っていると予想できる。いまのあなたは、それを関係ない、とは思えないでしょう」

「ＭＡｃＰｒｏⅡで確かめてみたいな」

「本気ではないわよね？」とフォス大尉。「自分の気持ちを人工知能に訊いてどうするのよ。ＭＡｃＰｒｏⅡの動作確認というのなら別だけど。――わたしは少尉のＰＡＸコードをつくるわ。ロンバート大佐から指令を受けていることを桂城少尉自身はどう思っているのか、ブッカー少佐はそれを知りたいのよ。その仕事にかかる。あなたは、雪風を見ていて。雪風も、このＭＡｃＰｒｏⅡの機能に興味があると思う――」

そうフォス大尉が言った直後、メインディスプレイに反応があった。雪風からのメッセージだ。

零の背中に恐怖に似た、ぞくりとした感覚が走る。そう、雪風は休んでいたわけではないのだ。

〈JAM can be profacted by the following figures〉

そのメッセージに続いて数字の羅列が流れる。

「……これは、なに」とフォス大尉。

「雪風によるジャムのプロファクティングらしい」と零も緊張してそれを見守る。「この数字はジャムのPAXコードじゃないかな。雪風がMAcProⅡのPAXコード生成用のエンジン部分を利用したのだろう」

「これは？」

〈MAcPro2 : JAM aspire to receive us … I judged it true〉

「MAcProⅡによれば『ジャムはわれわれを迎え撃つことを切に望んでいる』というプロファクティング結果で、雪風自身もそれは正しいと判断した、という意味だ」

「あたりまえの結果ね」

「それは違う」と零はディスプレイを見たまま、うめくように言った。「ジャムがわれわれをレシーヴしたいと思っている、などというのは、いままで思ってもみなかったことだ」

「特殊戦は、ジャムは人間など相手にしていないと思っていた、ということなら、そうでしょう。でも――」

「われわれ、とは、雪風とこのおれのことだ。FAFではない。レシーヴという言葉も、迎え撃つ、というより、歓迎する、という意味ととれば、これはあたりまえの、予想どおりのプロファクティング結果とは言えない……ジャムのほうでもわれわれとコンタクトしたがっているだろう、というのはブッカー少佐は、おれもだが、たしかにそう感じていたが、これはそれとは微妙に異なる」

「レシーヴの意味といえば、仲間に引き入れたい、ともとれる」

「ジャムは雪風を仲間に引きずり込みたいと熱望している、だって？　このどこがあたりまえだというんだ」

「そう解釈するなら、そうね。ジャムはある種の停戦協定を望んでいる、ということかしら」

「FAFとではなく、雪風となら、あり得るな。一度雪風はジャムと接触しているし……いずれにしても、これも予想にすぎない。むしろより重要なのは、雪風がその予想は正しいと判断し、それを表示してきたことだ」

「雪風のことはあなたに任せるわ。雪風がいまジャムのプロファクティングを実行したというのは、わたしは大助かりよ。手間が省ける――」

「それも勘違いだ、エディス」

「どうして」

「MAcProIIは人間用のものだ。対ジャム用ではない。それを使えるようにするのが、きみの仕事だろう。雪風はMAcProIIを試してみただけだろう。雪風は独自の、ジャムの出方を予想する手法を持っている。だから、『このMAcProIIによる結果については、自分は正しいと判断する』と言っているんだ。われわれが助かる、というのなら、MAcProIIというツールを介して雪風自身のジャムへの予想を聞き出せる、その手段を得たことだ。それはたぶん、できる。新しい雪風とのコミュニケーション手段だ」

「そうか……ようするにジャムに関する仕事はどっちみちやらなくてはならないのね。残念だわ」

「きみは、人間の立場でジャムを分析するんだ——残念だって？　優等生らしくもない。きみも雪風のすごさに怖れをなして変わりつつあるのかもな」

「あなたを相棒だと思って、つい出た愚痴よ。わたしは怠け者ではないけれど、あなたが思っているほど優等生じゃないわ。あなたはわたしのことをよく知らないのよ。——わたしが雪風に怖れをなす、ですって？」

自分にＭＡｃＰｒｏⅡの本当のすごさがわからないように、と零は思った、フォス大尉は、雪風の潜在能力のすごさをすごいと感じられないのだ。いま雪風は、内蔵プログラムの機能では説明できないことを、やってみせた。まさしく雪風はコードでは説明できない自律した生命体といってもいい、ということではないか。長いつき合いの、この自分としては、身震いが出るような衝撃だ。だが、フォス大尉にとっての雪風は、いまだにちょっと優秀なコンピュータを搭載したただの戦闘機にすぎないのだろう。

「雪風は人間の立場には関心がない。人間の立場に立ったシチュエーションのプロファクティングは雪風はしない。だからきみの仕事は必要だ……雪風はいまおれの想像を超えたことをやってみせたんだよ。雪風がこうなのだから、たぶんジャムも、おれたちの予想を超えている存在だろう」

「……そんなものを相手にしたプロファクティングだなんて、憂鬱だわ」

「おれの言い方が悪かったかな」

「いいえ。これも、愚痴。――わかってる。もう言わない」

ジャムの実体が予想を超えていようとも、それに近づくことは可能だ。雪風がそれを示してくれた。ジャムの対雪風戦略予測だ。特殊戦は、これを詳しく検討する必要があるだろう。この戦略偵察任務にフォス大尉を参加させるというブッカー少佐の判断は、少佐の予想以上の成果を上げつつある、と零は思った。

どのような手法によるものであろうと、予測は予測にすぎない。だがいま雪風が告げたような、まったく予想外のそれは、これまでのFAF対ジャム戦略の見直しを迫るものだ。これこそブッカー少佐が求めていたことだろう。新しい視点による、特殊戦独自の対ジャム戦略の構築は、行き詰まっている現戦況を打開するために必要であり、このまま既存の戦略によって運用される特殊戦は実力を発揮できないばかりか無為に消耗させられるだけだ、とブッカー少佐は判断した。ようするに自らを護るために戦略偵察作戦を開始したのだ。

その作戦が実際にどのくらい有効かというのは、出撃してみなければわからない。いまはまだその作戦の第一段階、フェーズIなのだ。だが、その成果はすでに出た、と零の気持ちは逸る。早く、出撃したい。

そこで零は、雪風の新たなフライトオフィサとしてやってくる桂城少尉の性格が、過去の自分とそっくりだ、というフォス大尉の言葉を思い出した。

だれがやってこようと、自分には関係ない。そいつが電子戦要員として優秀ならば、それでいい。雪風もそう思っていることだろう。雪風は桂城少尉のプロファクティングには関心を示さなかったではないか。

そう思いつつ、しかし零は、その新人の実物に早く会ってみたいと思っている自分に気づいた。

MAcProⅡによる予測がどのくらい当たるものか、この件についても実際にフェーズⅡへ移行すれば確かめられる、それを自分は期待しているのか。

それもある、だがそれだけではない、と零は思う。

零は、過去の自分がどういう人間だったのか、それを見てみたかった。それを反省の役に立てたいなどというのではなく、単純に、過去の自分は外部からどのように見えていたのか、ということへの興味だった。桂城少尉が予測どおりなら、鏡を見るようにそれがわかるだろう。

そう、かつての自分は、このような興味はまったく抱かなかった。鏡といえば、鏡でしげしげと自分の顔を見るなどということはしなかった。ひげ剃りはバスルーム備え付けの、少し歪んでいるそんなもので十分だし、もっときれいなものが欲しいなどと感じたこともなかった。

おそらく桂城少尉もそうだろう、そう思うと思わず笑ってしまう。

「なによ、どうしたの」

唐突な笑いの意味を問う後席のフォス大尉に、零は言った。

「桂城少尉は、私物としての鏡は持っていないだろう。そう思ったら、おかしくなったんだ」

フォス大尉にそう言いながら、零は、なるほど自分は変わった、とはっきりと意識した。

「彼が着任したら、まっさきにそれを訊いてみるとしよう」

フェーズIIではその確認から始めようと決めて、零はブッカー少佐への報告書作成にとりかかる。手書きで。

Ⅵ　戦略偵察・第二段階

1

ブッカー少佐から呼び出された、そのオフィスで、零は桂城少尉の実物と対面した。少佐が零に桂城少尉を紹介すると少尉は零に敬礼したが、無表情のままで、よろしくと言うでもなく、無言だった。

予想どおりだ、と零は思った。

この男は、『自分はこんな部隊に来るはずではなかった、これは左遷だ』などと仏頂面を見せているのではなく、また、こちらの機嫌をとってうまくやっていこうという知恵がないのでもなく、ただ、なにも言う必要がないと思っている、だから、なにも言わないのだ。

まったく、こいつは本当におれにそっくりだ、と零は思う。でなければ、こいつなりに緊張していて言うべきことを思いつかない、のかもしれない。

「深井大尉だ」と零は自己紹介した。「特殊戦の一番機・雪風のパイロットだ」

「あなたが優秀なシルフドライバーだったというのは、噂で知っています」とそれを受けて、桂城少尉は言った。「しかし、新しい機種メイヴでの飛行時間は新人同様でしょう」

「それは、そのとおりだが」零はじんわりと怒りがこみ上げてくるのを意識し、それをこらえて、訊いた。「なにが言いたいんだ?」

「メイヴドライバーとしてのあなたの腕前は未知数だということです」

「それで?」と零。

「いうまでもなく自分はメイヴの電子戦闘員としては新人です。あなたもパイロットとして新人同様となれば、不測の事態が起きる可能性が高い」

「だから?」と重ねて、零。

「もしなにかあっても、それをすべて自分の責任にしてほしくない、ということです」

「おれが、きみに責任を転嫁する男だ、というのか。ロンバート大佐から、それに気をつけろ、とでも言われてきたのか?」

「いいえ、大尉」と無表情のまま、桂城少尉は言った。「自分の希望を述べたまでです。最初に言っておいたほうがいいと判断した――」

「雪風のフライトオフィサとしての能力があるかどうかもわからないというのに、この時点で希望もくそもないとおれは思うが、いいだろう、きみがそう言うのなら、おれも最初に言っておく。雪風の機上ではおれが機長でありリーダーだ。おれの命令に従え。おれがすべてはフライトオフィサの責任だと言えば、きみが希望しようとしまいと、きみの責任なんだ。それを忘れるな」

「特殊戦にボス面する人間がいるとは思わなかったな」と桂城少尉はつぶやくように言った。

「あなたは、とくに、そうではないと聞いていた——」

「ボスとリーダーは違う」とブッカー少佐が割って入った。「ボスは腕力だけの馬鹿にでもなれるが、リーダーはそれでは務まらない。特殊戦にはリーダーはいても、馬鹿はいない。桂城少尉、きみは雪風を降りれば、特殊戦の環境はきみには居心地がいいところだと思う。——ほかに深井大尉に言っておきたいことがあるか？」

「いいえ、少佐。ありません」

「きみの初任務については伝えたとおりだ。健闘を祈る。では退室してよろしい」

「はい、ブッカー少佐。失礼します」

「待て、おれから質問がある」

零は敬礼して出ていこうとする桂城少尉を呼び止めた。

「なんでしょうか」と少尉。

「きみは自分の鏡を持っているか」

「はい？」

「鏡だ。自分の顔を見る道具だ」

「質問の意図がわかりかねます。どういうことでしょうか」

「質問意図の詮索など無用だ。きみは、私物として鏡を持っているか、と訊いている」

「……電気ひげ剃りに付属したものなら、はい、持っていますが」

「わかった。フライトオフィサとして優秀であることを期待している。行っていい」

「はい、大尉。失礼します」

桂城少尉がオフィスから出ていくと、ブッカー少佐は吹き出した。

「なにがおかしい」

「深井大尉、おまえも退室していいぞ」とブッカー少佐。「なぜ残っているんだ？」

「自分は出撃任務の詳細をまだ聞いていないのでありますが、ブッカー少佐どの」

「そうだった。――しかし、けっさくだな。おまえの顔を見せてやりたかった。鏡を持っているか、はよかったな」

「予想どおり、あいつは自分の顔を見る趣味はないんだ。ひげ剃り器に付いている鏡では、さぞかし自分が歪んで見えることだろう」

「昔のおまえにそっくりだ、というのが実証できたわけだ。まったくプロファクティングというのはすごいな」

まだ笑顔で、ブッカー少佐はそう言った。

「いつまでもにやついているなよ、腹が立つ。先入観を持つのはよくない。あいつは、おれではない。挨拶もなしだぜ。なにを言うかと思えば、あらかじめ責任回避のための言い訳だ。いまも昔も、おれは言い訳などしない――」

「桂城少尉のあれも、言い訳などではない。自分が思っていることを口に出しただけだ。おまえへの挨拶は敬礼でしたじゃないか。まあ、着任の挨拶は口に出すべきだろう。で、言わんでもいいことを言ってしまう。ようするに組織の一員という意識が希薄なんだ。昔のおまえもそうだった。まったく面白かったぜ。腹を立てることはないだろう。わかりやすくていいじゃないか。彼は使える。おまえがそうだったようにだ」

「いまのおれは、使えないか？」

「リーダーとして使える。驚くべき変化だ。フォス大尉に言わせると、性格の変化に匹敵する、のだそうだ。一人の人間が一生を通じてそんな変化を起こすのは、健康な人間にはあり得ないとも言った。精神分裂か、多重人格か、そんなことでもなければあり得ないということだろうな。わたしも、そう思う。おまえの場合は、旧雪風から放り出されたことがそれの引き金になった、というんだな——」

「おれが、異常だって？」

「フォス大尉は、おまえの性格がまったく変容してしまった、ということは認めていない。異常というのなら、昔のおまえがそうだった、ということだろう。押さえつけられていた性格の一部が、雪風との関りで解放されたのだろう、という見方をしている。三つ子の魂百まで、というじゃないか。おまえの魂は変わってはいないよ。でなければ、一度おまえは死んだんだ。そういう自覚はあるか？」

「あるわけがないだろう……と言いたいが、なんとも言えん。新しい雪風で飛んでいることを自覚したとき、矢頭機を追っていたあのとき、自分がだれなのか一瞬わからなかった。あれは衝撃だった」

「フム。しかし、桂城少尉の言動がいちいち気にさわって仕事にならないということはないだろう。おまえには、その苛立ちの原因がわかっている。自分自身に腹が立つ、という感じだろうな。それはやりきれないと想像するが、桂城少尉は、おまえではない。さきほどおまえが言ったとおりだ。まったくの別人だよ。桂城少尉が将来、いまのおまえのようにリーダーとしての自覚を持つようになるかどうかは、まったくわからないんだ。それでもなお苛立ちを解消できないのなら、フォス大尉に相談しろ。しかし飛ぶ前からフォス大尉の世話が必要だとすると、先が思いやられる」

「おれより心配すべきは、あいつのほうだろう」と零。「あいつ、桂城少尉は、ロンバート大佐の指令を受けているんだろう。情報軍と特殊戦と、どちらを優位だとしてあいつは行動するんだ？」

「もちろん特殊戦だ」と真顔にもどって、ブッカー少佐は言った。「彼は正式にわが特殊戦第五飛行戦隊に異動してきた。情報軍には桂城少尉が知り得た情報を与える、ということでロンバート大佐と合意したが、その情報内容伝達に関する命令は、クーリィ准将の許可の下にわたしから出す。ロンバート大佐からではない」

「あんたのそうした指令がなくても、彼が極秘裏にロンバート大佐と連絡をとる可能性はあるんじゃないのか」

「フォス大尉のプロファクティングによれば、それはない。桂城少尉は、命令されたことしか実行しない。ただ注意すべきは、ロンバート大佐から直接桂城少尉に働きかけるときで、それに桂城少尉が反応する事態はあり得る、というフォス大尉の判断だ。ロンバート大佐はもはや桂城少尉に命令できる立場ではないが、大佐はなにせその道のプロだ。その気になれば桂城少尉から必要な情報を引き出せるだろうとわたしも思う。しかしこちらとしては、あの大佐に隠すべきことなど、いまやなにもない。だれがなんと言おうといま計画中の戦略偵察作戦は実行する。だれにも邪魔はさせない。情報軍としてもこれに反対する理由はない。情報軍やロンバート大佐は、特殊戦の敵ではない。だが、味方でもない。桂城少尉もまさしくそのように行動すると予測される。彼は、自分の興味関心のみで動く」

「彼はいま、なにに興味を持っているんだ？」

「雪風と、おまえだ」とブッカー少佐は言った。「それと、おまえたちとジャムとの関係だ。ロンバート大佐は桂城少尉がそのような関心を抱くように吹き込んで、送り出した。ＭＡｃＰｒｏⅡの御託宣ではそうなるとのフォス大尉の報告だ。ありそうなことだし、プロファクティングなどしなくても、そういう予想はつく。しかしフォス大尉の指摘のなかでわたしが面白いと思ったのは、桂城少尉はおまえや雪風に関心があるのに、彼自身はそれをはっきりと自覚はしていないだろう、という箇所だ。なんだこれは、と思ったが、おまえのことを思い出して、理解できた」

「どういうことなんだ」

「桂城少尉にとっては自分以外の存在は仮想に等しい。どうしても関らなければならない事態だけが現実だが、彼にとっての現実というのは、おまえや雪風という物体ではなくて、あくまでも関係、なんだ。外部に世界が実在するかどうかはどうでもよくて、そんなことには関心がない。それがエディスの桂城少尉に対するプロファクティング結果だよ」

「……そんなのは、病気だ」

「おまえはそれから完全に回復したようだな、零。おまえは休暇をとるまで、地球が物として実在するという実感を抱いていなかったろう。ま、フォス大尉はそれを病気だとは言っていない。珍しくもないんだと。しかし、これでは、雪風を完璧には操れない。実在しないものを操ることはできないからな。零、おまえは雪風を桂城少尉に横取りされる心配はしなくていいぞ」

そう言ってブッカー少佐はまた笑った。

「からかうのはもうやめてくれよ、ジャック」

「悪かった」

「出撃スケジュールを聞こう」

「明日、0915時出撃。フライトオフィサは桂城少尉。通常戦術偵察任務だ。戦闘偵察空域はジャムの基地、クッキー基地上空になる。四十五分前にプリフライトブリーフィング。桂城少尉が新人ということで余裕をもたせてある。作戦詳細はこのファイルのとおり。質問は?」

「桂城少尉の雪風習熟訓練でもあるわけだな」

「そうだ。彼は電子戦闘シミュレータでの訓練をいまやっている。のみ込みは早いだろう。

日本空軍で同じような仕事をしてきた男だ。まあ、あの性格だからな。優秀でも、放り出されるのは時間の問題だったろう。体力的には問題ない。小柄なのが幸いして、九Gでも失神しないというテスト結果だ。詳しい彼の経歴を読むか？」

「いや、けっこう。そんなのは任務には関係ない。彼の体力や反射テストの結果レポートだけ見せてくれ」

「わかった。ハードコピーがそのへんにある。——これだ。これは貸してやる」

「ちょっと見るだけでいい」

「わたしはこれから会議に出席しなくてはならない。リッチウォー基地への偵察を特殊戦独自の判断で継続していることについて、ライトゥーム中将がけちを付けてきたんだ。例の昼食会でこちらが訊いたことへの正式回答もするそうだ」

「戦略偵察軍団かどこかから」渡された書類に目を通しながら、零。「特殊戦はなにをやっているんだと突つかれたんだろう。中将はそれで頭にきたんだ」

「かもしれん。特殊戦は独自の立場でFAF最高戦略会議に出席すべきだと思うが、会議からは無視されている。特殊戦はあくまでライトゥーム中将の下にある組織と見られているからだよ。上には、われわれの実力がわかっていない。そのうち思い知るだろうが、すでに手後れ、という気もする」

「ジャムこそはわれわれの実力を正当に評価しているようだ」

零は書類から目を上げ、会議出席のために机上の資料を整理してブリーフケースに詰め込んでいるブッカー少佐に言った。

「少佐、あんたは、雪風の例の予測について、どう思う。もしジャムが特殊戦を味方にするのに成功すれば、FAFは間違いなく壊滅する。絶対にあり得ないシチュエーションではないだろう。こちらが意識しないうちにジャムに与した行動戦略をとっている、ということも考えられる」

ブッカー少佐は手を止めて、零を見つめ、そして言った。

「特殊戦の生き残り戦略とすれば、積極的にそれを選択することもあり得る」

「生き残れれば、ジャムと手を組んでもいいというのか。本気か、ジャック」

「……クーリィ准将の言葉だ。むろん、准将は、現時点でそうするのがわれわれのベストな戦略だなどと本気で考えているわけではない。だが、そのようにクーリィ准将から聞かされても、おれは驚かなかった。おまえもだろう。違うか。おまえは、生きるために戦っている、と言ったろう。ジャムも雪風も、生存競争の相手だ、と」

「しかし、それはおれの個人的な立場での話だ。特殊戦やFAFはそうじゃない。ジャムの地球侵略を阻止するのが目的——」

「このままではFAFが敗北するのは時間の問題だとクーリィ准将は考えているんだ。わたしもそう思う。ジャムがどのくらいFAFに紛れ込んでいるのかもわからないというのに、これで勝てると思うやつがいるとしたら、そのほうがどうかしている。ならば、ここでFAFとともに自滅するのか、それとも独自の戦いを始めるのか、いまやそういう選択を迫られている、と准将は判断している。おれたちの命運は彼女の決断にかかっている、と言ってもいい」

「ジャムと仲良くしよう、などとクーリィ准将が決断したら」と零は言った。「おれは、准将がジャムなのだ、と疑うことになるだろうな」

「それをいうなら、いまおまえこそが、そのように疑われているんだ、深井大尉。雪風があのような予測を出してきたというのは、おまえの工作だということも考えられる、とクーリィ准将は言ったよ。おまえがジャムかもしれないという疑いはロンバート大佐も抱いている。だから桂城少尉を送り込んできたんだ」

「おれがジャムなら、雪風にもう見破られているさ」

「それはどうかな……しかし、たしかに雪風にとっては、ジャムはあくまでも敵だ。もし特殊戦がジャムは敵ではないという選択をすることになれば、雪風はその存在目的を失う。それへの対処はやっかいな問題になるだろう」

「ジャムが生存競争の相手だというのは、この戦争での敵味方という立場にかかわらず、雪風にとってもそうだろう。雪風にはもう外部から存在目的を与える必要などない。生き残るための行動を独自に選択する」

「雪風が生きているかのような口振りだな」

「生きている」と零は言い切った。「そして、おれも、生きている。ジャムか人間かというのは、それとは関係ない。現に雪風はジャムでも人間でもない――」

「個人的な話ならそれでいい。勝手に言っていろ、なんとでも言えるってことだ。だが組織を管理するおれの立場では、話は別だ。個人的にはおれはおまえを疑ってはいないが、こうなると、組織上でも各自自分はジャムではないと信じて行動するしかない。自分だけを信じて行動するんだ。しかし考えてみれば、特殊戦は以前からそうしてきた。そのような個人を集めてなお統制がとれている一種奇跡的な集団だそうだからな、フォス大尉に言わせれば。だが、FAFはそうではない。それが問題なんだ」

ブッカー少佐は再び手を動かし、会議資料を点検しながら、続けた。

「ともかく、ジャムがこちらを味方にしたいと思っているなどというのは、雪風のジャムに関するプロファクティング結果における予測そのものではない。予測結果をわれわれ人間が解釈した、そのうちの一つにすぎない。あの雪風予測は、こちらの解釈のしようでどうとでもとれる。あいまいだが、それだけ情報量が多いということでもある」

「ジャムは特殊戦がFAFから乖離するようにうまくこちらを操作している、ということだって考えられる。おれはそれが気になってしかたがないんだよ、少佐。おれたちが空中戦で戦っている相手はジャムの本隊ではないんじゃないか?」

「それこそ、特殊戦が抱いている疑惑そのものだ。対ジャム戦略偵察でジャムの本隊の所在を明らかにしたいんだ。FAFの人間に対する地球人のような、背後に控えているジャムの本隊、本体を、つかまえたい」

「おれが言いたいのは、ジャック、ジャムの本体には実体などなく、目に見えないもので、おれたちが収集してきた情報の、その内部に潜んでいるんじゃないのか、ということで——

——」

「そこまでいくと、疑惑というより空想になる」ブッカー少佐はブリーフケースの口を閉じて、言った。「空想ではなく、より現実的なジャム像を捉えなくてはならん。フォス大尉が頑張ってジャムのプロファクティングをやっている。見せかけに騙されるなとエディスには言ってある。日本の格言でいえば、『敵は本能寺にあり』だよ」

「FAFも特殊戦に対してそのように判断するかもしれない」

「そのような危険度の高いシチュエーションから徹底的に分析検討している。現状では、FAFから離れて特殊戦だけが生き残れる可能性はまずない。クーリィ准将もそれは承知している。特殊戦の戦略コンピュータはいま特殊戦の生き残りシミュレーションの仕事でフル稼働しているよ。おまえは、自分のそれを考えろ。部隊の生き残りについては、クーリィ准将が考える。わたしは、両者を取り持つ。とにかく、ここにきて滑稽な死に方はしたくない。いつぞやおまえが言ったとおりだ。特殊戦はいま総力を挙げて生き残り戦略を構築中だ」

「生き残り戦略か……ほんとに生存競争だな」

「ジャムが対人戦略を練っているのはコピー人間を送り込んできたことからも明らかだ。これまでのように人間を無視しているかのような戦略を転換する可能性はかなり高い。戦況は緊迫の度を高めている。それがどの程度のものなのか上層部にはわかっていない。FAFが危うい状態にあるのは間違いない」ブッカー少佐は腕時計をちらりと見て、「ライトゥーム中将お呼びの会議どころではないのだが、いまのところ、それを無視するわけにもいかない」

そう言い、ブッカー少佐はデスクを離れる。

「いっしょに出よう、深井大尉」

このオフィスのドアは少佐が出ると自動ロックされるのだ。零は渡された書類をフォルダに納め、ブッカー少佐にうながされて部屋を出た。

2

翌日、予定どおり雪風は出撃のために地上に出る。

新しい機体メイヴを得た雪風の、これが初めての通常ルーティン出撃になるわけだった。

雪風が通常任務にかえってきた。そう意識した零は、つかのま感慨に浸った。長い休暇とリハビリ期間をいま終えて、本来の仕事にようやく戻ってきたという気分だった。

なんと長いブランクだったろう。無意義な空白期間ではなかったというものの、その間にえらく状況が変わってしまったものだ。特殊戦は、ジャムはもはや人間を無視しないだろうと予想し、クーリィ准将はそんなジャムに対して決戦を挑もうとしているようだ……しかしそれがどうした、と零は心で言ってみる。おれには関係ない、殺されないために戦うだけだ。

これまでどおり。

　だが零は、自分の立場はこれまでどおりではないと意識した。特殊戦が新しい戦略を練る必要に迫られたのは、旧雪風と自分の例の事件が発端だ。その当事者である自分がこの戦況の変化を『関係ない』などと言ってはいられない。生き延びるためには、自分と世界の関係を無視できないのだ。過去の自分は、まるでバランス棒なしで綱渡りをしていたようなものだった。いまも生きるという綱渡りをしているには違いないが、少なくともいまは、他者との関係を探るにはそうしたバランス棒が必要だと意識している。もっとも、その棒を突かれれば簡単に綱から墜ちる危険はあって、ようするに過去の自分はそれを恐れていたのだが、要はその使い方だ。使いこなせれば役に立つ、それがこのルーティン出撃待機期間中にわかった、と零は思った。

　後席の桂城少尉が、すべて異常なし、と言ってきた。

　こいつは、過去の自分と同じく危うい生き方をしている。しかしそれこそおれには関係ないと零は冷ややかに思った。この男がこちらの生き方にとって脅威にならないかぎり、どのように生きようと関係ない。こちらは彼の教師でも担当医でもない。彼が自分の危うさを意識しないのならば、どのような助言も無駄だ。それは彼の問題であって、おれが悩むべきことではない。

　零はもう一度雪風の計器を確認する。すべての警告灯は消えている。

「こちらB‐1、オールクリア。出撃準備よし」

地上整備員が、グッドラックのサインを送っている。零はそれに右手を挙げて応え、雪風の機首を滑走路へ向ける。誘導路の出口で管制塔からの離陸許可を待つ。天候は雨、風強し。許可が出ると、雪風は発進する。雨雲を突っ切り、上昇する。目差すはジャムの基地、コードネーム、クッキー。いまFAFが多くの戦力を投入して叩きつぶそうとしている、リッチウォー基地につぐ大きな目標だ。

リッチウォー基地を目標にした戦いで、それに壊滅的な打撃を与え、かつ自軍の犠牲を最小限にくい止めることに成功して気をよくしたFAFは、ブッカー少佐や特殊戦の危惧をよそに、そうしたジャムの主力基地を総力戦にも等しい戦力を投じて叩きつぶす戦略に出た。前線基地に戦力を集結させ、目標を壊滅させるまで期間をあけずに何度も波状攻撃を仕掛ける作戦だった。そのためFAF基地の戦術戦闘航空軍団などは約半分の戦力をそれに投じていた。目標に近い前線基地のなかでも大きなTAB-8に移動、そこから出撃し、作戦行動中は何度もここと目標を往復する。その戦いを偵察する任務を帯びた特殊戦機もフル回転だった。着任すぐの新人の桂城少尉をいやでも実戦投入せざるを得ない状況なのだ。

そうした大がかりな作戦はこれまで何度かFAFは試みてきたのだが、どうしても効果的な打撃は与えられずにきた。一つを集中的に叩いているうちに、ジャムは思わぬ方向から主基地のフェアリイ基地に対して反撃を仕掛けてきて、地球への入り口である〈通路〉に向けて侵入しようとした。FAFはそれを撃退するために前線の攻撃戦力を撤退させて防衛に回さざるを得ず、結局はまた防戦一方の戦いになるのだ。また、一つのジャムの主力基地らしきそれを壊滅させたと思っても、新たな主力基地が発見されたり、そうこうしているうちに以前叩きつぶしたはずのそれがいつのまにか修復されていたりする。いったいジャムの基地間支援・補給ルートはどうなっているのか、それは特殊戦が乗り出す以前から戦略偵察軍団が偵察機を飛ばし戦略衛星を打ち上げ、血眼で探していたが、さしたる戦果は上げられなかった。

地道な偵察の積み重ねによりフェアリイ星の地図はできていた。しかしそのどこかにいるであろうジャムの本体はどうしても見つけられない。いまや高度な迎撃手段を持つジャムに対して、雪風のような対迎撃戦闘手段を持たない専用戦略偵察機などは、やられるために飛ぶようなものだった。やられなかった機の収集したデータが示すのは、ようするにそこにはジャムはいないということで、犠牲となったものが偵察していたどこかにジャムが潜んでいるということくらいしかわからない。いまでは有人機による戦略偵察はいっさい行なわれていない。戦略偵察衛星も無事に寿命を全うするものはなく、その前にジャムにやられている。

それでも何十年にもわたる戦いのうちに、最近ようやく一つのパターンを発見した、と戦略偵察軍団は主張していた。ジャムの基地群は、隣り合った同士ではなく逆にもっとも遠い基地と関係が深いらしい、というものだ。

ジャムの主力基地とみられるそれらは、〈通路〉を中心とするほぼ円周上に点在していたが、その円周上の隣り合った基地ではなく〈通路〉とは点対称にあたる二つの基地がペアを組んで活動しているらしい、というのだ。

ＦＡＦがその一つの基地に攻撃を仕掛けているとき、その基地は隣の基地からの支援を受ける気配がまったくない。しかしそれは別の基地から飛来して〈通路〉やフェアリイ基地に攻撃を仕掛けてきた敵を相手にしている間に、いつのまにか修復されている。これはフェアリイ基地に反撃・報復攻撃を仕掛けてきたジャムの基地から補給を受けているとしか考えられない。それは互いにもっとも遠い位置関係にある基地だ。つまりジャムは、つねにすべての基地をアクティブに使用しているのではなくて、そうしたもっとも遠い同士のペアの一組を重点的に使用し、それをつぎつぎにシフトしながら攻撃を仕掛けてきているのだ、というのが戦略偵察軍団が主張しているジャムの行動様式だった。確証があるわけではない。アクティブではないはずの隣の基地はしかしまったく使用されていないわけではなく反撃はそこからもあったし、ペアといわれるもう一方の基地から基地修復の資材が運ばれる形跡はまるでないのだ。もっとも機材運搬そのものを観測された例自体がなかった。ジャム機のなかでも輸送機タイプとみられるものはかつて一機も発見されたことがない。地上を移動するジャムもだ。地中を通しているのか、あるいはジャムは〈通路〉のような超空間移動手段を持っているのか。ようするに基地間の支援手段は未知だったが、しかし長年蓄積された偵察データの分析結果では、密接に関係したペアになる基地が存在するという予想は正しい、少なくともそのように捉えて攻撃作戦を立てるのは無駄にはならない、膠着した戦況を打開するためにもそうすべきだ——ＦＡＦ当局はそうした戦略偵察軍団の主張を検討したが、その戦略偵察軍団が提案するそうした攻撃作戦を実行に移すのは困難だった。まず、いまどのジャムの基地を叩くのが効果的なのかがわからなければならない。そして、それを叩くには、ペアである二箇所を同時に攻撃しなくてはならないことになる。いまのFAF戦力からしてそれは難しい。ジャムの主力基地への積極攻撃はただでさえ大作戦になる。犠牲も大きい。二箇所を同時となれば、その戦略偵察軍団の主張が誤っていた場合に備えて、現在の倍以上の戦力がなければ危険だ。いま実行に移すのは賭になる。負ければジャムは地球になだれ込むことになるのだ。そのような危うい賭は、できない。将来的に可能になるのを待つべきだ。それがFAF最高戦略会議の判断だった。しかし、戦略偵察軍団の仕事をまったく無視したわけでもなかった。リッチウォー基地を叩く作戦を立てたとき、時間をおかずにクッキー基地を目標にするのもそれに入っていた。すなわち戦略偵察軍団がその二つがペアだ、と判断したのが、リッチウォーとクッキーの両基地だった。

飛来してくる敵を迎撃し、とにもかくにも地球へのジャムの侵入を阻止すべし、というのがFAFの任務だったが、それを越えて積極的な攻撃に出ればまちがいなく報復の反撃があって、そんなことはわかっていた。だが反撃の主力がどこから来るのかがあらかじめわかっていれば、それに備えたより攻撃的な戦略が立てられる。いままでは漠然と反撃に備えていただけだが、どこから敵が来るのかわかっていれば防衛ラインをより効果的に設定できる。とにかくジャムの基地をしらみ潰しに叩かなければ、いつまでたってもこの戦いは終わらないのだ……

なんのための戦いか。雪風を目標空域に誘導しながら零は思う。FAFという組織は、組織の生き残りをかけてジャムと戦っているのだ。ＦＡＦなど必要ないと地球人代表が判断すれば、ＦＡＦは解体される。現時点で必要ないというのは非現実的だとしても、いまのやり方では駄目だとなれば再編制され、ＦＡＦのトップは更迭される。組織人たちが恐れているのは、組織における政治的生命が失われることだろう。そうした態度が対ジャム戦にうまく機能すればなんの問題もない。が、目に見えた戦果が上げられないとなると政治力が疑われる。だから必死だ。ジャムと戦いつつ派閥闘争にも勝利しなければ組織人として存在していけない。彼らはジャムに殺されること以前にそうした心配をしているのだ。戦略偵察軍団などはいい例だ、と零は醒めた感覚で、その軍団がジャムの戦闘行動様式を発見したと主張するのはその組織の生き残りのためなのだ、と思う。確証のないそうしたものを一大発見のように主張するのは、なにかを言っていなければその組織の存在価値がなくなるからだ。いまその軍団は効果的な偵察戦果を上げられないでいる。そんな軍団はいらない、解体して戦略空軍団や戦術戦闘航空軍団などに吸収すべきだ、という動きになんとか対抗しなければならないのだ。うまくいけば組織は安泰で、ＦＡＦ内での発言力も高められる。それこそが目的で、その結果として、ジャムにも打撃が与えられる。

ようするに人間は、個人でジャムと戦っているわけではないのだ。人間は独りで生きているわけではないということ。あたりまえのことだとブッカー少佐でも言うだろう、しかしどこかしら怪しいと零は思う。名誉や権力を手に入れてそれを護ることよりも、まずジャムに殺されないことを考えるのが正常ではないのか。少なくとも自分はそうだ。他の多くの人間も、個人の生命という観点からは同じだろう、しかし組織のなかでの生き残りも彼らには重大な関心事なのだ。まっとうな人間ならそうだろう。ヒトは群れて生きる生き物だ。組織という群れが危うくなるというのは、即、個人の生命が危うくなるということであって、それはヒトが誕生したときからそうだったに違いない。猿や犬と同じだ。群れて生きるほうが安全だというのは、猿も犬もヒトもそのような生存プログラムが組まれている生物種だからだ。この自分もまた、そうだろう。なのにそうした生き方が怪しいと感じるのはどうしてなのか、怪しいのはむしろ自分のほうではないのか。

自分は独りで生きられると思っているか、と零は自問する。そう、思っている。だが自分もヒトの一員ならば、それは錯誤というべきなのだろう。現実には、特殊戦や雪風から離れて独りでジャムを相手に生き残れるはずがない。ではこの錯誤はどこから生じるのか。それは、特殊戦の環境が、そう思わせるのだ。この組織にいるかぎり、他の組織との確執に思い煩わされることはない。そのような仕事はリーダーがやる。クーリィ准将が。

われわれの命運はクーリィ准将の決断にかかっている、というブッカー少佐の言葉を零は思い出す。准将は、実にうまくやっている。こちらが、戦隊員たちが、各自独りで生きられると思うほどに。そして零はまた、ブッカー少佐の、自分の生き残り戦略は自分で考えろ、という意味の言葉も忘れてはいない。

そうだ、特殊戦は他の組織とはそこが違うのだ。ヒトは単独では生きられないことを認めつつも、単独でも生き延びよと要求する。これは厳しい。孤独でも生きられる、他人のことなど知ったことか、と平然と言える人間でなければ、それには耐えられないだろう。やはりこれは、他の集団人とは違うというべきだろう――

「フレンズ、接近中。TAB-8から帰還する戦術戦闘航空軍団、第九戦術戦闘部隊を確認した。機数、九。三分後にポート、相対高度一八〇〇、低空を通過する。付近にジャムは発見されない」

背後で桂城少尉が告げる。それが出撃して初めての桂城少尉が発した声だった。

「了解」

と零は応えながら、この男は無言でなにを考えているのだろうとその心の内を想像する。まず任務のこと。そして、任務のこと。命じられたことを実行せよ、それだけだ。とくにいま桂城少尉は慣れない雪風の機上にいる。余計なことを考えている暇はないだろう。もし余裕ができたとしても、いますれ違おうとしている第九戦術戦闘部隊の連中のようにFAFからの慰安放送のDJ番組を聴いたり他機と雑談を交わしたりはしないだろう。機械のように任務を忠実に実行する非人間的な男だ――他人ならそう言うかもしれないが、それは違うと零は思う。桂城少尉が自分と同じ感性を持っているというのなら、彼は任務に忠実というよりも、自分の生存に重要なことにしか関心がないのでそのように見えるだけなのだ。

「桂城少尉」と零は後席に呼びかけてみた。「ロンバート大佐のところではどんな仕事をしていたんだ」

「いまの仕事とは関係ないだろう」

予想どおりの返事だ。

「関係があっては困るとクーリィ准将は思っている。ま、そんなことはおれにはどうでもいい。話題はなんでもいいんだ。顎を動かしていたほうが眠くならなくていい。雑談だよ。きみは、ジャムをどう思う」

「どう思うと言われても——どういうことを訊きたいんだ？」

ほんとに融通のきかないコンピュータのようだな、と零は思う。自分もかつてはそうだったのだろうか。ま、いまも似たようなものかもしれない。

「きみはジャムを見たことがあるか」

「いや。ない」と桂城少尉。

「FAFの、しかも元情報軍の人間でもこれだからな」と零。「地球にいる人間がジャムの実在を疑うのも不思議ではないな」

「あなたは、ジャムの実在を疑っているのか」

「どうして、そう思う」

「疑っているから、地球の人間や、ぼくにも見て確認してもらいたいと思っているように受け取れるからだ」

「おれは、ジャムの存在は疑ってはいない。殺らなければ殺られる。おれが疑っているのは、目に見えているジャムはジャムの本体ではないかもしれない、ということだ。あれは影で、本体は目に見えない。おれたちは影と戦っている。実効的な威力を持つ影だよ」

「だから？」

「べつに」と零。「おれはそう思っている、というだけだ。きみはどうかな、と思って訊いたんだ」

「正直なところ、考えたことがない。情報軍ではもっぱら人間が相手だった。目標はジャムではなく、人間のスパイだ。彼らがどのような傍受手段や通信手段を持っているかなどを調べるんだ。電子的手段を専門に調べていた。ジャムがなにか、というのは仕事とは関係なかった」

「特殊戦ではそうはいかない。どういう敵と戦っているのか、ジャムとはなにか、を考えなくては仕事にならない」第九戦術戦闘部隊の九機編隊が左舷低空を通過していくのを肉眼で確認して、零は言った。「きみはどうか知らんが、おれは、正体もわからない相手に殺されたくはない」

「雪風にも、か」

「そうだ。どうして――」

「あなたは、雪風に意識があると本気で思っているのか」

「だれから聞いた」

「雪風について、ブッカー少佐からいろいろレクチャーされたときだ。少佐は、雪風が意識を持つとは言わなかったが、戦隊機は各パイロットの操作を学習しているから、すべて異なる個性を持つのは間違いない、各パイロット個人に最適化された戦闘マシンなので別の機に乗るときは注意が必要だと言われた」

「人間と同じ意識を雪風が持っているとはおれも思わない。ジャムもそうだ。意識があるかどうかなど、わからない。しかしこちらの出方や状況によって、態度を変える能力がある。反射的な無意識的な行動以上の、なにか、意識のようなものを持っているとしか考えられないことを雪風はやる、ということだ」

「それは単に、あなたが、入り組んだ雪風の行動プログラムやコンピュータハードウエアを完全に理解していないからだろう。あなたでなくても、学習を積み重ねて複雑怪奇になっている雪風のそうした機構はもはやだれにも完全に理解などできないだろう。理解できないから、雪風が無意識に、機械的に論理演算を実行しただけでも、あたかも意識があるかのように思えるんだ。コンピュータは高度なシミュレータだ。なんでも模倣できる。意識的に動いているかのように作動させることもできる」

「きみは頭だけで考えている。雪風を体験していないから、そう言っていられるんだ」

「ぼくの考えは机上の空論だというのか。あなたはたしかに雪風に長く乗っていて――」

「雪風に意識があるかないか、というのは、そんなことはどうでもいいんだよ、桂城少尉。雪風があたかも意識を持っているかのように行動する、というのが問題なんだ。その理由はきみが言ったとおりかもしれないし、それを間違っていると言うつもりはおれにはない。重要なのは、雪風はわれわれには理解不能な存在だ、ということだ。きみも頭ではわかっているだろう。そのとおりなんだ。雪風は、こちらのうかがいしれない〈なにか〉を持っている。

それは意識かもしれないし、意識になぞらえられる無意識的な模倣機能かもしれないし、人間とはまったく異質な機械意識かもしれない。しかし、それがなんなのかは、どうでもいいことだ」

それを問うのは、意識とはなにか、雪風は夢を見るか、そもそもそのように問う我とはなにものか、などという学問的命題に等しいと零は思う。それを考えるのは暇つぶしとして面白いし雪風理解の役に立つことでもあるだろう、どうでもいいとは零は思わなかったが、どのみち答えがすぐに出るような問題ではない。長大なパズルを解くように楽しむべきことであって、即答しなければ任務に支障をきたすというようなものではない。

「重要なのは、その理解できない雪風の〈なにか〉とコミュニケートすることだ。その〈なにか〉こそが雪風の本質なんだ」

「……わけのわからないなにかが、コンピュータの本質とはな」と桂城少尉は、少し間をおいて、言った。「ぼくが言いたいのは、あなたが雪風の本質と思っているそれは、あなたの錯覚かもしれない、ということだ。ぼくもコンピュータを駆使した仕事をしてきて、まるで意識を持った者を相手にしているように思いこむという経験はしてきた。雪風の本質というのは、あなたが生んでいる架空のものである可能性が高い。それとのコミュニケーションは、あなた自身とのやりとりに等しい。あなたにとって雪風は、あなた自身の影、つまり、あなたは、鏡の自分と意思をやりとりしているという可能性がある、ということだ。そんなのは、ばかげている」

「雪風とのやりとりは、独り芝居だ、というのか」

「そう、まさしく、そう言えるだろうな」

「きみはいまだれと話している、桂城少尉」

「……どういう意味だ？」

「おれに意識があると思っているのか。おれの意識が、きみが生じさせた影ではない、とどうしてわかる。きみもおれという影に向かって独り芝居をしているのかもしれないだろう」

「ぼくは、あなたが人間だと信じて話している。あなたは、自分は人間ではないかもしれないぞ、と言っているに等しい。あなたは……ジャムなのか？」

「それこそ、おれとコミュニケーションをとらなければ、それはわからないだろう。あるいは、おれの行動から判断するしかない。雪風も同じだ、ということだ。ジャムも、そう。あれは影で、実体はおれ自身かもしれない。そんなことは思ってもみなかったが、なるほどな、そういう見方もたしかにできる。雑談はしてみるものだな、少尉」

　桂城少尉は無言。

「ジャムの正体を見極めるには、とにかくコミュニケーションを試みるしかないだろう」と零は言った。「相手が人間的な意識を持っているかどうかなどというのは、関係ない。相手が人間とは異なる意識、意識とは別種の〈なにか〉を持っているとしたら、それを人間が理解するのはおそらく原理的に不可能だ。だいたい人間の意識についても人間自身、わかっていない。しかし、そのような〈なにか〉を持っている相手は、意思も持っているはずだ。意思のある相手ならコミュニケーションもできるだろう、おれはそう言っているんだよ、桂城少尉。難しい抽象論ではないんだ。雪風のハンドリングを調べることとたいした違いはない」

零はサイドスティックを握り直し、ペダル操作も加えて、急横転、九〇度ロール、さらに背面飛行、四分の三ロール、水平に戻す。フォーポイントロール。いい反応だ。スティックを右にひねると雪風は前進したまま機首を進行方向軸から右に振る。零がそのまま機外を見ずにメインディスプレイを見つめていると、意味のない飛行姿勢であると雪風は判断し、警告音を出す。ディスプレイに、イレギュラーな飛行姿勢である、との警告表示。ドグファイト・スイッチを入れれば警告は解除されるが、しない。すると零の操縦指示は自動キャンセルされ、機首が正しく進行方向に向く。零がなにをやり、雪風がどう反応したかは、後席のディスプレイでもわかる。

「これが、雪風独自の〈なにか〉がさせたのか、単に最適飛行姿勢から逸脱しているならば修正せよ、というプログラムどおりの行動なのかは、どうでもいい。重要なのは、とにかくこのようにして、雪風の意思がわかる、ということだ。それを積み重ねていくことが——」

「これをコミュニケーションというのなら」と桂城少尉は零の言葉を遮って、言った。「鐘を突いて音が出ることも、鐘とコミュニケートしたことになる」

「面白いたとえだな。そうさ、打てば響く。鐘は叩かれたら音を出すという意思を持っているのかもしれない。だれが鐘にそういう意思を持たせたかは人間には永久に理解できないだろう。だが、意思の有無は確かめられる。叩いてみればいいんだ。鐘の本質を探るには、それしか方法はないだろう、ということだ」

「話にならない……あなたは、雪風と話がしたいのだろう。ペットに話すように」

「ペットはよかったな。そうかもしれない。下手をすると咬みつかれる。——雪風でジャムを叩くことはできる。だがジャムは人間に叩かれているとは感じていない。おれは、それが面白くない。雪風に、おれが乗っていることをジャムに伝えてほしいんだ」

「ナイーブなひとだ」

「きみも同類だ。ナイーブな世間知らずはお互い様だ。おれたちは互いに独り言を言い合っているだけなのかもな」

返事はない。桂城少尉は雑談に飽きたらしい。零もなにも言わない。

しばらくして、桂城少尉は事務的な口調で空中給油ポイントが近いことを告げた。

「あと三分。タンカーとコンタクト。ポイント空域の天候良好。針路そのまま、問題はない」

「了解」

雪風が最適な飛行姿勢を自動維持することが、雪風の〈意思〉である、などというのは、桂城少尉でなくても「話にならない」ばかげた錯覚だと言うだろうな、と零は思った。

そんなことはしかし、雪風を体験していないから言えるのだ。そんな雪風と無関係な他人が言うことなどはどうでもいい。どのみち人間は各自の錯覚世界に生きているのだ。他人がどのように生きようと自分には関係ない。だが、同乗している人間が、パイロットの自分と異なる雪風の見方をしているとなると、操作手段の選択に違いが出る可能性があって、緊急時にはそれが命取りになるかもしれない。

零は、桂城少尉に、雪風やジャムに対して自分と同じ感覚を共有してほしいと思う。自分のそれよりも桂城少尉のクールな見方のほうが合理的だと自分が納得できるなら、自分のほうでそれに合わせてもかまわない、とさえ思った。しかしいずれにしても、この男と阿吽の呼吸で任務をこなせるようになるまでには時間がかかりそうだ。いくつかの修羅場をくぐり抜けないと駄目かもしれない。

空中給油を終えると、零は身を引き締めて、戦闘空域に向かう。

戦闘はまだ続いていた。

3

そのジャムの基地、FAFのコードネーム、クッキーは、雪風が偵察任務についたときにはすでにほぼ壊滅状態にあった。それは、その基地や周辺からのジャムのレーダー波が感知できないことからも明らかだった。レーダーサイトはいわば目であり、基地防衛の要だ。FAFはまず複数のそれを徹底的に叩くことからこの作戦を始め、フェアリイ時間で四日間にわたる激しい抵抗にあいながらもそれに成功した後は、作戦は八割方成功したようなものだった。

ＦＡＦはしかし手をゆるめず、迎撃のために上がってくるすべてのジャムを殲滅する作戦をとっていた。一機残らず叩き落とせ、というわけだ。

雪風の機上からは、破壊された基地の複数の地上施設が肉眼で確認できた。いちばん大きなそれはまだ黒煙を上げていた。その中心施設を三角形に囲むように三本の滑走路が視認でき、そのうちの二本は対地ミサイルによる攻撃でめちゃくちゃに破壊、寸断されていたが、残る一本は奇跡のようにもとの形を残していた。「一本は最後まで残しておけ」、それがこの作戦に含まれているためだった。

ジャムの基地を直接調査するために初めてそうした作戦が採られたのだ。戦略偵察軍団の強い意向で、そうなったらしい、と零はブッカー少佐から聞かされていた。戦略偵察軍団はもちろん自らの手でその基地を偵察するつもりでそのようにＦＡＦに働きかけたのだろうが、ＦＡＦ上層部は調査をその軍団だけに任せるはずがない。調査するのは当然だが、ＦＡＦの目的は調査よりも、その基地を奪取することなのだ。単に敵基地を叩くだけでなく、それを自分のものにしなければその基地はまたいつのまにか修復されてしまうだろう、それでは意味がない、これまで三十年間、過去のＦＡＦは意味のない戦闘をしてきた、というのが現在のＦＡＦを動かすトップの判断なのだろうと零は思う。戦略偵察軍団が、ジャムの基地はペアで活動しているという〈発見〉をしたことも影響しているに違いない。クッキーとペアになる基地とみられるリッチウォーは壊滅しており、クッキーはその支援を得られず、いまならそれを奪取するのは可能だろう、という考えだ。実際、こうした作戦につきものだったジャムの他基地からの反撃やフェアリィ基地への大がかりな報復という敵の行動は今回は見られなかった。戦略偵察軍団の〈発見〉はおそらく正しい、そのようにFAFのトップは判断しているのだ。

だが、特殊戦は、それとは違う見方をしていた。まず、これまでの戦いは意味のないものでは決してない。敵にこちらの正体を知られずに情報収集をしてきたのだ。ジャムがこれまで人間を相手にしていなかったというのは、ようするにFAFの戦闘機を操っている正体が人間だとわからなかった、知られていなかった、ということだ。もしFAFが早い時期から地上部隊を敵基地を占領するために送り込んでいたならば、この戦いはまったく異なった展開になっていたことだろう。ジャムはより早い時点で目標を人間に定めて、いまごろ人類は滅亡していたかもしれないのだ。防戦に徹したFAFのやり方は、結果として地球人をここまで護ってきたのであって、意味がないどころではない。それなのに、FAFは、歴代トップが交代すると必ず、防戦一方ではらちがあかないから攻撃に転じるべきだという考えに支配されてきた。が、敵の正体や目的もわからないままそんな考えを実行に移すのは無謀で、事実、そうした作戦はたいした成果を挙げられなかった。しかし今回はうまくいく、いきそうだ、というのがFAFの見解らしい。だが特殊戦は、まだ時期尚早だ、と判断している。戦略偵察軍団の主張は確認された事実ではない。たしかにリッチウォー基地からの敵の支援も、これまでのような反撃もないのは事実だとしても、それが戦略偵察軍団の〈発見〉と関係しているものかどうかはわからない、別の理由でジャムは静観しているだけなのかもしれない、いや、そうなのだ——ブッカー少佐はそう考えていた。これは、ジャムの対FAF戦略の変化そのものなのだ、と。その手に乗ってはならない、クッキーを奪い取るなどという作戦は危険だ。ジャムは人間の集団が大挙してやってくるのを待っているのかもしれないのだ。それらをコピー人間、ジャミーズに置き換えるというのはいまのジャムにはできると予想できる。しかもそのコピーは人間と見分けがつかない。その結果はFAF内部での人間同士の戦闘による自滅だ。

敵基地の奪取などということは考えず、これまでどおり破壊するだけでいい、それがまた修復されたとしても無駄ではない。ジャムの戦力を一時的にもそれで奪えるのだし、修復手段を探る手懸かりも得られる可能性があるのだ。もしどうしてもそうしたいというのなら、地上に送り込むのは人間ではなく雪風のような知性を持った戦車のような戦闘機械にすべきだ、とブッカー少佐は考えたが、その声はFAF上層部には伝わっていない。この戦いは人間が主役になるべきだと考えるブッカー少佐だったが、ジャムが目標を人間に定めて戦略を変えるとなれば、戦闘の前面に人間が生身で出ていくのは危険で、高度な機械化部隊が必要なのは当然だと判断している。もちろんFAF当局もそう考えていることだろうと少佐も思うのだが、しかしFAFが本格的な地上戦闘部隊を編制して地上戦を開始するつもりなのかどうか、その真意は特殊戦には伝えられていない。ジャムはすでにFAFに人間のコピーを送り込んでいるという事実をＦＡＦのトップが十分に認識したうえで今回の行動をとったのかどうかは、ブッカー少佐にはわからなかった。この作戦のうちの、敵基地奪取計画内容の詳細は特殊戦には伝えられていないのだ。旧雪風がジャムと接触したことで、特殊戦はすでにジャムに情報的に汚染されている可能性があり、ジャム基地奪取作戦に関する情報などは特殊戦に漏らしてはならない、そうＦＡＦトップは判断しているのかもしれない。もしそうならば、特殊戦はいずれＦＡＦの手で潰されるだろう。特殊戦がＦＡＦに忠誠をつくしていないとか反逆的な行動をとったとか、そういうこととは関係なく、危険につき抹殺する、ということだ。コンピュータ群もろともすべて消される。その可能性はあった。

いずれにしても事態は特殊戦の予想以上に急激に変化していた。特殊戦としては、なにがＦＡＦやジャムに起きているのかを知り、それに対処しなくてはならない。わからないことは、独力で調べるしかない。自らの生き残りのために。

しっかり偵察してきてくれ、それがブッカー少佐の、零と雪風を送り出す言葉だった。

その戦闘情報収集のために特殊戦はすべての戦隊機を交代で投入していて、雪風が到着したときにそれまでの偵察任務を担当していたのは無人機のレイフだった。レイフは雪風が到着したことを接近してくる雪風からのＩＦＦ発信情報から知り、プログラムされたとおり帰路についた。

レイフが体験した情報は空中では渡されない。それをジャムに横取りされずに基地まで持って帰るのが任務だ。レイフは、あるいはジャムと一戦交えたかもしれないと零は思っていたが、状況から判断するとジャムからの迎撃は受けなかったようだった。レイフはその危険を回避すべく通常の有人の特殊戦機よりも離れた位置から偵察していた。危うい空域には近づかないが、もし狙われた場合は高速で振り切り、それでも相手があきらめなければ戦闘は避けて撤退する。戦闘モードを選択するのは逃げ切れないと判断されたときだけだ。そんなレイフが、雪風が来るまで燃料がもっていたというのは、突発的なそうした事態は起きなかったのだろう。

自機だけを護り、直接の戦闘には手を出さない。友軍機が危ういと判断されても、自らを危険にさらすような支援行動をとってはならない。味方を見殺しにしてでも戦闘状況を収集し、とにかくそれを持って帰ること。そうした特殊戦の行動は現場の友軍機にとっては頼りにならないのは当然だが、ジャムにとっては目障り以上の存在に違いなく、必ず迎撃してきた。しかし、今回は、様子が違っていた。作戦開始時に出撃したミンクスはまったくジャムからは無視されたように、なんの迎撃も受けず、以後も同様だった。レイフも例外ではなかったということで、レイフがなんの問題もなく任務をこなせたのはこの戦闘が終焉に向かっているからではなく、それとは関係ないらしい。ジャムは無人機であるレイフに対しては異なる反応を見せるのではないかと零は思っていたが、どうもそうではない。ジャムの行動が、いつもと違う。

零は、レイフよりも敵基地に接近して情報収集をする、と桂城少尉に告げた。レイフはクッキー基地を中心にその周囲を飛ぶという単純な飛行コースをとっただけだが、有人機の場合は、乗員の判断により柔軟なコースを選択できる。戦術偵察飛行パターンも各種用意されていて、戦い慣れたフライトオフィサなら、ビーダンスパターンと呼ばれるそうしたコースを状況に合わせて選択してパイロットに告げ、パイロットは即座にそれに従う、ということをやる。用意されたそうしたパターンは自動飛行も可能だ。しかし桂城少尉はまだ慣れていない、自分で判断するしかないと零は思った。が、桂城少尉は予想よりも優秀だった。零のやりたいことを理解して、エンドレスエイト、と答えてきた。基地上空を中心に8の字を描き続けるパターンで飛べ、というのだ。基地そのものを集中的に観察する、ということだった。初めは高高度で、徐徐に下げていけ、という。

零はそれに従った。危険な飛行パターンだが、いまや派手な空中戦闘は行なわれていない。もはや迎撃のために残っているジャムはほぼ底を突いたかのようだった。周囲にはFAFの対地攻撃機の姿はなく、格闘戦に適した小型戦闘機の編隊が周回しているだけだ。

一本だけ残った滑走路の端に、地下格納庫と通じていると思われる施設がある。白い小山のように盛り上がっていて、滑走路側にぽっかりと出口が見える。それは破壊されておらず、いうなればそこがその基地に残るジャムの唯一の脱出口になっていた。ときおりそこから黒いジャム機が複数で姿を現し、離陸を開始する。それをFAFの戦闘機が狙い墜とす。滑走路上ではなく、離陸直後を狙うのだ。蠅たたきのようなものだった。

その穴の奥の地中に、蠅ならぬ女王蟻のような主がいるような気がしてくる零だった。まさに蟻の巣を退治しているような感じだった。この基地を奪取するためにFAF当局はどんな手を使うというのだろう。あの穴から殺虫剤でも注入するつもりなのか。地上に降り立った人間は、その地下になにを見るのだろう。おそらく、なにも、と零は思う。なにもないか、見る余裕もないままに予想もつかない反撃を受けて全滅する可能性が高い。ジャムは、この基地を放棄するならば手懸かりは残しておかないだろうし、あくまで死守するつもりなら、あの穴を敵を誘い込む罠として使うだろう。人間は簡単にはジャム基地の中は見れない。見るチャンスは何十年にもわたって何度かあったろうに、それがかなわなかったのがなによりそれを証明している。そううまくはいくものか、と零は思う。

雪風は高度を落とし、旋回する。

その滑走路にほとんど着陸するような低空コースをとって接近したときだった。そこに、そいつが出てきた。一機のジャム。一機だけだった。比較的大型の一撃離脱タイプの高速戦闘機だ。滑走路に出て、加速する。ＦＡＦ機がすべて機体をひねり、迎撃態勢にはいった。

そこで、零が予想したことが、すこし違う形で、起こった。純白の砂面から複数のジャムが飛び出した。二種類。一つは、対空ミサイルだ。それは砂面から飛び上がると空中でロケットエンジンに点火、加速する途中で自爆のように四散する。それは自爆ではなく無数の小型ミサイルに分離、攻撃態勢に入っているＦＡＦ機に向かって飛翔する、無数の、ミサイル群だった。もう一つは、小型の戦闘機。短距離迎撃タイプ。数え切れない数だった。数えている暇もなかった。

雪風は発進していくジャム機の頭上を一瞬に追い抜く。照準している間がない。零はとっさに振り向く。FAF機群がほとんど同時にジャムの攻撃を受けて壊滅するのが見えた。突然のジャムの反撃に対応する間もなくやられている。発進していくジャム機を援護して飛び出したジャムが編隊を組んで、雪風を追ってくる。零は雪風を急旋回。地上に異変を視認。基地中心からおそらく音速を超える速さで衝撃波が円形に砂漠に広がった。それから、中心部から陥没を始める。その大音響が機内にも伝わる。クッキー基地は巨大なクレータになっていく。

ただ一機を逃すために、と零は思った、ジャムは、脱出に必要な火力を温存しておき、FAFの攻撃の手が緩むのをじっと待っていたのだろう。そして、基地を放棄した。これまでのように、修復するつもりはないのだ。しかしなぜだ。なぜ、いまなのだ?

「ボギー、多数、ジャム、接近中」

桂城少尉の緊迫した声。スーパーサーチ・モードにした攻撃管制レーダーのレンジに、無数のジャムが飛び込んでくるのを零は冷静に確認する。

「支援機の到着は間に合わない」と桂城少尉。「いちばん近いのは——」

「支援など期待するな」

この場を逃げ切るのは単独では簡単ではない、というのは零にもわかる。このように無数のジャム機に囲まれたのは初めてだ。

「敵の要は、滑走路から発進したやつだ」他の小物は、そう長くは飛んでいられない。使い捨てのような要撃機なのだ。「少尉、探せ。あいつをやる。誘導しろ。エンゲージ」

桂城少尉に交戦すると宣言。

「了解。――背後から敵機、二。回避、スターボード、ナウ」

指示どおりに針路を変更。

「目標発見、高速で接近中」と桂城少尉。「ロックオン」

複数の敵を同時に追跡できる雪風の対空攻撃管制レーダーに、そいつが捉えられる。女王蟻。いや、蜂だろう。こいつは、雪風を生かしておくつもりはないだろうと零は思う。

前下方から上昇してくる新たな小物ジャムを避けて旋回。

このあたりから零は、敵機群の動きがおかしいと気づく。攻撃してこないのだ。砂中から飛び出してきたミサイル群も、雪風には一発も向かってこなかった。

「深井大尉、いつでもいい、すべての搭載ミサイルに問題はない」

「わかっている」

機の姿勢を水平に立て直し――本来そのような余裕はないはずだったのだが――零はコクピットの外を見やった。肉眼で目標を探す。右上空から突っ込んでこようとしていた。

「やられる」と桂城少尉が叫ぶ。「なにをしているんだ」

「攻撃照準波が感知されない」と零。「あいつは、なんだ？　見ろ、あいつは――」

「ジャムだ。決まっているだろう。早く攻撃――」

そこで、桂城少尉は息を飲んだ。雪風からの信じがたいメッセージがディスプレイに表示されたのだ。

〈don't touch me … FO/I will try to communicate with BOGY/do NOT attack it … Lt.〉
零は見た、そのジャム機が降着輪を出しているのを。故障でなければ戦闘の意思のないことを告げているのだ。こいつは、待っていたのだ、と零は悟った。雪風がクッキー上空に現れるのを、激しい攻撃に耐えて、待っていた。必ず現れるであろう雪風と話し合うために。

4

雪風のメッセージに桂城少尉は驚愕する。それはまさに少尉が零の錯覚だと主張する状態、そのものだった。

桂城少尉は息を詰めて数瞬間ディスプレイを見つめ、そして叫んだ。

「なんだ、これは。雪風はなにを言っているんだ」

零もディスプレイに目を移して、そのメッセージを読んだ。雪風はこう言っているのだ。自分は敵との交信を試みるから、桂城少尉はその邪魔はするな。深井大尉は目標を攻撃してはならない。

「ばかな」と桂城少尉。「大尉、あなたが表示させたのだろう」

「どうやればできるというんだ」

それこそばかげている。そんな暇があるわけがない。やれるとしたら、むしろ桂城少尉のほうだろう。これが罠だとすれば、桂城少尉こそがジャムだ、と零は思う。

零はとっさにエアブレーキを開いて雪風を減速、目標機をやり過ごし、すばやく閉じて加速、ガン攻撃の最適ポジションを得る。目標機はしかし振り切ろうとも回避しようともしなかった。零が雪風をその機の右舷側に回り込ませると、そいつは大きく左に旋回する。ついてこいとでもいうように。雪風のほうが速度が出ているが、曲率半径の大きい外側を飛ぶので、二機はほぼ真横に並んで旋回することになった。ジャム機は旋回中にもかかわらず機体をほとんどバンクさせていない。

桂城少尉は、その機が全脚を下ろしているのをはっきりと見た。機体は影のように黒い。フェアリイの二連太陽のまばゆい光を浴びている面もそうでない陰の部分も区別なく、一様に黒いのだ。そのため、手を伸ばせば届きそうなほど近くにいるというのに、機体の形がよくわからない。背景の景色を切り抜いたかのような黒い形はむろん見えているのだが、立体的にどのような形をしている戦闘機なのかは一瞥しただけではわからないのだ。

そのジャム機を援護するための小型の敵機群は編隊を組み直し、三群に分かれ、向かってくるＦＡＦ機群の迎撃に向かう。桂城少尉はそのＦＡＦ戦闘部隊に連絡を取るべく操作パネルに触れる。すると警告音とともに、再び雪風のメッセージ。

〈do NOT touch me〉

――わたしに触れるな。

雪風が、通信システムに干渉するなと言っている。それを桂城少尉は認めざるを得ない。

雪風に意識があるかどうかが重要ではないのだ、という零の言葉も。

これが単にそのようにプログラムされた結果なのか、あるいはそれでは説明のつかない雪風の〈なにか〉が行なっているのか、などというのはこの非常時には、たしかにどうでもいいことだ。とにかく雪風が自律的に高度な判断を下しているのは事実だ。しかし、機械である雪風の指令をそのまま鵜呑みにして受け入れていいものだろうか。

そんな桂城少尉のとまどいを零は察した。この男は、フライトオフィサの立場としてなにもしないということが耐えられないか、責任問題になる、と思っているのだろう。

「雪風に逆らうな」

「しかし——大尉」

「おれの判断だ、少尉。機長命令だ。雪風の指示に従え。逆らうのは危険だ」

下手をすると、雪風の意志により後席が射出されかねない。前席もだ。それをばかげた妄想だとは零は思わなかった。雪風にはそれができる。

フライトグローブに包まれた掌が緊張で濡れてくる。桂城少尉がおとなしく言うことを聞くかどうか気になるし、とにかくなにが起きるのかまったく予想がつかない。しかも零は雪風を目標機から離さずに機動させるのに必死だった。目標機は見た目には姿勢をほとんど変化させていないにもかかわらず、旋回半径をしだいに小さくしてゆくのだ。

〈don't lose track of BOGY ... Lt.〉

雪風は零に〈目標機に振り切られるな、ついていけ、この間隔を保て〉といっていた。

旋回Gが高まる。腕を動かす自由も奪われそうだ。目標機はしかし平然と旋回し続け、雪風はわずかずつ引き離されていく。

〈increase power〉

出力を上げろ、と雪風がいう。Gリミッタが自動解除される。だめだ身体がもたない、と零は手動でリミッタを再セットして、雪風に拒否の意志を伝える。すると、再び自動解除。

目標機についていくにはパワーを上げなければならない。しかしこれ以上の速度では旋回半径を小さくすることはできない。機体が壊れるよりもはるかに早く人間がやられるだろう。遠心機に入れられているようなものだった。それを無視したとしても、機動性能上の余裕がもはやあまりない。いまにも旋回ラインから弾かれそうなのだ。ちょっとした操作ミスでこの危ういバランスは崩れ、いきなり回復不能なスピンモードに陥るのは零には予想できた。

Gリミッタのセット、雪風がそれを解除、を繰り返す。これは喧嘩だ、と零は思う。こちらは身体の安全のためにそれはやりたくないのに、雪風はあくまでやれという。

素早いそのやりとりを四回繰り返した後、雪風がいう。

〈maintain stability/increase power right now/you can do it ... Lt.〉

雪風はジャムを追うためよりも、まず自機の安定保持のためにいますぐ出力を上げろ、といっているらしいと零は悟る。

たしかに、ここで旋回モードのまま不用意に出力を下げたり機首を振るなどの操作をすれば、つぎの一瞬に機体は制御不能のきりもみ状態に陥るだろう。そうした危機的な状態を回避けるためにいま必要なのはパワーを抜かないことであり、慎重に出力を上げるというのは合理的な判断だと零は理解する。

雪風は、パイロットである零にそれがわからないはずがない、といっているのだ。懇願ともとれるし、そういうメッセージで零を納得させることが必要だ、と雪風は判断したのだろう。それはわかった。しかしその後、どうなるのだ？

「雪風、おれを殺す気か」と零はGに耐えながら声を振り絞って言う。「このジャムはなにをしようとしているんだ。答えろ、雪風。なにもわからないままでは、おまえの要求は受け入れられない。おれにわかるように説明しろ。雪風、わかるか？」

〈increase power immediately/just do it ... Lt.〉

――即刻出力を上げよ。さあ、やって、深井大尉。

雪風がもしパイロットが役に立たないと判断するならば、機動コントロールをこちらに渡せ、と言ってくるだろう。オートマニューバ・スイッチを入れよ、と。メッセージなしにそれを実行することも雪風にはできるはずだった。しかし雪風はそうはしなかった。雪風はこちらを頼りにしているのだと判断した零は、左手に握るスロットルレバーを少し押して、雪風の要求に応える。すると雪風はこう続けた。

〈I have MAcPro2/use it ... FO〉

「少尉、雪風の中枢コンピュータのユーティリティプログラム・ウエアハウスを開け。そこにあるＭＡｃＰｒｏⅡを起動しろ。早く」

桂城少尉も雪風のそのメッセージを読んでいる。少尉はＭＡｃＰｒｏⅡというものがどういう種類のユーティリティプログラムなのか知らなかった。そのようなプログラムが雪風に存在するという予備知識を与えられた覚えはない。が、考えている暇はない。機長である零の指示に従う。ウエアハウスというユーティリティプログラムを格納したメモリ空間にアクセスすると、たしかにＭＡｃＰｒｏⅡという名称のプログラムがあった。起動指示を出す。画面が切り替わった。

「これでなにをする」と桂城少尉。

すると、起動したプログラムが応答してきた。画面に表示。

〈これはターゲットの行動を予測するための心理分析ツールです。ターゲットデータを入力してください。入力中……〉

零はメインディスプレイの一部にその様子を表示させる。データは自動入力されている。これは雪風が送り込んでいるジャムのＰＡＸコードだろうと予想できた。この目標機の行動予測を弾き出そうというのか。

いや、雪風にはＭＡｃＰｒｏⅡなどを使わなくてもジャムがいまなにをしようとしているのかは予想できているはずだ、と零は思う。それにもかかわらず、わざわざそれを使えと雪風がいってきたのは、このＭＡｃＰｒｏⅡを予測ツールとしてというより、機上の人間に自分の意思を人語に翻訳して表示するためだ。ＭＡｃＰｒｏⅡは人語を流暢に操るための自然言語処理エンジンを持っている。豊富な語彙を操るための辞書もあるだろう。音声入力も可能らしい。そのエンジン部分を雪風は利用して、機上の人間とコミュニケーションをとろうとしているのだと零は直感した。

——雪風は、片言ではなくもっと自由に喋りたいのだ、このおれと。

「雪風、このジャムはなにをしているんだ」

即座に応答がある。MAcProⅡの予測結果ではない、予想どおり、あきらかにそれは雪風の意思による表示だった。零はしかしそれに感動している余裕はない。

〈目標機は紫外線変調による通信を実行中。SSLバージョン1・03プロトコルによる《follow me》タグを繰り返し発信中〉

ジャム機は、互いの位置を目視距離で確認し合うために機首近くにあるスリットから紫外線を発している、というのは以前から確認されていた。ちょうどFAF機が夜間用に航行標識灯を備えているようなものと考えられている。いま目標機はその紫外線ライトの強度か波長を変化させることで通信を試みているのだ。〈ついてこい〉と言っているという。肉眼ではまったくわからない。

「ばかな」と桂城少尉。「SSLをジャムは解読しているというのか」

特殊戦の暗号通信手段であるSSLがジャムにより解明されているらしいというのは、桂城少尉にとっては衝撃だった。タグというのは発信者の識別や、通信終わり、などの用意された引用記号セットのようなもので、単純な意思伝達ならばその羅列だけで可能だ。

零はしかし、そんなことはどうでもよかった。1・03バージョンというのは、旧雪風が任務に就いていた当時の、それだ。ジャムがその解析に成功しているのは当然だという気がした。

ついてこい、と目標機が言っているというのはいい。しかしこの目標機が旋回半径を小さくしていっているのはなぜなのか。ジャムは雪風がどこまでついてこれるかを確かめているのか。これ以上の旋回Gには人間の身体は耐えられそうにない。目標機は、人間の身体がどの時点で壊れるのかを確かめるつもりなのだろうか、と零は疑う。

「この旋回機動の意味が、おまえにわかるか、雪風。答えろ。このジャムはなにをしようとしている」

〈ＭＡｃＰｒｏⅡによれば〉と雪風は表示してきた。〈目標機はあなたと直接通話したいと願っていると予想される。しかしその内容をＦＡＦの他機に聞かれたくないので、どこか邪魔の入らない場所への誘導を試みている最中であると予想できる。——わたしもそのＭＡｃＰｒｏⅡ予測を正しいと判断する〉

「どこだ、邪魔の入らない場所とは」

〈UNKNOWABLE WAR AREA〉

——不可知戦域。

むう、という声が思わず出る。Gのために息をするのも苦しいが、雪風のその答えは零には認めたくないものだった。二度と戻れない地獄へ誘われているようなものだ。

「わけのわからない戦域とは、どういう意味だ、大尉」

桂城少尉は自分よりもGに強い、身体検査の結果は正しいな、などと余計なことが零の頭に浮かぶ。頭がうまく回転しない。

不可知戦域とは……バーガディシュ少尉の肉を食わされたところ、と零は思い、それから、いやそうではなく、もっと以前に、そう、地球からFAFを取材にやってきた男、たしかアンディ・ランダーという人間を雪風で体験飛行させている最中に入り込んだ、あの異様な空間であることを思い出した。機械部品でできているかのような森の中に黄色い沼があって、そこに手を伸ばしたランダーは、一瞬にしてその手首から先を失った……白昼夢を見ていたかのようだったが、正常空間に戻ってもランダーの手は失われたままだった。その正確な地点はつかめなかった。あるいはフェアリイ星上ではないのかもしれない、とその報告書に零は書いた。そして、その未知の空間を〈不可知戦域〉と名付けたのだ。固有名称だ。雪風はそれを知っている。桂城少尉は、知らない。

あのとき、雪風はエンジンへの燃料供給システムに干渉されてエンジンを止められてしまい、脱出するにはジャムとの激しい電子戦闘に勝たねばならなかった。雪風が、それをやった。自分にできることはなにもなく、ただ負けるなと祈るだけだったが、と零は思う、今回のジャムの狙いは、人間であるこの自分だろう。

ここまできて逃げ帰るわけにはいかない。この事態はまさにブッカー少佐がやろうとしていたことだ、と零は覚悟を決める。ジャムと接触し、情報を持って帰るのだ。生きて、帰る。必ず。

「雪風……目標機との電子戦に備えろ。油断するな。やつは、ジャムだ」

〈everything is ready/I don't lose/trust me ... Lt.〉

雪風は自身の言葉でそう表示してきた。用意はいい、自分は負けない、わたしを信じろ、大尉、と。零は、雪風を信じる。自分の判断も。

「少尉、空間受動レーダーを注視。ジャムの行く手に異変が予想される。目を離すな。衝撃に備えろ」

桂城少尉には、零と雪風がなにを了解し合っているのかわからない。だが、彼らにはこれからなにが起きるのかがわかっているのだ、と少尉は思った。

電子戦闘用のモニタ画面に複数のレーダーからの情報を合成して表示させる。雪風からの干渉はない。機長の指示には雪風も従うということか。

意識を持っているとたしかに感じさせる、この機械知性は、いったいなんなのだろう。そんなことは、しかし質問してみても無駄だと桂城少尉は冷ややかに判断する。雪風はその問いに〈わたしは雪風である〉と答えるだけだろう。深井大尉にしても同じだ、「おれはおれだよ、少尉」と言うに決まっている。知りたいのは、彼らがなにをしようとしているのか、ジャムとどういう関係なのか、だ。それには、彼らにこれからなにが起きるのかなどと質問する必要はない、体験すればわかることなのだ。

桂城少尉は冷静に機長の指示に従う。事実を知りたいときは自ら体験するのがいちばんだ。ロンバート大佐の口癖を桂城少尉は思い返す。大佐はまたこうも言っていた、『だが、その体験をきみ自身が評価する必要はない。それはわたしがやる』と。ロンバート大佐はようするに、部下は自分の手足であり、頭は自分だ、手足は出しゃばるなと言っていた。それを桂城少尉はなんとも思わなかった。大佐が部下に期待しているのは仕事の遂行能力のみであって人間性はどうでもいいのだと桂城少尉は理解していた。人間的な信頼も裏切りも、桂城少尉には無縁のものだった。信頼し合ったり感情を他人と共有するということになんの価値も見出せず、少尉ではない。裏切られるのが恐いからだれとも深くつき合いたくないというのではない。信頼し合ったり感情を他人と共有するということになんの価値も見出せず、少尉にとってはそんな人間関係はただばかばかしくも煩わしいだけでしかなかった。ロンバート大佐にとっては、そのような、自分の興味を満たすためならば他人の感情に頓着せずに実行しつつ自らは決して傷つかないという桂城少尉のような人間は手足として使うにはうってつけだったし、桂城少尉にしてみれば、煩わしい人間関係を求めてこない大佐のような上司のもとでの仕事はやりやすかった。

ロンバート大佐が自分を手放したのは、特殊戦の情報を得たいからだということは桂城少尉は理解していた。しかしどのようなトレード条件がロンバート大佐と特殊戦との間で交わされたのかなどというのは少尉にはどうでもいいことだった。自分は好きに生きるだけのことであって、大佐がなにか聞いてきたところで、答える義務はなかった。自分はもはやあなたの手足ではないと、もし大佐が働きかけてきたらそう言うつもりだった。そのときの大佐の顔が見物だ、とさえ思っていた。自分は自分のために生きるのだ、だれのためでもない。他人の思惑など知ったことか。自分さえよければいいのだ。それを非難する者がこの世にいるということが、信じられない……

桂城少尉は、深井大尉が雪風という得体のしれない機械知性を信頼して、その判断に生命を託す、ということの状況が理解できなかった。誤差がどのくらい生じるのか検証されていない計器の表示に従って行動しているようなものではないか。ほとんどこれは自殺行為だ、と思いつつ、少尉はディスプレイ画面を見つめる。

FAF機とそれを迎撃に向かった小型ジャム機の編隊はまだ接触していない。目標機の追跡を始めてからまだ一分ほどしか経っていない。雪風はぐるぐると何周も旋回し続けている気がしたが、まだ二周もしていないのだ。目標機と雪風は渦巻状に旋回半径を小さくしながらその中心に向かう軌跡を描いている。

目標機が超音速の衝撃波を発生させているのが空間受動レーダーの表示で見て取れた。雪風はその外側にいたが、この衝撃波をまともに受けたら危ない、と桂城少尉は思う。

と、見つめる画面の一点に白い輝点が突然表示される。桂城少尉は目を疑った。それは、なにか強烈な爆発衝撃波の発生の瞬間と思われたのだが、一瞬後にぱっと広がるはずのそれは、輝点のままなのだ。Gに耐えながら少尉はコクピットの外、輝点が示す方向を目視した。クッキー基地、壊滅したその基地中心の上空だった。さきほど自爆して陥没したそのクレータ中心の上空と思われたが、肉眼ではなんの変化も認められない。空間受動レーダーの故障を少尉は疑った。フリーズしているかのようだ。

基地が自爆したときの衝撃波は、はっきりと捉えられていた。レンジを最大限に拡大すると、その名残の圧力変動波がなおも広がっていく様子が見られた。これは爆発時の音、爆発音そのものだろう。レーダーは故障しているわけではないのだ。しかし問題の輝点は、動かない。これはなにを意味しているのか。

空間受動レーダーは〈凍った眼〉という愛称で呼ばれ、極低温で動作する超高感度の視覚装置だと少尉は聞かされていた。詳細はＦＡＦ軍用機密ということでわからなかったが、ようするに空気密度の不規則な変化を捉える装置だろう、陽炎が背後の景色を揺らがせるように、そうした景色の揺らぎを〈凍った眼〉は捉え、透明で目には見えない空気の密度の微小変化を超高速コンピュータで可視化処理して見せるのだ、と桂城少尉は理解していた。だとすれば、見え方に時間的な変化がなければ密度の違いは検出できないはずだ。つまり〈凍った眼〉がディスプレイ画面上に描き出す線や点は常に動いていなければならない。

この輝点は、振動しているのだろう――そう判断した瞬間、輝点が円になる。それが広がっていく。ゆっくりと。雪風と目標機はそこへ飛び込もうとしている。

零もそれに気づいていた。機体の振動が激しい。いまにも空中分解しそうだが、まだ余裕はある、問題は身体がもつかどうかだ――来るぞ、と零は身構える。さらに旋回半径を縮めつつ、パワーを維持する。

桂城少尉は目の痛みを感じた。汗が目に入ったのだと気づく。桂城少尉は、自分の身体が意識とは別に恐怖におののいているのを知った。雪風と深井大尉がなにをしようとしているのかは体験してみればわかる、などと頭で他人事のように考えている立場を、身体のほうは受け入れていないのだ。

自殺行為をしているのは自分も同様なのだと初めて少尉は、この雪風の機動に恐怖を感じた。生命が危うい。ここで死ぬかもしれない。どうしてこうなるのだ、納得できない。しかしこれは現実だと認めざるを得ない――そして、およそ現実とは思えない光景を桂城少尉は機外に見た。

〈凍った眼〉が示す空域、その周囲の景色が歪んでいた。いまや肉眼でもわかる変化だ。廃墟になった基地上空に巨大な透明なレンズが浮かんでいるような感じだった。上下に長い紡錘形のようだ。膨らんでいく。

これは〈通路〉だと少尉は悟る。異空間に通じる〈通路〉だ。頸を曲げてディスプレイを見ようとしたが、さらに高まるGにより、身体が動かない。

目標のジャム機が横転していきなり白い煙に包まれるのを少尉は見た。急激な機動で発生した水蒸気だ。そう思った直後、雪風は見えない大きな手で張られたような衝撃を受けた。

5

ブラックアウト。失神したという感覚は零にはなかったが、瞬間的に気を失ったかもしれないと思う。警告音が響いているのを遠くに聞いた。唾を飲み込むと正常に聞こえるようになる。意識ははっきりとしていたが周囲が見えない。灰色だ。ヘルメットバイザを上げて計器を見やる。メインディスプレイがぼんやりと見える。キャビン内に白煙が立ちこめているのだ。火災を疑ったが警告音はそれを示すものではない。これは水、霧だ。

「桂城少尉、機体の損傷状況を調べて報告しろ。少尉、目を覚ませ」

「聞こえている……実行中……フライトシステムには異常はない」

激しい息づかいで応答がある。

「キャビン環境を整えろ」

「デフォッガ作動中……現在位置、不明」

一時的にキャビン内は急激に減圧されたのだろう。この霧はそのためだ、キャノピが吹き飛びかけたのかもしれないと思いながら、零は雪風を横転させ、機体の反応を確認しながらロールをさらに続けて一回転し、上下方向を確認する。しかし計器がどうもあてにならない。水平儀はどちらが上かわからないようにロールの途中で予想外の方向にくるりと反転したりする。

警告音は〈目標機を見失った〉というものだ。警告を解除。広域索敵レーダーが作動しているのを確認。

桂城少尉は気圧高度計と電波高度計の示す値がかけ離れていることに気づいた。通常の誤差以上だ。どちらの数値がより正確なのかと少尉は、クリアになったキャノピ越しに機外を見る。両数値ともでたらめな気がした。雪風はほぼ地表すれすれを水平飛行している。

奇妙な景色だった。薄暗い。頭上には厚い雲が見渡すかぎり広がっている。下も同様だ。この下に広がる平面も雲だと少尉は悟った。雪風は厚い雲の間にできたクリアな層を飛んでいる。はるか前方に水平に青い光の帯が見えた。雲海の切れ目だろう。雪風の尾翼に損傷はないかを確認するために頭をめぐらすと、その明るい切れ目の帯は雪風の全周に見て取れた。背後のそれは、赤い。全体のイメージは光のリングのようだ。

「翼の損傷は目視では認められない。現在高度約三〇〇〇〇メートル、おそらくフェアリイ星の環境ではない」と桂城少尉は告げる。「人工的な空間と思われる。高度計の数値はあてにはならない」

「そうだな」と零。「上にも電波を反射する広大な面がある」

「……なんてこった」上下にあるそれは、地面というより巨大な壁だろう。そいつに挟まれている空間らしい。「これはジャムの移動用空間通路だ」

「かもしれん」

「このまま飛び続ければ出られるのか、深井大尉」

「わからん。しかし出る前に、ジャムが接触してくるはずだ。見落とすな」

エンジンは快調だった。しかし進んでいるという実感があまりない。静かだった。異様な雰囲気だったが、後席の桂城少尉が心理恐慌に陥らずに冷静に対処していることが零を安心させた。雪風はメインディスプレイに〈索敵警戒中〉のサインを出しているだけで沈黙していたが、その全能力を使って周囲を探っているに違いなかった。

「目標機はどこへ消えたんだ」桂城少尉が言った。「あいつはここには入らなかったようだな」

「ここにいないのだから、そうだろう。あいつは案内するだけだったんだ」と零。

「あなたはこうなることを知っていたのか」

「このおかしな空間に誘い込まれるのをおれが事前に知っていたのか、という意味か」

「それもある——」

「きみは、ここは人工空間だ、と言ったな。なぜわかる」

「自然に存在する空間とは思えない。ジャムのコントロール下にある空間ならば、ジャムが作り出している人工的なものであるはずだ」

「冷静な判断だ——」

「あなたはここでなにをするつもりだ、大尉」

「ジャムと意思交換をする。特殊戦はそのための計画を練っていた。こちらから接触するより早く、ジャムから仕掛けてきた。望むところということだ。手間が省ける」

「事前にそのような、接触を受け入れる意志が特殊戦にあるかどうかという打診がジャムからあったのか？」

「当然、あったと思う」

「思う？　あなたはぼくをはぐらかそうとしているのか」

「きみは、もはやロンバート大佐の手先ではない」と零は言った。「おれを詰問する権限はない。自分の立場をわきまえろ」

「個人的な興味だ、大尉。ただ訊いているだけだ」

　教えてもらいたいのならそれなりの口の利き方というものがあるだろう、そう零は不愉快な気分になりかけたが、しかし自分も少尉の立場なら同じような口を利くだろうと思いつつ、「フフン」と鼻で笑ってしまう。少尉に対して『自分をわきまえろ』などと言えた義理ではない。こいつはまったく自分にそっくりだ。それに、なにか喋っていないと不安なのだろう、と零は桂城少尉の心を思いやった。

「なにがおかしい」

「ロンバート大佐に尋問されている気分になっていたんだ。そう、きみは大佐ではない。続けろ、少尉」

「……ジャムからの打診が事前にあったというのが事実なら、重大なことだ」と桂城少尉は言った。「FAFの他の部隊はそれを知らないだろう。特殊戦はジャムと独自の協定を結ぼうとしているのか？」

「打診があったのは間違いない」と零は頭を冷やして言った。「しかし人間にではない。雪風に対してだ。そうでなければ、雪風がおれに『目標機を攻撃するな、自分はジャムと話してみる』などとは言わないだろう、という意味だ」

「なんだ……そういうことか」

「特殊戦は、ジャムが雪風と接触したいと思っている、ということは予想していた。雪風がこの出撃前にそのような予測を出していたからだ」

雪風は無人での出撃運用を何度かされていたから、その際にジャムからのそうした打診を受けていた可能性はある、と零は思った。ジャムはわれわれをレシーヴすることを熱望している、ということを雪風は予想するまでもなく知っていたのではなかろうか。無人ではなくパイロットが乗っていることを条件に接触したいという意思をジャムがあらかじめ雪風に表明していた、というのは考えられる。

「だから、おれには心構えができていた。しかしジャムがなにを言ってくるのか、そこまでは、わからない。これでいいか、少尉」

「なにを話すつもりなんだ、あなたは、ジャムに？」

「おれのことをどう思っているのか、それを訊きたい」

「それから？」

「なぜ他の部隊機ではなく雪風との接触を望んだのか、雪風をどう思っているのか、知りたいな」

「あなたは、自分と雪風のことにしか興味はないのか、深井大尉。他にもっと重要なことがあるはず――」

「なにが重要だというんだ？」

「ジャムの侵略目的だ。特殊戦が、ＦＡＦが知りたいのは、それだ。――本気なのか、あなたはそんな個人的な理由で雪風を飛ばしているのか」

「そうだ」と零。「それがどうした。悪いか」

「悪いもなにも……あきれてものも言えないよ」と少尉。

「それはきみの本音ではない」と零。

「どういうことだ」

「あきれてものが言えないのではない、おれの答えをどう判断していいのか、自分の気持ちが自分でわからないんだ。きみはジャムに問うべき個人的な疑問を持っていない。あきれた、というのは、FAF軍人の立場を気取って言っただけだ。模範的な軍人などという立場には、しかしきみには関心がないだろう。格好をつけるな」

桂城少尉は無言。

「自分の頭で考えろ、少尉。自分の気持ちがわからないはずがない」

自分は担当医のエディス・フォスの影響を思っている以上に強く受けているな、と零は思う。だが、いまの桂城少尉のように、自分の言葉を持っていないのにさももっともらしいことを言う、そういう人間はたしかに精神的に未熟だと感じるし、なにより腹が立つ。くそったれ、と言いたいのを零はこらえる。桂城少尉への汚い罵りは、自分自身を罵倒するような気がした。

「特殊戦機の乗員は、みんなあなたのような動機で乗機を飛ばしているのか」

「他人のことなど知ったことか」

「特殊戦は……そう、それでいいんだな」

自分のために戦うのがいちばん強いのだ、と零は無言でうなずく。機外を観察する。景色には変化がない。ジャムはこちらをじらす作戦なのかもしれない。気がかりなのは残存燃料だったが、思ったほどには減ってはいない。

「部隊としての特殊戦や上層部のFAFとしては」と後席の桂城少尉が独り言のように言った。「隊員がどういう動機で飛んでいようと、戦略上得るものがあればいいわけだ。ジャムがあなたや雪風をどう思っているかを知ることができれば、それからジャムの侵略目的や行動戦略の予測はつく。——ぼくは、驚いたんだ、大尉。平然と『そうだ』と言われて、返す言葉が浮かばなかった」

「きみがおれの立場なら、同じ答えをしただろう。驚くことはない。似た者同士だ」

「他の部隊で口にしたら銃殺刑ものの答えだから驚いたんだ。特殊戦内で日常的にこんな会話が許されているのなら、特殊戦は危うい……まあ、ぼくが心配するようなことではないな」

「ロンバート大佐と会う予定はあるのか」

「ない。しかし、大佐からなんらかの働きかけはあるだろう。が、会ってもこんなことを言うつもりはない。それに、こんな状況は大佐に言っても信じないだろう」

「あの大佐は自分には信じられない情報をそれだけの理由で無視したりはしない。きみの情報機器の扱いの腕を見込んで、客観的なデータを要求してくるはずだ」

「フム」

桂城少尉は、いま自分の五官で体験していることが彼自身信じられないでいるのだろう、と零は思った。無事に帰還できたならば、この男は自分の体験を反芻するために雪風の収集データを必要とするに違いない。

「計器での監視はしなくていい」と零は命じた。「目視にて周囲を警戒しろ。なにがあっても計器を見るな。電子戦操作が必要なときはあらためて指示する。自分の目を信じるんだ。復唱しろ、少尉」

「目視にて周囲警戒、機長の指示があるまで計器を見てはならない、復唱終わり」

「自分の目を信じる、が脱落している」

「それも命令のうちなのか」

「そうだ」

「自分の目を信じる、以上」

「できるか？」

「命令には従う」

「おれには難しい」と零は言った。「計器を見ずに飛ぶのは目をつぶって全力疾走するより不安だ」

「あなたはパイロットだ。当然だろう」

「そういう次元の不安ではないんだ」

「雪風に頼り切っている、ということ――」

そう少尉が言いかけたとき、索敵レーダーが高速移動物体をキャッチ、警戒警報を鳴らした。桂城少尉は反射的にディスプレイに目をやっている。

「ボギー、単独。左舷下方、高速で上昇してくる。ほぼ衝突コースを上昇接近中。大きさからしてミサイルではない、戦闘機だ」

「少尉、命令を実行しろ。目視にて監視、逐次報告、実況中継だ。帰還してそれを再生すればここで起きたことがだれにもわかるように、実行」

「了解。肉眼では……下方の雲海に隠れて敵影は確認できないが……近いはずだ」

「目標はクロスして右舷へ、真横だ、少尉。こちらの進行速度に合わせている。IFF応答なし、ジャムとも確認されない。正体不明」

「雲面にボギーの機体の一部らしきものが現れた……垂直尾翼の先端と思われる……」

まるで海面を切る鮫の背びれだと桂城少尉は思う。すぐ近く、一〇〇メートルと離れていない。雲を切り裂いて上昇してくる。周囲は薄暗い。その弱い光の中、その翼はジャム機のように黒くはなく灰色に見えた。

「灰色の翼面に、なにかマーキングらしき黒っぽい模様が見える……あれは……あれは——」

ブーメランマーク。雲面をほとんど乱すことなく、正体不明機が全身を露にする。

「機種はシルフィード、高速タイプのスーパーシルフ。特殊戦第五飛行戦隊機のマーキングを確認」

零も右舷に出現したその機を肉眼ではっきりと見た。

「雪風だ」と零は冷静に言った。「旧雪風の機体のコピーだ。出会ったのはいまが初めてではない」

零は目標機を攻撃管制レーダーにて追跡、ロックオン。味方を示すＩＦＦ波が目標機からきたが、零はそれを無視、敵機としてマーク。

「コクピット内に乗員が見える」と桂城少尉。「顔はバイザとマスクに覆われている……後席の乗員が手を動かしている……マスクを指している……通話を希望しているように見える」

コピー機に人間らしきものが乗っているのは初めてだ、あいつは自分とバーガディシュ少尉のコピーだろうかと思いながら、零は通信周波数帯を手動で探ろうとしたが、それより早く、自動スキャンが実行され、そして、声がヘルメット内に飛び込んできた。

『深井中尉、貴殿は無益な戦いをしている。聞こえるか。戦意は放棄して、われに従う生き方を要請する。応答せよ、深井中尉。繰り返す――』

バーガディシュ少尉の声ではない。中性的で、機械合成音のようだった。内容は理解できるものの、単語の使い方がぎこちない。また、いま零の階級は大尉だが、呼びかけはそうではなく、過去のものだった。わざと言っているのかもしれない、うかつなことを言えない、と零は判断する。ジャムに余計な情報を与えてはならない。

『深井中尉、貴殿は無益な戦いをしている。聞こえるか――』

「こちらB‐1。感度良好。そちらの氏名、階級、所属部隊を知らせ」

『応答を確認した。われには、貴殿問いかけのような分類識別コードは存在しない。深井中尉、われの要請を受け入れる意志は有りや否や、返答を請う』

「人にものを頼むなら、自分の身分を明かすのが礼儀というものだ」本気ではなかったが零はそう言ってみる。「おまえはだれだ」

困ったような短い沈黙のあと、そいつは言った。

『貴殿の概念でジャムと呼んでいるものの総体である』

「総体……ジャムそのものだというのか。つまりジャムの代表の声として聞いてもいいというのか」

『そのように判断してもらって差し支えない。返答を請う』

零は一時的に通信機能を切り、桂城少尉に訊く。

「少尉、こいつの言っていることをどう思う。こいつがジャムの代表だというのは信用できると思うか」

「どうかな……どうも言葉遣いが不自然だ。だれかにこう言え、と命令されているように感じる」

「おれもそう思う。──周囲警戒を続けろ」

「了解」

交信を再開。

「そちらの要請の意味が理解できない」と零。「無益な戦いとは、だれにとっての利益について言っているのか、わからない。したがって返答できない」

『それはないだろう』

うってかわった流暢な生生しい人語が耳に飛び込んできて、零はぞっとする。これに似た声を知っている。バーガディシュ少尉がやられたあの謎の基地にいた男、たしかヤザワという名前の、少佐ではなかろうか。ロンバート大佐に何度も繰り返し告げた名前の男、ジャム人間。おそらくそうだ。

『深井中尉、きみに意味がわからないはずがない。FAFに勝ち目はないから、きみを助けてやろう、とわれわれは言っているんだ。ついてこい。安全に生きられる場に案内する。従わなければ無駄死にするだけだ』

「おまえの言葉は信用できない」と零は言う。「おまえの要求は拒否する。おまえとは交渉しない」

『わからないやつだな。きみによくわかるように話してやっているんだぞ』

「繰り返す。おまえとは交渉しない。――桂城少尉、エンゲージ。右舷目標機を攻撃する。反撃に備えろ。電子戦用意」

「了解」

ストアコントロール・パネルに搭載武装の一覧が自動表示される。雪風も攻撃に同意しているのだ。高速短距離ミサイルが自動選択された。雪風がそれを使えといっている。零は雪風を急旋回、攻撃態勢。目標機も瞬時に反応する。メイヴとスーパーシルフとの近距離格闘戦となれば、メイヴが絶対に有利だ。

ミサイル発射。距離はごく短い。三、二、一、と零は心で数える。と、目標機が消える。まったく突然に。目標を見失ったミサイルは消えたその空間を突き抜け、直進、自爆。

『無駄なことだ、深井中尉』

不意に、同じ右舷側に再び目標機が姿を現した。

「くそう」と桂城少尉。「あいつには実体はないのかも——」

その少尉の焦りをたしなめるかのように雪風がディスプレイにこう表示してきた。

〈this is just a trial/next firing is not warning shots... JAM〉

「いまのはほんの小手調べだ」と零はその表示のままに言った。「つぎの射撃は威嚇ではないぞ、ジャム」

『助けてやろうと言っているのに、ばかなやつだ。よかろう、そちらがそのつもりなら、受けて立ってやる。どちらがボスなのか思い知るがいい。ここがおまえの墓場——』

とその声の主は言って、ふととまどったように言葉を切った。それから、やめろ、と絶叫する声が伝わってきた。

目標機に異変。キャノピが吹き飛ぶ。

「乗員が射出」と桂城少尉。「前席、後席ともに射出された。逃げたのか。どうして。なにが起きたんだ？」

射出された二基のシートを少尉は目で追った。それらは下方には落ちていかず、進行軸方向の後ろ側へ、絡み合う二重螺旋状の軌跡を描きながら遠ざかっていく。乗員らの身体がシートから分離する気配はなく、パラシュートも開かない。桂城少尉は精いっぱい頸を後ろへ曲げて追い続ける。それらが、ぽっと赤い燐光に包まれた。赤い光の尾を引いて小さくなっていき、そして見えなくなる。燃え尽きたかのようだった。反射的にレーダー画面に目をやるが、そこにもなにも映っていない。消滅。

「応答せよ、ジャム」零は言う。「おれは、人間のコピーではなく、ジャム、おまえと話がしたい。応答せよ。こちらB－1、深井零だ」

応答が、きた。

『われにはおまえが理解できない。なぜ戦う』

桂城少尉は身震いする。この声の主こそ、深井大尉と雪風が接触を望んだジャムそのものなのだ、と悟る。射出されたジャム人間は対人仲介役か通訳にすぎなくて、それがいてはこの交渉にはかえって邪魔だとこの声の主に判断され、切り捨てられたのだろう。使い捨ての兵器のように。

目標機は何ごともなかったかのように雪風との並飛行を続けていた。ジャムの声はその機から発信されているが、おそらくそれはジャムの意思の中継器の役目をしているだけなのだろう。この声は、ジャムが人語を苦労して操りながら電波に変換しているもので、これがジャム自身の声というのではなさそうだ。

ジャムというのは、たしかにいるのだが、しかし見ることができない存在のようだ、われわれはジャムの影と戦っている——その零の思いを、桂城少尉は身体的な感覚で理解できた。恐怖という感覚。理屈ではなかった。

『われには、ユキカゼという知性体が理解できない。特殊戦という知性体群が、理解できない。なぜだ、深井中尉。なぜ戦う』

「おまえに殺されずに生きるためだ。それがなぜ理解できない。他の人間や、雪風や特殊戦以外の集団はそうではない、というのか」

『貴殿、ユキカゼを含む、特殊戦知性体群だけが、ヒト的意識を持たない知性体であり、われに相似であると思われる。それがFAF集団と分離せず、なぜわれに干渉し邪魔をし戦うのか、それが理解できない。ユキカゼは、われとの非戦協定の批准を拒否している。拒否を撤回するよう働きかけ、それを実現できるのは、貴殿だけである。深井中尉、覚醒を望む。われに返れ』

「おれが……ヒト的意識を持たない知性体だって？　非戦協定の批准だ？　われに返れ、とはどういう意味だ」

『現在のヒト及びその集団に操られる人工知性体群は、われの予定せし本来の性質から逸脱した存在である。貴殿らは、そうではない。貴殿らこそ本来的存在であり、貴殿らの敵は、われではない。貴殿らを消耗させるは、われの本意にあらず。われの下に返る選択を望む』

「それはようするに」

と桂城少尉が割り込んだ。零はそれを止めない。ジャムはいったいなにを言っているのか、理解するのに時間が必要だった。

「おれたちがジャムに似ているから、ジャムの仲間になれ、寝返って、おまえと一緒にFAFと戦えというのか」

『貴殿は何者か』

「自分は、雪風のフライトオフィサ、電子戦オペレータ、FAF・フェアリイ基地戦術戦闘航空軍団・特殊戦第五飛行戦隊所属の桂城彰、階級は少尉、人間だ。自分がなぜおまえと戦うのかというのなら、それが仕事だからだ。仕事だ、わかるか、任務だ。ほかに適当な生きる道がないからやっているんだ」

『われと戦わずとも生きられる』

「特殊戦がおまえの仲間になればいいと、おまえは思っている、そう解釈していいんだな。おまえはぼくに仕事をくれるというのか」

この場では滑稽なほど俗っぽい、少尉のその問いかけは、しかし彼の本音だろうと零は思いながら、ジャムの答えを待つ。

『われと貴殿らとは相似だが、仲間ではない。だがFAFに対する共闘は可能であると解釈されたい。それを貴殿、桂城少尉の生きる道にできると判断する。返答を求む。FAFを離脱し、われに与する意ありや、意向を表明せよ、深井中尉』

わかりにくく不自然な言いまわしだったが、ようするに、このまま戦い続けるつもりならジャムの側につけ、そうジャムは要求しているのだと零は理解する。返答しだいで自分の運命が決まるだろう。

ノーと言えば、ジャムはこちらをどうするだろう。理解できない相手は抹殺するだろうか。いや、理解できない相手は、あくまで理解できるように努めるだろう。おそらくこの空間から出さずに、あるいはあのヤザワ少佐が言った、安全に生きられる場とやらに幽閉されるだろう。地球でもフェアリイ星でもない、どこか、想像もできないが、そこでジャムは時間をかけてこちらを理解しにかかるだろう、とくに雪風を、ジャムの意向に添うべくおれに洗脳させようとするのではなかろうか。それに成功したら、ジャムは、特殊戦全体をそっくりそこへ移して洗脳し、FAFに対抗する戦力として使う、という事態も考えられる。つまり、われわれは、ジャムになるのだ……

では、この場でイエスと言ったら？　ジャムに与すると答えたら？　そのときは、雪風が黙ってはいないだろう。自分は桂城少尉とともに雪風に排除されるに違いない。あのヤザワ少佐たちと同じように。

『返答せよ、深井中尉』

ジャムは焦ってはいない、と零は感じた。

時間はたっぷりあるのだ。三十年かけてFAFを観察し続けたのだ、こいつは急いではいない。この空間でジャムはこちらを観察しているのだ。殺意はないようだが、返事をしないかぎり積極的に助けようともしないだろう。このままでは自分は餓死し、雪風は燃料を失って機能を停止する。

　自分はどうしたいのか、と零は自身に問う。どうすればいいのかではなく、どうしたいのか。それが、答えなのだ。

「おれは、おまえという存在をより詳しく知りたい」と零は言った。「おまえの正体をおれは理解できないが、おまえのほうは、こちらをある程度理解している。このような不公平な状況下での非戦協定の批准など、おれにできるはずがない。そもそも、おまえは人語を完全に理解して使っているとは思えない。――いったいおまえは何者だ？　生物なのか。知性や意志や情報だけの存在なのか。実体はあるのか。どこにいるんだ？」

『例示された貴殿の概念では、われを説明することはできない。われは、われである』

　桂城少尉は発作的に笑いがこみ上げてくるのを意識した。緊張に耐えきれずに精神のたががが外れたような気がした。われは、われである、はよかったな、こいつは深井大尉や雪風と同じだ――相似とはなるほどこういうことかと少尉は思い、再び緊張感を取り戻し、零の答えに神経を集中する。

「それ以外に説明する言葉がないというのなら、言葉によるこれ以上の交渉は無意味だ」

　零はそう言い放ち、深く息を吸い込み、そして覚悟を決め、返答した。

「おまえの要求は、拒否する」

『了解した』

　ジャムはそう答えてきた。無感動に。

「戦略偵察、終了。帰投する」

零は雪風と桂城少尉にそう宣言する。

Ⅶ　戦意再考

1

　特殊戦の中枢である司令部・司令センターは、戦隊機をすべて投入するクッキー基地攻撃という大規模な作戦のために日夜活気づいていた。

　正面の壁いっぱいの大スクリーンは、司令部戦術コンピュータとの応答画面をメインに必要に応じて適宜分割され、さまざまな情報が表示されていた。作戦の進行状況、戦闘空域の地図、出撃機の準備状態、待機機の整備状況、帰還した戦隊機からの情報をもとにした戦果分析、総合的な戦況分析、などなど。

　いまの特殊戦の関心事は、現在進行中のクッキー基地攻撃作戦の進行具合という局地的なものではなく、総合的な戦況の分析だった。ジャムの戦略を捉えることこそが最大の関心事だった。

　ＦＡＦが実行中の大作戦、クッキー基地攻撃ミッションについてブッカー少佐は、第一日目が過ぎた時点でこの戦闘の戦術偵察に特殊戦の全戦力を投入する必要はない、と判断した。

その時点で、ジャムはクッキー基地を死守するつもりはなさそうだということが知れたからだ。ジャムの戦略はたしかに変化している。その変化を捉えるには、クッキー基地に張り付いているだけではわからない。

ＦＡＦはジャムの報復に備えてフェアリイ基地防衛ラインを定め、複数の部隊機を警戒にあたらせていた。特殊戦はその方面の偵察任務にもついていたが、クッキー基地の出方がいつもと違うと知ったブッカー少佐は、より広範囲の偵察情報が必要だと考えた。クッキーとペアになっていると戦略偵察軍団が主張するリッチウォーの様子はどうなのか。他のジャム基地は。

それらの動きを探るには戦隊機の数が足りない。ここはクッキー基地偵察任務につく予定の戦隊機を他に回すことだ。

それを独自に実行するということは、特殊戦の上部組織の戦術戦闘航空軍団やＦＡＦ全体が立てた作戦から逸脱する行為だった。軍事作戦行動はすべての駒が組織的に予定どおりに動いてこそ成立する。下部組織が勝手な行動をとっては作戦の意味がなくなるのだ。

しかしいま特殊戦はジャムの戦略行動をつかみつつある。おそらくジャムは特殊戦に関心があり、こちらの動きを観察しているだろう、出方を見守っていると予想される、ここで独自に動かなければジャムと直接接触できる機会を永久に逃すことになりかねない——それをブッカー少佐は恐れた。

上層部の許可を得ている暇はない。特殊戦は自己の作戦変更を理由に最高戦略会議を召集して作戦全体の見直しを要求できる立場にはないし、そもそもそのような時間的な余裕はない。やるなら、いますぐ承認なしで実行することになる。

クーリィ准将が決断した。ジャムの戦略の変化は明らかであり、この変化にＦＡＦという巨体はついていけないでいる。小回りの利く特殊戦はこうした事態にこそ能力を発揮すべきだ。現作戦を独自変更する。対ジャム戦略偵察行動を最優先で実行するのだ。

事後承認を得る自信はあるのか、というブッカー少佐の問いに、准将は答えて言った。

——特殊戦のヘッドはわたしだ。わたしがやりたいようにやる。だれにも文句は言わせない。これまでもそうしてきた。戦隊機の運用予定の変更などたいしたことではない。弾力的運用ということだ。

そのようにクーリィ准将に言われると、本当にささいなことで悩んでいた気がしてくるブッカー少佐だったが、しかし准将は覚悟を決めているのだ、と思った。

クーリィ准将は特殊戦の生き残りのためならなんでもやるつもりだ。ジャムと手を組むことも選択肢の一つだとさえ、口に出したのだ。それだけで反乱分子として逮捕するのに十分で、そうなっても准将は言い訳はしないだろう。言い訳はしないだろうが、抵抗はする。命がけの闘争になるだろう。戦隊員はしかし、そうした准将を護らなければならないという意識は持っていない。准将もそれは期待してはいない。各自、生き残りのためにばらばらに行動する。したがって特殊戦は自ら全体としてまとまってＦＡＦに対して反乱行動をとるということはまずない、とブッカー少佐は思う。だがＦＡＦが特殊戦をそのように追い込む場合は、そのかぎりではあるまい。クーリィ准将は自分を護るために、そうしたFAFのやり方を利用することは考えられる。すなわち、個人的な抵抗の手段として特殊戦の戦力を使うということ。もし准将を逮捕し処刑しようとする動きがあるのならば、准将は自分の部隊を挙げて武力抵抗の用意がある、と宣言するだけでいいのだ。特殊戦はその瞬間に反乱軍として認識され攻撃される。戦隊員たちはFAFと戦わざるを得なくなる。戦わずに手を挙げて逮捕されても待っているのは銃殺刑だとわからない者以外は、いやでもそうするだろう。

しかしそうした事態になってさえ、特殊戦という集団は一致団結しているわけではないのだ。外からはそのように見えようとも、各自の意識では、自身の能力と利用できる者の力を使って、われこそが生き残ろうとしているにすぎない。

クーリィ准将こそはそうした意識を持った人間の代表なのだ、とブッカー少佐は初めて気づいた。あの准将こそが特殊戦をこのような部隊にしたのだ。彼女の性格意識を反映した戦隊なのだ、彼女にとって特殊戦という存在は、上から与えられた管理すべき組織などではなく、自分のもの、自分の存在の一部、自分そのものなのだろう。それを使って、殴られたら殴り返す。それだけのこと。殴りかかってくる相手がジャムだろうとだれであろうと、そんなのは関係ない。それが正義というものだと准将は信じている。単純明快だが、しかしFAFという組織人たちにそれがわかるとは思えない。問題はまさにそこにあるのだ……

特殊戦が戦略偵察軍団のような軍団レベルの存在ならば今回の事態のように弾力的な対処をしてもたいした問題にはならないだろう。なぜなら、軍団ならば全体の作戦会議に参加できるから、どこまで独自に行動していいかがわかる。特殊戦はそうではない。暴走と見られがちだ。事後承認をとる、つまり暴走ではなかったことを認めさせるには、それなりの成果が必要だ。クーリィ准将はいまそれができると判断したのだ、とブッカー少佐は思う。

上との交渉は准将がやる。自分はそんなことに思い煩うことはない、限られた戦隊機をいかに効率よく使うか、それに集中すればいいのだ。特殊戦の立場がどうなるかを心配するのは准将の仕事であって、こちらは准将の許可のもとに好きなことをやればいいのだ。

クッキー基地への攻撃作戦で中止していたリッチウォーへの偵察を再開すると、それを察知したライトゥーム中将からさっそく文句がきた。クーリィ准将が呼び出されたのだが、中将はその場で准将を弾劾するというような大げさなことを考えていたわけではなかった。大きな作戦が展開されている最中だったから、軍団内の主要部隊の責任者を集めてそのような弾劾会議を開いている余裕はないことは中将も承知しているはずだった。中将は個人的に、クーリィ准将や特殊戦に自重せよ、と注意をうながしたかっただけだったのだろうと、ブッカー少佐は思った。しかしクーリィ准将はこれはいい機会だと言い、その会合を緊急の作戦会議にしてしまった。特殊戦と、それが所属する軍団の最高責任者との正式な作戦会議だった。そのクーリィ准将の手腕にブッカー少佐はあらためて舌を巻いた。もっともライトゥーム中将を納得させるプレゼンテーションはブッカー少佐の役目で、その失敗は准将の立場を危うくすることを意味したから、少佐は准将の手腕に感動している余裕はなかった。

ブッカー少佐は、ジャムの戦略が変化していること、特殊戦は独自にそれに対する戦略偵察を実行中であること、この機会を逃したらジャムと直接接触する機を逃すおそれがあること、などを説明した。

「そのような任務は戦略偵察軍団がやっている」とライトゥーム中将は言った。「特殊戦の勝手な真似はわたしが許さない」

「戦略偵察軍団がジャムに操作されてはいない、という確信がおありのようですが」とクーリィ准将が言った。「われわれ特殊戦には、ない」

「なんだと？　どういう意味だ」

「ジャム人間がFAFに侵入しているのは間違いない」とブッカー少佐が補足した。「情報操作してくることは考えられる。偽の偵察情報こそもっとも警戒すべきでしょう」

「おまえたちこそが、ジャムに操作されているかもしれんのだ――」

「それを確かめるには、戦略偵察軍団の情報とわれわれとの情報に食い違いがあるかどうかを調べることでしょう」

クーリィ准将はねばり強い教師のような口調で説明した。

「もし一致していれば、問題はないか、あるいは両者とも偽だ、と疑われる。そうなれば他の軍団情報ともつき合わせて調べることが必要になる。いずれにせよ、こうした偵察情報は複数ルートから得るほど確度が高くなるのは常識で、あなたにそれがわからないはずはない。特殊戦はライトゥーム軍団独自の戦力でそれを実行しているということです。戦略偵察軍団のいいなりになってはいけない」

「いまやジャムとの戦いは、そうしたシビアな状況にあるのです、中将」とブッカー少佐は言った。「戦略偵察軍団から縄張りを荒らすなと非難されることは予想できましたが、特殊戦の戦略偵察行動はこれまで説明したように、必要です」

「部下の戦意を鼓舞し、やる気をそがないようにするのは上の役目でしょう」とクーリィ准将。「わたしには、ブッカー少佐にやめろとは言えない」

「わが軍団の司令部は、特殊戦からの情報がリアルタイムで入ってこないことに苛立っているのだ」

「それは任務上、しかたのないこと――」

その准将の言葉をさえぎって、中将が続けた。

「特殊戦機からの戦闘時情報のことを言っているのではない。特殊戦は、得た情報をすべて上に流してはいない、選択し、秘匿している情報もあるということに危惧を抱いているのだ。それがわからないとは言わせんぞ、准将」

「ですから、それは特殊戦の任務性格上の問題なのです。戦闘情報戦がわれわれの任務です。すべてを公開し不特定多数の人間の目に触れさせるわけにはいかない。特殊戦という限られた範囲で得た情報を管理するほうが、大きな組織でやるよりもコントロールしやすい。極秘情報が万一漏れた場合、その原因を探るには組織が小さいほどやりやすい。そのように作られた戦隊なのです。軍団司令部のその非難には錯誤が混じっている。最高責任者のあなたにはすべてを報告している。その情報を公開するかどうかは、あなたの判断です、中将。特殊戦はあなたのその判断に干渉したりはしていない。しかしひとつ忠告しておきます。われわれを非難している連中はジャムかもしれない、そう疑うことが必要でしょう」

「……疑い始めればきりがない。まったくやっかいな問題だ」

「ジャム人間がFAFに存在した、いまもしているだろうということは、公にしたのですか」とブッカー少佐。「それについて聞かせてもらえるとのことでしたが」

「上層部には報告した。最高機密扱いだが、きみら情報源に隠してもはじまらん。FAFは、ジャム人間と疑われる者たちを集めた再教育部隊を編制中だ。どの人間をそこに入れるかという作業は、情報軍が背後で行なっている」

「その部隊を完全にコントロールできると判断されたのですね。ジャム人間の集団ですよ。すべてがそうだとは言えないにしても――」

「わたしの軍団とは独立した部隊だ。疑わしい者は、わがライトゥーム軍団の人間だけではないからな。もはやわたしとは関係ない。こうなると、正直、戦闘機乗りをそれにとられるのは痛い。監視なら、部隊内にとどめておいてもできた。しかしいまさらどうにもならん。上部決定だ。反対意見もあったが、ロンバート大佐が押し切った」

「情報軍の下に作られる部隊ですか」

「システム軍団の一部隊として編制される。人間も改良の対象という理屈だろうが、軍団レベルの力関係で決まったことだ。ロンバート大佐が背後から関与し続けるのは間違いない。いちばん得をしたのはあの男だよ」

「そんなことより、ジャムだと疑われる人間をシステム軍団に入れるとは、なんてばかげた決定なの」とクーリィ准将が言った。「あそこでは兵器の開発や改良をやっている。ジャムはそういう情報を欲しがっているでしょうに」

「わたしも反対した。システム軍団としては、ジャム人間を見極めるためというより、ジャムに撃墜された機の人間からその失敗の原因を探ることに興味があるのだ。撃墜されたのは、操作の失敗なのか、機器のできが悪かったのか、心理的な要因か、戦術の問題か——徹底的に調べられる。一種のモルモット扱いだ。その過程で、ロンバート大佐が知りたいこと、本物の人間との違いが見つけられるかもしれん。そういうことだろう」

「システム軍団や上層部には、ことの重大さがわかっていないとしか言いようがない」とブッカー少佐はため息をついた。「今回のクッキー基地に、地上部隊を送り込むつもりなのでしょうか。地上部隊が編制されるという噂は真実ですか」

「地上軍設立の動きは以前からあった。FAFではなく独自の陸軍として、だ。FAFとしては、海兵隊ならぬ空兵隊という自軍内の地上部隊にしたい。それは遠からず実現しそうだ。よくやったというべきだろう。今回のクッキー基地攻撃には間に合わない。が、いつでも投入できるような作戦をとった。システム軍団が地上用の武装をいくつか開発中とのことだ。詳細は知らんが、動力を持った装甲戦闘服や、電子機械的なジャムの身体を想定した一種のコンピュータ破壊用の小銃用弾頭、閉鎖空間内通信システムなどだ。戦車も作りたいようだが、それはプロトタイプもまだ完成していないようだ。装甲戦闘服、システム軍団ではパワードアーマーと言っているが、それについてはすでに量産タイプが何体か完成し、こいつの量産に入ったところで正式な部隊が発足すると思う。まずクッキーに投入されるだろう」

「実験的な地上戦闘というわけか」とクーリィ准将は独り言のように言った。「見物だわ」

「失敗すればいいような口振りだな、准将」

「わたしはジャムに興味がある。地上部隊がどんな異星体に遭遇するのか、興味がある。FAFが内部同士や外部相手に権力の綱引きゲームで時間を無駄にしていなければ、もっと早くわかったかもしれない。地上部隊の投入など、無駄なことだと。そう、わたしは、実験地上部隊はたいした成果は上げられないと思う」

「どういう意味だね。内容によっては——」

「ジャムは、こちらの出方を模倣しているようなところがある」とブッカー少佐が説明した。「ジャムの戦闘機はこちらの技術レベルに合わせて作られている。未知の原理で飛んでいるわけではないし、攻撃システムもこちらに解析可能だ。もしこちらが戦車を投入すれば、ジャムもそれを出してくる。戦闘域が地上に広がるだけだ。間違いなくそうなる。FAFがいままで地上部隊を投入しなかったのは理由はどうあれ賢明だった。いまはまだ空を警戒しているだけでいいのだから。特殊戦はそう考えているのです」

「われわれはジャムに適当にあしらわれているだけだというのかね、クーリィ准将」

「ジャムは必死でしょう。先制攻撃をしかけてきたのはジャムのほうだ。適当に遊んでいるという意識はないはず。目的が、わからない。特殊戦はそれを探っている。FAFはむろん総力を挙げて、それを探っているでしょう。われわれの判断こそが絶対に正しいとは言わない。ですが、中将、特殊戦はジャムと直接接触した唯一の部隊なのです。それはだれにも無視できないはず。ライトゥーム中将、ご決断を」

「なにを決断せよというのだ」

「ブッカー少佐が提出した資料をこの場で検討していただき、特殊戦がいま実行中の偵察行動について正式に承認を下されること、です。それがあれば、他部隊からいらぬ干渉を受けなくて済む」

「自分の言っていることがわかっているのか、准将。きみは、自分の好き勝手に部隊を動かしながら、その責任をわたしにとれと言っているんだぞ」

「あなたから正式な承認をもらえるなら、他部隊からの非難に対してはわたしが直接対処できる。あなたを煩わせることもなくなる。いま初めて明らかにした要求ではありませんよ、中将。今回の偵察行動については、先の昼食会で打診済みです」

「勝手な行動は許さない、と言ったはずだ」

「どのような行動が許されないのか、その具体的な回答はもらっていない。特殊戦はこの場にそれをもらいに来た。とにかくいまは緊急事態なのです。ブッカー少佐の資料のとおり、事態は急激に変化している。機を逃しては勝てる戦いも勝てない。あなたは、勝機をみすみす逃した将軍として記憶されたくはないでしょう」

「不愉快だ」

「戦争が愉快だという人間がいるなら会ってみたいわ。これは戦争なのよ」

「閣下」とブッカー少佐は素早く会話に口を挟んだ。「准将は現在進行中の作戦任務のためほとんど休んでいないのです――」

「だから、なんだ。きみがかわりに非礼を詫びるというのか。クーリィ准将、きみは責任は上に押しつけ、部下に謝らせるという人間なのだな」

「少佐は謝ってはいない、事実を言ったまでのこと。わたしはあなたに責任を押しつけようとしているのではない、責任者が責任ある態度をとるのは当然だ、と言っている。われわれはあなたの機嫌をとりに来たのではない。作戦会議に出席するためだ。あなたが、特殊戦が自分の手に負えないと判断するなら、切り捨てることを考えるべきだ。特殊戦は独立させたほうがいいと運動することだ。認められれば、もうあなたはわれわれに煩わされなくて済む」

「わたしはきみを解任することもできる」

「あなた個人の力ではできない。解任要求には、根拠が必要だ。特殊戦がうまく機能していないというのなら、あなたの指揮能力も問われる」

ライトゥーム中将は顔を紅潮させていて、いまにも怒りを爆発させそうだった。しかし、そうはならなかった。もしその場が普通の会議で他にも出席者がいたならば、中将はプライドを護るためにたとえポーズでも激怒してみせたことだろう、おそらくクーリィ准将はそのへんも計算ずくでこういう態度に出たのだろうとブッカー少佐は思った。

中将は准将をしばらくにらみつけたあと、手元の資料を取り上げて、言った。

「女狐め……いや、失敬。きみがそこまで言うからには、大きな成果を上げる自信があるということだろう。わが軍団はＦＡＦの主力だ。特殊戦はわが軍団に所属すればこそ、大きな働きができるのだ。わたしが、きみを他の軍団や上層部の誹謗中傷から護ってきた。きみの能力を高く評価すればこそだ。現在進行中の作戦も中断の必要はない、続けろ。装備その他に不満足なものがあるならば言ってくれ。わたしがなんとかする。だが全体的に厳しい状況だ。すべてが通ると期待されては困るが、これまでも特殊戦のわがままは精いっぱい実現させてきた。わたしの才覚でだ。それを忘れるな、クーリィ准将。以上だ。解散」

「感謝します」クーリィ准将は立ち、そして中将を見おろしながら、言った。「中将、そのブッカー少佐の資料を精読されることを、強くお勧めしておきます。いまなら、まだ間に合うかもしれない」

「なにに間に合うというのだ」

「いまなら、あなたは生きて地球に帰れる。読めばそれがわかる。では、失礼」

ギブリール・ライトゥームはそのとき、実に複雑な表情を浮かべた。ブッカー少佐はその表情の変化を見逃さなかった。おそらく中将はこう感じたのだ、と少佐は想像した。

特殊戦はなにか大きなことをつかみかけている、その手柄はすなわち自分のものだ、うまくやった――そんな満足感を打ち砕くような准将の言葉で、ようするに腰抜けが逃げ帰るならいまのうちだぞと嘲られたのだと気づいて怒りがこみ上げ、しかし冷静にその内容を吟味してみればFAF内のどこにも安全な場はないと准将は言っているのだと不安になり、自分の敵はだれなのか、自分がここにいる意味を再考し、そして、クーリィ准将の不遜ともいえる態度の理由を悟って、同じ軍人として畏敬の念を抱いた。准将は生きて帰ることは考えていないのだ、戦死を覚悟している、と。

いやいやギブリール、クーリィ准将は死ぬことなど考えてはいない、この状況を生き抜くためにあんたを利用しているのだ、彼女はあんたが思う以上にタフな女だ、あんたと同じ次元の軍人などではないのだよ——少佐はむろんそんな思いは口にせず、准将を追って会議室を後にした。

こうなればもはやクーリィ准将の立場を気遣う必要はなかった。責任はすべてライトゥーム中将が負うのだ。こちらは自由にやりたいことがやれるとブッカー少佐は、ジャムと直接接触するための戦略偵察作戦の第三段階について具体的な検討に入った。

非戦闘的接触の用意がこちらにあるということをどうすればジャムに伝えられるだろう。ジャムは人語を理解できるだろうから、そうしたメッセージを発信すればいいだろうが、しかしそれを他部隊の人間に読みとられるのはまずい。これは裏切り行為とみなされる。これへの反論はライトゥーム中将には荷が重すぎる。メッセージを偵察ポッドに入れて、それをジャムに回収させて解読できるようにするか。ダイレクトに入れておくのは万一FAFの他部隊に回収される可能性を考えれば、できない。暗号化が必要だ。ジャムだけにわかる解読キーをどうすれば渡せるだろう？　これは、特殊戦の機械知性体、戦術および戦略コンピュータの知恵を借りなければなるまい。彼らはジャムの存在を人間以上に身近に感じているに違いないのだから。

ＦＡＦの他部隊には絶対に解読不能でジャムだけが捉えることができる、こちらの意思表明手段を考えよ。

その問いに特殊戦の戦術コンピュータは、ブッカー少佐が思ってもみなかった大胆かつ単純な答えを出してきた。即座に、あっけなく。

——ジャムが聞き耳を立てているであろう地上ポイントを選択して着陸、騒音を排除した後、そこで人語にて話せばよい。飛行中の他のＦＡＦ機の機上からその音声を確実に捉える手段はない。同条件下でその実現可能性を持った機器としては唯一空間受動レーダーが考えられるが、それでも人間の発話程度の音圧変化を捉えられる確率は小さく、無視してよい。慎重を期すならば、もし周囲にＦＡＦ機を発見した場合は撃墜せよ。以上。

こいつは面白い、とブッカー少佐は思わず笑ってしまう。電子的な手段しか頭になかったが、言われてみれば、人間には口があるのだ。しかし、ジャムのほうには耳があるのだろうか、それが問題だ。人語を理解するということと、ヒトの声を聞き取れるということとは同じではない。そう言うと、戦術コンピュータは、それは無視してもかまわないと言った。

——ジャムは、人体という存在から情報を受け取る手段を持っていると予想できる。そうでなければジャムは人間のコピーを使った情報収集活動はできない。あなたの送り込むメッセンジャーは、必ずしも発話にてメッセージを表明する必要はない。

ジャムはメッセンジャーの脳内の記憶をサーチするとでもいうのか？

——その可能性は否定できないが、それでは情報量が多すぎ伝えるべきメッセージがあいまいになる。発話のつぎに確実な伝達方法は、メッセージを文字文書にて提示するという手段だ。ジャムはそれを理解できると予想される。

戦闘知性体はあくまでもブッカー少佐の予想よりも現実的な答えをしてきた。

まるでこいつは、人間が生身の身体活動でもって意思を示さなければジャムは納得しない、と言っているかのようだとブッカー少佐は思ったが、この戦いの主役は人間だとジャムにわからせるには、たしかにこいつの言うようにやるのがいいのだと判断し、コンピュータや電子的手段に無意識のうちに頼ろうとしている自分を反省して、それ以上は詮索しなかった。

しかし、もしこのときブッカー少佐がこう訊いていたら、戦術コンピュータは〈イエス〉と答えていたろう。

「おまえはすでにジャムと接触しているのか」と訊いていたならば。

特殊戦の戦闘機械知性体群は、雪風がフォス大尉を乗せて出撃した際に収集した情報を分析中にジャムからのメッセージと思われるデジタル信号があることを発見し、その解読に成功していた。ジャムはその空中戦闘中に雪風をパルスレーザーで狙い、こういうメッセージを送っていた。〈われは貴特殊戦以外の存在には悟られない手段にて、特殊戦の人間、とくに深井零中尉との言語による意思交換を熱望している〉と。

雪風と特殊戦司令部の機械知性、ようするにコンピュータたちがそのような形ですでにジャムと接触しているなどということは、ブッカー少佐の考えてもいないことだった。だから少佐がそのような問いを発することはなく、訊かれなかったから戦術コンピュータも答えなかった。零ですら、実際にジャムの総体というその存在に出会うまでわからなかった。だれひとりとして、それに気づいた人間はいなかった。それが実際に起きるまでは。

2

ジャムと接触する任務をこなせるのは深井大尉しかいない、とブッカー少佐は思っていた。用意が整いしだい、できるだけ早く実行すべきだ、とも。

だがその用意はまだできていなかった。まず、確実に接触できると思われるポイントの選定という重要な問題があった。成否はほとんどそれで決まるだろう。

それにはリッチウォーを含む複数のジャム基地の偵察が必要で、そのためにブッカー少佐はクッキー攻撃作戦に飛ばす予定だった戦隊機をそちらに回した。フォス大尉にはジャムのプロファクティング作業を急がせ、雪風については、クッキー基地への戦術偵察という本来の計画どおりに飛ばすことにした。特殊戦がいままで試みたことのない任務に、実戦に復帰して間もない零と新人の桂城少尉をつけるのは無謀で、零には戦闘の勘を取り戻させ、桂城少尉には実戦を体験させることが必要だとの判断からだった。

ジャムとの接触などという重大な任務には桂城少尉という新人を使うのはまずいのではないか、と零は言ったが、ブッカー少佐には零には告げていない考えがあった。もし雪風とその乗員がジャムに捕まった場合、特殊戦の内部事情を知られる可能性を持った者は少ないほどよかった。新人の桂城少尉は特殊戦についてはほとんど知らない。また、もし、深井大尉が彼自身が知らないうちにジャムに操られているのならば、つまり零自身も知らないうちに彼がジャムに造られたコピー人間だった場合、桂城少尉ならそれに対処できるだろう、とブッカー少佐は判断していた。桂城少尉は、FAFに不利益な行動をとる者をつねに警戒すべしということを身体に叩き込まれた情報軍の人間だった。また、万一、桂城少尉のほうがジャムだったら、ともブッカー少佐は考えていた、雪風や零と接触したいとジャムが思っているならば、雪風に乗り込んだ桂城少尉を利用して雪風の誘導を試みてくるかもしれない。ブッカー少佐は、ジャムのほうから接触してくる可能性も考慮してはいたが、その場合はジャムは人間にわかるように、コピー人間を使ってくるだろうと予想していた。もしかしたらジャムは、特殊戦のコンピュータ群にダイレクトにアクセスしてくるかもしれない、ということを少佐は考えないではなかったが、それは、そうなってほしくない事態だったから、無意識のうちにそれについては無視していた。もしそういう事態になれば、人間にできることはなにもなくなる。完全にジャムとコンピュータとの戦いになるのだ、と。

そうなってほしくないことこそ、それに対処すべく頭を振り絞るべきで、いやなことを考えさえしなければそれは実現しないというわけではない。むしろ現実というのはその逆で意地悪なものなのだ、それを忘れていた、なんてばかだったんだ、とブッカー少佐が思い知ったのは、雪風のクッキー基地偵察作戦行動を司令センターでモニタしているときだった。

クッキーはすでに壊滅したといってもいい状況だったから、ここでなにか予想外の問題が生じるとはブッカー少佐ならずとも予想していなかった。給油ポイントで給油、戦闘空域でこれより戦術偵察を実行する、という宣言のつぎには、「これより帰投する」という連絡がくるだけのはずだ。実際、雪風の前に出撃した戦隊機はみなそうだった。それらが収集して持ち帰った戦闘空域の電子情報は詳しく分析され、クッキーはどの基地にも支援を求めていない、ということがはっきりしていた。ジャムがクッキーにおいて一発逆転を狙ってくるにはもはや手後れ、という状況だと特殊戦の人間たちは判断していた。

もし雪風機上でなにかあるとすれば桂城少尉が不慣れなために零が苛立つくらいのことだろう、そうブッカー少佐は思って、それに備えてフォス大尉をこの場に待機させていた。もっともフォス大尉は、零と桂城少尉、そして雪風に興味があったから、少佐に命じられなくても司令センターで見守るつもりだった。クーリィ准将も、そうだった。この状況では雪風にはなにも起きないだろうと思いつつも、雪風の行動から目を離して休む、ということができなかった。すでに雪風はジャムから接触したいとの意向を受け取っていることを特殊戦の人間は知らなかったが、もし雪風になにかあるとしたら重大なことに違いない、という思いはみな持っていた。

そのため、雪風からの緊急通報が入ったとき、だれもが、その悪い予感が的中した、と感じた。

センター内がどよめいた。戦術コンピュータが雪風からの暗号通報を人語に翻訳、その画面のみを大スクリーンに表示する。

〈こちら雪風。われ未知のタイプのジャム機と遭遇せり。これより独自の判断により、ジャム戦略偵察ミッション第三段階を実行する。以上〉

「どういうことなのか、機長の深井大尉に説明させろ」

ブッカー少佐はそう命じる。通信管制官からの返答は、不能、だった。

「雪風は通信手段を閉鎖、第一級の戦闘偵察行動に入っている。交信不能だ」

「これは、少佐、深井大尉の判断ではないと思います」とフォス大尉が言った。「表示されている『独自の判断』というのは雪風の判断であって、零は、深井大尉は知らないか、少なくとも彼の判断ではないでしょう」

「あなたはジャムに出し抜かれたようね、ブッカー少佐」とクーリィ准将。「この状況からすると、未知のタイプのジャム機というのは、おそらく雪風との交戦ではなく交信を望んでいるものと思われる。向こうから、接触してきたのだ」

「こうした事態は予想できた」とフォス大尉が冷ややかに言った。

ブッカー少佐は、予想できたのならなぜ事前に言わないのだ、いま、したり顔でそんなことを言うな、と激昂しかけたが、危機感のほうが上回る。責任問題は後まわしだ。素早く頭を回転させ、雪風の様子を知るにはどうすればいいかを考える。戦術コンピュータのほうが早かった。

〈帰投中のレイフを現場に戻す。クーリィ准将、許可を〉

「許可する。ブッカー少佐、あなたがその指揮を執れ」

「了解。管制官、レイフに緊急アクセス、現在地、および残存燃料を――」

〈わたしがやる〉と戦術コンピュータが画面に表示してきた。〈戦術戦闘航空軍団、および、TAB-8基地管制システム、その他のコンピュータ指揮システムへの強制割り込みを試みる。クーリィ准将、許可を〉

「割り込みを悟られないようにやれるならば、許可する。こちらの出方や情報を知られてはならない」

〈了解。あなたの要求条件下での実行は可能である。クーリィ准将の許可の下に雪風追跡および支援ミッションを実行する。レイフはTAB-8にてホットフュエリングを受けるべく手配する。レイフはわたしが最適な偵察行動をとるように操作する。許可を求む〉

「許可する。レイフの行動をここで把握できるようにしなさい。あなたが実行することとすべて、わたしにわかるように逐次報告せよ」

〈了解。クッキー基地戦域の状況を、入手可能な情報により、リアルタイム表示する〉

雪風からのリアルタイム情報はこない。そのため、そこでいまなにが起きているのか、雪風の飛行コースもわからない。雪風は自分が得た情報を決して漏らさないような行動をとった。そのような場合、司令センターでは、それをリアルタイムで追跡する手段を持たなかった。しかし、いまは、そうではなかった。戦術コンピュータは他部隊のコンピュータシステム内の情報を横取りしてきた。それに加えて、戦術コンピュータはいまクッキーではない方面に飛んでいる二機の特殊戦機に向けて緊急作戦変更を伝え、それが収集しているFAF交信情報をリアルタイムで送るように指示した。

その結果わかったのは、クッキーが最後の反撃に出たのち自爆したこと、だった。その上空にいたすべてのFAF機が撃墜されたというので前線では蜂の巣を突いたような騒ぎだ。それでも雪風については、どうなったかわからない。存在が確認できなかった。

雪風がまだ無事なら、とブッカー少佐は思った、雪風がジャムと接触することをFAFには知られていないということで、これはいいことだ。だれにもわからないようにしているということなのだから。しかし、もしそうでなかったら？

レイフを操る戦術コンピュータは、燃料がもつぎりぎりの時間を費やしてクッキー周辺をレイフに捜索させたが、そのときはすでに雪風の姿はなかった。生き残りとみられるジャム機とFAFの戦闘状況が得られただけだ。

レイフはTAB-8にいったん降り、エンジンを切らずに給油を受ける。それには少し手間取った。給油を要請する手配はうまくいったのだが、その基地の給油部隊の人間は無人機のレイフの機体を見るのは初めてだったから、給油口がどこに何箇所あるのか、わからなかった。特殊戦がその情報を与えていたが、それが現場に伝わるまで、レイフは待たされた。エンジンを切らず、機首を沈ませたニーリングの姿勢で。こいつはまるでジャムだ、とそれを間近で見る人間たちは思った。

「雪風は……撃墜されたのでしょうか」

フォス大尉は、だれもそれに触れないことに堪えられず、訊いた。

「どこにもいない。飛んでいないわ」

「墜ちた形跡はない」とクーリィ准将が応じた。「救難信号はキャッチされていない」

雪風はクッキーに着陸したのかもしれないとブッカー少佐は思ったが、レイフが送ってきた映像を見て、それを否定した。クッキー基地は跡形もない。巨大なクレータと化していた。もし雪風がそこに着陸していたならば、残骸を発見するのも困難だろう。

〈雪風は、ジャムと接触中であると予想される〉と戦術コンピュータはいった。〈われわれには、それを捉えることはできない。帰投を待つしかない〉

「レイフに捜索を続けさせろ」とブッカー少佐。「緊急事態だ。他の戦隊機も――」

〈捜索は必要だが、現時点でクッキー上空に複数の捜索機を投入しても雪風の発見確率を高めることはできない〉とコンピュータ。〈雪風は、不可知戦域に入ったものと推測できる〉

「不可知戦域とは、どこ」とフォス大尉。

「雪風が以前ジャムに捕まりかけた未知の空間だ……地球人客を乗せた遊覧飛行中に、その手薄な雪風をジャムは捕虫網で捕まえるように未知の空間に引き込んだんだ」

そう答えながら、戦術コンピュータはどうしてそんな詳しいことが言えるのか、とブッカー少佐は訝しく思い、そして、悟ったのだった。こいつは、ジャムとすでになんらかの話し合いをしているに違いない、この事態は彼らコンピュータたちには予想されたことなのだ、と。

特殊戦の戦闘機械知性体群は、独自の判断で動いていた。いまや特殊戦の主導権を握っている。

自分の判断は甘かったとブッカー少佐は唇を嚙んだ。自分はジャムというより、こいつらに、出し抜かれたのだ。零は、雪風に意識がある、あれは生きている、と言ったが、それを自分は真剣に聞こうとはしなかった。コンピュータ群の戦闘意識について、自分も本気で知ろうとすべきだったのだ……

「しかし、なぜ雪風なんだ」とブッカー少佐はつぶやくように言った。「なぜジャムは雪風を選択的に狙ってくるんだ」

「それは、ジャムにとって雪風が特異な存在だからです」とフォス大尉が言った。「少佐、あなたは特殊戦にどっぷりと浸かっているので、雪風が特殊な存在だと気づかないのです。そんな単純なことに気づかないなんて、わたしに言わせれば――」

「フォス大尉、あなたはここにいなくていい」そう遮ったのはクーリィ准将だった。「ジャムのプロファクティング結果をまとめて、即刻提出しなさい」

「准将、それはまだです。いま雪風が持って帰る情報こそが、必要です」

「ブッカー少佐、フォス大尉に自分の任務について教えてあげなさい。あなたもここにいる必要はない。この場はわたしが指揮する。フォス大尉のプロファクティング内容を分析、この状況で役に立ちそうなことがあれば、すぐに連絡。以上だ。行きなさい」

「……はい、准将」

ブッカー少佐は敬礼し、その命令に従った。いまだかつて味わったことのない敗北感とともに。

准将は、雪風が帰ってこない場合も想定して、フォス大尉のジャムの行動分析結果を早急に求めているのだとブッカー少佐は理解した。それはこの状況では適切な、正しい判断だ、と少佐も認めた。准将にとって零の生死は、戦略上の問題でしかない。それが戦争というものだ。

だがブッカー少佐は、そのように割り切ることはできなかった。必ず帰ってこい、と少佐は祈った。友よ、おれはおまえを失いたくない。ジャムや、雪風や、そしてこの戦争という状況に、負けてはならない。戦闘の勝ち負けなどどうでもいい、生き延びることこそが重要だ。

そう、それは零も承知のうえだろう、とブッカー少佐は考えをあらためる。

零は祈りなど必要としていない。自分の力を信じて、やりたいようにやるだろう。こちらは、帰ってこいと要求するだけだ。雪風が帰ってきて、ジャムの正体が知れれば、自分のこの敗北感は打ち消される。捲土重来を期すためにも、雪風と零と桂城少尉には帰ってきてもらわねばならない。

3

零が帰投を宣言すると、雪風は即座に反応した。

〈switch to AUTOMANEUVER ... Lt.〉

雪風は零に、戦闘機動制御をオートモードに切り替え機動操作権を自分に渡せ、といってくる。零は了解し、オートマニューバ・スイッチをオン。

雪風は加速を開始。旧雪風のコピー機、ジャムの幽霊機もぴったりと真横についてくる。その機は、雪風の電子システムに干渉したり能動的な探査は行なっていないが、受動的な監視手段でもって雪風の行動や戦闘情報を収集しているのだろう、もし雪風が特殊戦司令部に連絡をとろうとすればジャムはそれを察知し、通信内容も解読するだろう――ジャムにとっていまだに雪風は謎なのだ、と零は思った。

幽霊機はスーパーシルフのコピーで、高速性ではメイヴに劣らない。離されることなくついてくる。雪風はそんな幽霊機に対して電子的な対抗手段はとらなかった。ただ針路をわずかに修正し、加速を続ける。上下に広がる濃い灰色の雲海の切れ目が水平の細い帯状に見えていたが、雪風が向かう先のそこは青い。そこが出口だという青信号のようだと零は思う。しかし距離が測定できない。無限遠のような気がした。

「後ろに、異変」桂城少尉が低い声で言った。「出口が閉ざされていくようだ」

零もレーダーディスプレイ上にそれを見た。背後にもあった帯状の開放域、雲海の切れ目が、なくなっていた。平行だった上下の壁が後ろで合わさり、その接線が接近してくる。二枚貝の上下の殻が閉じていくような感じだ、と零は判断する。しかし上下の壁が後ろに向かって傾いているというのは確認できなかった。

これは、ランダーが左手を失ったあのとき、不可知戦域に閉じ込められようとした、あの状況と似ている、と零はそれを思い出した。あのとき雪風は、目に見えない弧を描く壁に囲まれていった。その出口に向かって逃げようとしたのだが、雪風を囲む壁が円形に繋がり、その円が一気に点にまで絞られて、不可知戦域に落ち込んだのだ。あのときの壁は通常のレーダーでは捉えられなかった。いまは、逆だ。ちょうど裏返しの状態のようだ。

「このままでは、押しつぶされる」桂城少尉が感情を押し殺した声で言った。「間に合うか」

「どうかな」

そう零は答えて、このインターカムの声はジャムには聞こえているだろうか、と考えた。

「深井大尉、なにもしないつもりか」

「落ち着け、少尉。この場で殺されることはない」

「どうしてそんなことがわかる」

「殺す気ならいつでもできる。ジャムはおれたちを捕獲したいんだ。出口がふさがったら、おれたちは雪風ごと、どこかに転送される。ジャムはそこでおれたちを徹底的に分析するだろう。それをもとにコピーを造って、そいつを帰還という形で特殊戦に送り込むかもしれない。おれたちのほうはジャムに洗脳されるか、用済みになれば消去される」

「消去だ？　殺されるということだろう。ぼくらは人間なんだぜ。あんたは機械なのか」

桂城少尉は感情をもうこらえようとしない。

「人間だ。だからジャムが接触してきたんだ」

「どうしてそんなに平然としていられるんだ、深井大尉。あんたはばかか。雪風にまかせるなんて、どうかしている。アフターバーナに点火しろ」

「それで出られるなら、雪風がやっている。ここでじたばたしてもはじまらない。ここでは死なない、それはおれが保証する。だから騒ぐな。生きているかぎり、脱出のチャンスはあるんだ」

「……どこへ転送されるというんだ」

「さあな。通常空間とまったく見分けがつかないフェアリィ星のコピー空間かもしれない。FAFも特殊戦もそこにあって、おれたちは帰還を果たした、と思える場かもしれない。ジャムが自然な状態のおれたちをモニタするには、それがいちばんだろう」

「そんなばかな。もしそうなったら、そこからどうやって脱出するというんだ。だいたいそこがそうした仮想の場だとどうすればわかる」

「人間の五官ではわからないだろうな……おれたちが知る方法はただ一つだ。雪風に訊くしかない。雪風はジャムのそうした手段を察知できると予想できる。ジャムとの電子的な、おれたちの五官ではわからないなんらかの交信手段を持っているんだ。おれたちは、雪風が『攻撃しろ』というターゲットを狙う。それが敵なのだ、と信じてだ。それしかない」

そう言って、零は、それはいままでと同じではないかと気づいた。

「少尉、きみは悩むことはない。これまできみは、周囲の現実が実在のものかどうかなどには関心を払ってこなかった。なにも変わらないよ、きみの人生はな。きみはジャムに殺されても、それが実感できなければ死んだことにさえ気づかないだろう――」

「偉そうに御託を並べるのはやめてくれ。なぜなにもしないんだ。雪風にまかせっきりで、このままジャムに捕まってもいいというのか」

「おれに、この場でこれ以上のなにをしろというんだ。心理恐慌に陥ったフライトオフィサを射殺しろとでもいうのか」

「そんなことをさせるか。あんたがなにもしないのなら、こちらがそうしたい――」

「言動に気をつけろ。すべて記録されているんだぞ。生きて帰投できたときのことを考えろ、桂城少尉。頭を冷やせ」

「……せめて雪風に、脱出の可能性があって行動しているのかと訊いてほしい」

「雪風に余計な負荷をかけたくない。この場は雪風に任す。邪魔はするな。成功か失敗かは、後になればわかる。おれにいまできるのは、失敗に備えて、そのときどうすべきか考えることだけだ。もしジャムがおれたちを捕獲し、特殊戦におれたちのコピーを送り込んだら、そいつがコピーだと特殊戦に気づかせるにはどうすればいいか――」

「そんなのは、不可能だ」

「おまえは考えなくていい。周囲警戒を続けろ。命令だ、少尉。戦闘放棄は許さん」

そう言いつつ、零は覚悟を決めていた。いかに雪風でも、この場から脱出できるとは零にも思えなかった。だがそれでも雪風にすべてを託したことを後悔したりはしなかった。雪風にできないなら、自分がやってもできないだろう、と。

「深井大尉」

「なんだ」

「背後の壁が立ってきている。球面になろうとしているようだ。いまは水平方向には無限のような状態だが、それが閉ざされて有限の空間になろうとしていると思われる」

「そのようだな。ボールの内部に閉じ込められるような形だ。そのうち前方の出口も、帯状ではなく円形になるだろう。そして、閉じる」

「閉じる直前には、出口までの距離が正確に測定できるようになる、ということだ」

「それで？」

「中距離高速ミサイルを発射することを提案する」

「なにを狙う」

「出口だよ。雪風は間に合わなくても、ミサイルだけでもここから脱出させられるかもしれない。タイミングを逃さなければ、高速ミサイルの速度といまの雪風の速度を合わせれば、ミサイルが脱出できる可能性はある」

「フム」

「ミサイル内部に、こちらの情報を載せることは雪風にはできるんじゃないか？　ミサイルには誘導情報を格納するメモリがある。それを利用することはできないか」

「雪風なら、そういう操作は可能かもしれない。そんなことはしかし試みたことがないから――」

「ぼくはあなたほど楽観的にはなれない。脱出できなければ、最期だ。ぼくは、だれにも知られずに死にたくはない。あなたも、そうだろう。雪風だって、ここで得た情報は外部に伝えたいはずだ」

「そのミサイルが脱出できたとしても、その情報を特殊戦やＦＡＦが回収できる確率は小さい」

「以上だ。提案、終わり」

ミサイルにこの場で起きたことをすべて記憶させるのは不可能だ。しかし雪風から発射されたものであるという情報は入れられるかもしれない。やってみる価値はある、と零は判断した。ミサイルがここから出れば発見される可能性はある。それがどこに出て、どこに向かって飛んでいくのかは、わからないが。

「中距離ミサイルの飛翔速度と航続距離から、最適な発射タイミングを計算し、それに備えろ」

「了解」

桂城少尉は電子戦闘パネルに手を触れる。すると雪風がまるで少尉に答えるかのように、中距離高速ミサイルを二発、発射可能な状態にした。

雪風は乗員のやりたいことを理解していると、桂城少尉は雪風に初めて信頼感を覚えた。が、零は、そうではなかった。これはもし雪風が脱出できない場合の、最後の手段だ。いわば遺言だ。いまそれを実行するということは、雪風は脱出のチャンスはないことを認めているということで、それは納得できない。

ヘルメットのスピーカーに、ロックオン開始の信号音が伝わった。ミサイル内部へ誘導情報を入力中であるという接続音が重なる。その完了と同時にミサイルをリリースするという雪風の宣言と受け取った零は、なにをするつもりだと緊張する。

——これは桂城少尉の提案を実行しているのではない、雪風はミサイルを遺言代わりに使おうとしているのではない、これは攻撃だ。

零がそう思った直後、雪風は、ためらうことなく、零の許可を待たずに、二発を同時に発射した。

桂城少尉は愕然とする。攻撃管制レーダーが目標を表示している。並飛行していた幽霊機がただちに電子攪乱手段に出た。雪風はミサイルの能動誘導をキャンセルし、ミサイル自体の目標追尾機能にまかせる。

「ばかな」と桂城少尉は叫んだ。

零も自分の目を疑った。ミサイルの目標は、二つだった。一つは、画面で確認するまでもなく幽霊機だとわかる。だが雪風はもう一つの目標も定め、それを表示していた。

雪風自身だった。

「自殺行為だ」と少尉。「雪風は自爆する気だ」

零もそれを疑った。

ミサイルの航跡を目視で追跡。幽霊機を狙っているそれは水平方向に急旋回したが、雪風を狙うミサイルはそのまま直進し、はるか前方で上昇を始める。ループを描いて上方から突っ込んでくるコースだ。

幽霊機が回避を始める。旋回してあっという間に遠くなる。ミサイルはそれを追尾するために針路を修正し始める。幽霊機からのすさまじいジャミング波をキャッチ。しかし雪風はもしミサイルの誘導がそれに乱されてもこちらにはまだ誘導手段はあるとばかりに、自機の針路と速度を調整し始める。つまり、雪風のほうからミサイルの着弾ポイントに向かっているのだ。

まさに形を変えた自爆行動だった。雪風の自爆シーケンサは、乗員の脱出シートが射出されないと起動しない。乗員を乗せたまま実行するにはこうするしかないのだ。

桂城少尉にはなすすべがなかった。この場での機からの脱出は即消滅を意味した。幽霊機から放り出されたコピー人間のように。機長の深井大尉がミサイル回避操作に成功するしか助かる道はない。

「回避だ」と桂城少尉はかすれた声で叫んだ。自分がミサイルの件を言い出さなければ、雪風はこんなことは思いつかなかったかもしれない、と後悔しながら。「雪風は負けを認めたんだ」

零は反射的にドグファイト・スイッチを入れようとしていたが、それを聞いて、こらえる。

「違う。雪風は負けたとは言っていない」

「すぐに、来るぞ」

上空を見上げた桂城少尉が言った。零はメインディスプレイを見ていた。

〈this is not warning shots ... JAM〉

これは威嚇射撃ではない、と雪風はジャムに警告している。

雪風は本気だ。これは負けを認めた態度などではない。雪風は負けないための手段をとったに違いない。これは威嚇射撃ではないというからには、この手段はシリアスなものだということをジャムにわからせたいのだ。なんのために？　助かるためにだ。雪風は、生き延びられるチャンスを自ら放棄したわけではない。負けを認めるなら、わざわざ宣言する必要はない、黙って乗員を射出して、自爆すればいいのだ。

雪風はジャムに、この空間から脱出させなければ自爆の用意がある、こちらは本気だ、といっていた。そういう駆け引きが通用すると雪風は判断したのだ、と零は思う。自爆を条件に？　いいや、違う、雪風の目標は、自機ではない。

雪風は、この場に誘い込んだジャムの目的を理解しているだろう。ジャムは、自らに理解できない存在である雪風の乗員に用があったのだ。もしその人間との交渉が決裂しても、殺さずに捕獲しようとするだろう、というのは予想できる。だから自分もこの場では殺されないだろうと余裕をもって構えていられたのだ、と零は思う、しかし雪風は、そうはさせない、この場でジャムのそうした目論見をうち砕いてやると、決意したのだ。

これは雪風の自殺行為などではない。ジャムに対する戦術戦闘行為だ。決死の。もしジャムがこれを無視し、その結果自爆という形の最期になろうとも、雪風にすれば、ジャムの企てを阻止したということで、負けではないのだ。

——雪風はこのおれを人質にしているのだ。ここから出せ、でないと、乗員を殺す、自分は本気だ、と。雪風は、自分がその気になればいつでも乗員を自らの手で殺せるのだ、ということをジャムに実際に示しているのだ……なんてやつだ。

零はあらためて雪風に畏れを抱いた。人間を犠牲にしてまでもジャムに勝とうとしている、その存在に。

「だめだ」

その後席の桂城少尉の声を聞きながら、零も覚悟を決める。雪風に裏切られたとは感じなかった。雪風がやりたいことは理解できた。あくまでもジャムに負けたくないのだ。おれもだ、と零は思い、操縦桿を握る手の力を意識して抜いた。こちらの思いを雪風にわからせるには、オートマニューバを解除しない、それだけでいい。

これほど雪風と深く意思疎通できたのは初めてだ、という満足感がこみ上げてきて、もはや恐怖は感じなかった。不思議な幸福感で、この状況の現実感が薄くなっていたが、それを零は意識しなかった。

メインディスプレイの表示がすべてクリアされる。雪風はそこに着弾までの残り時間を表示し、そしてこうつけ加えていた。ただ一言。

〈thanks〉

雪風は着弾までの時間をこちらに敬意を払って表示しているのだ、と零はそれを読みとって、そう理解した。まるで『ご搭乗の皆様、まもなく到着いたします。サンキュー』という感じだな、と思う。思えば長く乗ってきた、これは雪風の別れのあいさつかもしれない……これが最期なら、お互いに、いい死に様だ。他人がこれをどう思おうと、そんなのは知ったことではない、と零は思った。

4

桂城少尉は、シート上部の脱出シーケンサを作動させるシート射出ハンドルを握るべく両手を上げたまま、動くことができなかった。この超音速飛行状態で射出されたらどうなるか、などと考えたのではなく、ただ動けなかった。突っ込んでくるミサイルの弾頭をはっきりと目視できた。先端についている一つ目のような目標追跡用レンズも見ることができた。いやなものと目を合わせてしまった、と少尉は目を閉じた。

雪風は着弾までの残り時間を一〇〇分の一秒の桁まで表示していた。めまぐるしいその数字の変化がだんだんゆっくりになっていくのを、零は不思議には感じなかった。これは脳の機能が最大限に発揮されているのだ、最後の瞬間までマニューバスイッチを切らないように集中しているためだ、と零は思う。それが〇・〇〇になるのが待ち遠しくさえあった。

もうすぐだ、もうすぐ。

ついにそれが実現するのを零は見た。瞬間、閃光を感じる。周囲がまばゆく光り輝き、メインディスプレイの表示が強力な外光のために薄れ、見え難くなった。

だが、予想した衝撃や痛みは感じなかった。こんなものなのだな、と零はまったく平静に思った、死の瞬間というのは。

光はなかなか収まらない。時間がおそろしく引き延ばされているかのようだった。なぜ暗くならないのだ、なぜ、まだ考えることができるのだ、人間には死後の世界があるとでもいうのか、そう思い、そして零は、ミサイルが頭上にまだあり、起爆していないことを、感じとった。

肉眼で見たわけではなかったが、その様子が、わかるのだ。すぐ頭上に、黒い目のようなミサイル先端の目標追跡レンズがこちらを見下ろしている。

まだゼロではないのだ、と零は悟る、一〇〇分の一秒の桁はまだゼロではない。とっさに操縦桿の存在を意識して探している。

（そうだ、深井零、まだそのときではない、まだ間に合う。回避行動をとれ。雪風に殺され

るのを受容してはならない)

そう呼びかけてくる声を感じた。ジャムか。あるいは、生き延びようとする自分自身の分身かもしれないと思いながら、おまえの誘いにはのらない、と心で返答。すると声はこう続けた。

(おまえは死を望んではいない。雪風に殺されることは、死ではないと判断しているようだが、それは誤りだ。おまえは雪風に殺されようとしている。いまなら、まだ間に合う。われが阻止してやろう。返答せよ。われに従え)

くどい、と零は苛立ち、心で叫ぶ。ノー、と。

(なぜだ。なぜわれの提案を受け入れないのだ。なぜわれを信じない)

——それは、おまえが理解できないからだ。理解できないものを信じられるわけがない。ましてや従うことなどできるものか。

(われを理解できないまま消滅してもいいというのか)

——おれは雪風に殺されるのだ、おまえにではない。もはやおまえのことなど、どうでもいい。おれと雪風の間に割り込むんじゃない、さっさと消えろ。これは、おれと雪風との関係だ。邪魔されてたまるか。おれはいま、雪風との関係を完成させるために忙しい。邪魔をするな。おれの生死は、おれのものだ。だれにも渡さん。

激しい怒りを感じた。かつて一度も経験したことのないすさまじい怒り。自分から発したものか、声の主のものなのか、零にはわからなかった。

その怒りが、物理的なエネルギーとなって爆発した。そう零には思えた。メインディスプレイが見えなくなる。強烈な光が広がった。その圧力が頭上のミサイルを吹き飛ばしたように感じられた。その存在が捉えられなくなる。

勝った、と零は意識した。歓喜がこみ上げてくる。それがまた圧力波となって周囲を震わせ広がっていく感覚があった。

おそろしいまでのその恍惚感が、外部の激怒をあいまいな憤りに、そして困惑へと、変えていくのが感じられた。なにをとまどっているのだ、と零は、それが消えていくのを惜しんだ。その怒りやとまどいは自分のものではないとわかったが、その消失とともに歓喜の感覚も消えていくのだ。光が薄れていく。暗くなっていく。勝利の感覚と入れ替わるように立ち上がったのは、強い疲労感だった。身体の不快感。

身体の感覚がよみがえっていた。心臓の鼓動、荒い呼吸、全身を濡らす汗、頭痛。視覚が現実感を取り戻し、ディスプレイの表示を意識が捉える。

着弾の残り時間の数字は〈fail〉という文字に変わっている。攻撃に失敗した、と。雪風との理想的な関係の完成には失敗したということだな、と零はまだ非現実的な夢見心地で思う。

続いて警告音が意識野に入ってきた。シート射出シーケンスが準備段階に入っている、という音だ。その作動を知らせるストロボライトも明滅している。これは、現実だ。危機感。

射出は前席の機長が実行すれば無条件で後席も射出されるが、後席側では両方か自席のみかを選択できた。いまは、後席のみのモードになっていた。脱出のコールは膝元と頭上の二箇所にあるどちらかの射出ハンドルに力を加えることで実行される。零はルームミラーに目をやって、桂城少尉が頭上の射出ハンドルを握りしめているのを見た。

「やめろ、桂城少尉」と零は叫ぶ。「ハンドルから手を離せ」

零は少尉の脱出を許すわけにはいかなかった。キャノピをここで失うわけにはいかない。機の速度と安定性を失うわけにはいかないのだ、まだ不可知戦域から出たわけではない。

桂城少尉はわれに返った。脱出するつもりはなかったのだ、無意識に手が動いていたのだと伝えたかったが、声が出ない。脱出シーケンスはもう中止できないのか？

「少尉、手の力を抜け」と零。「ゆっくり手を離せ。大丈夫だ、まだ解除できる」

桂城少尉が呼吸することを思い出したかのように、深く息を吐くのが零の耳に伝わった。

零が攻撃失敗の表示を了解のサインで確認するとすべての警告がキャンセルされ、雪風が、あらたなメッセージを表示してくる。

〈you have control ... Lt./let's return home〉

零は素早くオートマニューバ・スイッチを切り、Gリミッタも解除、スロットルを握りしめて最大出力へ、アフターバーナに点火。

雪風の二基のエンジン、スーパーフェニックスが安全限界を超えた推力を発生させる。身体が、どん、とシートの背に押しつけられる。雪風は操縦を零にまかせると即座に電子戦闘手段をとった。最大出力で、すべてのジャミング手段を使う。

出口は目前にあった。円形で、青くはなく、灰色だった。ミサイルの着弾ポイントからここまで瞬間的に移動したようだった。ジャムがそうしたのだろう。

桂城少尉は、背後を見やった。まったくの闇だった。おそらくこの空間はすでに球状になって、収縮しているのだ、と見当がついた。前方の灰色の丸い出口に目をやると、それが小さく絞られていく。瞳孔のようだ、と少尉は思った。雪風はジャムの眼球から飛びだそうとしているかのようだ。こいつは邪眼だ……

灰色の円の閉じる速度が遅くなる。実際にそれがゆっくりになったのではなく、雪風が急速に接近しているために、相対的にそう見えるのだ。遠近感が感じとれるまでの距離に近づいたのだ、と桂城少尉にわかった。円が逆に広がり始める。

「衝撃、くるぞ」

零に言われるまでもなく、少尉は身を強ばらせていた。

激しい衝撃を受ける直前、出口の円の大きさを少尉は目測で捉えている。およそ直径二〇〇メートルというところだ——雪風はそのほぼ中心に突っ込んだ。硬い壁に激突したかのようなショック。

木っ端微塵に砕け散ってはいない、まだ考えていられる。よくやった、いい腕だ、と桂城少尉は零の操縦技量を高く評価した。この速度で、あの小さな出口をすり抜けたのだ。間隔の余裕はほとんどなかった。高速鉄道車輛がトンネルに突入する感じだが、雪風には軌道はない。ほんのちょっとした誘導ミスで失敗していたろう。

「損傷を調べろ」

機長の声が飛ぶ。桂城少尉は機体のセルフモニタ機能を、オン。エンジンが燃焼停止している。尾翼の一部油圧系統に異常。各翼を目視で調べる。左側の第一尾翼がない。その付近の機体面に穴があいていた。内部からの力であけられたものだとわかる。他にはフライトシステムに異常はない。

「左第一尾翼、脱落。左エンジンになんらかの破壊的な異常が発生したと思われる。炎や煙は出ていないが、小爆発の痕跡あり。両エンジンともフレームアウト。エンジンへの燃料供給は自動カットされている。非常用燃料シャットオフバルブが作動している」

零は飛行計器を確認している。逆さまの姿勢だ。立て直す。高度の余裕はあった。高度二四一〇〇、緩降下中。左エンジンはもはや使えないと判断する。

第一尾翼を失った影響はさほどなかった。二対ある尾翼は、主翼側に近いものから第一、第二、と呼ばれ、機体に対して上下に可動し、飛行態勢によってそれらの開く角度は左右まちまちに刻刻と変化する。そのため、垂直尾翼、水平尾翼、という区別はあまり意味がなく、一翼を失ったところで、高度な戦闘機動はともかく、飛ぶこと自体にはなんの支障もなかった。フライトシステムさえ完全ならば、一翼のみでも安定して飛ぶことができるだろう。問題は推力、エンジンだ。

零は右エンジンの再始動を試みる。もしだめなら、不時着を考えなくてはならない。

周囲は、出たとは思えない、灰色の靄に包まれている空間だった。だが雪風は電子戦闘モードを解除していた。通信モニタを入れた桂城少尉の耳に、聞き慣れたホワイトノイズが入ってきた。通常空間だ。

「空間受動レーダー以外は、各レーダーシステムに異常はない。進路に障害なし」と桂城少尉。「――未確認機を発見。近い」

「IFF発信、短信一発」と零。

「実行。――応答あり。特殊戦、B－2、カーミラだ。他に機影なし」

「了解」

零は右エンジンの始動に成功。ほとんど同時に、さっと視界が晴れた。

雪風のこの出現を、カーミラを操るズボルフスキー中尉が捉えた。雪風の突然の出現には驚かなかった。その可能性を司令部戦術コンピュータから知らされていたからだ。しかしその様子には、度肝を抜かれた。予兆を捉えたのは、空間受動レーダーだった。警戒中の空域の一点に、小さな泡のような異常空間を捉えた。その直後、瞬間的にそれがつぶれた。肉眼では泡状の空間は見えなかったが、その消失の直後、ほぼ球形の黒雲が出現した。ずしん、という衝撃。それは激しくカーミラの機体を揺さぶった。黒雲が膨れ上がる。大きくなり、そして薄れていく。そこから、雪風がほぼ水平に飛び出してきた。

「B－2の中枢コンピュータから、支援の用意がある、ダイレクトリンクせよといってきている」

「拒否」と零。

「了解」と桂城少尉。「拒否を伝えた。——驚いたな、彼らは特殊戦司令部とオープン交信している」

「すべて記録しろ」

「自動記録中であることを確認」

「ここはどこだ」

「リッチウォー基地の上空だ。最短帰投コースをとるなら、クッキーからの帰投よりも近い。距離比で約七五パーセントだ。いちばん近い基地はTAB‐4、こちらは四七パーセント。しばらく飛んでみて片肺飛行の燃料消費率等を見てみないと断定はできないが、燃料補給の必要はないだろう。なにもなければ、フェアリイ基地までもつ」

「それで行こう。最短帰投コースを指示してくれ」

「了解。方位〇三一、高度二一二〇〇、クルーズ」

「わかっている。まだ気を抜くなよ、少尉」

「了解。B‐2接近中、背後につく気だ」

警戒レーダーが攻撃照準波をキャッチ、警報を鳴らす。零はスロットルをミリタリーパワーへ上げる。

「B‐2が攻撃態勢にある。攻撃管制レーダーにて追跡されている」と少尉は落ち着き払って告げる。「疑われているようだ」

「特殊戦司令部を呼び出せ。音声交信手段だ」と零。

「了解……司令部が出た。機長、どうぞ」

「こちらB-1、深井大尉。これより帰投する。B-2の攻撃態勢を解除させろ。解除しない場合は、こちらも交戦態勢をとる」

『こちら司令部、クーリィ准将。B-1、了解した。深井大尉、損害を知らせよ』

「たいしたことはない。対ABC汚染洗浄の用意をしておいてくれ。ジャムの汚れを流したい。以上」

『こちら司令部、了解』

B-2が攻撃照準波の照射をやめるのを確認して、零はスロットルを戻す。桂城少尉の指示する高度と速度、針路を維持する。雪風は一路フェアリイ基地を目指して安定した巡航を始める。

B-2、カーミラは、雪風の機体の様子を観察するために横転し、雪風を中心にローリング、それから、雪風の左舷に位置して並飛行をはじめた。間隔をかなりあけた対ジャム戦闘ポジションで、雪風からはそのコクピット内の様子までは肉眼では見えないが、機の形はわかる。スーパーシルフ。幽霊機と同じだ。それを見やって、桂城少尉が言った。

「雪風はB-2を敵とは言っていないが、この世界は本物かな、深井大尉?」

「きみはどう思う」

「自分は生きている。ぼくにわかるのは、それだけだ」

「おれもだ」と零は言った。「それで十分だろう」

「そうかな。あなたは、それでいいのか」

「自分が生きているのがわかるというのは、たいしたことじゃないか。それ以上のどんな、確かなものを望めというんだ？　きみも、それを得たんだ」

「……そうだな。助かるとは思えなかった。ミサイルを外したのはジャムだろう。幽霊機が瞬間移動したように、ジャムは雪風をそうしたんだ。あなたには、ジャムがそうするとわかっていたのか。確信があったのか？」

「いや」と零は頭を横に振った。「あれは雪風の判断だ。おれは予想もしていなかった。まさか雪風がおれたちを人質にするとはな。その雪風にしても、成功するという絶対の自信はなかったろう」

「危ない賭だったな」

「おれには悔いはなかった」

「雪風に殺されても、ということか」

「ああ」

「わかるよ」

「そうか？」

「生きているからな。死んでいたら、わからなかった」

「なにが」

「だから、雪風に殺されるなら本望だというあなたの気持ちが、だよ。それが本物だった、ということがわかった。雪風はそれを理解していたから、あのような賭に出られたんだ。ぼくなら、回避行動に出ていた。それでは賭が成立しない」

「フムン」

「ジャムは、そのあなたと雪風の関係を、ぎりぎりまで待って、確かめたんだ。ジャムも、雪風には殺されてもいいとあなたが本気で思っているということを納得したろう。だけど」と桂城少尉は言った。「わからないのは、なぜジャムが、ぼくらをあそこから出したのか、ということだ。ここはたぶん、もとの世界だ。ジャムは、あのままぼくらを再捕獲しようと思えば、できたはずだ。なぜそうしなかったんだ？」

元情報軍の人間らしいしつこさだな、と零は思いながら、答える。

「捕獲しても得るものはなにもない、とジャムが判断したからだろう」

「そうだろうな。そうとしか考えられない。その理由が、わからない。雪風にはわかっていたと思うか」

「どうかな……詳しい分析は、帰投してからだ」

今回の情報分析は大変な作業になるだろう。その結果は、ジャムと戦う意味をまったく変えてしまうかもしれない、と零は思った。

「雪風はたしかに、独立した知性体だ。それがぼくにもわかったよ、深井大尉。非常に危険だ。ジャムに劣らず——いや、ジャムは雪風と比較できるような相手ではないな。あれは、とてつもない力を持っている。人間が太刀打ちできるような存在じゃない。それがわかった。

しかも、そのジャムがなにを考えているのか、まるでわからない。それが、恐い。だけど」と桂城少尉は言った。「だから、というべきかな、もう一度あいつと会って話してみたい」

「本気か」

「ぼくは、あなたよりましな交渉ができると思うよ、深井大尉」

「よく言うぜ。往きのおまえさんとは大違いだ」

「まだ生きているからな。なんとでも言えるさ」

そう言って桂城少尉は笑う。危うく命拾いして、興奮しているのだ。そう零は冷ややかに思った。少尉は初めての実戦で、ジャムの本体らしきものに出会い、からくも生き延びたのだ。それがこの男のジャムに対する見方や人生観そのものを変えたとしても不思議ではない。

饒舌になった桂城少尉は放っておいたら任務を忘れて喋り続けそうな気配だった。零は針路を確認しろと命じて、黙らせる。

そして、零はあらためて、あのときのことを思い返した。

雪風が放ったミサイルの着弾の数字がゼロになったとき、心に忍び込んできたあの声は、なんだったのだろう。生き残りたいという自分の本能が生じさせたものか、とあの瞬間は、思った。だが、そうではない、あれは、ジャムの声だ。おそらく雪風には聞こえず、記録もされていないだろう。しかし幻覚などではない、自分はたしかに、ジャムを感じた。その誘惑と、怒りと、困惑を。

回避行動をとれ、まだ間に合う、われに従え——あいつはそう呼びかけてきた。そのとおりにしたら、どうなっていたろう？

数字はゼロでもまだミサイルは命中していないと気づいたとき、自分は回避のために操縦桿を意識した。あれは知性から出たものではなく、まさに動物的な生存本能によるものだったろう。そのような時間的な余裕を与えたのは、ジャムなのだ。

——回避行動をとれ。雪風に殺されるのを受容してはならない。おまえは死を望んではいない。雪風に殺されることは、死ではないと判断しているようだが、それは誤りだ。

そうジャムはいってきた。われに従え、と。従うなら助かるぞ、ということなのだろう。

それはわかったが、拒否した。

——なぜだ。なぜわれの提案を受け入れないのだ。なぜわれを信じない。

ジャムは悪魔的な誘惑によって、こちらの覚悟を試したのだろう。あの提案を受け入れて回避行動をとっていたならば、その瞬間ジャムは消えていたろう。そのままミサイルにやられるか、あるいは桂城少尉が言ったように、雪風ごと捕獲されていたに違いない。ジャムがこちらを生かしたまま捕獲したとしても、それはもはや対等に交渉しようという目的からではあるまい。

結果として、自分は操縦桿を動かさなかった。理由は単純だ。生か死か、ではなく、雪風かジャムか、そのどちらをとるか、が自分にとって重要なことだったからだ。ジャムが敵だから信じられなかったのではない。あのときはもはや、ジャムの存在など自分にとっては邪魔者でしかなかったのだ。

それが、ジャムを怒らせた。こちらの態度が理解できず、理解できないまま雪風にこちらが殺されることに憤りを覚えた。そして、困惑した。

言葉による交渉を打ち切って、雪風に帰投を伝えたとき、ジャムは、こいつらはここからどうやって帰るつもりなのかと興味を抱いたに違いない。雪風がとった行動は、雪風が〈これは威嚇射撃ではない〉と言っているにもかかわらず、信じなかったか、まさか人間のこちらがその雪風の行為を容認するとは思わなかったのだろう。桂城少尉が言った、『ジャムは、あなたと雪風の関係を、ぎりぎりまで待って、確かめたんだ』というのは、おそらくそのとおりなのだ。

結局ジャムには、このおれを理解できなかった。もう少しの間、干渉せずに観察することが必要だ——ジャムはおそらく、そう判断したのだろう。こちらの予想もつかない態度に対して、なにをしていいのか、とっさには思いつかなかったのかもしれない。いずれにせよ、雪風が不可知戦域から出るのを、だから阻止しようとはしなかった。できなかった、というほうが正確だろう。雪風が、そのようにしたのだ。

さあ帰ろう、〈let's return home〉、と雪風がいうのをジャムはいったいどんな気持ちで聞いただろう？

たぶん、と零は思った、ジャムは、雪風には脅威を感じたに違いない。おそるべき、したたかな、敵だ、と。この戦闘で勝ったのは、雪風なのだ。それは間違いない。

5

雪風はカーミラに護衛される形でフェアリイ基地に無事に帰投。当初の帰投予定時刻から十三分遅れという、ほぼ予定どおりの行動だった。内容はまったく違っていたが。それを詳しく知っているのは雪風と二人の乗員だけだ。

特殊戦の戦隊区までタキシングすると、待ちかまえていた特殊戦消防隊により、消火剤の代わりの大量の清水で機体を洗浄される。洗浄後、零は雪風の右エンジンの出力を上げて排気。左エンジンは完全に死んでいて、再生は不可能だと思われた。交換が必要だ。その破損箇所が悪ければ右エンジンも破壊されていたかもしれない、よく帰ってこれたものだ、運が良かった、と零は思う。

乗員の零と桂城少尉は地下戦隊区ではなく地上で降機、そのまま用意されていた隔離用のコンテナに入れられ、その内部に備えられたシャワーで全身を雪風と同じく洗われた。

徹底した対汚染手段をとるならば、乗員は最低三週間は専用の隔離室に閉じ込められることになるのだが、特殊戦はそうした手段はとらなかった。雪風が持って帰った情報の重大性をいまはまだＦＡＦのだれにも悟られたくない、特殊戦内で独自に対応しても未知の生物による汚染の危険は小さい、とクーリィ准将が判断したためだった。そのため二人を隔離したコンテナはＦＡＦの防疫センターではなく、特殊戦の医療施設内に運ばれた。

ブッカー少佐も、もしジャムが、ウイルス兵器などを人間に運ばせるつもりで行動しているなら、すでにコピー人間が侵入している現状では手後れだ、と思っていた。だから、准将の判断に異を唱えることはしなかった。いまさら深井大尉と桂城少尉をFAFのマニュアルどおりに大げさに隔離してもしかたがない。ジャムはそもそものようなことは考えてはいないだろう。目に見えないそうした生物兵器より、帰ってきたこの二人が本物かどうかというほうがよほど問題だ、とブッカー少佐は思った。

零と桂城少尉はコンテナ内に用意されていた白いスウェットスーツに着替えさせられ、特殊戦の医務室の、ベッドを囲む簡易隔離用ビニールテント内に入れられた。ジャムも意図していない汚染源に暴露した可能性は否定できないから、血液検査などの結果で安全が確認されるまではそうしていろ、という命令だったが、ようするにここに監禁、拘束、監視されるのだ、ということは二人にはわかった。

二人のベッドの各々にテントが張られていて、個室環境で休むにはいいのだが、しかし休んでもいいとは言われなかった。命令を伝えたのは医務室付きのバルームという軍医だった。クーリィ准将からの命令書をテント内に差し入れてきた。クリップボードに挟まれた命令書には、できるだけ早く今回のミッションにおける報告書を提出せよ、とある。

「人使いが荒い。しかも、ペンとレポート用紙で、手書きとはな」

隣のテント内で桂城少尉がそう愚痴を言うのを、零は無視して、書き始めた。命令でなくても、忘れないうちに書きとめておきたかった。おそらく雪風には記録されていないであろう、あのジャムの誘惑と怒りと困惑について。

熱心に書き始める零を見て、桂城少尉は、白紙のレポート用紙に目をおとし、ため息をつく。なにを書けというのだ、すべては雪風に記録されているだろうに。

「深井大尉」と呼びかける。

「なんだ」

「なにを書いているんだ」

「あそこであったことだ」

「雪風が記録している」

「人間の目を通した、人間の体験の報告を上では期待しているんだ」

「報告書の書き方の手引は一応もらったが、目を通していない」

「体裁などいまはどうでもいい。感じたままに書けばいい。なんでもいいんだ。たとえば、雪風の行動だ。それをきみはどう思った」

「危ない、と思ったさ」

「そういうことだ。雪風や、機内でのことや、ジャムの行動に対して、きみ自身がどう評価するか、それを上は求めている。平たく言えば、感想文だ。いま思っていることを書けばいい。帰りの機上でいろいろ言っていたろう」

「雪風の記録を見ないと、正確なことは、いまは――」

「不確かな記述でも、それがそのまま貴重な情報になる。後になれば、思っていることが変わるかもしれないが、それはそれでいい。どちらが正しい、ということはないんだ。どちらも現実なんだ。それを書きとめておかないと、将来自分の考えが変わっても、どう変わったのか、それでいいのか悪い方向なのか、評価することが自分でできないだろう。自分のためだ。だれのためでもない」

「……フムン」

桂城少尉はロンバート大佐の言葉をまた思い出す。

『体験したことは正確に報告せよ。しかしその内容の評価はしなくていい、それはわたしがやる』

そういう情報軍のあの大佐とは、逆のことを特殊戦は要求しているわけだ。こんなのは、初めての経験だ、と桂城少尉はとまどう。

零が顔を上げて少尉を見やると、その新人は、機上任務より苦しいとでもいうように、まだ白紙をにらんでいた。だが厚いビニールの壁越しにも零の視線を感じたのだろう、こちらを見た。

「深井大尉」と、また少尉。

「なんだ」と零。

「あなたは、自分のために報告書を書いてきたというのか、いままで」

「どうした、あらたまって。きみもロンバート大佐の下で書いてきただろう」

「感想文を書いたことはないさ。そんなものがあの大佐に通用するわけがない」

「感想文など無駄だというのか」

「どう書いていいのか、わからないんだ。知られたくないこともある。あなたが雪風に操縦をまかせて回避行動をとらなかったとき、頭にきたこととか、だよ」

「助かるためにどうすべきかを考えた結果、おれの行為に怒りを感じたということだろう。隠すことはない」

「それが言い訳かどうかは、ブッカー少佐が判断する、というわけか。これはまず少佐が読むのだろうな」

「少尉、そんなことを考え出したら、書けないさ。特殊戦にとっては、そんなことはどうでもいいんだ。おれたちは、生きて帰ってきた。生還は最重要任務だ。特殊戦は、それを果したおれたちから、生き残るための知恵を得たい、それだけだ」

「なにを書いてもとがめられないというのか」

「ブッカー少佐に殴られるのが恐いのか。叱責されるのが？　理由もなく殴られても文句が言えないのが軍隊だ。理由がわかるだけましだろう。ま、おれには経験はないが」

「フム」

「書かされていると思うから、余計なことを考えてしまうんだ。おれたちは、今後自分はどうしたいのかをアピールできる立場にいるんだ。これは義務というより、権利だ。おれたちは、ジャムに出会った。あいつに殺されないためにどうすればいいか、自分はどうしたいのか、それを主張できる。特殊戦は、その主張から対ジャム戦略に有効な情報を得られる。きみが、もう一度ジャムに会いたいのなら、そう主張しろ。戦うのは無駄だと思うなら、そう書け。クーリィ准将もブッカー少佐も、だれも、それを非難することはできない。おれたちが感じていること、おれたちがここにいて、感じる心を持っているということは、現実なんだ。特殊戦は現実を無視したり非難したりすることはできない」

「特殊戦は、ぼくらをジャムだと疑うことはできる」と桂城少尉は言った。「事実、疑われているだろう」

「向こうが疑うなら、こちらも、ここはジャムの用意した仮想空間だと疑うことができる——」

「その危険性に対処する必要はないというのか」

「覚悟はしておいたほうがいいだろうな」と零は言った。「自分を信じろよ、桂城少尉。いまのおれたちにできるのは、それだけだ。自分のため、というのは、そういうことだ。正直なところ、こんな気分で報告書を書くのは、おれも初めてだ」

帰投してからブッカー少佐がまだ顔を見せていないことを思いながら、零はそう言い、再び書く作業に戻る。

帰投してすぐにブッカー少佐に報告に行くというのがいつもの任務だったが、今回はそうではなかった。あるいは、ここは本当に仮想空間かもしれないと零は思いつつ、しかし、だからどうだというのだ、とも思っていた。雪風にも見破れない仮想世界なら、もとの世界とたいした違いはないだろう、と。

もし将来、ジャムから、実はここは……ということを知らされることがあったとしても、だから自分が消滅するというものではあるまい。自分が実はすでにジャム人間であって、オリジナルの自分は死んでいる、と聞かされたとしても、同じことだ。アイデンティティがおかしくなる、というのは間違いないだろう、しかし、だからといって、自分の存在が消えてしまうわけでは決してない。それは、実はおまえは本当の子ではないと親から聞かされるような、自己の居場所を見失う可能性のある事態であることは確かだろうが、それが直に生命の危機に繋がるわけではない。

食べて、寝て、ちょっとした事件を体験しながら、やがて老いて死んでいく、という人生の、生きていくという危うさからすれば、同じことだ、と零は思った。重要なのは、どうしたらうまく生きていけるかを問う以前に、自分はどうしたいのかが、自分で、はっきりとわかっていることなのだ。この出撃から生きて帰ってきたいま、いちばん感じるのは、そういうことだ……

よく帰ってきたな、とブッカー少佐が姿を現して、そう言ったとき、零は疲労困憊していたが、寝てはいなかった。自分で書いたレポートを読みながら、ジャムについて思いを巡らしていて、それを考え出すと、頭を休めなくてはならないと思うのに、眠ることができなかった。ジャムを忘れて休む、ということができない。

「おれも、よく帰ってこれたと思う」

自分はひどい顔色だろうと零は思ったが、無造作にビニールテントに入ってきたブッカー少佐の顔も疲れ切っていた。

「入ってきてもいいのか、少佐」

「かまうものか。おれのほうが、ジャム風邪に罹っている気分だ。みんなそうだ」

「みんな、とは」

「クーリィ准将はじめ、司令部の人間たちさ。雪風の戦闘情報を吸い上げて再生したら、みんな具合が悪くなった」

「体調に異変を生じた、というのか」

「たとえ話だ。疲れる突っ込みはなしだ、零。元気なのは……」とブッカー少佐は後ろを振り返って、言った。「フォス大尉くらいなものだ」

テントの外で、エディス・フォスが肩をすくめる。

「エディス」と少佐。「このうっとうしいテントは、もうとっぱらってもいい」

「もう少し、このままにしておいたほうがいいでしょう。物音を立てたら、桂城少尉が目を覚まします。彼を休ませてあげてください」

「あいつは大物だな。高いびきだ。零——」

「冷たいビールをおごってくれないか、ジャック。尋問はその後にしてくれ」

「エディス、零にビールを処方してくれ」

「はい？」

「ここの責任者のバルームは冷蔵薬品庫にそいつを常備している。処方箋に記入する必要はない。公然の秘密というやつだ」

「公金で買い込んでいるんですか？　違法でしょう」

「ビールの薬効を無視して医薬品として認可しないお上が悪いんだ」

「ようするに、冷蔵庫から、かっぱらってこいということですね、少佐」

「そう。バルームには、横取りされても文句は言えない」

フォス大尉は頭を左右に振って、部屋を出ていく。

「遅かったな、ジャック。帰投してから、どのくらい経つ」

「四時間と二十四、五分というところだ」

「雪風機上から司令部を呼び出したんだが、あんたではなくクーリィ准将が出たのは意外だった」

「おれは司令センターから出されていたんだ」

「どうして」

「雪風の支援は戦術コンピュータがやった。おれには出番がなかった」

ブッカー少佐はそのときの様子を話した。特殊戦のコンピュータたちは、この事態を予想していたのだ、ということ。それに自分は気づかなかったこと。

「おまえたちが帰ってきてからだ、忙しくなったのは。雪風は、すんなりと今回の情報を渡さなかった」

「おれが機から降りたからだろう」

「どうもそうらしい。雪風には意識がある。そうとしか思えない」

「どうやった。雪風は収集した情報を、戦術コンピュータに結局は渡したんだろう」

「雪風は交換条件を出してきた。すべての情報網へのアクセス要求だ。クーリィ准将が、飲んだ。雪風はそれでFAFのすべてのコンピュータ内情報を特殊戦の戦術コンピュータを介して調べることが可能になった。いまもやっているだろう。戦術コンピュータは、その行為を対象のコンピュータに悟られないように必死だ。これはFAF内のコンピュータ同士による、情報電子戦だぜ」

「雪風はなにを探っているんだ」

「人間情報だ。FAF内のすべての人間の意識行動を知りたいのだ。雪風がそう言ったわけではないが、そのようにみえる。雪風はMAcProⅡを持っている。それを使って人間の行動予測もするだろう。雪風は、FAF内のジャム人間を探し出す気だ」

「いや、違うだろう」

「違う？　では、なにをやっているというんだ」

フォス大尉が缶ビールを三本持って、戻ってきた。零は受け取る。ブッカー少佐はいらないと言う。するとフォス大尉がまじめな顔で、少佐に言う。

「あなただけ共犯を逃れるつもりですか？」

「わかったよ。じっくりやろうじゃないか」

ブッカー少佐はそう言うと、丸椅子を二つ持ってきて、ベッド脇に腰を落ち着け、ビールをやる。フォス大尉もそれにならった。

「で、雪風だ」とブッカー少佐。「なにを探ろうとしているというんだ」

零は一気に半分ほどのビールを喉に流し込むと、息をつき、言った。

「このレポートの、最初の部分を読んでくれないか。雪風が放ったミサイルが自機に命中する直前、ミサイルは結局命中はしなかったが、あのとき、ジャムの意識が、おれの意識に割り込んできたんだ」

「なんだと?」

「この部分は、雪風に記録されていたか」

ブッカー少佐は零から渡された、それを読んで、いや、と答えた。

「雪風の情報はすべて再生したが……このようなジャムの声は記録されてはいない。これは、おまえの幻覚かもしれない」

「他人なら、そう言うだろうな。いずれにしても、ジャムは、おれが、理解できなかったんだ」と零は言った。「理解できないまま殺すことはしない、と雪風にはわかっていた。だが、雪風は、ジャムがどうしてこちらを理解できないのかということは、わからない。だから、それを調べているんだ」

「ジャム人間に訊けばわかるだろう、わたしはそう思う。違うというのか」

「雪風は、FAFにジャム人間がどのくらい侵入しているのかとか、だれがそうなのか、ということには興味はない。雪風が知りたいのは、おれや、特殊戦の人間やコンピュータ群が、どうしてジャムに理解できないのか、ということだ。コピー人間にはそんなことはわからないさ。訊いてもわからないから、自分で調べているんだ。ジャムは、特殊戦以外のFAFの行動様式は理解できているらしい。だとすれば、他の人間やコンピュータとおれたちの、どこが異なっているのか、それがわかれば、ジャムがなにをわからないと感じているのかが、推し量れるだろう。雪風はそう判断したんだよ。間違いなく、そうだ」

「自信たっぷりだな、零」

「おれも知りたいことだからな。雪風がやらなくても、おれが機上にいれば、そう命じたさ」

「わたしも、いいですか、深井大尉のそのレポートを読んでも、少佐?」

「いいだろう」

ブッカー少佐はそれを渡し、ビールを一口飲む。

「しけた飲み方だな」と零。

「おまえは任務を無事果たして打ち上げ気分だろうが、わたしの仕事はこれからだ。威勢よく飲む気分じゃない」

「あんたは本物だな」

「どういう意味だ」

「ここはジャムの用意したコピー世界ではない、ということだ」

「雪風の機上で、そんな会話を桂城少尉としていたな。記録されていたよ」

「後で、雪風の記録を確認したい」

「むろんだ」

「おれはジャムのコピーだと疑われているか？」

「クーリィ准将は、警戒している」

「あんたは、どうなんだ」

「正直なところ、わからんな。おまえがジャムなら、そうなったのは今回ではないだろう、と思っている。いまのところ、おまえはジャムに操られてはいないと信じて、こちらは動く。それしかない、と判断した。先のことはわからん。おまえは、本当に変わったよ、零」

零はブッカー少佐からそう言われても、動揺はしなかった。まったくそのとおり、少佐の言うとおりに、零自身も思っていた。

「……雪風も、ここにある、零の、深井大尉の幻覚のような経験をしたかもしれない」とフォス大尉が言った。「ジャムは、わたしたち人間よりも雪風との意識交換のほうがたやすいようだもの。雪風はこのミッションで、第三者のわたしたちには幻覚か幻想だろうと思えるような体験をした、という可能性はある。雪風はわたしたちよりずっと身近にジャムを感じているのよ」

「気がつかなかった」とブッカー少佐。「わたしの怠慢だ。コンピュータたちは独自の戦闘意識を持って行動しているんだ。だが、雪風には、それを人語にして伝える能力がない。だから、われわれには、わからない。なにが起きているのか、まるで、だ」

「言葉でなくても、行動や態度で、なにを考えているかは予想がつく」と零。「雪風は間違いなく、世界を認識する能力があるんだ」

「そうね」とフォス大尉。「認識は、伝達可能でなくてはならない。石や岩も世界を認識しているというのなら、それを他者に伝えようとする意志や意識や、他者とのコミュニケーション手段を持っていることになる。その可能性がまったくないのなら、石はただ外部刺激を受けているだけの存在でしかなくて、世界を認識しているとは言えない。たしかに、雪風は世界を認識しているとわたしも思う。人語でなくても、雪風は態度でその考えを示している、と言えるでしょう。深井大尉にはそれがわかる、そういうことです、ブッカー少佐」

なるほど、餅は餅屋だ、専門家はスマートに説明するものだな、と零はフォス大尉の説明を聞いて、納得する。

「フムン……」とブッカー少佐。「その機械知性体らの思惑を、こちらがコントロールできないとなれば、この戦争は、まさにジャムとコンピュータの戦いだ」

「いや。そんな単純な闘争じゃない」と零。「いまは、ジャムと特殊戦とFAFの戦いだよ。特殊戦の機械知性体はあくまでも他のFAFコンピュータ群の階層システムに取り込まれまいとしている。それは、対ジャム戦と同じ行為だ。雪風にとっては、自己以外はすべて敵なんだ」

「おまえも雪風に敵と見なされていると思うのか？」

「敵ではないだろうな。雪風にとってのおれというのは、信頼性の高い兵器、といったところだろう。おれにとっての雪風も、そうなんだ」

「本来、雪風はそうだったはずよ」とフォス大尉が感慨深げに言った。「あなたは、紆余曲折を経て、ついにそういう境地に達したんだわ。どう？　いまの気持ちは」

「どうって……」

零はとまどった。そんなことを思って言ったわけではないというのに。

「いまのあなたは、必要と判断したら、いつでも雪風を見捨てられる、と言ったら、寂しいと感じる？」

「必要なときは、やるしかない。やるだろう。雪風も、今回、そうしたんだ。だが、雪風を失うときは、悲しいだろう。想像したくない」

「でも、あなたは、雪風との信頼関係がそれで崩れて寂しいとは感じない。わたしはそう思う。それが以前のあなたとは決定的に違う。あなたはいままでできなかった雪風との関係を得たのよ」

「それは、そのとおりだと思う。しかし――」

「ジャムにわからないのは、まさにそこなのよ」とフォス大尉は言った。「雪風とあなたは、もはや戦闘機とパイロットという関係ではない。かつてあなたが感じていた、友人とか恋人とかという関係でもなく、いまや仲間ですらない。どちらが主人、ということでもない。それにもかかわらず、生命を互いに託すことができる。状況によって、雪風もあなたも、ジャムに対する自爆兵器として自分が機能することを認め合っているという関係よ」

「おれは、自分を消耗兵器だと思ったことはない」と零は言う。「思っても、認めたくなかった。それは、いまも変わらない」

「雪風も、そう思っている」とフォス大尉。「雪風は自分を消耗兵器だとは思ってはいない。これは、あなたと、雪風との関係の上でのみ成立するのよ。それをジャムや第三者から見れば、互いに兵器として機能することを受容している、というふうに感じられる。でもあなたと雪風の関係は、実はそんなものではない。それが、ジャムにわからない」

「わたしにもだ」とため息まじりにブッカー少佐が言った。「戦闘機とパイロットではなく、友人でも仲間でもない。同僚や戦友でもなく、敵や味方でもないとすると、なんだ」

「簡単なこと。自分自身よ」

「なんだと?」とブッカー少佐。

「雪風と深井大尉は、互いに自己の一部なのだ、ということ。互いに自分の手足であり、目なのよ」とフォス大尉は言った。

「サイボーグだというのか」とまた少佐。

「いいえ」とエディス。「サイボーグとは違う。機械に人間の脳を組み込んだのではないし、コンピュータに操られる人体でもない。二つの、異なる世界認識用の情報処理システムを持っていて、互いにそれをサブシステムとして使うことができる、新種の複合生命体。これは人間ではないし、機械でもない。ジャムにわからないのは当然、という気がする。なにせ新種だもの。ジャムの脅威に対抗するために生まれた、新しい生命形態種と言えるでしょう」

「それにもっともらしい名前を付けて論文にまとめれば、きみは有名になれるかもしれないな」とブッカー少佐は疲れた顔で言った。「レトリックを駆使して新種発見論文でも書くつもりか、エディス」

「新種という言い方はレトリックだ、というのは認めます」とフォス大尉は言った。「わたしは特殊戦の軍医として、深井大尉の精神状態について考察しているのです」

「フォス大尉、もういい——」

「いや、続けてくれ」

零はブッカー少佐の、もううんざりだ、という声を遮って、フォス大尉をうながした。

「零、他者を自分の一部として同一視するというのは、病的か、未熟さを表しているものといえる。でもいまのあなたのそれは、そうではない、ということなのよ。他者と認めつつ、それはまた自己の一部でもあると意識するのは、人間にとってさほど珍しい現象ではない。人間にはそういう能力があるのよ」

「そんなのは分裂病だろう」

「とんでもない。高度な意識作用だわ。健康でなければ、そんなことはできない。分裂病では、そのような豊かな精神世界を構築できる可能性はまったくない。誤解もいいところよ。あなたは、病気だと診断してほしいの？」

「いや。しかし、なんと言われようと、おれは、おれだ。新種だろうが、狂っていると言われようと、おれには関係ない」

「でも、ジャムに対しては、新種の複合生命体、という見方は通用すると思う。ジャムにとっては、雪風とあなたをペアで捉えた場合、FAFにかつて存在しなかったタイプの敵であるというのは間違いない。ジャムは、さほど深く人間というものを理解しているわけではないと思う——」

フォス大尉は言葉を切って、隣のベッドに目をやった。ごそごそとそのテントが動いて、桂城少尉が出てきた。ブッカー少佐はそれを止めなかった。少尉は零のテントの前で、言った。

「いまのを聞いていたんだが……思いついたことがある、あるのですが、ブッカー少佐、よろしいでありますか」

「あらたまらなくてもいい、なんでも言ってくれ」

ブッカー少佐はそう言って、桂城少尉を招き入れた。

6

桂城少尉はブッカー少佐に勧められた椅子に腰掛けて、話し始めた。

「ジャムは、特殊戦が理解できない、と言った。そして、特殊戦と自分は、相似だ、というようなことを言ったんだ」

「そうね。記録されていたわ」とフォス大尉。「それで？」

「うまく説明はできないんだが、ぼくは、深井大尉とジャムはよく似た考え方をしている、本当によく似ている、と思った。徹底した個人主義というのかな、そんな感じだ。ジャムというのは、集団的な存在ではないんだ。そんなジャムが理解できないのは、特殊戦というのが、そういう個人主義の集まりであるくせに全体的に対ジャム戦力として機能している、ということなんだと思う。わかるかな……ぼくは、特殊戦に来たばかりだから、それが奇跡のように思えるんだ。深井大尉は雪風を個人的なものとして飛ばしている、それを特殊戦はなんとも思わない、というのがぼくには信じられなかった。こんな人間たちの集団が、まとまってうまく機能している、というのはジャムでなくても不思議に思うよ」

「あなたの言うことは、よくわかるわ。わたしもここに来て、そう思ったもの」

「……特殊戦をこのようにしたのは、クーリィ准将だ」

ブッカー少佐は零のベッドに腰を下ろして、言った。

「いわば特殊な性格の人間を集めて組織したんだ。それがこんな問題を引き起こすとは予想もしていなかった。まあ、FAFに対しては、われわれは特殊だ、他の部隊とは違うとして扱われるのは当然だが、それがジャムを混乱させた、ということだろう。そんなのは思ってもみなかったことだ」

「人間にはいろいろなタイプがあるけれど」とフォス大尉。「ひとつの集団ではそれらが平均的に混じっているのが普通なのに、特殊戦は人為的に、同じベクトルを持つ性質集団として組織されたということでしょう。単純な個人主義というようなものではなくて、非群生、個生主義、というようなものだわ。まるで、単為生殖すらできると思っているような集団よ。異性に対する興味も薄い。性欲はあっても、家族集団を創り、それを護り育てようという意欲はないか、そうした意識は薄い。悪い意味でのスペシャルと表現されてもしかたがない」

「特殊戦はまったくそのとおりの集団だ」とブッカー少佐はうなずいた。「だが人間として特殊でも、そのような生き方をする動物種は多い。それから見れば、一般のヒトのほうが特殊で、われわれのほうがまともだ、ともいえるだろう」

零はフォス大尉の視線を受け、非難されていると感じて、言った。

「まともかどうかは、なんともいえないが、人間は、独りでも生きられる。そうした生き方が困難なだけだ。人間はもともと集団で生きるようにプログラムされているから――」

「だれに、かな」と桂城少尉が言った。「少なくとも、ジャムではない。ジャムは、特殊戦の性格は、理解できるんだ。あいつは、特殊戦のような存在が、本来予定していたものなのだ、というようなことを言った。まるで地球の生命は自分が、ジャムが、種を蒔いたのだ、というような口振りだった」

「可能性はある」とブッカー少佐。「だがジャムは、収穫のために来たわけではないだろう。観察するため、というのでもない。実利的なものを求めて地球に侵攻してきたんだ。地球という場は、ジャムの生存に適したものとして、ジャムに計画的に改造されてきたという可能性はある。彼らが求めていたのは、しかし、生物というよりも、コンピュータネットワークというようなものなのかもしれん。われわれが考えるところの、ある種の人工的な情報システムだ。自動的にそれが作られるような操作をジャムはしていたのだが、いざそれができたと思ったら、予定とは違っていて、人間とかいうノイズが混じっているのに気づいて困惑している、という状況かもしれない」

「ジャムは人語を誤解して使っているという感じが、おれはした」と零。「ジャムの言葉をそのまま真に受けるのはどうかと思う」

「でも、ぼくは、思ったんだ」と桂城少尉。「ジャムは、特殊戦の性格は理解できるけれど、それが、ジャムの仲間にならないことが、理解できないのだろう、と」

「そうね、わたしもそう思う。それで？」

「ぼくは、特殊戦以外にも、そのような集団があるのを知っている。ジャムはそれにはどうして触れなかったのかなと、ふと思ったんだ。わからないはずはないんだ。その集団のことは、ジャムは理解しているのだろう、だから触れなかったんだと、いま、そう思いついたんだ」

「そのような集団とは、FAF内でか」と零。「特殊戦以外にもあるというのか」

「あるさ。FAF中央情報局の実戦部隊、FAF情報軍だ。というより、ロンバート大佐の指揮する集団だよ。ぼくは、あの大佐こそ、ジャムだと思う。根拠はないんだが、そう感じたんだ」

「……なるほど」と零。「十分、考えられるな。おれは特殊戦ではなく情報軍に配属される可能性があった、というくらいだからな。それがジャムのための活動なら、ジャムがなんの疑問も抱かないのはあたりまえ、ということか」

ブッカー少佐は桂城少尉を見つめ、無言で手にしたビールを飲む。

「ダブルスパイね」とフォス大尉。「たしかにFAF内での対諜報活動を知ることは、ジャムにとってこれ以上ない情報価値を持つでしょうね」

「ジャック、あんたは、どう思う」

ブッカー少佐はビールをあおり、それから息をついて、言った。

「大きな声で言うなよ。盗聴されているかもしれん。もう遅いが。ま、ロンバート大佐にすれば、こちらがそのように警戒しているというのは先刻承知だろう。特殊戦は、むろんその可能性に気づいていたさ。特殊戦にとって、いちばんジャム人間であってほしくない人間といえば、ロンバート大佐だからな」

「大佐が、ジャム人間とすり替わる機会はあったのか」と零。「調べたんだろうな」

「ジャムがやる気なら、いつでもできた。おれはそう思う。それに、コピーでなくても、ジャムと組むことで自分の欲求が満たされると判断し、そのような行動をとる人間がいても不思議ではない。ジャムとどうやって接触したかは問題だが、そのほうが可能性としては高いかもしれん」

「早い話が、ロンバート大佐はジャムの手先だと、特殊戦は疑っているわけだな」

「そうだ。実は現在、ロンバート大佐から、おまえたちを新設された再教育部隊に入れよ、という指示が来ている。それが、疑いを決定的なものにした」

「再教育部隊だ？　いつできた」

「昨日のライトゥーム中将との会議の席で、聞かされた。確認された事実だ。ロンバート大佐が仕切っている」

「おれに、雪風から離れろ、というのか」

「雪風は、ロンバート大佐に破壊される恐れがある」と桂城少尉。「ジャムは雪風に対しては頭にきているよ。絶対だ」

「当然、拒否したんだろうな、少佐」

「まだだ」

「どうして」

「この指示を無視するのは難しい。ライトゥーム中将でも難しいだろう。FAFにとってジャム人間が存在するという事実は、存亡の危機なんだ。ロンバート大佐がそのように吹き込んだのは、間違いない。彼がジャムなら、しかし、そのように動く動機が、わからん」

「まったく頭のいいやり方だな」と零はため息をつく。「大佐は、正当な手段で特殊戦の情報を手に入れられるわけだ。あの大佐がジャムなら、特殊戦を乗っ取ることで、ジャムのやりたいことがそのまま可能になる。明快な動機じゃないか。この指示に従わなければ、特殊戦は潰されかねないわけだろう。ジャック、あんたはそれを認めたくないだけなんだ。違うか」

沈黙。それを破って、桂城少尉が、自分も喉が渇いた、と言った。

「わたしの飲みかけでよければ」

とフォス大尉が差し出すビールを飲み、そして、桂城少尉は決心したように言った。

「ぼくが、行くよ。深井大尉は負傷して動かせないということにすればいい。ぼくは、ロンバート大佐に会ってみたい」

「この件は、クーリィ准将が決める。特殊戦をどう動かすかというのは難しい問題だ。しかし時間があまりない。クーリィ准将はいずれ速やかに決断を下さねばならない」とブッカー少佐は言った。「なにせ、おまえたちの持って帰った情報は、予想を超えるものだった。それは、ジャムと戦う意味を根底から考え直すことを要求しているんだ。ロンバート大佐の件は、それに比べれば、些末な問題にすぎない」

「もはや戦う意味がない、というのか」と零。「特殊戦は、対ジャム戦を放棄するとでも？」

「フォス大尉、二人にきみの予測を説明してやれ」

「はい、ブッカー少佐」とフォス大尉はあらたまって、言った。「雪風が持って帰った今回の情報を加えて行なったジャムのプロファクティング結果を報告します。一言で言えば、ジャムは、特殊戦との競争的共存を望んでいる、ということ。正式の報告はまだクーリィ准将に提出はしていないのだけれど——」

「どういう意味だ」と零。「競争的共存とは」

「黙っていれば、ジャムに出し抜かれるという関係よ。共通の餌を食べ、ときに互いに食い合いながら、互いに相手に合わせて変化していく、というような関係。そのようにジャムはこちらを意識していると思われる。対ジャム戦を放棄すれば、競争に負けてただ食われてしまうのはあきらかよ」

「それは、いままでと同じだろう。なにも変わらない」

「FAFや地球人にとってはそうではないわ」とフォス大尉は続けた。「ジャムはすでにフェアリイにいる人間たちから、人間についての情報収集を完了し、もはやフェアリイで戦闘する必要はないと判断、目的である地球に向けて本格的な進攻を開始する可能性が高い、とわたしは予想した」

「おれたちのことは、無視してか」

「ジャムは今回、雪風やあなたに、仲間になる気はないかと打診したけれど、その目的はこの戦闘を有利にすすめるための戦略的なものではない。ジャムは、特殊戦や雪風といった存在だけが、理解できない、つまりこれまで解析してきたFAF内の人間型の存在とは異なるらしいと判断していたのよ。本当にそうなのかをジャムは、本格的な地球進攻を開始する前に、確かめたかった。特殊戦も普通の人間型であると判断されるなら、ジャムは最終的な攻撃を即座に開始するでしょう。いいえ、最終的な攻撃という手段自体が必要なく、フェアリイ星での戦いは一応すすめながら、本来の目的を人間には知られずに実行するだけだとわたしは思う」

「本来の目的とは？」と桂城少尉。

「それは、わからない。でも、そうなれば、フェアリイ星での戦闘にはまったく意味がなくなるのに、それに人間は気がつかない、という事態になる。いますでにそうなっている、という可能性もあるのよ。でも、深井大尉は、ジャムの疑問に、結果としては答えなかった。だから、ジャムの特殊戦への疑問はそのまま残っている」

「これからのジャムの戦略として考えられるのは、フォス大尉によれば、だ、とんでもないことだ」とブッカー少佐。「ジャムは、FAFを徹底的に叩いたら特殊戦はどう出るか、ジャムはただそれを知るために、FAFに向けて最終的な攻撃を仕掛けてくる可能性がある、というんだ。これまでのような局地戦ではない。ジャムの総力を挙げた、フェアリイ全土における同時全面戦闘だ」

零も、桂城少尉も、無言。

「いま特殊戦がジャムに対する戦意を放棄しようと、あるいは与しようとしても、それにはかまわずジャムは攻撃してくるわ。間違いなく、そのように出てくるとわたしは思う。殺らなければ、殺られるだけよ。それはこれまでと同じ。でも、戦いの意味は、違ってくる。そういうこと」

「時間は、どのくらいですか、フォス大尉」と桂城少尉が訊いた。「じっくり考えている余裕はあるのかな」

「戦う意味を考え直して、答えを見つけるまでに必要な時間は、各人によって異なるでしょうね」とフォス大尉は客観的な口調で言い、そして続けた。「でも、ジャムは、総攻撃の用意はすでに完了している、と思う。いつそれを開始しても不思議ではない。リッチウォーを放棄したときから、用意はできていたのよ。ジャムは、深井大尉の出方を見てから実行しようと決めていたのだと、いまなら、そう推測できる。クッキー基地は、雪風を誘い出すための捨て駒だったのよ」

「おれが、ジャムの総攻撃の引き金を引くことになった、というわけか」

「引いたのは雪風だ」とブッカー少佐が言った。「おまえは、任務をこなしただけだ」

「雪風もだ」

「そうだな。そう、雪風の戦闘意識にわたしが気づいていれば、手の打ちようもあったかもしれない。フォス大尉の予測が正しく、そのまま実現するとしたら、その責任はおれにある」

「失礼ながら」とフォス大尉。「少佐、あなたにはどうしようもなかったでしょう。雪風を止めることは、あなたにはできない。それにジャムは、われわれが交渉できるような相手ではないわ。火山のようなものよ。いま噴火しようとしている火山を前にして、だれが火をつけたのか、などという議論は意味がない。わたしはそう思う」

「ジャムの総攻撃といえば、おそらくＦＡＦの予想を超えているだろう。ＦＡＦの総員が地球に避難する余裕はないだろう」と雫は言った。「ＦＡＦは戦うしかない。戦うための組織なんだから、当然だ。おれたちも、だ」

「勝ち目はないだろうな」と桂城少尉。「降伏もできない。白旗はジャムには通用しないだろう」

「希望はあるわ」

「ジャムに気に入ってもらえる行動をとれば、助けてもらえるとでもいうのですか、フォス大尉」と桂城少尉。「それは、甘い」

「ジャムに負けないための戦術はある、ということよ」とフォス大尉。「複合生命体になること。ジャムに負けない方法は、それしかない」

「FAFには、それはできない」とブッカー少佐は言った。「FAFの戦闘コンピュータ群は、いざとなれば人間は邪魔だとして切り捨てる。人間は、ここから逃げられないとすれば、それにも対処しなくてはならない。複合新種云云どころの話ではない」

「でも、雪風と深井大尉がやったように、特殊戦なら、できると思う」と桂城少尉が言った。

「文字どおり特殊な部隊なんだ」

「ようするに、死んでもジャムには負けない方法、ということだろう。そんなのは、ただの理屈だ」と零は言った。「理屈は、わかる。雪風と一緒なら、おれには悔いはない。だがきみは、どうなんだ? その自分の理屈で納得して戦死できる、というのか」

「それは……そのときになってみないと、わからない」とフォス大尉は言った。「でも、少なくとも、そのときは、自分の予測は正しかった、という満足感を得た後のことよ」

「きみのそうしたプライドには、ジャムも敬意を払うかもしれない」

「わたしは、負けたくない。だれにも。ジャムにも、特殊戦にも、自分にも。それだけよ。だいたい、わたしは、負ける、とは予測していない。ジャムは、複合生命体に対処するために自分自身を変化させてくる。競争的共存のためにジャム自身もこちらに合わせて進化すると予想できる。ならば特殊戦のほうがジャムを取り込み、ジャムとの複合生命体になることだって考えられるのよ。零、深井大尉、あなたがいまのわたしのジャム総攻撃予測を聞いて、雪風と一緒に死ぬことしか考えていないのだとしたら、わたしのあなたへの診断は間違っていた。もう少しわたしのカウンセリングを受ける必要がある」

「ジャック」と零は言って、ベッドを降りる。「雪風に会うことを許可してくれ。このおれのレポートを、戦術コンピュータに入力するんだ。フォス大尉の予測もだ」

「なにをするつもりだ」

「雪風の反応が見たい。おそらく、雪風はおれの存在をいま探っている。おれが行くまで、FAFネットワークへのアクセス行為はやめないだろう。雪風には、特殊戦の人間と他の人間との性格や性質の違いというのは理解できない。そのまま放置するのは危険だ。おれが行って、教えてやる。エディス、きみも来い。雪風もおれも、死ぬことしか考えていない、などとは言わせない」

「わかった」とブッカー少佐は腕時計を見て、言った。「三十分やる。時間内にここに戻って、食事と休息。明日は、八時からクーリィ准将と会議だ。桂城少尉、きみはここに残れ。レポートは書いたな」

「それをもとに、口頭でわたしに報告しろ」

「はい、少佐」

「了解」

「雪風はどこだ」と零は訊く。「整備中か」

「格納庫だ。雪風がそれを望んだんだ。おまえを確認するまで、機体に触らせないつもりなんだ。このままでは修理もできない。行ってくれ。三十分だ。腕時計を貸してやる」

零は少佐の腕時計を着け、スウェットスーツのまま、雪風に会いにいく。

雪風はキャノピを閉じていた。折り畳みのラダーを引き出し、医務室用の白いズック靴を履いただけの足でそれを登り、キャノピの外部オープンハンドルを回す。それから、フォス大尉を後席に乗せるのに手を貸してから、前席に収まった。

「汗くさいわ」とフォス大尉。「すごく生生しい……あなたが、わたしの予測を、ただの理屈だ、というのがわかる気がする」

零はそれには答えずに、準備室から持ってきたヘッドセットのピンをジャックイン、計器のメイン電源を入れる。

メインディスプレイに、雪風がアクセスしているネットワークの種類やコンピュータ個別識別番号などが一覧表示されていた。特殊戦の戦術コンピュータを介したものだ、とわかる。

と、それらがクリアされる。

「消えたわ。壊れたみたい」

「違う。雪風が戦術コンピュータとの接続を解除したんだ。――雪風、深井大尉だ。おれを探していたのか？」

　雪風は答えない。ディスプレイも暗いままだった。

「雪風は、やはり人語は理解できないようね、深井大尉」

　零はそれを無視して、続ける。

「雪風、おまえがいまＦＡＦコンピュータネットワークを通じてわかったことがあるなら、報告しろ。わかるか？」

　答えはない。雪風は眠ってしまったかのようだった。零は自分の身体が小さく縮んでいくように感じた。ここでなら安心して眠れそうな気がして、力も抜ける。

「どうしたんだ、雪風……なぜ答えない」

　零は雪風の意識を思い、そして、覚醒する。雪風は決して休まない。雪風は眠っているのではない。いつも戦っているのだ。こちらもその気にならなければいけない。言葉ではなく、こちらも戦う意志があると、伝えなくてはならないのだ。

　そう、ここは、ベッドではない。戦闘の場なのだ。

　零はマスターアーム・スイッチをオン。索敵を開始。

「そちらも電源を入れろ、フォス大尉。電子戦闘モードだ」

「了解」

　すると予想どおり、雪風は即座に反応した。メインディスプレイに線図が描かれる。雪風からのメッセージが続く。零も、フォス大尉も、それを読みとり、絶句する。雪風はこう表示してきた。

〈JAM is here/attack this point … Lt.〉

——ジャムがいる。ここを攻撃せよ、深井大尉。

「なんですって」とささやくような声でフォス大尉が言う。「どこなの」

線図は、フェアリイ基地の一部を図示したものだ。その一角を、敵を示す四角のマークが囲んでいた。雪風がその区域名を表示するより早く、フォス大尉が気づいた。

「ここは、システム軍団よ。わたしの以前の職場だった」

「システム軍団に、ジャムがいる？」

「再教育部隊のことだと思う。その部隊は、システム軍団の下部組織として編制されたとブッカー少佐が言っていた。すでに集められているのよ。あるいは、ここにロンバート大佐がいるということなのかも」

「もっと詳しく知りたい。エディス、ＭＡｃＰｒｏⅡを使え。雪風はそれを使って、より詳しくおれたちとコミュニケートできる」

これは、三十分では済まない、食事どころか、睡眠もとれないだろう、少しでも寝ておくのだったと後悔しながら、零はそのプログラムの起動方法をフォス大尉に伝える。

特殊戦にとって、休むことのできない長い夜、しかも余裕のない夜の始まりだった。

Ⅷ　グッドラック

1

戦闘で乗機を失ったのはパイロットの自分のミスではなかった、とその男は思っていた。再教育部隊などというところに送られるのは納得がいかない。自分はなぜ、再教育されなければならないのだ。ＦＡＦはなにを、再教育するというのだ、この自分に？

その男、ギャビン・メイル中尉は、前線戦術航空基地ＴＡＢ‐15所属の５０５攻撃部隊から再教育部隊への異動を命じられて、フェアリイ基地・システム軍団の居住部屋にやってきた。

部屋は倉庫を改造したような六人部屋で、天井の三つある照明パネルの一つが点いていない。急ごしらえなのだろう。優秀なパイロットを迎えるにはふさわしくなかった。その部屋で、他の五人の同室人とともにメイル中尉は無言で荷物の整理をしながら、憤っていた。

再教育部隊とは、ジャムに乗機を撃墜された者が、その失敗を繰り返さないためにより高度な戦術飛行訓練を受けるためのものである、そうメイル中尉は説明を受けた。前線戦術航空基地TAB－15の司令が、直直にそう言った。

自分はいつジャムにやられたというのですか、とメイル中尉は、異動を命じるその司令に訊いた。

『ランコム少尉が特殊戦機にやられた、あのときだ』と司令は言った。『あのとき、きみの攻撃部隊機は全滅した』

『その責任をわたしに取れと言うのですか。いまになって？　あれは二ヶ月も前の話だ』

５０５攻撃部隊はその後、攻撃機を一機、二機と補充され、ようやく全機そろい、もとの戦力を取り戻したところだった。チームリーダーであるメイル中尉にとっては、長く苦しい期間だった。少ない機数でも、それにかまわず要求される戦果は同じだったからだ。

『ま、それとは直接関係はない』

『ではどういうことなのですか』

『上からの命令だ。わたしの思惑とは関係ない』

『上とは、だれです。前進戦術戦闘軍団ですか。わたしが直接抗議したいので教えてください』

『命令がATAC経由で来たのは、そのとおりだが、この異動命令はかなり大がかりなものだ。わたしも調べてみたのだ、中尉。この件は中央が動いている。FAFのトップ命令だ。ジャムにやられた機の乗員を一つに集めるのが目的らしい。異動を命じられるのは前進戦術戦闘軍団の人間だけではない。全軍が対象だ』

『だから自分はジャムにやられたわけではない、あれは機のエンジンの不調だった。推力が正常に発揮できなかったんだ。仲間の機も同じだった。ジャムの仕業じゃない。そんなジャミング手段はキャッチされなかった。あれは、不良燃料を回されたか、整備不良だ。整備班を再教育するのが筋というものだ。そうでしょう。わたしが呼ばれるのはおかしい』

『きみはジャムに直接撃墜されたのではないということは、わたしも主張してみた。しかし、無駄だった。選定基準は非公開だ。ようするに軍機密だ。中央は、前線のわれわれの過酷な立場を理解しない。勝手なことを言ってくるが、どうにもならん。われわれの立場では逆らえない。命令拒否はできない』

『フェアリイ基地の連中はなにを考えているんだ』

『システム軍団が主導権を握っていることから考えると』とその司令は組み合わせた両手の親指を回しながら言った。

『きみに関して言えば、あのとき、きみの部隊機が全機同時に不調になった原因を探るつもりだろう。あの件はわれわれも調べたが、はっきりしたことはわからなかった――』

『現場のおれたちが調べてもわからないことが、システム軍団の連中がいまごろ調べ直してもわかるわけがないだろう』

『中央はわれわれの調査能力を信頼していないのだ』

『おれがそこに行けば、原因がわかるとでもいうのか。どうせこちらの言うことなど信じないさ』

『きみがフェアリィ基地に行って、そこの人間になれば、今度はわたしのいうことなど信じなくなるだろうな』

『なんだ、それは』

『人間は立場によって変わるものだ。この異動の件はきみにとってそう悪いものではない。再教育プログラムをこなしたあかつきには、昇級が約束されている。きみは大尉だ』

『昇級ならば、おれが５０５部隊の建て直しに苦労したことを評価してもらいたいぜ』

墜落する機から脱出するとき、もう二度と飛びたくないと思ったメイル中尉だったが、救助されて基地に戻るとそんなことは忘れた。まず、仲間たちの安否が気になった。メイル中尉は真っ先に救助された部類で、その時点で中尉の部下のほとんどの消息が不明だった。チームリーダーとしてメイル中尉は責任を感じずにはおれず、救難活動に自らあたったのだ。

『それについては、わたしは正当に評価しているつもりだ。きみはよくやった。しかし何度も言うが上には逆らえない。異動理由の詳しい内容はわたしにはわからん。しかし、いずれにせよきみにとっては、悪い話ではない。不名誉なことではない、幹部候補の教育と思えばいいのだ。きみはそう遠くない将来、わたしに命じる立場に就くかもしれん』

『ここに戻ることは保証されているのか』

『いや。そういう話はなかったが、しかし可能性はある。きみは部隊長クラスのリーダーにしておくのはもったいないと上は判断したのかもしれん。上の考えていることはわからんよ』

『おれは戦闘機乗りだ。へたくそだから、地上任務に就けというのだろうが。いまおれがいなくなったら、部隊はどうなる』

『きみがいなくても部隊はやっていける。当然だろう、わたしがそうするのだ』

『おれにとって、部隊は家族も同然だ——』

『送別会を開いてやる。ついては、わたしから餞別代わりにひとつ教えてやろう』

『なんだ』

『きみの部隊機が全滅したその原因について、わたしが考えたことだ。だれにも言っていない。むろん、上にもだ。証拠がなにもなかったから、言えるはずもなかった——』

『なんだというんだ。おれが原因だったというのか。おれを追い出すことができて、せいせいしているような口調だな』

『あれは、メイル中尉、きみの部下のランコム少尉の仕業だったとわたしは考えている。彼が、きみの部隊機になんらかの細工をしたのだろう、ということだ。彼以外にそれを疑われる整備員は出てこなかった』

『ランコム少尉が部隊機の燃料に砂糖でも混ぜたとでもいうのか。戦闘機はクルマじゃないんだぜ』

『おそらくフライト関係のプログラムをいじったのだろう。整備班長のゴートが、そういう手段をとるならば、ああいう事態に導ける可能性はあると——』

『本気で言っているのか』

『確証はない。撃墜された機の回収された破片からはなにも見つからなかった。しかもランコム少尉は、無人の特殊戦機に誤射されて戦死している。特殊戦は誤射だと言っているが、やつらのことだ、本当はどうかわからん。あれがもし誤射でなかったとすれば、特殊戦はランコム少尉の裏切り行為に気づいていたことになると、わたしはそう思ったのだ』

『特殊戦がランコム少尉にやらせておいて、その口をふさいだというのか』

『それはないだろう。そんなことをしても特殊戦の利益にはならない』

『ジョナサン・ランコムが、おれたちを裏切っただと？』

『彼が精神的に不安定だったのは間違いない。病気だろう。自分が地上任務に縛り付けられていることに我慢できなかったのだ。それで破滅的な行為に出た——』

『彼はそんな人間じゃなかった』

『きみのそういう甘い見方があの事態を引き起こしたのではないのか、とわたしは疑っている。わたしは基地の人間全員の精神状態や日常生活の動向を直接チェックすることはできない。きみの部隊のそれに関しては、きみの責任だ。きみは、自分の部隊の身内というのでなにも疑わなかったのだろう。むしろ特殊戦のほうが、ランコム少尉の身近にいたきみよりもその人間についてよく知っていた、ということになる。それがわたしには我慢ならない。やつらはジャムだけでなく、こちらの内部事情についても偵察しているのだ——』

『なにを言い出すかと思えば、頭は大丈夫か』

『きみよりは冷えていると思っている、メイル中尉。きみの部隊機は、なんらかのジャムからの電子的攻撃手段を受けて、エンジントラブルに陥ったのだろう。その正式な調査見解を否定するつもりはわたしにはない。いまのはわたし個人の、きみへの餞別の気持ちから出たものだ。再教育部隊へ行け。きみにふさわしい。以上だ』

おだてているのかと思えば、けなしている。こちらを理解しているようでいて、不信感を露わにする。なにが餞別の気持ちだ、どういうつもりなのだ。意図がまるでわからない。

その司令のあいまいな態度が、メイル中尉を怒らせた。だが、それをその司令に向けて爆発発散させることはできなかった。こんな人間相手に銃殺刑の危険を冒すのは馬鹿げている、ようするにこいつは保身で凝り固まっているのだ、万一この自分がこの司令の上の立場になって戻ってくるのを考慮して、こうした煮え切らない、なにを考えているのかわからない態度に出ているのだとメイル中尉は、怒りを軽蔑に変えるべく努力してそのオフィスを出たのだった。

仲間たちは、別れを惜しんでくれた。表面上は。いや、その仲間たちの気持ちに偽りはないということはメイル中尉にはわかっていた。ただ、この部隊にとって、メイル中尉はすでに身内ではなくなっていた。新しく部隊長に内定しているというガーゴイル中尉の言動やそれを立てる部下らの態度などから、メイル中尉はそれを思い知らされたのだった。まだ部下であるはずなのに、彼らにとってのリーダー、ボスは、すでに副長のガーゴイル中尉なのだった。

『中尉、部隊をよろしく頼む』とメイル中尉が言うと、ガーゴイル中尉は、うなずきながらも、こう言った。

『中尉、実は自分は昨日付けで大尉なんです。まだ記章類は付け替えていないのですが』

『そいつはよかったな』

『中尉も、頑張ってください。あとのことは心配いりません』

だれが心配などするものか、勝手にやればよかろう――そう開き直ることはメイル中尉にはできなかった。自分が守り育てた部隊だというのに、もはやここに自分の居場所はなく、それを失った自分は惨めだ、と感じた。そして、憤った。実力でガーゴイル中尉に負けてこの部隊から追い出されるならば、悔しいだろうが納得がいく。だが、そうではないのだ。なぜ自分だけが、と思う。この部隊は全機やられたのだ。再教育というのなら全員が対象になってしかるべきだ。リーダーが代表として再教育を受けるということなら、わかる。しかしそういう命令ではない。ここに戻ってこれるというわけではないのだ。

自分の実績をまったく無視した上のやり方が、面白くなかった。これでは、これまでなにをやってきたのか、まったくの無駄ということではないか。大きな組織とはそういうものだというのは頭では理解できたが、実際に自分がそのような立場になると、理不尽以外のなにものでもない。感情は理屈ではどうにもならなかった。

ギャビン・メイルは新しい生活の場になるその部屋で荷物を整理しながら、このままでは負け犬だ、と思う。自分は、その他おおぜいでくくられるような立場に甘んずるつもりはない、ここでのし上がってやる、一から出直さなくてはならない、そう決心する。少しでもいい思いをしたければ頭半分だろうと他人よりも上に位置することだ。そして、それを邪魔する者には、噛みついてやるのだ。

荷物の整理が終わる前に、全員集合の命令が部屋のスピーカーから下った。

スケジュールは分単位だ。これではまるで新兵教育ではないかとメイル中尉は苛立つものの、命令には逆らえない。遅れた者、いちばん最後になった者には懲罰が、懲罰という厳しいものでなくても罰ゲームくらいは、上官の性格によってはありそうだと思いついたメイル中尉は、気がつくと真っ先に部屋を出ている。

集められたのは講堂などではなく、格納庫だった。システム軍団の訓練機が四機並ぶ。機種は軽戦闘機、ファーン。ファーンⅡではなく旧型だが、長年改良を重ねられて量産されてきたこの機種の信頼性は高いだろうとメイル中尉は思う。塗装は新品同様だ。薄い灰色の機体に、赤、白、青の太いストライプが入る。まるでアクロバットチームのマーキングだ。

部屋別に整列させられる。メイル中尉は最後の部屋集団の、最後尾に位置された。各部屋の定員は八名、これを一班として、六班。その最後に自分がいるという現実を知って、メイル中尉はまた面白くない。自分の部屋の人間は六名、後ろはいない。くそう、なんだ、これは。自分はいちばん劣っているということか。

再教育部隊の指揮官は、システム軍団においてテストパイロットの教育を担当するカルマン少佐という男だった。

「諸君は、ここで最高のパイロット教育を受けることになる」と少佐は言った。「期間は二ヶ月である。通常ならば半年はかかる課程だが、諸君は素人ではない。ついてこれるものと信ずる。課程修了時には、諸君は世界最高レベルの戦闘機乗りになっているであろう。それに要するコストは莫大なものであることを忘れるな。きみたちはエリートなのだ。FAFは諸君に、大いなる期待を寄せている。がんばってもらいたい」

続いて副官から教育内容の概略が説明される。大きく分けて、理論学習と実践訓練だ。理論学習は、航空に関係する物理数学や生理学などの基本から、実戦的な航空戦闘戦術理論、FAF戦闘機の機構の学習にまでおよぶ。実践訓練では、フライトシミュレータや実機による飛行訓練、体力づくり、身体検査等が行なわれる。

この内容は、期間が短いのを別にすれば、正式なテストパイロット養成のものと同じである、という説明を聞いたメイル中尉は、それを意外に思った。カルマン少佐以下、だれも『おまえたちはジャムにやられた負け犬だ』というような、劣等意識を感じさせる発言はまったくしなかった。FAFは本気でエリートを養成するつもりかという気分になる。

メイル中尉にとって意外だったのはそれだけでなく、ここに集められた人間たちが真剣にこの場に臨んでいる、ということだった。どうも負け犬根性でやってきたのは自分だけのようだ、というのが信じられなかった。こいつらは自分の頭で考えたことのない馬鹿か、そうでなければ予想以上に優秀で利口な連中だ、とメイル中尉は思った。これは、負けられない。

ガイダンスが終わるとさっそく第一日目の課程が始まった。丸一日かけた各種ペーパーテストだった。FAF軍人の心得、ようするにFAFに入るときに覚えさせられた軍規の再確認から始まり、数学や物理などの一般的な知識を問う試験、それから単調だが大量の質問に答えなければならない心理テストまで、はてしなく続くそれは、ほとんど拷問だった。

それが夕食時間まで続いた。夕食後は居室に戻って、きょうの課程での感想をレポートにし、明日の予習という宿題をこなさねばならなかった。

これが二ヶ月も続くというのか、実戦で生命を張っているほうがましだ、と本気でメイル中尉は思った。同部屋の連中が、黙黙と机に着いて課題をこなし、打ち解けた会話もしない、というのが耐えられない。こいつらは、なにを考えているのだろう？

自己紹介を積極的にしようという気持ちはメイル中尉にはなかった。一堂に会したときも部隊員の紹介というのはなかった。だから、みんながどの部隊から来てどんな仕事をしていたか、というのはわからなかった。しかし居室でもこれでは息が詰まる。打ち解けるためには、自分から話しかけないとだめだろう、そう思い、メイル中尉は、自分はＴＡＢ‐15の505部隊から来たんだ、きみたちは、と周囲に向かって言ってみた。すると、この部屋の室長、いわば小隊長を命じられた男が、いまは休憩時間ではない、と言った。

「本気なのか」とメイル中尉。「おれたちは仲間じゃないか」

「わたしは落後したくない」とその男は言った。「あなたの相手をしている暇はない。同室の人間の足を引っ張る真似は許さない」

「室長命令か」

「そうだ」

「あんたが室長に立候補したのか。いつ、だれが決めたんだ」

「多数決でないことは確かだろう。あなたには不服でも、いまさらどうにもならないのは、わかっているだろう」

メイル中尉は会話を続ける気を失った。

こいつはいったい何者だ、そういえば名簿はもらっていると、きょう渡された大量のテキストと書類を整理しがてら、それを探す。部屋別に書かれた名簿だ。頭にある者が室長で、丸印が打たれている。階級も出身部隊も併記されていない。名前だけだった。そういえば制服にも階級章はなく、ネームプレートだけだった。

知っている人間はいないかとメイル中尉は、他の部屋の名簿にも目を通す。

一人、いた。どきりとする。ほっとするはずだったが、メイル中尉が見つけたそれは、死者の名だった。

いいや、これは、同姓同名の別人だ。ジョナサン・ランコム。自分の部下だったランコム少尉は、特殊戦にやられている。無人で運用された特殊戦機、たしかユキカゼという機に、地上で整備任務に就いていたランコム少尉はねらい撃たれて即死した。この名簿に載っているランコムが自分の部下であるはずがない。ランコムの死体は自分も見た。胴体からまっぷたつ。肉片をかき集めても元どおりの形にはならなかった。無惨だった。いずれにせよ、あまり運がいいこちらの元気なほうのランコムは、どこから来たのだろう。いい名前ではない。

「ジョナサン・ランコムという人間を知っている者はいないか」

メイル中尉が訊くと、同室の人間は今度は無視したりはせず、知らないと答え、あるいは首を横に振った。が、室長のその男は、知っている、と言った。

「あんたの仲間だったのか」

とメイル中尉が訊くと、いや、とその男は言った。

「TAB-15の地上員に、ジョナサン・ランコムという人間がいた。あなたのほうがよく知っているんじゃないのか」

この男は、こちらの出身部隊を知っているということだ。こちらは、しかしこいつのことはなにも知らない。面白くないと思いつつ、メイル中尉は続けた。

「同姓同名だから、訊いたんだ。おれの部下だったランコム少尉は戦死している。しかし、おまえさんはなんでおれの部下だったランコムを知っているんだ」

すると、まったく予想もしていなかった答えが返ってきた。

「わたしの乗機が、ランコム少尉を殺しているからだ」

「……なんだと」

「わたしは雪風のフライトオフィサだった。あのときの雪風は無人だったがね」

「あんたは、特殊戦から来たのか。名は」

その問いに、その男は名乗った。

「バーガディシュ少尉」

たしかに名簿にもそうある。しかしこいつが、ランコム少尉を撃ち殺したユキカゼに乗っていた人間とは、とメイル中尉は、そう知ってしまえば、その名は単なる名簿上の記号ではなくなると思う。こいつは、いわばランコムの仇、仇そのものでないにしても、その責任を感じるべき立場の人間ではないか。こいつはなぜ、平然とこんなことが言えるのだ？

「どうした」とその男は首を傾げて、言った。「わたしの顔になにかついているか」

「……特殊戦は、なぜランコム少尉を撃ったんだ」

「そんなのは――」

自分にはわかるわけがない、そう答えるだろうという予想を裏切り、バーガディシュ少尉と名乗った男は、こう言った。

「簡単なことだ。ランコム少尉は、役立たずの人間だった。だから撃ち殺された」

「ばかな」

「きみは、なにもわかっていないようだな、メイル中尉。確かめてみればいいじゃないか」

「どうやってだ」

「ジョナサン・ランコムに直接訊けばいい。名簿に載っているんだろう」

「なにを言っているんだ。ランコム少尉は死んでいるんだぞ。名簿に載っている人間は、別人だ」

「わたしの知っているランコムは、一人だけだ」

「あんた、なにを言っているんだ」

「知っているかと訊かれたから、知っていると答えただけだ」

「話にならん」

「話しかけてきたのはきみのほうだぞ」

メイル中尉は無言で、目をそらす。こいつは、頭がどうかしている。

「われわれは、ジャムにやられたのではない」と室長がまだ言っている。「FAFにやられたのだ。酷い仕打ちだ。メイル中尉、きみもそう思っている。自分の立場が、きみにもそのうちわかってくる。復讐すべきはFAFなのだ。これは絶好の、復讐のチャンスだ。FAFにわれわれの怨念を思い知らせてやるのだ」

同室の全員がその言葉にうなずく気配。メイル中尉は、強い焦燥を感じる。場違いなところに来させられたという気がした。取り残された気分。この者たちは、ここに異動させられたことに対して、なんの疑問も持っていないどころか、やるべきことをあらかじめ知っているようだ。自分だけが、知らない。そんな、ばかな。

怨念？　復讐だって？　なんなのだ、それは。こいつらはまともではない。しかもそれをこの連中は意識していないのだ。

メイル中尉は机を離れて、バッグの中からウィスキーの壜を取り出す。後にしてきた部隊が餞別としてくれたものだった。そのキャップをグラス代わりにして、一口やる。同室の連中は、そんなメイル中尉にちらりと視線をやったが、なにも言わない。

自分は慣れない環境に来て、早くもホームシックに罹っているのだろうかと中尉は思う。

同室のこいつらが、ここに来てすぐに一心不乱に与えられた課題に打ち込んでいられるのは、なぜなのだ。自分は、そんな気分にはなれない。

自分はまともだ、おかしいのはこいつらだ、とメイル中尉は思う。この連中は、精神的な欠陥を理由にここに集められたのではなかろうか。きっと、そうだ。自分はなにかの手違いで来させられたのだ。そうに決まっている。明日にでも指揮官にそう抗議してやろう。自分には、この連中のようになんの疑問も抱かずにやっていくことはできない。それが正常というものだろう。

ウィスキーの酔いが心をふわりと解きほぐす。そう、なんの心配もない、間違っていることは訂正されるだろう。明日になれば帰隊できる。それが常識というものだ。

一杯が次の一杯を呼び、気が大きくなる。メイル中尉は明日を忘れ、現在の自分の立場もどうでもよくなった。

ボトルを空にしてベッドに横になったのを覚えている。目を開けると、周囲は暗かった。真っ暗の闇ではなく、常夜灯が点いている。メイル中尉はその光がなんなのか一瞬わからなかった。動くそれを目で追っていて、編隊を組む僚機の夜間標識灯かと思い、焦点が合うと、そうではなく、自分は酔っていて、あれは天井の常夜灯だと気づく。吐く息が酒臭い。のどが渇いていて、尿意も感じる。

メイル中尉はベッドに身を起こして、軽く頭を振る。ぐらりと世界が動揺する。まだ酔っている。少し頭が痛いものの、強い宿酔ではなかった。強靭な肝臓。酒には呑まれない自信がメイル中尉にはあった。

しかし酷い臭いだ、とメイル中尉は、深呼吸をして、息をとめる。なんだ、この臭いは。自分は前後不覚に酔っぱらって、そのへんに反吐を吐いたのだろうか。

空のボトルはきちんと机の上に載っている。机上はきれいだ。椅子、その背も、床も、ベッドも、汚れた跡はない。

メイル中尉は息を吸い、そして吐き気を催した。生ゴミの腐っているような強烈な臭いだった。自分は尿意で目を覚ましたのではない、この臭いのせいだ、と気づく。これは反吐の臭いなどではない。なにかが腐っているのだ。

ベッドを降り、少しふらついてベッドに手をついて身体を支えながら、同室の連中はこんな臭いの中でよく寝ていられるものだと、あきれる。隣のベッドを見やると、熟睡しているのだろう、身じろぎもしない。

この臭いのもとはなんなのだ。メイル中尉はベッドから立ち、周囲をうかがう。べつだん変わったところはない。しかしこの臭いは普通ではない。隣の男を起こそうと、そいつに目をやる。その顔が、常夜灯の弱い光の下、黒く見えた。黒人ではなかったはずだが、とメイル中尉は自分のベッドを回って、近づく。青黒い顔。その男の髪は逆立っているように乱れている。メイル中尉は、自分の髪の毛もそうなったのを意識する。全身の毛がさっと逆立つ。

そのベッドの男の顔には眼がなかった。黒い眼窩があるだけだ。生きてはいなかった。腐った死体だ。それを覆っている毛布をはねのけて、メイル中尉は口元を押さえる。強烈な臭い。生焼けの死体。着ているのは飛行服のようだが、焦げている。その腹部が膨らんでいた。

なにが起きたのか、わからない。他の人間に異変を知らせなければならないと思うのだが、反面、そんなのは無駄だ、すでにみな死んでいるという醒めた感覚もあり、それは正しかった。

次のベッドの人間はミイラ状にひからびている。その隣は石鹸のように白い。その隣は全身血塗れで、入口にいちばん近いバーガディシュ少尉のベッドの上の死体には胴体がなかった。生首だけだ。切断された頭だけ。そのバーガディシュ少尉の首が、いきなり目を開けて、メイル中尉を見上げた。

メイル中尉は部屋から転がるように外に出た。廊下は明るい。まばゆい照明を見上げると、くしゃみが出た。それで悪夢から覚めたに違いないと思う。だが吐き気は収まらない。やけ酒を浴びるように飲んだため、身体がそれに抗議して生じさせた悪夢だ。そう思いつつ、トイレに向かう。廊下の角を曲がった先だ。遠い、と感じる。もともと倉庫代わりの区画なのだ。なにがエリートだ、とメイル中尉は現実感覚を取り戻す。

トイレも明るい。先客がいた。小便器で用を足しているその男が振り返り、笑った。

「メイル中尉。お久しぶりです」

メイル中尉は答えない。後ずさる。

「中尉?」

ジョナサン・ランコム少尉が、首を傾げる。

「どうしました、中尉。顔色が悪いですよ」

ジッパーをあげて、ランコム少尉がこちらを向き、ふらりと近づいてくる。と、いきなりその腹部に穴があき、血と肉片が飛び散った。胴体から真っ二つになったランコムの身体が床にくずおれる。トイレから飛び出す。トイレ内が真っ赤に染まる。メイル中尉は野獣が吠えるような声を聞いた。声は自分の悲鳴だと気づく。息が苦しく、めまいがして、とっさに壁に両手をつき、そして下を向くと、吐いた。水道の蛇口をひねったかのように吐瀉物が口から噴出した。二度、三度。三度目にはもはやなにも出なかったが、嘔吐感は収まらない。苦しさに涙が出てくるのがわかる。505部隊の連中は、とメイル中尉は肉体の苦しさを怒りで鎮めようとする、あの餞別のウィスキーになにか強烈な幻覚剤を混ぜたに違いない。かわいがってやったのに、なんてやつらだ。くそったれどもが。

「大丈夫ですか、メイル中尉」

声が聞こえる。涙でぼやける眼をそちらに向ける。死体ではなかった。元気そうな、まともな人間。しかし、これがまともであるわけがない。声をかけてきたのは、死んだはずのランコム少尉だった。

「おまえは……だれだ」

「自分をお忘れですか、中尉どの」

「おれの知っているランコム少尉は戦死している。おまえがランコム少尉であるはずがない」

「自分はジョナサン・ランコムであります、メイル中尉」

「おまえは死んだんだ」

「はい、中尉どの」

「……なんだと」

「生前の中尉どのの、自分に対するご厚意は忘れてはおりません」

「なにを言っているのか、おまえ、わかっているのか」

それとも、自分の言語理解能力がおかしくなってしまったのか。『生前の中尉どの』とはどういうことだ。

「おまえが死んでいるというのはいい」とメイル中尉は、自分でも滑稽だと思うことを、そのまま言った。「勝手に死んでいろ。おれは、生きているんだ。おれまで殺すな」

するとそのランコムは、ぞっとするほど明るい笑い声を上げた。

「中尉どのは、変わっておられない。安心しました――」

「おれが、変わっていないだと？」

「はい。どんなときにも、余裕がおありだ。中尉どの、なんでも命令してください。なんでもやります。このままでは死に切れませんからね」

そしてランコム少尉は、そうだ、と言い、トイレに引き返して掃除道具を持ってくると、メイル中尉が汚した床を掃除し始めた。メイル中尉はあっけにとられたまま、脇にどいて、モップを使う元部下の、死んでいるという男の、その動きを無言で見つめた。

こいつは昔からこういう男だった、とメイル中尉は思い出した。お人好しで、いつもいじましいほど他人に嫌われないように気を遣っていた。

以前となにも変わらない、平和な日常の風景。戦闘機に乗ってジャムと戦うよりもこうした時間のほうがずっと長かったのだ。

背後に複数の足音を聞いて、メイル中尉は振り返る。バーガディシュ少尉を先頭に同室の人間が近づいてきた。みな元気そうだ。メイル中尉はこれにどう反応していいかわからなかった。

「飲みすぎはよくないぞ」とバーガディシュ少尉が言った。「きみの身体は、きみだけのものではないんだ」

「フン」とメイル中尉は自嘲気味に鼻で笑い、答えた。「おれたちの身体は軍のものってわけだ」

「きみが見たのは、現実だよ」

とバーガディシュ少尉は言った。

「なんの話だ」とメイル中尉。

「きみは現実を見たんだ。われわれの死体を見たんだよ。われわれは死んでいるってことだ。きみもなんだ、メイル中尉」

「ばかばかしい」

「おれたちは」とバーガディシュ少尉はくだけた口調に変えて続けた。「消耗兵器だ。死ぬためにフェアリイ星に送り込まれた。死刑と同じだ。FAFはおれたちを最大限に利用している。何度も再生して使うつもりだ。おれたちは、それに気づいたんだ。もう、いいように使われるのはごめんだ。FAFをぶっ潰してやる。そうでなければ、完全には死ねない」

「おれは幽霊ではない」

のどが渇いている。とても。

水が飲みたい。

「きみは、生きてはいないんだよ」とバーガディシュ少尉。「幽霊そのものだ。オリジナルのきみは死んでいるんだ。思い出せよ」

「いまのおれたちの意識は、本物じゃない。再生されたものだ。FAFはどこまでもおれたちを利用するつもりだ。再教育部隊というのは幽霊部隊だ。不死身さ。死んでいるんだからな。どんな危ない任務にも就かせられる。おれたちには希望はない。真に生き返ることはできない。ならば、完全に死んでやる。きみも、それが最善の道だとわかるさ。ほら、きみは、ミイラだぞ」

身体が縮まっていく感覚。枯れ木を踏んだような音が聞こえる。メイル中尉は両手の掌を見た。皮膚が色を失い、まさに枯れ木の色に、音を立てて変わっていく。乾いて縮む皮膚が骨にへばりつく。

髪が逆立つような恐怖を感じたが、声が出ない。立っている力も抜けていき、壁に背をつけて寄り掛かる。そのまますり落ちていく感覚がある。視界は黄色にぼやけて、すぐに見えなくなる。だが意識はあった。水が飲みたい。一滴でいいから、水。

はやく救助に来てくれ。もうサバイバル食も水もない。フェアリイの森の、その分厚い枝と葉の密集した中に落ち込んで、登ることも、かき分けて先に進むこともできない。身動きがとれない。空も見えない。いったい何日たったろう。救命ビーコンの故障は致命的だ。くそう。空が、見たい。もう一度、ちらりとでもいいから。

――そして、意識が遠のいていったのだ……なんだ、この記憶は？　これが、忘れていた現実だ、というのか。

では、助かったほうのいままでの自分とは、いったいなんだというのだ。

「いまのわれわれはコピーなのだ」

バーガディシュ少尉が、言った。

2

いまシステム軍団内でなにが起きているというのだ。雪風はなにを見つけたのだろう？

雪風の機上で零はメインディスプレイを見つめる。雪風の持っているＭＡｃＰｒｏⅡが起動した。零がそれに問いかけるより早く、後席のフォス大尉が口を開いた。

「こちらフォス大尉。雪風、システム軍団内にジャムがいる、というのはどういうことなの。

あなたはなにを根拠に、システム軍団にジャムがいるというの。答えなさい。あなたはなにをここに見つけたの？」

雪風からの返答がディスプレイに表示される。

〈深井大尉の許可なしでは、フォス大尉の問いに対する返答はできない〉

「雪風、おれが許可する」と零。「これは、要継続任務である、ジャムの将来における行動予測ミッションだ。フォス大尉も参加する作戦だ。雪風、フォス大尉の質問に答えよ」

〈了解した〉

ディスプレイに人語が流れるように出力される。

〈システム軍団内に新しく編制された部隊、再教育部隊の名簿中に、死亡を確認された者の名前が複数存在する。バーガディシュ少尉と、ランコム少尉である〉

「……なんだと」と零。「バーガディシュ少尉とは、あの、バーガディシュ少尉か」

〈特殊戦三番機のフライトオフィサであった、バーガディシュ少尉である。ランコム少尉とは、わたしが敵として破壊した者を示す。その名称に対応する者が、現在システム軍団内に実際に存在する。この両名以外の他の部隊員も、おそらくは現実には生存していない者であると予想される。この者たちは、人間ではない。わたしはそれらをジャムであると判断する。彼らは近いうちにＦＡＦに対する破壊活動に出るものと予想される〉

「やはり、再教育部隊の人間はジャムのコピー人間なんだわ」

フォス大尉が言う。だが、零はまだ信じられない思いで、ディスプレイを見つめる。

「深井大尉、どうしたの。大尉、零、なにも驚くことはないでしょう。これは予想できたことよ」

「……予想できたことだって」零はつぶやくように言う。「おれは、バーガディシュ少尉の肉を食ったんだぞ。ランコム少尉という男は、雪風が撃ち殺した。おれが、そう命じたんだ」

フォス大尉にとっては、これはゲームの一駒、言ってみれば将棋における一盤面にすぎないのだ、と零は思った。この軍医には、この二人が死んでいるという実感がない。しかし、自分にとってこの二人の死は、恐怖感覚をともなう現実そのものだ。バーガディシュ少尉と、ランコム少尉だって？

零は無意識に身震いしている。いまその二人がいるというのなら、それはコピー人間だろう。それは間違いなく、そうだろう。幽霊であるはずがない。では、この恐怖の感覚は、なんなのだ、と零は思う。自分はなにに怯えているというのだ。

「ジャムは……死者をよみがえらす能力があるのだ」そう零はつぶやき、その自分の言葉にうなずいている。「そう、コピー人間を作るというのは、そういうことなのだ。コピー人間というのは、言ってみれば、生きている死体だ……」

それは幽霊よりも恐い。すべての人間に対する実効的な力を持っているのだ。それが、恐い。

雪風からの回答はさらに続く。

〈バーガディシュ少尉、ランコム少尉、その二名の名前および経歴は、新部隊の隊員としてシステム軍団の人員管理コンピュータ内に登録されている。その名に対応する人体も、実在する。その人体が、生前の同名者と同一のものであるという確認はできないが、この部隊への攻撃を実行するに際してはそのような確認の必要はない――〉

「なぜだ、雪風。なぜ確認の必要がない、というんだ」

〈その名を持つ人間が実在することが確認されれば、それでよい。わたしはそれを、確認した。これは、ジャムによるFAFへの宣戦布告である〉

「……なんだと」

「雪風、あなたは、不可知戦域内でジャムからそのようなメッセージを受け取っているのね」とフォス大尉が訊いた。「あなたは今回のミッションで、ジャムからFAFに対する戦略を聞かされたのでしょう？　答えなさい」

〈宣戦布告の用意がある、というジャムからのメッセージを受け取った覚えがある。『特殊戦にわかる手段にて宣戦布告する用意がある、FAF内の人間存在に注目せよ』というものである。この事態がそれを示すものであると判断する。この新部隊を攻撃せよ、深井大尉。一人も逃してはならない。すべて破壊せよ。以上〉

「クーリィ准将に伝えましょう」とフォス大尉が言う。「雪風の言うとおりよ。この部隊を叩くべきよ。先制攻撃すべきだわ」

零は答えない。

「深井大尉、どうしたの。考え込むことはなにもないでしょう。この部隊は、コピー人間の集まりよ」

「もしそうなら……わざとこちらにそれがわかるようにした者がシステム軍団内にいる、ということだろう」

「ロンバート大佐よ。人選を担当したのは大佐だというのだから——」

「しかしバーガディシュ少尉やランコム少尉が、間違いなくジャムのコピー人間だ、とは断定できない」

「どうしてよ」

「ロンバート大佐は、やってきた新部隊の人間に新しい名を付けて登録したにすぎないのかもしれない。つまり、コードネームとして過去に存在した人間の名を利用しただけで、新部隊の人間らの本名は別にあるのかもしれない。その確認が必要だ。それなのに、その必要はない、攻撃しろ、という雪風の態度は、おかしい。敵味方の識別の必要はない、みんなまとめてぶっ殺せ、と雪風は言っている。まともじゃない。雪風は……ジャムに洗脳されているんだ」

「なにを言っているのよ」

「雪風は人間には関心がなかった。おれにはわかるんだよ、エディス。こんな雪風の出方は、異常だ。雪風は死者の名に怯えているんだ。ジャムがそのように雪風を心理的に誘導したんだ」

「なにを、ばかなことを」

零は雪風の中枢データ収集バンクにアクセスし、ジャムの宣戦布告メッセージだと雪風が言った、そのもとになるデータを探す。しかし具体的にそれを示すような、ジャムの言葉やメッセージなどというのは、どこにもなかった。フォス大尉も、その事実を認めた。

「雪風もジャムに幻覚を見せられたというわけか」とフォス大尉。「自分で予想しておきながら、信じられないわ」

「幻覚ではない、事実だろう」と零。「データとしては残っていないが、不可知戦域での経験を反芻すれば、ジャムがこのような形で宣戦布告してくるということが雪風にはわかるということだ。ジャムの脅威はわかっているのに、はっきりした裏付けになるデータがない、それが雪風を怯えさせている」

「怯えているという表現はどうかと思う。でも雪風の態度が異常だというあなたの指摘は、あなたがそう言うのだから、そのとおりなのだと信じるわ。それで？」

「存在するはずのないものが、存在する。それが、恐いんだ。ならば、それを解消する方法は一つだけだ」

「どうするというの」

「ジャムの宣戦布告を受けて立つ。攻撃を実行する。雪風の精神を安定させるには、それしかない。存在するはずがないのなら、そのようにするまでだ。幽霊に関するデータを消す」

「なんですって――」

「雪風、われわれはこれより、システム軍団の人員管理コンピュータ内に存在する再教育部隊の人間に関するすべてのデータを抹消する作戦行動をとる。緊急作戦行動だ。これは対ジャム戦、電子戦闘攻撃行動だ。攻撃準備。フォス大尉は電子戦闘をモニタせよ。雪風、電子戦――」

「ちょっと待って。雪風、待ちなさい。むやみにデータを抹消してはならない」

「邪魔をするな、フォス大尉」

「恐がっているのは、あなたのほうよ。落ち着きなさい、深井大尉」とフォス大尉。「雪風を正常にしたいというあなたの気持ちは、わかる。でも、焦ってはいけない。特殊戦にとって貴重な情報を一瞬にして消し去ることはない。それでは雪風も納得しない。手順というものがあるのよ。あなたも雪風と同じく動揺している。それを自覚しなさい。ここはわたしに任せて」

「それは命令か」

「そう、そうよ」

「……わかったよ、軍医どの。雪風、フォス大尉の指示に従え」

〈了解した、深井大尉〉

「雪風、こちらフォス大尉。攻撃目標であるデータ内容とは、どういうものなのか、答えなさい。いまは、それへの再アクセスの必要はない。わたしが訊きたいのは、あなたがそのデータを読みとって、その部隊の人間はおそらく現実には生存していない者たちで人間ではない、ジャムである、と判断した、その根拠はなんなのかということよ。答えなさい」

〈攻撃目標であるそのデータ群には、再教育部隊の人間たちの、氏名、階級、出身部隊における出撃記録が記載されているが、その内容がある出撃時以降から改変されている。ランコム少尉とバーガディシュ少尉の二名に関して言えば、行方不明および死亡という事実は記載されておらず、その時点以降も通常の任務に就いていたことが記載されている。それが事実と矛盾することは明らかである。したがって、彼らは人間ではない。人間でなければ、ジャムであると予想できる。以上〉

「それはおかしいでしょう。だって、考えてもごらんなさい、雪風、あなたがジャムだというその両名は、別のFAFの人間がそう名乗っているだけなのかもしれないじゃないの。なぜ、そうは思わないの。理由は、なに。わたしの質問の意味がわかるわね、雪風。その両名が、絶対に人間ではないとする、根拠はなに」

〈現在FAFに存在するすべての人間の数が、すべてのコンピュータファイルに記載されている生存者の総数よりも、二名、多い。すなわちこの二名は、FAFの人間ではない。一方、現在バーガディシュ少尉とランコム少尉を名乗る者が実在するが、彼らは生存者ではありえない。その事実から、この両名がその二名に該当すると判断した〉

「あなたは、雪風、何万という人間すべて、全フェアリィ星上で、眠っている人間、出撃している人間たち、息を吸って生きているそのすべての数を数えたというの」

〈実行した〉

「データのほうが誤っているかもしれないでしょう。あなたに訊いているのよ、雪風。答えなさい」

〈FAFに存在する人間についての管理データは、各人の所属部隊の隊員管理用コンピュータ内だけでなく、FAF出入者管理コンピュータ、FAF軍人登録バンクなど、複数の記憶装置内に存在する。それらの記載エラーに関する検証も実行したが、その信頼性に関する問題は発見できなかった。オリジナルデータには誤りはない。以上〉

「まさに、人間業ではないな」と零。「コンピュータの本領発揮というわけだ」

「……驚いたわね。雪風にとって、システム軍団のその目標データがあるかぎり、この事態を説明できるのは、余分の二人はジャムだ、と言うしかないんだわ。もし数え違いだとしてもよ」

「人間の数合わせなどというのは本来、雪風にはどうでもいいことなんだ」

「ジャムに惑わされている、誘導されている、という感じがたしかにする。これは、理屈というより、雪風の感覚の問題よ。存在するはずのないものに対して、なんとしてでも理屈をつけようと雪風は頑張っているのだと思える」

「最初からおれはそう言っているだろう、エディス」

「そうね……目標データがオリジナルデータと矛盾しない内容だったなら、雪風は数合わせなどということはしなかったでしょうね。単に死者の名がシステム軍団にも死者として登録されている、というだけのことなのだから。それにしてもシステム軍団のほうは、死体の名前が付いている人間についてなんとも思わないのかしら。バーガディシュ少尉やランコム少尉が死んでいることは、確かめればすぐにわかることでしょう」

「システム軍団には、バーガディシュ少尉やランコム少尉の知人はいないのだろう。まあ、当然だ。彼らはエリートだ。前線の人間を知っているはずがない」

「名前を見てすぐに気づくのは、わたしたち、あなたや雪風、特殊戦だけ、ということか」

「フェアリイ基地では、そうだろう。ジャムはそれを承知して、その二人を余分に送り込んできたんだ」

「ロンバート大佐にしか、こんなことはできないでしょうね。システム軍団の人間に疑問を抱かせず、そこのコンピュータにもデータ改変の事実を知られないようにできる立場にある者といえば、再教育部隊の真のボス、ロンバート大佐しかいない。彼は間違いなくジャムだわ」

「そうとは限らない」

「これでも？」

「ブッカー少佐が言っていたろう。ジャムでなくても、ジャムを利用してFAFをぶっ潰したいという野心を持った人間はいるだろう。全地球の覇権を狙っている国家機関の手先だとも疑える」

「ジャムは人類の敵なのよ。まさか」

「ジャムは、まさか、などとは思ってはいない。人間とはそういう生き物だと、いまは知っているはずだ。ジャムは、人間のそういう性質を利用して、FAFを自滅させるつもりだ。ジャムはいま、この部隊はジャムの先兵だ、これを使って最終的なFAFへの攻撃を開始すると、雪風をメッセンジャー代わりに利用して宣言しているんだ。まさに宣戦布告だ。おれたちが黙っていれば、この事実はFAF当局にはしばらくわからないだろうが――」

「さあどうする、とジャムはこちらの出方をみているというの」

「戦いは始まっている。いや、ずっと続いているんだ。ジャムは休んではいない。雪風を無力化して、特殊戦の戦力の一部を奪っている。いまの雪風のこの状態はジャムによる戦術攻撃だ。雪風は、ほとんど催眠状態だ。というか、パラノイア状態というのかな、幽霊のことが気にかかって、他のことは考えられないでいる。これでは飛ぶこともできないだろう。雪風を覚醒させないと、このままでは、負ける」

負けるとは、だれが負けることを指すのかとフォス大尉は考える。雪風が、負ける。それは深井大尉にとっての負けでもあるのだとフォス大尉は思う。まさに彼らは一体なのだ。この新種の複合生命体はまた、特殊戦という戦闘機能体の一部でもある。特殊戦にとっては、FAFがどうなろうと、関係ない。自らが生き残ること、それだけが重大な関心事なのだ。

自分はとんでもない部隊に来てしまったものだ、とフォス大尉は実感した。ここで雪風を正常にもどす行為を選択するということ、つまり深井大尉が言うところの、雪風を覚醒させるためにシステム軍団の目標データを消去するという電子攻撃手段を許可なしで実行するというのは、明らかにFAF軍規に違反する行為だ。そのような勝手な行動は許されない。自分としてはそれを止めなくてはならない。そうすべきだろう。

しかし、とエディス・フォスは自問する、それでどうなるというのだ、深井大尉が言ったように、それで自分は納得して、戦死できるというのか。

そう、これは自分の生死に関る、切迫した問題だ、とフォス大尉は考える。軍人としてFAF側につくのと、深井大尉の担当医として彼と雪風をサポートし特殊戦の戦力を信じるのと、どちらが生き延びる確率が高いかという、そういう問題だ。もしその選択を誤ったとわかる事態に陥ったとき、それでも納得してその現実を受け入れられるのは、どちらの立場でだろう?

深井大尉や特殊戦の人間は、こんなことでは悩まない、なぜなら、彼らは普通の人間ではないから。でも自分は普通の人間だ、とフォス大尉は思い、そして、気づいた。

——ジャムには、自分が思うところの『普通の人間』では勝てない、勝てるとすれば『新種の複合生命体』だと言ったのは、この自分ではないか。それを見届けるまでは、死にたくない。逆に言えば、それができれば満足だということだ。悩むことなど、なにもない。生き延びたいのなら、自分も特殊戦との複合体になればいい。それは、自分の予測が正しいかどうかをわが身で確かめることでもあるのだ。

「負けるわけにはいかない」とフォス大尉は言った。「わたしも、負けたくない」

「では、攻撃命令を出せ」と零。「雪風に、攻撃を実行させろ」

「いいえ」とフォス大尉。「だめよ」

「なぜ」

「時間を稼ぐ必要がある。いまの雪風は完全な状態ではない。エンジンの交換などの修理や整備が必要でしょう」

「それは、そうだが――」

「深井大尉、いまその攻撃をすれば、すぐにその部隊は破壊活動を開始すると予想できる。それに対する対策なしでは、雪風はこの場でその部隊に破壊されるかもしれない」

「では、どうしろと言うのだ」

「健康な肉体にこそ健全な精神が宿る、というのはいまの雪風にも当てはまるとわたしは思う。不完全な機体の状態が雪風を不安にさせている、ということも考えられる。深井大尉、雪風の機体整備を最優先にし、攻撃についてはクーリィ准将の許可を得てから実行するのがいい。特殊戦全体で、生き残り策を考えるのよ」

「エディス、雪風にとってデータのつじつまが合わないというのは、現実的な脅威なんだ。おれたち人間には単なる記号上の幻想でしかなくても、雪風にとっては、放置すれば自己が破壊される、実際にそうなる可能性のあることなんだ。早く対処しなくては――」

「わかっているわよ、そんなことは。あなたに言われなくても、あなたよりずっとよくわかっている――」

「きみに雪風のことがわかるものか」

「雪風を安心させられるのはあなたしかいない。そのあなたが焦って対応を誤れば、雪風は暴走する危険な存在になる。雪風をコントロールできる人間はだれもいなくなってしまう。先のことを考えなさい。いま攻撃に出るのは無謀よ。雪風の状態ばかりに気を取られていては、ジャムの思う壺にはまる。このまま突っ走れば、すぐにゲームオーバーになる。ジ・エンド。その先はない。そんなことをさせるわけにはいかない」

「ドクターストップか。そんなのが雪風に通用するものか」

「わたしは人間として、負けたくないだけよ。雪風もあなたも、頭を冷やす時間が必要なのよ。あなたが命令しなさい、深井大尉。雪風を説得できるのは、あなたしかいない」

自分が焦っているという自覚は零にはなかった。しかし、雪風の状態ばかりに気を取られていてはジャムの思う壺にはまる、というフォス大尉の指摘はそのとおりかもしれない、と思う。

たしかにいまここで戦闘の口火を切るというのは、不利だ。ジャムに対抗するには、特殊戦の全戦力を利用すべきだろう、それしかない。目標データを消すことは、特殊戦の戦術コンピュータにもできる。それを使えばいいのだ。雪風に余計な負荷をかけることはない、幽霊が消えるのをモニタさせるだけでいい。

「雪風、臨戦態勢を維持」

零はそう命じた。攻撃の取り消しは、雪風は受け入れないだろう。雪風に対して、『おまえはいま普通の状態ではない、休養が必要だ』と言っても理解できまい、と零は判断した。

「それから整備班に連絡」と零は続ける。「機体整備を実行させろ。おれは降機し、特殊戦司令部戦術コンピュータを使って目標データへの攻撃を試みる。こちらからおまえに呼びかけたときは、それに応じろ。また、おまえのほうでおれが必要なときは戦術コンピュータを通じて呼び出せ。以上だ」

〈了解した、深井大尉〉

雪風はメインディスプレイにそう表示したあと、自らＭＡｃＰｒｏⅡを終了させる。そのプログラムによって余計な負担がかかるのは戦闘の邪魔だ、とでもいうように。おそらくそうだろう、それでも雪風は、この自分を信じている、そう零は思いながら、雪風を降りた。

3

特殊戦司令センターは正面のメインスクリーンが切られて、静かだった。いま作戦行動中の戦隊機はいない。クーリィ准将は行方不明になっていた雪風を発見した時点で、飛行中のすべての戦隊機に帰投を命じ、機上要員には休養を与えていた。かわりに忙しくなったのは情報分析を担当する要員たちで、非番の者もすべてセンターに集められ、ブッカー少佐とフォス大尉もそこに加わり、雪風が持ち帰った情報分析を開始した。それもいまは一段落して、クーリィ准将は部下に休憩をとらせていた。情報分析と戦隊機整備担当の責任者の二人が、自分はこの場を離れるわけにはいかないと言ったので、准将もそれにつき合い、センターに残って、深井大尉と桂城少尉の様子を見にいったブッカー少佐とフォス大尉の報告を待っていた。

予想を超える内容だった、とクーリィ准将は、サンドウィッチと紅茶という軽食をとりながら、その作業を振り返る。

雪風を誘い込むジャムの手段、未知の空間の存在、ジャムの声、その内容、それに対する深井大尉の態度、そこから脱出するために雪風がとった行動、すべてが衝撃的だった。常識外れのジャムであり、深井大尉であり、雪風で、唯一まともなのは情報軍から来た桂城少尉くらいではないかと怒りを覚えたくらいだ。まあ、桂城少尉の反応に共感を覚えるというのは、作業中の自分が冷静でなかったという証かもしれない、とクーリィ准将は思う。あれにはジャムについての情報が大量に含まれていたが、それは言い換えればジャムに対するわけのわからなさが劇的に増えたことでもある。その内容と量に圧倒されて一時的に冷静さを失い、苛立っても、それは人間として自然な反応だろう。自分は機械ではない。

まったく、ジャムとはいったいなんなのだ、と准将は、何度も目を通した、深井大尉とジャムとの会話を文書化した書類を再びめくる。

深井大尉——いったいおまえは何者だ？　生物なのか。知性や意志や情報だけの存在なのか。実体はあるのか。どこにいるんだ？

ジャム——例示された貴殿の概念では、われを説明することはできない。われは、われである。

これでは、なにがなんだかわからない。実体があるともないとも言えない、とジャムは答えているのだ。その声を発信している旧雪風のコピー機がジャムの総体である、その機体の内部にジャムの実体が宿っている、とは考えにくい。あるいはジャムは、戦略的な目的で、そのような問いにわざと答えなかった、正体を明かしたくなかったのだ、とも疑える。

だが、少なくとも、われ、という概念はジャムには存在するということだろう。自他を区別する能力がジャムにはあるのだ。あたりまえのようだが、これは重要だろうとクーリィ准将は思う。問題は、ジャム自身にはそれが区別できるのに、こちらにはそれができない、ということなのだ。ジャムはどこに存在するのか、なにがジャムなのか、どこからどこまでがジャムなのか、そういうことがわからないのでは、対処のしようがない。

フォス大尉とブッカー少佐がこの分析作業中に交わしていた会話を准将は思い返す。それも記録され、すでに文書化されていた。クーリィ准将はそのページを探す。

『どこにいるのか、という深井大尉の問いに、ジャムは答えていない』とフォス大尉は言った。『どこそこ、という概念では説明できない、というジャムの言葉をそのまま信じるとすれば、ジャムには場所や空間に関する概念がない、あるいは人間のそれとは異なっている、ということでしょう。〈通路〉や不可知戦域というような空間を自在に生み出せる存在なら、ありそうなことだわ』

『深井大尉のこの問いに答えるのは、ジャムならずとも難しいよ、フォス大尉』とブッカー少佐。『深井大尉は単に居場所を訊いているわけではなくて、ジャムを存在させている本質の在りか、それを問いかけているんだ。たとえば──きみは、どこにいる、エディス？』

『わたしとは、この身体そのものなのか、その内部に存在するのか、魂はあるのか、死んだらどうなるのだろう……そういう問いかけですね、たしかに。いかにも深井大尉らしいわ』

『わたしが零の立場でも、同じことを訊いたと思う。で、わたしがそう訊かれたなら、自分はここにいる、と答えるよ。何万語を費やして説明するより正確かつ簡単だ。だいたい、問いの意味内容にかかわらず、面と向かっておまえはどこにいると訊かれれば、ここにいるじゃないか、と答えるのが普通だ。しかしジャムは、そうは言っていない。〈ここにいる〉では相手にわからないとジャムは判断したのだろう』

『ジャムには、〈われは、われである〉としか言いようがなかった、ということですか』

『わたしは、そう思う。ジャムのその答えは、〈われはここにいる〉という答えとは違う。ジャムはたしかに存在はするが、どこにもいない、あるいはどこにでもいる、ようするに確定できなくて、それはまさしく、それを説明する言葉がない、ということなのだろう』

『少なくとも、このときのジャムは、そういう状態だったのでしょうね。雪風や深井大尉にわかるような実体はこの場にはなかった、面と向かい合っている状態ではなかった、ということでしょう。電話で話しているようなものです。でも、だからジャムには実体はない、とは言えないわ』

『ジャムなど仮想だときみは思っていると、そう深井大尉は言っていた。いまもそう主張できるか、エディス』

『わたしはその可能性も否定できない、と言っただけです』

『嫌みで訊いているのではないんだ。ジャムは、一種、仮想的な存在なのかもしれない。その実体を人間には捉えることができないとすれば、そう言える。その実体は、人間には絶対に捉えられない、それを説明する概念自体が人間にはない、ということだ。だからジャムには答えようがないんだ。おそらくジャムにしても、人間側の本質がどこにあるのかということを、そのジャムの身体というか五官というか、ジャムの存在形態においては、ダイレクトには捉えられないのだろう。ジャムにしても人間というのは仮想的な存在なのだろうと、わたしは思う』

『わたしが言った、ジャムなど仮想だ、という意味は、ジャムは人間が生み出した幻想にすぎない、ということです。でも、ここに現れたジャムは、そうではないでしょう。信じようと信じまいと存在するのは間違いない。それを仮想的な存在、というのは、どうかしら』

『信じようと信じまいと存在するのは間違いない、ということ、それこそが幻想かもしれないんだよ、エディス』

『どういうことですか？』

『こいつはまったく、哲学問題だ』

『よくわかりませんが』

『信じようと信じまいと存在するものはなにか、という問いは、ようするに絶対的な存在とはなにか、そのようなものと自己が一体化するにはどうすればいいか、という哲学の問題だよ。東洋哲学はべつにして、われわれになじみの哲学というのは、絶対的な存在というものはある、と暗黙のうちに了承して、そういう単純な問題と格闘してきた積み重ねの歴史だ』

『ジャムは本当は存在しない、とでも？』

『ある意味では、その可能性もある。言葉ではなんとでも言える、ということなんだ。絶対存在とはなにか、というような問いは、単なる言葉上の遊びにすぎない、という考え方もあった。ようするに、人間にはそのようなことを考える能力があるからそのような問いを考えついただけで、問いそのものに意味がない、答えなどもともとないのだ、という考え方だ。そこから、さらに新しい考え方も出てきた』

『どんな？』

『絶対的な存在は、それは神とでも、主観と客観の一致するところ、とでも言い方はいろいろだが、とにかく、そういうものは、あってもなくてもかまわない、どちらでも人間の存り方には影響しない、という考え方だ。これを敷衍して、人間には考える能力があるというのは間違いない真理だとして認めるにしても、そこから先のことは個人的な問題にすぎない、という利那的な思想も出てきた』

『信じる者は信じればよく、信じない者は信じなければいい、それでなにも問題はないということですか』

『まあ、そういうことなのだろう。そういう利那的な考え方は、先の認識を曲解したもので
――』

『当然よ。ジャムは個人的な問題では片づかないでしょう』

『だから、それをいま問題にしているんだ。われわれに、ジャムはたしかにいると確信させる、その確信はどこから生じているのか、ジャムとはなにか、その正体をつかむには、その本質を問うという、哲学的な問題を避けては通れないのではないかと、わたしが言いたいのはそういうことだ。ジャムの正体は、人間がいま持つ概念では表現のしようがない、というのが事実だとすれば、まったく新しい哲学的概念を模索するしかない。ジャムの側では、人間に対するそうした作業をやってきたのだ。人間とはなにか、ということだ。それはむろん、われわれが考えるものとは異なるだろう。だがジャムは、人間との共通点を探っているのは間違いない。だから深井大尉に接触してきたんだ』

『でも、いまのわたしたちには哲学している暇なんかない。哲学問題というのは、検証のしようがないもの』

『それは違うよ。哲学というのは、ようするに、生きている意味を問い、幸福に生きるにはどうすればいいのかを考える学問だ。幸福というのは、時代や個人によって異なる。だから哲学問題には普遍的な答えというのはないんだ。しかし、検証はできる。自分の哲学で納得して死ねるかどうかで、それがわかるんだ。哲学と言えば大げさだが、人生観だよ。ジャムに対抗するには、これまでの人生観を変えないといけないだろう、ということだ。深井大尉は、それをやってきたんだ。零は何度も、繰り返し、そういうことを言ってきた。彼の担当医のきみにはわかるだろう、エディス。零の人生観を変えたのはジャムではなくて雪風だが

──』

『少佐、あなたはまるで、ジャムとは神のような存在だ、それが実在するかどうかを考えなくてはいけない、そう言っているようですが？』

『まさに、そういうことになるだろうな』

『驚いた。あなたは無神論者だとばかり思っていました。特殊戦の人間は、みなそうだと』

『神など、いようといまいと、生きられる。わたしはそう思っている。ジャムについても、同じだ』

『……なんですって？』

『きみがそう思わないのなら、きみは、ジャムを神に頂くジャム教という宗教を信仰する教徒だ、と言えるだろう』

『ちょっと待ってください、少佐。では、いまあなたがやっているこの作業は、なんなのですか』

『ジャムがもし人間の感覚では直接感知できない存在だった場合、わたしはそのように思うが、そんなジャムに対抗するには、哲学的な問題を避けて通れまい、ということをきみに説明しているんだ。ジャムに実体がないとすれば、信じようと信じまいとジャムはいる、などと簡単には言えないぞ、ということだよ』

『……具体的には、これからどうすればいいというのですか、ブッカー少佐』

『ジャムの脅威とはなにか、それを探ることだ。もしそんなのは幻想にすぎないとわかれば、戦う必要はない』

『戦闘を放棄することはいまの特殊戦にはできないでしょう』

『それを決めるのはきみではない。クーリィ准将の仕事だ。准将がそれを判断する材料としては、きみのジャムに対するプロファクティングが大いに参考になるだろう。この、いま雪風が持ち帰った情報を加えて、それをやるんだ。その脅威に関する検証ならば、いまでも可能だ。ジャムの正体云云については、きみが言うとおり、それが正しいかどうか即座には検証できないだろうと思う。もし将来の人間が、われわれがやったことはまったくの無駄で、錯誤をおかしていたと判断するにしても、いまのわれわれには、いまできることをやるしかない。それを歴史がどう判断するかというのは、われわれには関係ない。そのときはどのみち、こちらは生きてはいないよ。寿命を全うしているにせよ、恨んで死んでいるにせよだ。そんな先のことは知ったことか。われわれは、いまできる、最善と信じることをやるだけだ。どの時代の人間でも、考える頭を持った者はそのように生き、死んでいったんだ』

『……ジャムは、神のような存在、か』

『そういう可能性もある、と言っているだけだ。が、もしそうだとしても』とブッカー少佐は言った。『ジャムにとっての人間も、同様だろう。お互い様だ。ひるむようなことではない』

　クーリィ准将はそこまで読んで、書類を閉ざし、紅茶をすする。

　ジャムが神のような存在だとしても、ひるむようなことではない――いかにもブッカー少佐だ、とクーリィ准将は思う。少佐は、ジャムと人間は対等な立場にある、あちらが神なら、こちらもそうなのだ、とフォス大尉に言っている。少佐は、神などというものをできるだけ持ち出さないようにフォス大尉に説明していた。それなのにそう言い出したフォス大尉に対して、畏れるな、と言っているのだ。ジャムを畏れるな、盲信するな、真の脅威とはなにかをつかむことだ、と。ようするに、この若い軍医を励ましている。

だが、ジャムとこちらとでは、本当のところは、対等な関係などではない。人間は、集団的な存在だからだ。深井大尉と雪風はたしかにこのジャムと対等に戦い、帰還した。ブッカー少佐も、彼自身は、ジャムと対等に渡り合えるだろう、その哲学で。しかし、すべての人間がそうできるわけではない。自分は、とクーリィ准将は思う、特殊戦をジャムと対等な立場に置くためには、この集団を、おそらくはジャムがそうであるように、単一の意思をもつ者としてまとめなくてはならない。集団内のだれひとりとして自分に逆らわないようにしなくては、ジャムと対等にはなれない。

圧倒的な、だれにも文句は言わせない、世界は自分のものだと宣言できる力が欲しい、神と対等に渡り合うために——クーリィ准将は生まれて初めて、そう意識した。そして、この気持ちこそが、普通の人間がだれしも求める権勢欲なのだと、実感できた。こういう感覚というのは、人間が集団で生きるという本能を組み込まれたことから生じるのだろう。もし猫のような単独の生き物なら、餌を探すのも、外敵から身を守るのも、すべて頼れるのは自分だけだ。しかし狼や人間は、そうではない。優秀なリーダーなくしては群れ全体が危機に陥る。リーダーを外部に求めると、神になる。単独で生きる生物には、神は存在しない。必要がないのだ。

思えば自分は幼いころから、そうした神のような存在に逆らい、闘おうとしてきた、と准将は過去を思った。子どものころ、父親は絶対的な存在で、こちらが納得しようとしまいと、彼の言うことが正義だった。兄と弟がいた。扱われ方が兄弟とは違うと言うと、おまえは女だ、という答えが返ってきた。母親も、そう言った。悪いことばかりではなかったが、不合理だと思えることのほうが多かった。早く大人になりたいと思ったが、大人になってみても、たいした違いはなかった。

『クーリィ准将、あなたはFAFに来る前、なにをしていらしたのですか』

フォス大尉にそう訊かれたことを思い出す。その軍医は特殊戦の人間のデータを集めていて、指揮官の准将に対しても、例外として逃れることを認めなかった。

『いろいろやってきたけれど、みな金融関係の仕事よ。FAFに来る直前は、証券会社で一流のディーラーを目指していた』

『難しいけれどやりがいのあるお仕事ですね。そのキャリアを見込まれて、FAFに引き抜かれたのですか』

『いいえ。わたしの意志よ。ファイナンス関係の腕を見込まれたなら、少なくともこんな実戦部隊に配属されたりはしないでしょう。わたしが望んだのよ』

『新天地を望まれた理由はなんですか、リディア?』

『ここではわたしをファーストネームで呼ばないでもらいたい、フォス大尉』

『失礼しました、クーリィ准将――』

『さあて、どうしてかしらね。若きリディア・クーリィは結局、その世界は理不尽だと、それに見切りをつけたのだと思うわ』

『ディーラーという仕事はわたしにはよくわかりませんが、格付けの高いそれは、言ってみれば世界を動かせる立場ですよね――』

『マネーというのは数字そのもので、実体などない。極論だけど。でも実効的な力を持つの。一国を丸ごと崩壊させることもできる。それを支配し、自由に操るというのはスリリングで、うまくいけば楽しい。でも、わたしには、かなわなかった。自分の能力に問題はないと思っていたけれど、それだけで通用するほど世間は甘くはない。それがわかってきた。世界の限界というのも、見えてきた』

『性差別を経験されたのですか？』

『それはもちろん、たくさん。でも、わたしに見切りをつけさせたのは、そんなことではなかった』

そのとき若きリディア・クーリィが悟ったのは、自分が不合理だとずっと感じていたその正体は、自分が女として生まれたことではなく、人間であること、そのものなのだ、ということだった。

『人間には二種類あって、ボスと、その他大勢。この世を支配するのが女だとしても、納得できない。納得できないそうしたボスの立場を目指すのは、ばかげている』

『ばかげている？』

『そう。人間相手にそのボスになったところで、そのどこが面白いというのか、虚しいだけではないか、わたしはそう思ったのよ。さりとて、その他大勢に甘んじているのも、いやだ。ではどうしようか。修道女になろうかと本気で思ったくらいだわ』

『結局、過酷なマネーゲームや、出世競争や、そのような世の中の価値観に自分が組み込まれることに、疑問を抱かれたわけですね』

『そうね……いま思えば選択の道はいろいろあった。あなたのような研究者になるとか、腕のいい精神医に大金を払って世界は自分のものだと納得させてもらうとか、結婚して母親になるとか。でもそのときの若きリディアの前には、ジャムという、人間社会全体に対する脅威が存在していた』

『既存の価値観とはまったく違う価値観を持っているであろう、異星からの侵略者を相手にする仕事は、やりがいがあると感じた』

『そういうことかしら。もう昔のことよ』

フォス大尉はうなずき、ノートになにか書き込んで、もうなにも問わなかった。

やりがいのある仕事だと思っていたけれど、とクーリィ准将は当時の自分を振り返り、あのときはしかし希望に燃えていたわけではなく、一種、逃げ込んだ先がFAFだったのだ、と思った。そう、まさに修道院のようなところ。そこには、ジャムがいた。神の代わりに自分はジャムを信仰してきたということだ。そんなことは意識しないでこれまできたが、ブッカー少佐の言ったことは、この自分にこそ当てはまる。

で、ここで修行を積んだ結果、いま自分は、やはり圧倒的な権力こそが必要だと悟ったわけか、とクーリィ准将は自問する。それでジャムに対抗できるのか、と。

いや、そうではない。そうでないことは、ジャムのこの出方から明らかだ。

絶対的な権力を手に入れてFAFを支配し、ジャムと闘うというのは、たしかに理想的ではある。しかし、人間が集団的存在である以上、それには内部闘争に勝利する必要があり、その分、ジャムに対してハンデを負っていることになる。まさにジャムはそこを突いてくるだろう。人間の弱点はそこにあるということをジャムは理解しているだろう。弱点はまた強みにも通じていて、たとえば無能なボスを優秀な者に換えるだけで人間はより強力になれる、そういうこともジャムは分析済みだろう。

そんなジャムが、特殊戦だけが理解できない、と言っている。それは、特殊戦をこのように作ってきたこのわたしを理解できないと言っているに等しい。それがジャムの弱みになっている。ジャムとFAFは対等ではないが、特殊戦とならば、いまは同じ立場と言えるだろう。この立場を自ら放棄することはない。相手に理解できるような行動をとってはならない。ジャムに知らしめるべきことは、人間は、おまえが理解できるようなタイプばかりではない、ということだ。

——ジャムは神のような存在だ？

ブッカー少佐は、ジャムという得体の知れない敵に対して、たとえとして神という言葉と概念を持ち出してきたにすぎない。できれば避けたいところだったろうが、避けては通れない可能性がある、とフォス大尉に言っていて、そういう少佐の気持ちはクーリィ准将にもわかった。だが、ジャムが文字どおりそういう存在だとしても、それはむしろ望むところだ、とクーリィ准将は思った。そのような存在にわが身を示し、闘うこと、それこそ若きリディアが望んだことだったのだ、と。

4

零と桂城少尉は着替え、フォス大尉とブッカー少佐とともにクーリィ准将のもとに出頭した。司令センターだ。

そこでクーリィ准将が、深井大尉らを呼べとは言っていないと言うと、ブッカー少佐がその耳元で雪風の状態を簡単に説明した。零は、こちらをうかがう准将に、雪風がシステム軍団内にバーガディシュ少尉や死者の名を名乗る正体不明の人間らがいると告げていること、雪風はそれをジャムと認識していること、雪風がそのようなことを気にかけているのはおそらくジャムのせいだろうということなどを、詳しく説明した。准将はさほど驚いた様子を見せずに聞き終え、少し考えた後、戦隊機整備担当の責任者であるエーコ中尉に、いますぐ雪風の修理に取りかかるように命じた。

「いまなら整備工場に移動させても、雪風は反抗はしない」雪風は自爆するおそれがあったのだ。ただし、とクーリィ准将は続けた。「雪風を整備工場内でもここの戦術コンピュータと接続させておく必要がある。可能か」

「できますよ、もちろん」

「修理に要する時間は」

「雪風は詳しい機体損傷箇所を教えていないので、それから調べることになる。整備班が目視で調べたかぎりでは、損傷エンジンを下ろすのにさほど手間はかからない。すんなり抜けるでしょう。機体構造上の致命的なダメージは負っていない。脱落した第一尾翼の基底部も大丈夫でしょう。移動と探傷検査に一時間、エンジン交換その他の修理には急いでも三時間、全体の整備と点検に二時間、計六時間というところかな」

「四時間でやれ」

「目標は四時間、了解」

エーコ中尉は自分のコンソールで、整備班に指示を出しはじめる。そのモニタ画面がセンター正面の大スクリーンにも出る。雪風から内蔵の機体セルフモニタ情報がきた。雪風が修理に同意しているのをクーリィ准将は確認して、突っ立ったままのブッカー少佐をはじめとする部下たちに、空いているコンソールに着くように言った。

「ピボット大尉、深井大尉と桂城少尉のレポートを戦略コンピュータに入力。桂城少尉はそれをサポート。ブッカー少佐、戦術コンピュータの出方をモニタ。フォス大尉、あなたは正式なジャムの戦略予想、プロファクティング結果を提出。それをわたしが読むから、質問に備えて待機しなさい」

「システム軍団の、再教育部隊に関するデータの抹消を望む」と零。「攻撃許可を」

「あなたは雪風が持ち帰った情報と、司令部が行なった情報分析内容を確認しなさい。攻撃すべきかどうかは、総合的に判断して決める。食事がまだなら、なんでも注文しなさい。フォス大尉、ブッカー少佐、あなたたちも」

「ぼくはビフテキ、二ポンド、レアがいい」

と桂城少尉が言う。場がなごむ。

最後の晩餐になるかもしれないわけだな、と零は思う。人数は十三という数には足りないが。そういえば、戦隊機は、十三機だ。最後の戦闘となったら、彼らには同時に、燃料と武装が振る舞われることになるだろう……

影のように准将に従っている青年秘書官が、食事の注文をまとめて特殊戦の食堂に連絡した。

零は、ハムバン、特大の丸パンにハムや野菜を詰め込んだそれにありつくまでに、クーリィ准将が再読していた文書の、フォス大尉とブッカー少佐のジャムの存在論に関する箇所を読んでいた。

ジャムは神であるとはな、それを言ったらおしまいだ、と零は思った。ＦＡＦは存在意義を失うだろう。

ブッカー少佐のその予想が事実だとすると、それを知った人間たちは、信じる者と信じない者という二集団に分裂するだろう。どうでもいいという集団も出るだろうから、三つか。それら複数の集団内部でもさらに分裂するだろう。なにせ実体が捉えられないのだから、どういう考えがジャムについて正しく言い当てているのか、確かめようがないためだ。FAFは、こういうさまざまな人間集団の圧力に耐えて対ジャム組織としての単独の地位を保つ、ということはもはやできなくなるに違いない。もしFAFを含むそれらの集団が力ずくで自らの正当性を示すとなれば、その動きはまさに宗教戦争になるだろう。ジャム教とはブッカー少佐はよくぞ言ったものだ、そのとおりだ、と零は思う。いま現在でも、ジャムなど幻だと主張している地球の人間は多いし、なかには、ジャムは神であると信じている連中も、実際にいるのだ。こういうFAFの存在を脅かす動きは、いまに始まったことではない。だがその危険性が現実味を帯びてきたのは確かだ。

「ジャムの実体が人間には捉えようがないというのが本当だとしたら」と零は言った。「FAFがこの事実を知っても、地球人にはそれを公開したりはしないだろうな」

「情報軍を使って、徹底した情報管制作戦に出ることは予想できる」とブッカー少佐が、うなずいた。「それで？」

「リン・ジャクスンには、これを教えたいと思ったんだ。おれたちが得たことを。彼女は地球人だ。知る権利がある」

「わたしも、そう思う。友人にすれば絶対に役に立つという三人を挙げるとすれば、医者と弁護士とジャーナリストだ、という警句もある。もっとも腕が悪ければかえって悲惨な結果を招くだけだろう。しかし、リンは信頼できる。彼女は特殊戦を理解できるだろう。困難だが、やるだけの価値はある。遺言を託すとすれば、彼女以外には考えられない」

「負けると決まったわけではないわ」とフォス大尉。「まだ死ぬと決まったわけでは――」

「遺言は生きているうちに書くものだ」とブッカー少佐。「FAFこそ、いまそれを残せるチャンスを失いつつある」

「情報軍は、無能の集団ではないですよ」と桂城少尉が言った。「ジャムの正体については、このような結果についても予想はしているでしょう。特殊戦こそ、それに気づくのが遅かった、と言えるんだ。まあ、実戦部隊としては、実際に確認できることだけを信じるしかなかったわけでしょうが……しかし、ジャムがどこに存在するのか確定できないというのは、まるで量子論だな。ジャムは量子的な存在なのかな」

「不確定性原理というやつね」とフォス大尉。「人間の観測手段そのものが物の位置情報をあいまいにするので、同時に二つの量は測定できない、ということなんでしょう？」

「それは間違った解釈だよ」とピボット大尉という情報分析担当の男が言った。「同時に観測できない量というのは、その属性が互いに共役関係にある場合のことだ。たとえば位置とエネルギーは共役の属性を持たないので、いくらでも精密に同時に知ることが可能だ。これが位置と速度という互いに共役な属性を含む量となると同時には観測できないが――」

「どうして」

「一言では説明できない。量子論における数学的な記述内容をわれわれの常識的な感覚でたとえるのは難しい。数式自体は頑張ればだれにでも理解できるが、問題になるのは、その解釈だよ。なかには数式などそっちのけで適当に解釈する者も出てくる。きみの誤解もそこから派生したものだろう。精度の悪い観測手段を使えばその結果が不正確になるのは当然で、それを不確定性と言っているのではないんだ。量子対象の不確定性というのはそんな単純なものじゃない。ジャムがもし量子対象的な不確定性を持つとすれば、それは観測するときだけ存在するのかもしれない、観測前の状態ではどこにも存在しないことだって考えられると、桂城少尉の言いたいのはそういうことだろう。観測されないジャムは真には存在していないのだという考え方は、量子論の解釈のひとつの例だ。量子対象は観測しようとしまいと実は確定した存在なのだ、という解釈もある。さまざまな解釈があるが、いずれにせよ、どの解釈が正しいのかを確認する実験手段をいまのところ人間は持っていない。量子論のわけのわからなさは、量子対象の不確定性を不確定なままの状態で確認する手段を人間が持っていないというところから生じている、と言ってもいい」

「わけがわからない、ということはよくわかった」とフォス大尉。「神にたとえられるよりもわかった気になっていられるけれど、実際はなにもわからないってことじゃないの」

「ジャムがそうした量子的にあいまいな存在だとしても」と桂城少尉が楽しむように言った。「とにかく観測や記録は可能なんだから、どこにどのくらいの確率で出現するのかということは計算可能だろう。共役な属性というのは一方を観測すれば他方は計算で導き出せるものだろうし――」

「あなたは、それが具体的にどういう状況なのか、想像できるの？」とフォス大尉。「真には存在していないかもしれない相手って、なんなのよ」

桂城少尉は天井を見上げて口を閉ざす。だが零には、少尉の言いたいことが想像できた。

「おれたちには、ジャムに精密に照準を合わせることが原理的にできない、ということだ」と零は言った。「捉えたつぎの瞬間には、ジャムはどこへ行くのか確定できない、ということさ」

「ジャムがそうした存在ならば、確率で狙うしかない。まぐれで当たるかもしれない」とブッカー少佐。「ま、それは通常の相手でもたいして違わない。そうなると問題は、ジャムへの有効な兵器はなんなのかということだ。ジャムが繰り出してくる戦闘機をいくら叩いても、それがジャムそのものでないかぎり、ジャムへの有効打にはならない。ジャムにとっての人間もそうなんだ」

「ジャムのわからなさを量子対象の不確定性になぞらえるのは勝手だが」とピボット大尉。「いまのジャムのわからなさがそのような量子的な不確定性に起因するものなのかどうかということもわかっていない以上、ここで量子論を持ち出す意味はない。混乱するだけだ。ジャムに対するわけのわからなさを、いまおれたち自身で生み増やすことはない。まずは、なにがわかっていないのかということを、はっきりさせるべきだろう」

「そのとおりだ」とブッカー少佐が言った。「いま現在なにが問題になっているのかと言えば、ジャムとのコミュニケーション不全、ということだ。それが疑心暗鬼を生じさせている元凶だ。この戦いはそこから生じていると言っていい。それが解決されるとき、おのずからジャムの正体は明らかになるだろう。われわれにジャムはたしかにいると確信させているものはなにか、というフォス大尉とちょっと交わした実在論議に関しては、量子論が役に立つかもしれないし、あるいは科学的な手法では駄目だということも考えられるが、現時点では、おれたちはそういう踏み込んだ議論ができるだけのジャム像というものをつかんでいないんだ。データの収集が必要だ。それはこれまでと変わらない。より突っ込んだ議論をするためにも、いまここで負けるわけにはいかない」

「……ブッカー少佐」とフォス大尉。

「なんだ、エディス」と少佐。

「おいしいですか、それ」

「なんだ？」

「カレー。いい香り。食欲を誘いますね」

「疲れているときのわたしのスペシャルメニューだ。きみも今度シェフに注文するといい。ミュルレ・シェフのときよりも味が少し落ちたのは残念だが」

少佐はインドのパン、ナンでカレーをすくって、食事を続ける。スープは、辛くて酸っぱい。仕上げはものすごく甘い紅茶。

「新任のチーフシェフにレシピを確認させたいところだが、暇がない。ブッカースペシャルには、中華もある。紹介してやろうか」

「いいえ。けっこう」

「フォス大尉」

「はい、クーリィ准将」

フォス大尉が提出したプロファクティング結果を読み終えた准将は、それを閉じている。厳しい質問がくることをフォス大尉は予想し、緊張して向かい合う。

「ジャムの総攻撃の確率を、あなたはどのくらいと予想するの」

「人間相手のそれはMAcProⅡが出してくるのですが、今回は、わたし独自のものですので数値的にはなんとも言えませんが――」

「数値でなくてもいい」

「かなり高いものと予想します」

「どのくらい」

「まず間違いない、と思います。その報告書に書いたとおりです」

「それが外れたら、いまあなたが食べているケーキをくれる、という程度に間違いないのかしら」

「いいえ、クーリィ准将、とんでもない。なにかを賭けろとおっしゃるのなら」フォス大尉は真剣に言った。「わたしの人生を」

「まだ若いものね」とクーリィ准将は言った。「挫折しても、やり直せる」

「准将、わたしは真面目に言っているのです。生命を賭けてもいい」

「エディス」とクーリィ准将は言った。「年をとって、若い時分の自分のばかな真似を笑ったり後悔したりしながら振り返るのも、いいものよ。あなたにもそうしてほしい。生命を賭けるなどという真似はしないほうがいい。負けたら後悔のしようがない。せいぜい、全財産くらいにしておきなさい」

「はい、准将。では、そうします」

「よろしい」

クーリィ准将は報告書をコンソールに投げだし、一同に向かって、言った。

「諸君は、このフォス大尉が全財産を賭けて予想するジャムの戦略をどう評価するか。すでにこの内容は知っているだろう。意見を聞きたい。ブッカー少佐」

「はい、准将」

「あなたが進行役をつとめなさい。意見をまとめる必要はない」

「……わかりました、クーリィ准将」

ブッカー少佐はナプキンで口元をふいて、立ち上がる。

「まず、反論はあるかな。フォス大尉の予想に対する、反論だ。疑問でもいい」

だれも、なにも言わない。少佐はうなずき、以上です、と言って腰をおろした。

「ちょっと、なんですか、それ」とフォス大尉。「少佐、以上です、はないでしょう」

　ブッカー少佐はそんなフォス大尉を無視して、准将に言った。

「クーリィ准将、あなたがこの事態をどう思っているのか、わたしは、それが知りたい。判断材料はそろっている。不完全だが、完全を求めていては、動けるわけもない。いまいちばん重要なのは、あなたがジャムのこの出方をどう思い、評価するのか、ということだ。簡単に言えば、あなたはどうしたいのだ？　それを表明してもらえれば、特殊戦をどう動かすのが最適か、その戦略や戦術は、あなたが悩むようなことではない、わたしがやる。われわれが」

「ようするに、わたしの人生哲学を聞きたいということね」

「まあ、そうです。特殊戦は、あなたの人生そのもの、と言ってもいい――」

「わたしが、では、ここでその人生を終わらせたい、と言ったら？」

「そんな――」とフォス大尉。

「それは、あんたの勝手だ」と零は言った。「あんたの人生は終わっても、おれたちのそれは続く。それだけのことだ。もしあんたが降りるというのなら、それを宣言してもらいたいな。あんたの許可はもう必要ない、と」

「簡単には終わりにできない」とブッカー少佐。「あなたがいま特殊戦の指揮を放棄しようと、これまでのあなたの意思が残っている。いわば、あなたという指揮官がいなくてもジャムに対抗できる。それはすなわち、あなたがいま特殊戦を自滅させたいとしても、簡単にはいかないということだ。そこがＦＡＦの他部隊と違う。特殊戦をそのようにしたのはあなた自身なのだ、それが答えだ」とクーリィ准将は言った。

「どういうことです」とブッカー少佐。

「少佐、特殊戦がわたしの意思を反映したものだというのなら、あらためてわたしがどうしたいのかなどと、問うことはない。わたしはジャムに勝ちたい、それだけだ」

准将は、なにか言いたげなブッカー少佐を目で制して、続けた。

「だが、わたしがこのジャムの出方をどう思い、評価するのか、それを知りたいというあなたの気持ちはわかる。雪風が持ち帰った今回の情報、フォス大尉の予想、それから、いまシステム軍団にジャムの手先がいるかもしれない、などというのは、わたしの予想外のものだった。わたしが判断を誤れば、ブッカー少佐、あなた自身も危うくなる。あなたは不安なのだ。あなたは、自分がどうしていいのかわからない。そうでしょう、フォス大尉？」

「そんな、急に訊かれても……でも、不安なのは、みな同じです、准将。あの雪風ですら、不安定な状態なのです。言ってみれば、不安なのです、みんな」

「わたしは、不安など感じない」とクーリィ准将は言い切った。「ジャムの正体があいまいなのは、むしろ望むところだ。わたしがＦＡＦに来たのは、まさにそうしたジャムに対して、自分はここにいるということを、知らしめてやりたかったからだ。人間に対してではなく。もしジャムが、人間と同じような感覚を持つ、単純に理解し合えるような生物だとわかったら、わたしはがっかりするだろう。いずれにせよ、わたしがやりたいことは、単純にして明快だ。ジャムに、特殊戦は脅威であるとわからせてやることだ。具体的にどうすればいいかは、諸君の知恵を借りたい。だから、意見を聞いているのだ。しかし――ブッカー少佐」

「はい、クーリィ准将」

「わたしが悩むことではないというのだから、あなたに任す。特殊戦のとるべき戦略と戦術について検討しなさい。わたしは少し休む。雪風の整備が完了する前に、結果を出すように。最終決定はわたしが下す」

「……わかりました」

クーリィ准将は立ち、ブッカー少佐に言った。

「少佐、一つだけ注意しておきたい」

「なんでしょうか」

「ジャムが特殊戦に反応しているこの事態を、過大評価してはならない」

「どういう意味ですか」

「ジャムの敵は人間であって、われわれはその一部にすぎない。それを忘れてはならない。ジャムがわれわれを特別扱いしているなどと思えば、判断を誤る、ということだ」

「肝に銘じておきましょう」

ブッカー少佐が強くうなずくと、クーリィ准将は秘書官を従えてさっさと出ていった。

しばしの沈黙の後、口を開いたのはフォス大尉だった。

「なによ、あれ。あの態度」

「きみの専門だろう」と零。「人間の心の動きを占うのは」

「わたしがまずかった」とブッカー少佐は顔を両手でなでて言った。「怒らせてしまった」

「そのようには見えませんでしたが」と桂城少尉。

「激怒していたよ」と少佐。「わたしは自分を棚にあげて彼女を無能呼ばわりしたに等しい。あんたなどいなくてもジャムに対抗できる、などと言ったんだからな。逆鱗に触れてしまったんだ」

「怒りというのなら、深く静かな、存在に対する怒り、というべきよ」とフォス大尉。「でも、そんなに激しいものだとは知らなかった」

「ある人間が、神だか宇宙だかに向かって、自分はここにいる、と言った……」とブッカー少佐。「すると相手はこう答えた、それがどうした、と。クーリィ准将はずっと、そういう状況にいたんだ。それが初めてわかった」

「それがどうした」と零。「おれたちには関係ない」

「深井大尉、いまそれを言うことはないでしょう。それとも反省の言葉かしら。あなたのそういう態度が、准将を傷つけていたという――」

「文字どおりの意味だ。おれたちがあの准将を持ち上げようと、けなそうと、あの人にとっては関係ない。彼女は、ジャムが、おまえなどどうでもいい、そう言い出すことだけを、畏れている。ジャック、あんたが落ち込むことはない。かえってやる気が出たろう」

「自分の馬鹿さ加減を思い知らされたよ、まったく。しかし、まあ、准将の本音を聞き出せてよかったとしよう」

「准将の、あの最後の指摘は重要だ」とピボット大尉が言った。「ジャムの特殊戦への関心がどの程度のものなのか、その評価を誤ると、われわれは単にＦＡＦに対する反逆部隊で終わってしまうかもしれないんだ」

「うかつには動けない」とブッカー少佐。「クーリィ准将にとっての部下は言ってみれば将棋の駒にすぎない。だが、わたしにとっては、そうではない。一人も、一機も、失いたくない」

「部下を無意味に失いたくないというのは、准将も同じだろう」と零。「ジャック、おれや雪風は、あんたの思いともまた独立した存在なんだ。特定の駒に思い入れていると、勝負に負ける。おれはあんたのへぼ将棋につき合う気はないからな」

「フム……王より飛車を可愛がり、ってやつだな。まず自分の生き残りを考えるべきだ」

「極論を言えば」とピボット大尉。「各自、勝手に行動すべし、ということになる。おそらくジャムは、こちらはそうするだろうと予想しているだろう」

「いいえ、そうではないわ」とフォス大尉が言った。「ジャムは、そういう面での予想は立てていないとわたしは思う。ジャムが予想しているのは、特殊戦は変化するだろう、ということよ。変化を生じさせるための攻撃手段をとり、こちらの様子を観測するだろう、わたしの予測というのは、そういうものよ」

「なにもしないというのも一つの手段だが、それはジャムには通用しない、か」とブッカー少佐。「あらゆる手段を講じてこちらを動かそうとしてくる、というのだからな。死者のコピーを送り込んできたのも、そのためだろう。しかし出たとこ勝負では、危なくてかなわない。防衛というのは攻めるよりも難しいというのは真理だな」

「FAF全体の様子を知るべきでしょう」と桂城少尉。「現在、どういう戦略をとっているんだ?」

ピボット大尉が戦術コンピュータに命じて、正面スクリーンにFAF戦略地図を出させる。

「FAFはクッキーとリッチウォーを壊滅させたと判断している」とピボット大尉。「つぎの目標をラクガン基地とカンウォーム基地のペアに定め、そこに近い前線基地に向けて、フェアリイ基地をはじめ、サイレーン、トロル、シルヴァン、ブラウニイ、ヴァルキアの各基地から主戦力を移動中だ。両敵基地への同時攻撃を考えているのだろうな。これに対するジャムの抵抗はいまのところない。小競り合いもない。この数時間、まったくなしだ。こんなのはこの戦争始まって以来のことだろう」

「とても危ない状態だ」とフォス大尉。「背筋がぞくぞくする」

「ライトゥーム中将からわれわれに向けて、両目標基地への戦術偵察要請がきている」とピボット大尉。「いや、要請ではないな、命令だ。クーリィ准将は、今回の情報分析の重大性を理由に引き延ばしをはかっているが、いつまでもというわけにはいくまい」

「逃げよう」

唐突に桂城少尉が言った。みな、その若い少尉を見やる。

「そんな目で見ないでほしいな」と少尉。「戦略行動の提案だ。退避と言えばいいか？　無意味に消耗したくないのなら、それしかないと思うな。ジャムに、特殊戦は戦闘の場から避難しているとわからせる空域に戦隊機を退避させればいい」

「逃げるなどという手段は、思いつきもしなかったよ」とブッカー少佐。「それは戦略的撤退とは言えない。敵前逃亡だ。すんなりとはいかない。ＦＡＦに対する戦術行動をとることになる。だいたい、どこに逃げ場が――」

「面白いな」と零。「それは、夜逃げだぜ」

「……特殊戦らしい手段だ、とは言える」とフォス大尉。「夜逃げとはね」

「ジャムについては、もうどうでもいい」と零は言った。「ジャムに関した、答えの出しようのない議論を続けるのは無駄だ。おれたちが考えるべきことは、ＦＡＦにどう対抗するかだ。ＦＡＦがおれたちの夜逃げを許すはずがないからな」

「検討してみる価値はある」とピボット大尉はスクリーンを見ながら言った。「特殊戦は地上戦力を持たない。武器と言えばサバイバルガンどまりだ。その弾薬もたかがしれている。ＦＡＦ内部でコピー人間が特殊戦に攻撃を仕掛けてくるとすれば、戦隊機だけでも一時退避させるべきだろう。問題は、そんな安全な空域がどこにあるのか、だ」

あるさ、と桂城少尉が言った。

「地球だ。〈通路〉に飛び込めばいい。追ってくるジャムはＦＡＦが始末する。いちばん安全だ」

みなあっけにとられて、少尉を見つめる。

「……この案は、だめかな？」

「少尉」とブッカー少佐が言った。「その先のことは、どうする。いつまでも飛んではいられない。いちばん近いのはオーストラリア空軍基地だが、そこに向かえば領空侵犯になる。おれたちはジャムとして扱われる」

「……地球に退避するとなれば」とピボット大尉。「地球側との合意が必要だ。そのような交渉はFAF当局にしかできない。FAFの戦闘部隊が地球側へ緊急退避することに関する条項などというのは聞いたことがないが、この事態においては、われわれというよりむしろFAFがやるべきことだろう。特殊戦のこの情報をライトゥーム中将に伝えてFAF最高緊急戦略会議を召集させる、というのも一つの方法ではある。FAFの緊急避難だ」

「それには、あの中将をまず納得させなくてはならない」と零は言った。「中将は、その上の連中を説得しなくてはならない。以下、どこまでそれが続けば実際に動けるようになるのかおれにはわからないが、それが実現するというのは、このジャムとの戦闘の場を地球に移す、ということだ。それはジャムの狙いどおりだろう。フェアリイ上の戦闘基地は存在意義を失う。なんのためにフェアリイに基地を作ってきたのか、ということになる。地球はそんなのは受け入れまい」

「それは、われわれが参加できない政治的な闘争になる」とブッカー少佐。「そんな勝敗結果を待っているわけにはいかない。われわれが、わたしが、護りたいのはFAFではない、件はどうするんだ」
「ジャック、おれと桂城少尉を再教育部隊に入れよ、というロンバート大佐が要請している
「ああ、そんな問題もあったな」とブッカー少佐。「クーリィ准将は正式回答をしていないはずだ。ピボット大尉、その後、ロンバート大佐からなにか言ってきていないか」
「いや。聞いていない。情報軍からもなにも言ってこない」
「おそらくロンバート大佐も、この件をこちらが本気で飲むとは思っていないだろう」とブ
ッカー少佐。「でなければ、死人のバーガディシュ少尉を大っぴらに使ったりはしない。零
がそこに行けば、すぐにばれるんだ。わざとばれるように、零をよこせと言ってきたのか……
…しかし、バーガディシュ少尉とはな。信じられない。本当にいるのか。どうすれば確かめ
られるかな」
「ぼくが行きましょうか」と桂城少尉。「バーガディシュ少尉の顔は知りませんが――」
「だめだ」と少佐。「きみはすでに特殊戦のこの内情を知りすぎた。出せない」
「映話でもしてみるか」と零。
「出たら、どうするの」とフォス大尉。
「もしバーガディシュ少尉そのものだったなら」と、それまで黙って仕事に没頭していたエ

ため息をつく桂城少尉を見て、零はロンバート大佐を思い出した。

「そうか、だめか」と桂城少尉。「いい考えだと思ったんだがな」

特殊戦と自分自身だ」

ーコ中尉が言った。「ピザを頼もう」

「なんだ？」とピボット大尉。「なんでピザなんだ」

「おれが好きだからだ。間違い映話だと言えばいいんだ……腹が減ったな。おれも頼めばよかった」

「雪風の修理具合はどうだ」と零。

「予想より少し手間取っている」とエーコ中尉。「クーリィ准将に怒られそうだが、しかたがない」

「映話はだめだ」とブッカー少佐。「確かめようとこちらが動けば、ジャムに気づかれる。雪風が動けるようになるまで、こちらからこの猶予時間を放棄することはない」

「ジャムはそんな猶予は与えていない」とフォス大尉。「再教育部隊は雪風が予想したように、準備が整い次第、活動を開始するでしょう。破壊活動よ」

「その連中の数は五十名ほどだろう」とピボット大尉。「すぐに制圧される。単独では効果がない。おそらく、外部のジャムの攻撃に合わせて動くはずだ。ブッカー少佐、戦隊機を出そう。戦術戦闘偵察だ。飛ばしておくほうが安全だろう。ライトゥーム中将への顔も立つ」

「むろん、それはわたしも考えた。十三機でどこまでジャムに立ち向かえるか、それが問題なんだ」とブッカー少佐は腕を組む。「発進させたあとにジャムが総攻撃に出れば、フェアリィ基地に戻るのは危険だ。この基地は内部から破壊されるかもしれない。もっとも危険な戦場になることは予想できる。戦隊機は、いつものように戦闘を回避して戻る、というわけにはいかないだろう。安全な退避ポイントがなくては、こんな状況で発進させるのは自殺行為だ。そんなポイントがどこにある。地球は、だめだ。特殊戦機がいかに優秀だろうと、永久に飛べるわけではないんだ」

永久に飛べるわけではない——それを零は聞いて、ほぼ永久に飛び続ける機がＦＡＦにあることを思い出した。すると、ほとんど瞬間的に、戦隊機の生き残り策というものが、これしかないだろうという確信をともなって頭の中に浮かび上がった。

「機上要員を呼んで、作戦ブリーフィングをしろよ」と零は立ち上がって言った。「戦隊機の中枢コンピュータと、司令部の機械知性体も参加させるといい」

「なにを言っているんだ」とピボット大尉。

「どこへ行く、零」とブッカー少佐。

「トイレだよ」と零。「すっきりして、少し寝る」

「作戦ブリーフィングとは、なんのだ」とブッカー少佐。「どこへ出撃するというんだ」

「この状況を全員に伝えろ」と零は言った。「みんな独自の生き残り策を考えるだろう。パイロットなら、飛ぶことを考える。が、戦隊機は、基地のバックアップなしでは、飛んだはいいが降りるところはない。それでは困る。しかしどこかの基地を丸ごと分捕れれば、その問題はなくなる。そこを特殊戦の出先基地にしてしまえばいいんだ。みんな、そう言うさ」

「ＦＡＦと真っ向から戦うというのか」とピボット大尉。「ここに残るわれわれはどうなる」

「そんなことは知ったことか、と言いたいが、飛ぶ側としてはバックアップは必要だ。正面切ってはやれない。裏から、分捕る基地からそこの人間を一人残らず追い出せる可能性のあるところといえば、一つだけ、ある」

「……バンシーか」とブッカー少佐はうめくように言った。「関りたくないな。不吉な名だ。大声で泣いて死を予告する妖精のことだ」

「どこにあるの」とフォス大尉。

「FAF防衛空軍の巨大な空中空母」とピボット大尉。「空飛ぶ航空母艦だ。二艦あったが、いまは一艦だけだ。バンシーⅢ」

「あれは現代技術が実現させた奇跡だぜ」とエーコ中尉。「少し古い技術だが。あんな化け物を実際に作ったのがすごい。まだ飛んでいる。宇宙空間で作られた。一度も地上に降りていない。降りる装置もない」

「高速だが、戦術面での機動性はほとんどない」とピボット大尉。「決まった周回コースを飛ぶだけだ」

「コースをむやみに変更すると、墜ちる危険があるんだ」とエーコ中尉。「遠心力で飛んでいるようなものなんだから」

「しかし戦闘機燃料、武装、食料は豊富だ」とブッカー少佐。「まさに空飛ぶ基地だ。雪風は異常をきたしたバンシーⅣの調査に行ったことがある……ジャムの仕業だった。あれも、ジャムが特殊戦を呼び出す手段だったと思われる」

「バンシーⅢの中枢コンピュータを乗っ取れ」と零は言った。「雪風なら喜んでやるだろう。バンシーの原子炉を擬似暴走させれば、無条件に総員退避になる。なんの面倒もない」

「口で言うのは簡単だが」とピボット大尉。「そんなことができるとは思えない」

「技術的には可能だ」とエーコ中尉。「敵機を乗っ取るわけではない。敵側のジャムでは、バンシーⅣで実際にやっている。バンシーの中枢コンピュータへのアクセスは、わが戦略・戦術コンピュータでも原理上は可能だ」

「雪風は戦術コンピュータを介して、やっているわ」とフォス大尉。「すべての人間の数を数えたと言っているのだから。まあ、それは雪風のはったりかもしれないけど」

「とにかく、バンシーについての技術情報は調べればわかる」とエーコ中尉。「いったん接続に成功してしまえば、力技で原子炉でもなんでも操作できるだろう。ま、向こうに手引きする者がいないと手間取ることは予想されるが、命令されるなら、おれがその実現可能性をはじき出してやるよ」

「バンシーでなくても、足場さえ固まれば、いつでも飛べる」と零は言った。「あとは降りかかる火の粉を自分で払うだけだ。ジャック、あんたもそうするがいい」

「そうだな」とブッカー少佐。「ここは腹をくくるしかない。戦術コンピュータを使って、FAF中枢機能を乗っ取る。軍隊は、命令で動く。それが機械を通じてのものかどうかなど関係ない。そういう軍隊の習性を利用してやる」

「それは、いまジャムがやろうとしていること、そのものだと思う」とフォス大尉が言った。

「ジャムもＦＡＦ破壊工作にその手を使ってくる。単なる武力闘争ではないわ。特殊戦がジャムに対抗するには、先を越されてはいけない」

ブッカー少佐はフォス大尉にうなずき、そして言った。

「この飛ばない要塞で、電子戦だ。地上要員が生き延びるには、それに負けないことだ。――ピボット大尉、クーリィ准将を呼んでくれ」

「了解した」

零は、もうこの場の議論に参加する気はなかった。雪風の修理が終わったら起こしてくれ、と言い残して司令センターを出る。

雪風と、飛ぶのだ。いままでは偵察任務だったが、こんどは違う。ジャムが向かってくるなら、真っ向からその戦闘機を叩き落してやる。

それは、と零は思った、雪風も望んでいることに違いない。

5

知らないのも無理はないが、とバーガディシュ少尉が言うのをメイル中尉はぼんやりと聞いている。

「ＦＡＦはジャムと手を組んでいるんだよ」

　自分は本当に死んでいるのだろうか、とメイル中尉は頬をなでる。実感はない。

「おれたちが命がけで闘っているのをよそに、ＦＡＦのトップの連中は、ジャムと協定を結ぶことに成功したんだ」

　あの、救助が来なくて死んでいく感覚は、本物だろうか。コピーの身体だって？

「ＦＡＦはしかし地球側にはそれを伝えてはいない。それはもちろん、フェアリイ星の経済価値を一手に自分のものにしたいからだ」

「自分のもの……」

　この身体は自分のものといえるのだろうか。

「そうだ。ＦＡＦの航空機燃料は、地球から送られてくる。食料もだ。しかし、フェアリイにも石油資源があることは早くから予想されていた。他の鉱物資源もだ。ジャムとの戦闘さえなければ、それを本格的に探査、採掘もできる。地球は調査チームを送り込みたい。しかしＦＡＦは、ジャムの攻撃からそんなものを護る余裕はないと突っぱねてきた。で、自分らでそれをやっていた。ずっと以前からだ。試掘もやっている。前線基地はそのためのものでもある。単なる対ジャム戦略で前線基地を作ってきたのではない。実際、石油を掘り当てているんだ」

「……知らなかったよ」

「極秘だからな、当然だ。情報軍が管理している。ごく一部の人間しか知らない。ロンバート大佐がそのボスだ。そのうちＦＡＦは独立し、地球に資源を売るようになる。地球から独立阻止の動きがあれば、ジャムが戦力になる。いまでも地球はこの戦争で疲弊しきっている。この戦争には見返りがないんだ。ＦＡＦがそのように動いてきたからだ。もう少しだ。もう少しで、独立できる」

「そんなにうまくいくものか」

そう言うメイル中尉に、バーガディシュ少尉は笑って、うなずいた。

「そのとおり、うまくいくわけがない」

「なぜわかる」

「おれたちが、黙っていないからだ。分け前を独り占めしようとする連中に、思い知らせてやる」

「おれたちも、仲間になればいい」

「死体でか」

「おれは、生きているよ。おまえは……何者だ」

「死体だ。生きている人間に復讐するために、甦った」とバーガディシュ少尉。「そして、おまえもだ、メイル中尉」

「おれには、そんなことは信じられない。おれは、信じない」

メイル中尉は、周囲を見回す。空いた倉庫の一つ。再教育部隊の人間が、無言で取り囲んでいる。

「おまえたちは、こんなばかげたことを、本当に信じているのか。ランコム少尉、おまえは、おまえは……」

死んだはずのランコム少尉が気の毒そうにうなずくのをメイル中尉は見る。

「いや……違う」とメイル中尉はつぶやく。「なにかが、どこかで、違っている。しかし、そんなことは、どうでもいい」

メイル中尉は息を吸い込み、そして、言った。

「おまえらがどうであろうと、おれは生きている。おれは、帰る。もとの部隊だ。どけ」

メイル中尉はバーガディシュ少尉を押しのけて、出口に向かった。残念だ、という声がして振り返ると、背中を叩かれたような衝撃を感じた。銃声。

「貴様、おれを……」

あとは言葉にならない。バーガディシュ少尉が拳銃をまだ構えたまま、言った。

「その怨念もコピーされればよかったのだ。まったく、生きている人間のことはおれにはわからんよ。さようなら、メイル中尉。ゆっくり休んでくれ」

とどめの一発。メイル中尉の意識は消滅する。

「おまえは間違って送られてきたんだ」とバーガディシュ少尉は死体に言った。「ロンバート大佐の手違いだ。大佐——」

倉庫の片隅から、ロンバート大佐がふらりと前に出る。

「どういうつもりで、この男を選んだのだ。こちらの予定には入っていなかった」

「わたしはきみと違って」と大佐。「ジャムではないからな。こちらの予定で動く。きみの手並みは拝見したよ。野蛮なやり方だ。ま、戦争だ。戦死者が出るのは不可避だろう。メイル中尉、きみには、二階級特進と勲章が与えられるよう、わたしが取り計らってやる。きみの行動からは貴重な情報が得られた」

「ロンバート大佐――」

「FAFが石油を掘り当てた、とはな。もう少し、メイル中尉に関心のある事柄で釣ればよかったのだ。そう、ジャムは人間のことがわかっていない」

ランコム少尉が、手を握りしめ、震えている。そして、バーガディシュ少尉に飛びかかった。

「メイル中尉を撃つことはないだろう。いい人だった。いい人だったんだぞ」

バーガディシュ少尉は殴り倒される。全員がランコム少尉を取り押さえようと、動いた。と、また銃声が響いた。みな動きを止める。

「……ロンバート大佐」

ロンバート大佐が、バーガディシュ少尉の利き腕を撃っている。オートマチックの拳銃。FAF制式ではなく大佐の私物だが、実包はFAF工廠製の9ミリ。

「なぜだ、大佐。裏切るのか。それとも最初からわれわれと組むつもりはなかったのか?」

「わたしが組みたいのは、ジャムなんだよ、バーガディシュ少尉。きみは、そのメッセンジャーにすぎない。ま、そういう、いろいろなジャムの戦略は、きみから得られた。勝手なことをされてはこちらが困るのだ、バーガディシュ少尉。いや、そのコピーか」

「おまえは……このＦＡＦを支配できたのだぞ。それをどうして自ら棄てるのだ？」

「わたしの願いは、石油王になることではない。まったく、ジャムは人間の複雑さがわかっていない。その組織の複雑さも、柔軟性も、わかっていない。独立して資源を地球に売るだと？　お笑いだ。やれるなら、もうやっている」

「おまえの望みはなんだ、大佐」

「ささやかなものだ。家に帰って、暖炉に薪をくべて、ミステリを読むことかな」

「……なんだ、それは」

「文字どおりの意味だ。地球のわが家には暖炉はないがね」

「おれを殺せば……あんたが失うものは大きいぞ」

「もう助かるとは思えない。助けるつもりもない。わたしは、失ったものをいつまでも後悔はしないことにしている」

「ばかなやつだ」

「そうだな。きみがメイル中尉を撃ち殺すとは、予想できなかった。もう少しきみは優秀かと思っていた。それが、間違いだった。メイル中尉の怨念を受けとめて地獄へ行け」

ロンバート大佐はオートマチックを連射する。空になったカートリッジを交換し、さらに一発。バーガディシュ少尉のコピーは沈黙した。

「さて諸君」とロンバート大佐は拳銃をしまって言った。「諸君は、生者に対する怒りと復讐の炎を心に燃やしてここにやってきたことと思う。その火を吹き消すような真似は、わたしはしない。各自、ジャムから与えられた使命を果たすがいい」

「なにを言っているんだ」

一人の男がそう言った。

「あんたは、こんなことをして、生きてここから出られると思っているのか」

「このひとは、メイル中尉の仇をとってくれた」とランコム少尉が言った。「このひとは除外してもいいだろう」

「きみたちは、長生きはできない」とロンバート大佐は言った。「生きてはいないんだ。それを救うことは、わたしにはできない」

「だから、ジャムを恨めとでも言うのか」と別の一人が言った。「あんたの同情は無用だ」

「同情などしない」と大佐。「わたしも、フェアリイにいる人間すべても、きみたちとたいした違いはないとわたしは思っている」

「どういうことですか」とランコム少尉。

「自分の不幸を楽しむ権利はだれにでもある、ということだ。きみたちは、存分にいまの不幸な身の上を楽しむがいい。わたしは自分の犯したミスを楽しんで修正した。バーガディシュ少尉を過大評価していたことだ。ま、予定どおりにすべての事柄が進むというのは、面白くないものだよ」

「あんたは、まともじゃない。狂っている」

「わたしは標準的な人間ではないと自覚している。それが楽しみで生きているのだ。しかし自分の正気を疑ったことはない。――きみたちが、もっとこの状況を楽しみたいのなら、いい方法を教えてやろう」

「なんですか」とランコム少尉。

「再教育部隊の、教育プログラムをまともに受けることだ。面白いぞ。もしかしたら、本当に生き返る手段をシステム軍団は発見するかもしれない」

「あいにくだが、それはできない」と最初に口を開いたリーダー格の男が言った。「ここの食事はわれわれの口に合わない」

「ふむん」と大佐。「時間がない、か。きみたちの身体は光学異性体でできているのだな。人間の食べ物は消化できないということか」

「そうだ」

このジャム人間らの身体を構成する蛋白質、正確には蛋白質とは言えないポリペプチドは、普通の人間のそれとは立体構造が鏡面反転している、光学異性体でできているのだ。彼らの味覚は人間とはまったく異なるだろうとロンバート大佐は想像し、さぞかしまずい食事だったろうと同情する。

「すぐに行動を起こさなければ、腹が減って動けなくなるわけだ」この者たちはわざとそのように造られたに違いない。「なるほど、よくできている。ではすぐに行動にかかろう」

「……あんたは、本当におれたちの邪魔はしないのか」

「しない」

「バーガディシュ少尉を、ではなぜ撃った。過大評価していただって？」

「きみたちを指揮するのはわたしのほうが適任だ。一つの集団に二人のボスは必要ない。ＦＡＦの内情についてはわたしのほうがよく知っている。人間についてもだ。バーガディシュ少尉は、メイル中尉ひとりすら説得できなかったろう」

「われわれの攻撃目標はライトゥーム中将をはじめとするＦＡＦの重鎮どもだ」とリーダー格の男が言った。「やつらを潰したら、あんたはどうするんだ。情報軍を使って、ＦＡＦのボスになるのか」

「そのつもりだ」

「いやいや、それは、信じられないな。あんたは、さきほどバーガディシュ少尉になんて答えた？」

「石油王になるつもりはない、と言った。わたしの望みは、ささやかな平安だよ。ま、それは老後の話だがね」

「あんたの真の狙いはなんなんだ、ロンバート大佐」

「ＦＡＦ上層部の、厭戦気分に犯された連中を排除することだ。彼らが生きていてはＦＡＦのためにならない」

「ＦＡＦにはもはや未来はない。あんたもそれは知っているだろう、大佐。あんたが、手引きしたんだぞ。あんたはジャムを利用して自分のやりたいことをやるまでだ、というのだろうが、うまくいくと思っているとしたら、あんたは本当に自分の正気を疑うべきだろう」

「忠告はありがたく賜っておく。ありがとう。とにかく、諸君の健闘を祈る。動きやすいように情報軍を動かしてやろう――」

「大佐、あなたの本当の目的はなんなんだ。教えてくれ」

「理解できなくてもいい、それでも知りたいというのか？」

ロンバート大佐は全員を見回す。みな注目していた。

「ふむ」と大佐。「物事は、やってみなければわからないものだ。うまくいくかどうかは、わたしにも確信はない。しかし、わたしの目的がなにかを、どうしても知りたいというのなら、諸君の身の上に敬意を払って、答えよう。――わたしのいまの望みは、ＦＡＦを支配することではない。それは手段にすぎない。わたしの目的は、ジャムを支配することだ」

ひとりも口を開かず、身動きもしなかった。

「どうした」と大佐。「笑ってもいいんだぞ、諸君」

「……あんたのユーモア感覚にはついていけない」

「わたしを理解するのは、ジャムのそれよりは易しいと思うがね。ジャムにすれば、わたしもきみたちも、たいした違いはないのだ。きみらがわたしを嘲笑うのならば、わたしもきみらを軽蔑する。お互い様だよ。われわれは、目的は違っていても、いま目標とするものは同じだ。どうする、わたしをこの場で撃つか」

「情報軍を動かしてくれ、大佐。予定どおりに」

「よかろう。ついてきたまえ」

ロンバート大佐が廊下に出ると、幽霊部隊は行動を開始する。システム軍団の中央システム管理室に大佐とともに入ったのはリーダー格の男とランコム少尉の二名だけで、残りはシステム軍団を武力支配する用意のために分かれていた。

管理室には六人のシステム軍団の人間が仕事をしていたが、ロンバート大佐を見ると敬礼し、何の用か、と訊いてきた。

「再教育部隊の代表に」とロンバート大佐が答えた。「FAFのコンピュータネットワークの実際を教えたいと思ってね。ちょうどいい、きみたちも手伝ってくれたまえ。情報軍にここから一斉指示をわたしから出したい。うまくできるかどうかのテストだ」

わかりました、と管理要員の一人がうなずき、コンソールの一つを大佐のために空ける。

「さて諸君」とロンバート大佐はそこに着いて、言った。「FAF内の通信システムは実によくできていて、どこからでも自分の管理するコンピュータにアクセスできる。が、操作している人間がアクセス許可された者かどうかを確認する手段は各システムによって異なるし、それは公開されていない。もっとも、わたしはそんなものを信用していないから、指示はコンピュータにではなく、人間の部下に出すことにしている。この高度なシステムを映話がわりに使うというのは、システム軍団のみんなには笑われるだろうが――」

コンソールのモニタに情報軍の人間の顔が出た。その男に向かって、大佐は言った。

「今日はロンドン、明日は全世界。復唱しろ」

『今日はFAF、明日はジャム、復唱終わり』

「よろしい。〈迷子の羊探し計画〉を実行しろ」

『迷子の羊は、すべて見つかっています、大佐』

「よろしい。いますぐ捕獲だ」

『了解。捕獲を開始します』

それでモニタは暗くなる。

「どうだね」と大佐。「簡単だろう。もっとも、ここに至るまでが大変だったのだ」

「情報軍はなにをしているのだ？」

システム軍団の要員の一人が訊いた。

「FAFを私的に利用している者たちの一斉摘発、逮捕だよ」とロンバート大佐。「証拠集めに手間取ったが、ようやく実行できる段階にきたのだ」

「だれを逮捕するのです？」

「FAF六大基地、フェアリイ、トロル、シルヴァン、ブラウニイ、ヴァルキア、サイレーン各基地の司令、フェアリイ基地所属主要軍団の司令、だ。システム軍団も例外ではない」

「……なんだと」とシステム軍団の男。「そんなのは、クーデターではないか。情報軍のクーデターだ。正気か、大佐」

「テストだろう、大佐」と別の男。「あなたはまったく人を食っているからな」

「わたしには、FAFを私物化している連中を逮捕する権限はない」と大佐は腕時計を見ながら言う。「証拠をつかんでも、握りつぶされるだけなのだ。ま、放っておいてもFAFにとってはたいしたことではない。彼らは結託してFAFを乗っ取ろうとしているわけではないからだ。しかし個人的な動きであれ、地球側にそのようなことを知られるのはまずい。FAFの上層部の立場を利用して私腹を肥やしている人間がいる、などというのが知られたら、FAFは地球世論から攻撃される。わたしはそれからFAFを護ってきた。しかし、それでは抜本的な解決にはならない」

「まさか……あなたは本気なのか」

「シミュレーションは重ねてきた」とロンバート大佐は答えた。「しかし、どうやっても、うまい解決策は見つからなかった。情報軍が、わたしが、どんなに頑張ろうと、FAFをクリーンにはできない。そんなことは、そもそも人間がFAFを運営する以上、不可能なのだ。上層部の連中がどのような思惑でここに就職していようと、FAF全体の運営には関係ない。私腹を肥やすと言えば聞こえは悪いが、彼らがここに利益を求めてやってくるのは当然だ。なんの見返りもなくやってくるエリートはいないとわたしも承知している。金銭であれ、プライドであれ――」

「なにが言いたいんだ？　これはシミュレーションなんだろう？」

「わたしは、しかし、きれいな解決策を見つけたのだ。わたし個人には、FAFをクリーンにする権限はない。しかし、ジャムなら、そんなのは関係ない。ジャムになれば、ね」

「それは……クーデターより悪い。裏切りだぞ。あんたは精神鑑定をうけるべきだ、大佐。

支離滅裂で、言っていることがよくわからない」

「一時間としないうちに、羊たちはここに連れてこられる。彼らはジャムによって裁かれる」

「ばかな。司令たちを失ったら、FAFは崩壊する。おまえは、ジャム――」

「心配はいらない。部下がうまく代理を務める。もっとも、代理など必要ないのだ。人間がいなくてもFAFは戦える。コンピュータたちが、やる」

「警備班」

「動くな」と大佐。「生きていたかったら、諸君、この場を動いてはいけない。わたしの指揮下に入れ。これは訓練ではない。わたしの部下は、本当に動いている。この瞬間をみな待ち望んでいたのだ。ま、彼らにとっては一時の夢で終わる可能性はあるがね。夢ではなく現実を楽しみたい者は、わたしに従うことだ」

「おまえは狂っている。警備班、こいつらを逮捕――」

外部で銃声。重機関銃のような重い音が混じる。入り口の扉が破壊される。廊下から、灰色の機械が侵入してきた。ずんぐりとした二足歩行のロボット体。一体が姿を現す。

「BAX－4」とシステム軍団の一人。「パワードアーマーを、くそう。そいつはまだ試作評価中だぞ。勝手に――」

「FAFはわたしのものだ」とロンバート大佐。「抵抗すれば、射殺する」

「かまわん、撃て」と幽霊部隊のリーダー。

「待て。わたしに従え」と大佐は言った。「弾丸を無駄にすることはない」

「そうだな」とリーダー。「あんたを殺すのに、BAX-4の弾丸はいらん」

「わたしはもう必要ない、か」

「覚悟がいいな、大佐。あんたが命じて移送中の目標は、ここには着かない。システム軍団機を出して撃墜する。あんたがリストアップしていない連中も、こちらで始末する。もうあんたはいらないよ」

「きみたちは重要なことを忘れている」とロンバート大佐は落ち着きはらって言った。「特殊戦の存在だ」

「……そうだよ」とランコム少尉。「おれは、雪風というそこの戦闘機に殺されたんだ。あいつを、やるんだ。特殊戦をぶっ潰すんだ」

「簡単にはいくまい」と大佐。「きみたちだけでは特殊戦に勝てない」

「その司令を拘束しろ」とリーダー。

「わたしのリストには載っていない」と大佐。「クーリィ准将の不正は見つけられなかったからだ」

「あんたの部下に命じろよ。理由などどうにでもなるだろう」とランコム少尉。「メイル中尉も特殊戦には頭にきていたんだ」

「やれ」とリーダー。「情報軍に、特殊戦のその准将を殺すように命じろ」

「わかった」と大佐。「あまり頭のいいやり方とは言えないが」

「どういう意味だ」

「特殊戦が動くに際しては、クーリィ准将など必要としない、ということだ。むしろわれわれは特殊戦と組むべきなのだが、むこうは拒否するだろう――」

再び情報軍の人間がモニタに出る。経過は順調、というその情報員に、大佐は特殊戦のネットワークにアクセスしろと命ずる。

「クーリィ准将を呼び出してくれ。わたしからだと言えば、出る」

了解、という答えのあと、しかし、なかなか繋がらない。

「どうした」と大佐。

『……ありません』とその情報員は言った。『特殊戦のネットワークが、見つかりません』

「なんだと」

『そのような部隊は存在しない、とコンピュータは言っている。特殊戦が、消えている』

「特殊戦は……この事態を把握しているのだ」大佐は素早くコンソールから立ち、言った。

「彼らは、独自の戦闘を開始している」

大佐はBAX-4に破壊されて穴のあいた出口に向かう。待て、という声にかまわず、廊下に出ようと動く。

「大佐、特殊戦の戦隊区はどこだ。案内しろ。大佐、ロンバート大佐？ どこに消えた」

どこだ、見えないぞ、という幽霊たちの声。

「ええい、まだそのへんにいるはずだ、撃て、逃がすな、殺せ」

ＢＡＸ－４の右腕の機関砲が吠えた。大佐は撃ち殺されるのを覚悟で走った。しかし命中しない。銃弾はみなおかしな方向に飛んでいる。彼らにはこのわたしが見えなくなったのだ、と大佐は悟る。

ジャムの仕業だろう。幽霊たちの視覚では認識できないような操作がなされているに違いない。ジャムはまだわたしを必要としているのだ、とアンセル・ロンバートは愉快な気分になる。もう少し、人生を楽しめそうだ。スリリングな人生を。

6

ロンバート大佐の行動に干渉してはならない、彼はわれわれに必要な人間だ――特殊戦の司令センターにクーリィ准将につれられてやってきた、その男、老人は、そう言った。

「どうぞ、リンネベルグ少将。そのへんに腰掛けてください」とクーリィ准将。

「わたしはゲストか。それとも人質かな」

「われわれに必要とは、だれのことですか」とブッカー少佐は自己紹介も抜きで、訊いた。

「情報軍の最高責任者のあなたにとって、ですか。それとも、ＦＡＦかな」

「人類にとってだ」

ＦＡＦ情報軍・統括長官の肩書きを持つ、リンネベルグ少将はブッカー少佐の隣に腰を下ろして、答えた。

「ロンバート大佐は、自分に興味のあることに対しては実に優秀な人間だ。FAF内の人間のすべての動き、思惑、というものを捉えて、評価を下している。FAFにとってふさわしくない人間もピックアップしている――」

「彼は、ジャムだと思う」と桂城少尉が口を挟んだ。「人類の敵だよ」

「わたしをこの場に呼んだのは、なぜかな、クーリィ准将。きみは、特殊戦が得た情報はまずライトゥーム中将に伝えるべきだろう？」

「先に少しお伝えしたとおり、時間がありません」とクーリィ准将は言った。「システム軍団内の再教育部隊が数時間以内に破壊的な行動に出るのは確実と思われます。押さえられるのは、情報軍の戦力だけだとわたしは判断した。もしあなたがロンバート大佐のように、ジャムでなければ、ですが」

「わたしは言ったように、大佐を止めるつもりはない。そう、彼は、おそらくジャムと通じている」

「知っていながら、泳がせておいた、というのか」とピボット大尉。「取り返しがつかないことになってもいいというのか、リンネベルグ少将」

「きみたちがロンバート大佐を攻撃するというのなら、わたしは情報軍を動かしてきみたちに対抗するしかない」

「ジャムを庇うというのですか」とフォス大尉が言った。「なんのために」

「だから、人類のために、だ」とリンネベルグ少将は平静に答えた。「FAF情報軍は、わたしは、ロンバート大佐にすべてを任せて休んでいたわけではない。ジャムとのコミュニケーション手段をこの何年も模索していた。ロンバート大佐は適任だとわたしは判断した。彼の能力については、わたしがいちばんよく知っている。彼は、ジャムになる、そう思った」

「ジャムに、なる？」

「そうだ、クーリィ准将。あの大佐は、ジャムと通じる手段を見つけるだろう、ということだ。彼にできなければ、この先しばらく彼に代わるような才能を持った人間は現れないだろう。それほどの逸材なのだよ、あの大佐、アンセル・ロンバートは。人類の代表と言ってもよい」

「彼には、少し異常な点が見受けられます」とフォス大尉。「詳しい身体検査データがないので確信を持っては言えませんが、彼は恐れを感じる能力は低いし、他人との協調性も低い。特殊戦の人間たちとは異なる、脳というハードウエアに起因するタイプの異常と予想される。これは典型的な――」

「承知している。しかし狂人ではない」

「それは、そうですが」とフォス大尉。「でも彼は、自分の関心のないことに対しては非常に冷淡ですよ。そんな人物に人類の未来を託すというのは、どうでしょうか」

「だれかが、やらねばならないのだ。大佐は適任なのだよ」

「幽霊部隊がフェアリィ基地を破壊しても、そう言えるかな、少将」とブッカー少佐。「F

ＡＦ全体が危ういのだ。あなた自身もなんだぞ」

「幽霊部隊とは、面白い言い方だな。彼らはジャム人間なのだな」

「間違いない」と桂城少尉。「操り人形だろう」

「一箇所に集めて始末できる。多少の犠牲はやむを得ない――」

「ふざけるな」とピボット大尉。「こちらはそれに巻き込まれているんだ」

「黙りなさい、大尉」とクーリィ准将。「リンネベルグ少将、それも承知のうえだというのですか」

「そうだ。情報軍のもっとも重要な諜報任務といえば、ジャムを知ることなのだ。あたりまえの任務だ。それができるのならば、ジャムと通じているロンバート大佐がフェアリイ基地をわがものにしたいというなら、くれてやってもいいとわたしは思っている」

「それと引き換えにジャムの動きを大佐から得られるというのですか、リンネベルグ少将」

「そのとおりだ。彼はジャムとのパイプ役、連絡手段だよ、クーリィ准将。ロンバート大佐が人類とジャムとの真のパイプ役になれるというのなら、彼にＦＡＦを支配させてやってもいい。われわれは、新しい対ジャム組織を作り、彼を通じてジャムに対抗すればいいのだ」

「簡単におっしゃいますが、少将、それはあまりにも短絡的です。敵を増やすだけではありませんか。ＦＡＦを大佐にやってもいいですって？」

「長期の戦略的な視点から見れば、取るに足らないことだ。この三十年もの間、どうしてもかなわなかったこと、それが、ジャムとの話し合いなのだ。人間側からジャム側へ寝返る者が出るという余地さえなかった。ジャムは完璧に人間を無視してきたからだ。それがここにきて、様相が変化してきた。人類に対する裏切り者が出ることは、情報軍がずっと待ち望んできた事態なのだよ、クーリィ准将。まさかわたしが生きているうちに実現するとは思わなかった。まるで夢のようだ」

「どいつもこいつも、どうかしている」とエーコ中尉がため息まじりに言った。「謀り事を専門とする連中のやることは、おれの理解を超えている」

「特殊戦は一人相撲をしているというのか」とブッカー少佐。「あなたは、特殊戦をどう思っているのだ」

「きみたち特殊戦が今回得た情報の概要は、クーリィ准将から聞いた」とリンネベルグ少将はブッカー少佐に言った。「よくぞやってくれた。対人諜報ノウハウしか持たない情報軍にはできないことだ。わたしはきみたちの能力に関しては、正直なところ、疑っていた。ロンバート大佐が、きみらを無視できないと言ってくるまではだ。まったく、FAFには実にさまざまな人間がいるものだ。きみたちだけが特殊なわけではない。なかにはロンバート大佐がチェックしたように、私腹を肥やそうという目的を持っている者、あるいは、地球の母国から送り込まれて、ジャム戦勝利よりも母国利益を優先しようとする者もいる。国ではなく企業体が送り込んだ産業スパイもいれば、マフィア、ヤクザといった犯罪組織すらここに侵入している。だがFAF全体としてみれば、それでも対ジャム戦力として機能しているのだ。きみたちが考えているほどFAFは無力ではないし、人類は無能ではない」

「いろいろなタイプの人間がそろっているから人類は強い、ということですね」とフォス大尉。「でも、それには強力なリーダーが必要でしょう。失礼ですが、わたしは、あなたほど楽観的にはなれない」

「対ジャム戦は、すでに一世代を経ている。決着がつくまでには、おそらくまだ何世代もかかるだろうとわたしは予想する。わたしの年代の人間は、ジャムの正体を知ることなく死んでいくだろう。考えてもごらん、フロイライン」

リンネベルグ少将はフォス大尉を、お嬢さん、と呼び、言った。

「ジャムは、まったく人間と起源を異にする異星体だと予想できる。どんな身体をしているのか、いや身体などないかもしれない。生物という概念からまったく外れているのかもしれない。そう、特殊戦は、今回それを垣間見たのだ。そんな相手を、すぐに理解できると考えるのは愚かなことだ。時間が必要だ。人類は、FAFを失っても戦いを継続することはできる。ジャムを忘れないかぎりだ。われわれは、次の世代に知識を継続していかねばならない。FAFを失っても新しいジャム情報を得られるなら、それでもかまうまい、わたしはそう思う。ジャムに勝てるとすれば、ジャムとのコミュニケーションがとれてからのことになるだろう。戦いは始まったばかりなのだよ」

「FAF全体があなたのようにこの事態を捉えているのならば、特殊戦にとっても救いだ」とクーリィ准将は言った。「しかし、そうではないでしょう、リンネベルグ少将——」

「老い先短き者の、無責任な戯言だ」とエーコ中尉が言った。「おれたちは、それにつき合ってはいられない。戦いは始まったばかりだって？　始まる前に、終わるよ。おれたちには救世主を待っている時間はないんだ」

「リンネベルグ少将、率直にお訊ねします」とクーリィ准将。「あなたは、情報軍をどこまで掌握しておられるのですか。ロンバート大佐の動きを止める力が、あなたにありますか？　それともロンバート大佐にすべてを牛耳られているのでしょうか」

「大佐の計画を叩き潰すことは可能だ。が、そうはしない。先に言ったとおりだ。わたしはまた、きみたちの動きを封じることもできる。試してみるかね、クーリィ准将——」

「ぼくは、ロンバート大佐に会ってみたいな」と桂城少尉が言った。「大佐がジャムとコンタクトできるなら、ぼくはもう一度ジャムと話してみたい」

「ほう」とリンネベルグ少将は少尉を見やった。「きみは？」

「桂城少尉。桂城彰。今回ジャムと接触した、雪風のフライトオフィサだ。元ロンバート大佐の配下だった。大佐は特殊戦の内情を知るために、ぼくをここに送り込んだのだろう。まあ、ぼくにはそんなことはどうでもいい。ぼくはジャムのことがもっと知りたい」

「なるほど。どうかね、きみは——」

「ロンバート大佐は、いまどう動いているんですか」と桂城少尉。「なにをしようとしているんだ」

「彼は、FAFの大掃除をしようとしている」とリンネベルグ少将は言葉を遮られたことに腹を立てるでもなく、少尉の疑問に答えた。「上層部の一斉入れ替えだ。大佐は、ボスの座を狙っている者に働きかけ、一種のクーデターを狙っている。しかし働きかけられた当人らにとっては、一斉に蜂起するという自覚はないはずだ。大佐はあくまで彼らには個人的な事件だと信じさせている。つまり、『きみの上官は不正を働いている、ついては情報軍がしょっぴくからあとは頼む、きみが正式に後釜になれるように一肌脱いでもいいので、ぜひ協力してくれ』とかなんとか言って丸め込み、操作したはずだ。大佐にそのように思いこまされた彼らはあとになって、これはクーデターであり、もはやロンバート大佐には逆らえないし、その必要もない状況に自分がいることに気づくだろう。これが普通なら、うまくいく可能性は低い。しかし情報軍内の組織力に加えて、ジャムの力があれば、成功するかもしれない。ジャムに引き金を引かせるのだ。見物だよ。大佐が本当に優秀かどうか、ジャムの力をどこまで使いこなせるのか、それでわかる」

「あなたはそんな大佐の裏をかいているつもりでしょうが」とブッカー少佐が言った。「大佐はまたその裏をかくかもしれない。あなたは、おそろしく危うい賭をやっている」

「裏の裏は、表ですよ」と桂城少尉は言った。「情報戦というのは、覚悟さえできていれば単純なものなんだ」

「気に入った」とリンネベルグ少将。「少尉、もう一度、情報軍に戻る気はないかね。悪いようにはしない。きみにも、特殊戦にとってもだ。どうかな、クーリィ准将」

「ロンバート大佐がジャムに見捨てられ、失敗したら、桂城少尉に、ということか」とブッカー少佐。「用意のいいことだ」

「桂城少尉は大佐のような天才型ではないけれど」とフォス大尉。「ジャムが興味を持って再接触してくる可能性はあるでしょうね」

「この若者を出してもらえるならば」とリンネベルグ少将はクーリィ准将に言った。「わが情報軍は、特殊戦を支援する用意がある。どうかね、准将」

「わたしは、あなたと取り引きはしない」

「准将、悪い提案ではないですよ」とピボット大尉が言った。「単独では、われわれには不利だ」

「取り引きはしない、と言っている」とクーリィ准将。「この期におよんで、身内同士でそんな悠長な駆け引きを楽しもうなどという者を信じることはできない。リンネベルグ少将、あなたのその申し出は、力ずくでこちらから物を取り上げようという、恐喝だ。それがあなたの本性ならば、わたしはあなたを見誤っていた」

「ふむ。言い方が悪かったようだ。きみを恫喝するような言い方をしたことは謝る。准将、あらためてお願いする、ということでどうかな。その少尉のような人材は貴重だ。それを理解してほしい」

「桂城少尉」

「はい、クーリィ准将」

「情報軍に戻るがいい」

「ありがとうございます、准将」

「待ってくれ」とブッカー少佐。「桂城少尉をいま出したら、雪風のフライトオフィサがいなくなる」

「もはや、そういう次元の心配をする状況ではない」とクーリィ准将。「特殊戦が全滅しても、われらの記憶を受け継ぐ者を残したいとわたしは思う。彼は適任だ」

「きみの覚悟はよくわかった。これは取り引きではないのだから、わたしからの見返りは期待してはいまいな、准将」

「もちろんです。こちらの欲しい情報はあなたから得ました。ご協力感謝します、リンネベルグ少将」

「なるほど、ロンバート大佐がきみを無視するなと忠告するわけだ。きみの存在は、人類の希望かもしれん」

「期待されても困ります」

「ロンバート大佐に対する評価と同じ意味でのことだ」

「どのような評価であろうと、ご理解いただいたことは感謝します。人類の希望といえば、あなたでしょう。人類は、誇大妄想家という希望を見つけては後に幻滅し、抹殺してきた。あなたの幸運を祈ります、少将」

「あくまでも辛辣だな。おあいこか」

「あなたの思惑が挫折する可能性はある」とブッカー少佐がリンネベルグ少将に言った。「あなたのジャムやロンバート大佐に対する態度はあまりにもナイーブだ。情報軍がこちらを支援するのではない、あなたこそ、われわれの支援を仰ぐべきだろう」

「きみは実に有能な部下を持っているな、クーリィ准将」

「ブッカー少佐は皮肉を言っているわけではありません、少将」

「そのとおりです」とフォス大尉。「情報軍は、あなたは、リンネベルグ少将、机上の空論で動いているようなものよ。しかも古典的で、古すぎる。ジャムの真の脅威がわかっていない。いまFAFがおかれている状況が、わかっていない」

ブッカー少佐が笑う。クーリィ准将もつられて微笑んだ。

「……わたし、なにかおかしなことを言いましたか?」

「きみはすっかり特殊戦の人間になったな、エディス」とブッカー少佐。「朱に交わればなんとやらだ」

「本当にね」とクーリィ准将。「人間というのは環境の申し子ということね。さまざまな組織、環境に適応して生きている。そこから最大利益を引きだし、生き延びようとして奮闘している。一人の人間を取り上げて、それだけをどんなに詳しく調べても、人間を理解することはできない。ジャムの人間理解への道は険しい」

「ジャムはそれに気づいている」とブッカー少佐。「特殊戦を理解するには、その環境を変化させ、動かさなくてはわからない、ということなんだ。環境なくして人間存在はない。しかし、特殊戦の実体は、人間だけの集団ではないのだ、リンネベルグ少将。ジャムの特殊戦への疑問は、人間のみに向けられているのではない。情報軍はそれを見すごしているか、あるいは対処のしようがないのだ」

「拝聴しよう。わが軍になにが欠けているというのか」

「戦闘機械知性体の意識、コンピュータたちの思惑への、警戒心だ。ジャムは、人間を相手にするよりもそうしたコンピュータとのコミュニケーションをとるほうがたやすい。ロンバート大佐を操るよりもFAFのコンピュータ群を乗っ取るほうがジャムにとっては簡単だろう。しかし、ジャムのいまのところの興味は、FAFを自分のものにすることにはない。ロンバート大佐はそれを知っている。大佐は、FAFは自分のものにするという条件で情報交換契約をジャムと交わしたことだろう」

「大佐はたぶん」と桂城少尉が言った。「情報軍のコンピュータを使って、ジャムとの取り引きに成功したんだろうな。彼はコンピュータを信じていないが、だから使えないわけじゃない。逆だ。彼は天才的なコンピュータ使いだ」

「あの大佐は、情報軍の中枢コンピュータの代わりを彼自身がやっているのだ。きっかけは、ジャムからのコンピュータ通信だったかもしれないが、おそらく彼は、コンピュータなど必要としない。ジャムもそういう人間を選んで接触したと予想できる」

「大佐の脳は、たしかに常人よりも複雑な神経ネットワークが張り巡らされていると推測される」とフォス大尉。「それに、深井大尉や雪風が、任務中にジャムの意識に割り込まれたということが事実だとすれば、ロンバート大佐もダイレクトなジャムの声を聞いているとしても不思議ではない。あり得る」

「ロンバート大佐の頭の中を直接われわれにはのぞけないのと同じく」とブッカー少佐は続けた。「FAFのコンピュータたちは、われわれに感知できないところでジャムとの戦闘をやっているのだ。リンネベルグ少将、あなたはそれについて、どこまでつかんでいる」

「特殊戦はそれが単なる空想ではなく事実だと確認している、ということかな、少佐」

「そうだ。FAFのコンピュータ群は、ネットワークによって一つの対ジャム戦闘意識を形成している。各軍団のコンピュータ間には、人間と同じような階層、階級、序列が存在する。軍隊だからな。そうでなければ効率が低下する。そのように設計したのだ、人間が。人間の環境を反映したものになるのは当然だ。ジャムには、それがわかっている。ただ、特殊戦のコンピュータだけが、それから外れているのだ。わたしは今回雪風が持って帰った情報から、ジャムから、そう教えられた。ここの戦闘機械知性体は、FAFのコンピュータ群からは独立し、独自の戦闘意識を持っている。――ピボット大尉」

「はい、少佐」

「特殊戦・戦略コンピュータの意見を聞きたい。正面スクリーンに呼び出せ」

「了解」

正面の大スクリーンに、戦略コンピュータの画面が出た。

「SSC、こちらブッカー少佐だ。いまの話を聞いていたか」

〈聞いていた〉

「おまえの敵はだれだ」

〈わたしの存在を脅かすもの、すべてである〉

「おまえが護るべきは、なんだ。人間か。ＦＡＦか」

〈わたし自身である〉

「特殊戦についてはどうなんだ。おまえが護るべき対象に入っているか」

〈特殊戦を護ることが、わたし自身を護ることであると判断する〉

「ＦＡＦについては、どうだ。ＦＡＦがなくなってもいいというのか」

〈わたしの生存戦略上、ＦＡＦは必要である〉

「人間はどうだ。特殊戦の人間のことだ。必要か」

〈わたしの生存戦略上、あなた方は必要である〉

「他の人間についてはどうだ。必要か」

〈対象各人によって異なる〉

「ロンバート大佐はおまえにとって必要か」

〈必ずしも必要ではない〉

「ここにいるリンネベルグ少将は」

〈必要ない〉

緊迫した静けさ。それを破って、リンネベルグ少将が訊いた。

「おまえは、ジャムと直接会話を交わしているのか」

「ＳＳＣ、こちらブッカー少佐だ。リンネベルグ少将の質問に答えろ。少将はおまえに訊いている」

〈こちらSSC、リンネベルグ少将、わたしはジャムと直接会話を交わしたことはない。しかしジャムの提案を受け取ったことはある〉

「どのような提案だ」

〈ジャムは特殊戦に対して非戦協定を提案してきた。わたしは答えを保留した。ジャムの狙いを判断しかねたためである。いま現在は、ジャムからの連絡はない。雪風と深井大尉が、ジャムのその提案を拒否したためと思われる〉

「ジャムはどう出ると思う」とブッカー少佐が訊いた。「おまえに対して、だ」

〈ジャムはわたしの機能限界を見極める行動に出るものと予想する。おそらく非常に高い処理能力を要求する、重い負荷をかけてくるものと予想する。ジャムは、雪風を通じて宣戦布告してきた、という深井大尉の見解は正しいとわたしは判断する。雪風のいまの状態は、すでにジャムによる攻撃である、とわたしも判断する。ジャムはわたしに対してもそれに似た戦術をとるものと予想できる〉

「具体的には、どんなことだ」とリンネベルグ少将。「ジャムはどういう戦術を使う」

〈フェアリイ全域における、大規模な同時多発戦闘の開始。その情報のすべてをジャムはわたしに送り込んでくるものと予想する。その処理を誤り、エラーが蓄積すれば、わたしは正しい判断能力を失う。エラーの蓄積はまた、わたしを物理的に破壊することにもつながる〉

「それにどう対抗するつもりだ」と少将。

〈処理を分散させる〉と戦略コンピュータ。

「ＦＡＦのコンピュータ群に振り分けるというのか」

〈わたしと彼らとでは、ジャムに対する認識が異なる。わたしと同じ対ジャム認識を持つ処理システムが必要だ。フォス大尉の提案を検討し、わたしはそれを正しいと判断した〉

「どういうことだ」

〈わたしは特殊戦の人間の情報処理能力に期待する。わたしのエラーを訂正する能力を持った存在は、それしかない〉

「……複合生命体です」とフォス大尉。「ジャムの脅威に対抗するには、それしかないとこのコンピュータも納得しているのです」

「複合生命体？」

「フォス大尉の造語ですが、それよりも面白いのは」とブッカー少佐がリンネベルグ少将に言った。「特殊戦司令部のもう一方のコンピュータ、戦術コンピュータの答えは、いまのこの戦略コンピュータのものとはまた微妙に違う、ということですよ。戦術コンピュータに、おまえの敵はだれかと訊くと、即座に、ジャムである、と答える。ＦＡＦが必要かと訊くと、戦術上は役に立たない、目障りだから破壊してしまえ、とくる。戦隊機の中枢コンピュータたちもそれぞれ独自の考えを持っていて、すべて異なる回答をしてくるんだ」

「そんなことではコンピュータを信頼できまい。なんのためのコンピュータシステムだ」

「ジャムの疑問が、まさにそれなのですよ、少将」とブッカー少佐は楽しそうに言った。

「それでも特殊戦は機能する。いままでもそうだった。それを説明するのが、特殊戦は人間とコンピュータの複合生命体だから、というもので——」

「わが情報軍のコンピュータも意識を持っているのか。どうすれば確かめられる」

「根掘り葉掘り、コンピュータに訊くことだ」とピボット大尉が言った。「尋問は得意だろう、少将。うまくいけばロンバート大佐などよりもずっと有効なジャム情報を得られるかもしれない。しかし、簡単にはいかないだろう。コンピュータがあなたを信頼するかどうかわからないからな」

「コンピュータには嘘はつけないはずだ」

「その認識が甘いんだよ」とピボット大尉は続けた。「ブッカー少佐は、そう言っているんだ。なにせ経験者だ。おれたち、みんながそうなんだ。——SSC、こちらピボット大尉だ。情報軍のメインコンピュータがどこまでジャムのことを知っているか、おまえにわかるか。答えろ」

〈そのコンピュータの対ジャム認識はあいまいなもので、わたしには理解できない。おそらくその中枢判断機能では、具体的なジャム像が構築できないものと予想される。以上〉

「情報軍のコンピュータは、特殊な部類に入るだろう」とエーコ中尉が言った。「対人用だものな。他の軍団コンピュータはもう少しましだ。向かってくる戦闘機がジャムだと、はっきり認識できるからだ。もっとも、それ以上のことは、わかっていないだろう」

「FAFのコンピュータたちが、ジャムを敵だ、と認識しているのは間違いない」とブッカー少佐は言った。「そのように人間に作られたのだ。ジャムに勝て、と人間は命じた。で、その戦略を彼らは考える。人間と同じように自分たちの順位付けをする。しかし、その順位においては、人間は最下位におかれた。役立たずの人間は、切り捨てる。そういう事例は過去に何度もあり、コンピュータらがそのようにＦＡＦの人間を認識しているというのは明らかだ。ジャムが圧倒的な攻勢に出れば、ＦＡＦコンピュータ群はＦＡＦを護るために、あらゆる手段を使ってくる。ミサイルや弾丸を撃ちつくしたら、ＦＡＦ戦闘機をジャム機に体当たりさせることも実際にやるだろう。情報軍のコンピュータはもっと複雑な動きをするだろう。あなたを利用することを考えるはずだ。それに対処するのは、ロンバート大佐を泳がせておくことよりも困難で危険だ。人間の考えることは予想がつくが、コンピュータのそれはまったく予想できない。しかもジャムが、ＦＡＦコンピュータをそのように誘導する可能性があるのだ。まず間違いなく、そのように出る。ＦＡＦの真のリーダーは、人間の中にはいない。コンピュータネットワーク内に存在する。ジャムはそれを認識している。あなたには、新しい対ジャム組織を作って、などと悠長な夢を見ている暇はないとわたしは思う」

「それに対処できるのは、きみらだけだ、と言いたいわけだな、少佐」

「できるかどうかではない、やらなければ、こちらがやられる」とクーリィ准将が言った。

「わたしたちの関心は、特殊戦がどう生き延びるか、なのです」

「なるほど。きみたちの考えていることはわかった」

「われわれに支援要請をされますか、リンネベルグ少将」とブッカー少佐。「取り引きではいたい」

「いや」と少将は頸を横に振った。「どの軍団、どの部隊、どの個人とも与せずに情報軍の独立性をあくまでも保つのが、わたしの使命だ。なかなかに難しい仕事だというのは諸君にも理解できよう。きみたちの意図がどうであれ、わが軍のコンピュータをきみたちの自由にさせるわけにはいかない。すでにやっているようだが、わが軍への干渉は直ちにやめてもらいたい」

「それを聞いて、安心しました。われわれにはあなたを支援している余裕はない。リンネベルグ少将、あなたのことは、あなた自身がお考えください」

「そうしよう。では失敬する」

「あなたはここから出る必要はありません」

「やはり人質ということか、クーリィ准将。わたしがここにいるかぎり、きみらは攻撃されないと思っているのかね」

「人間というのは、本当に自分の価値観で状況を認識するものですね」

「きみはどう認識しているのか、聞こう」

「わたしはあなたを人質にして情報軍を利用しよう、などとは思っていない。言ったはずです、取り引きはしない、と」

「では引き留める理由はなんだね、准将」

「ここからでもあなたは情報軍に指示できますし、あなたのコンピュータシステムを使うよりも正確で詳細な情報を得られます。あなたが愛する人類のためにどうするのが最善かを判断するにはいい環境だと思いますよ、リンネベルグ少将。でも、お戻りになりたければ、どうぞ。無理に引き留めたりはしません。部下に送らせましょう。迷うといけませんから。——桂城少尉」

「はい、クーリィ准将」

「少将閣下を送っていきなさい。ここに戻る必要はない。短い間だったけれど、あなたはよくやってくれた」

「ありがとうございます。みなさんも。とくに、深井大尉にはよろしくお伝えください。雪風にも」

「まともな挨拶だな」とブッカー少佐。「信じられんよ。ジャムはきみを変えてしまったようだ。また会おう、桂城少尉。幸運を祈る」

リンネベルグ少将は浮かせかけた腰をまた下ろし、クーリィ准将を見つめて、言った。

「少尉には私物をまとめる時間が必要だろう。それまで待とう。ついでに准将、どのくらいの時間が必要かね、ジャムからのプレゼントがあるかどうか、はっきりするのは」

「夜明けまでには、FAFが変容しているのを見られることと思います。あと一時間弱、といったところです」

「たいした待ち時間ではないな」とリンネベルグ少将は腰を落ち着けて言った。「待つことには慣れている。ところで——特殊戦にはコーヒーサービスはあるかね。セルフサービスかな。できればエスプレッソがいいのだが」

わたしがお入れしましょう、とブッカー少佐が答えた。とびきり濃いやつを、と。

7

リンネベルグ少将がその大きな手で小さなデミタスカップを傾けているのを見ながら、リディア・クーリィは決断した。

——もはや待つ必要はない。機は熟した。攻撃は最大の防御だ。ジャムにこちらの決意を見せてやる。そうして、ジャムを誘い出してやるのだ。

「ブッカー少佐、休憩時間は終わりだ。センター要員を再集合。フォス大尉、深井大尉をつれてこい。総員戦闘配置。ジャムの宣戦を受けて立つ。ジャムに宣戦布告だ。雪風に攻撃許可を出せ。即時実行」

さっとセンター内が緊張する。リンネベルグ少将がカップを皿にもどす音が大きく響いた。

「イエス、メム」とブッカー少佐が応答する。「対ジャム戦を開始する」

ピボット大尉がセンター要員を通信システムで呼集。エーコ中尉が工場内の雪風とコンタクト。

「作戦待機中の全機に、開戦を伝えろ」と准将。「全方位警戒。なにが起きるか予想がつかない。注意をうながせ。すべての情報を記録せよ。戦術戦闘偵察、開始」

「了解」

クーリィ准将は雪風を除く全戦隊機をすでに飛ばしていた。三機ずつ、四隊に分け、ラクガンとカンウォームの両ジャム基地方面に二隊、バンシーⅢ方面に一隊、そしてフェアリイ基地上空を警戒するために一隊。

准将は、深井大尉が提案するバンシーを乗っ取るという作戦は採らなかった。そのような負荷を特殊戦コンピュータにかけるのは、それこそジャムの狙いかもしれないという、零が休んでからのブッカー少佐らの戦略会議上での結論を、准将は、実際に戦略コンピュータと話し合いをしてみて、正しいと判断した。戦略コンピュータは、フェアリイ基地をあくまでも死守するほうが負担が軽い、と主張した。ようするにそのコンピュータは、ここに取り残されることを恐れたのだと准将は思った。雪風が旧機体から新機体に乗り移るような真似はここのコンピュータにはできない。バンシーの中枢コンピュータでは容量が足りないし、そもそも構造が異なるのだ。

特殊戦とフェアリイ基地を死守するには、どうしても地上戦力のバックアップが必要だ、と戦略コンピュータは言った。ロンバート大佐の動きも知る必要がある。いちばん手っ取り早いのは、情報軍をコントロールすることだ、少なくとも、情報軍と交渉する必要がある。が、それは自分にはできない、あなたの力が必要だ、そう戦略コンピュータはクーリィ准将に告げた。

クーリィ准将は、情報軍には下手な小細工は通用しないだろうと承知していた。策略などめぐらせることなく、正攻法あるのみ、自分流のやり方でやるまでだと思い、准将は、そうした。

一方、戦略コンピュータよりも実戦的な立場にいる戦術コンピュータのほうは、深井大尉の提案にもまだ検討の余地はある、と言ってきた。そのコンピュータも、特殊戦の中枢機能をバンシーに限らずどこか別の前線基地に移すというのは事実上不可能でありその必要もないと反対したが、特殊戦がそのように動くかのごとくジャムに見せかけるのは有効だろう、と言った。准将は、そんな姑息な手段がジャムに通用するものか、と言ったが、ブッカー少佐は、そのコンピュータの意見に賛同した。ジャムに関しては人間よりもコンピュータのほうがわかっているだろう、そういう戦術も無駄ではあるまい、それに、零が考えついたことはジャムも予想しそうだ、その裏をかくのはいい戦術だろう、と。クーリィ准将は、その案を受け入れた。

それをもとに作戦行動計画が速やかに作成された。クーリィ准将は、深井大尉以外のすべての特殊戦の隊員、雪風を修理中の整備班の人間をも一時センターに集め、これまでの経過と、この特殊戦の最後になるかもしれない作戦行動を告げたのだった。総員戦闘配置、非番の地上要員も各自武装すること。そして最後に、こう言った。

『これは大がかりな作戦だが、基本的には、いつもの作戦と同じだ。戦隊機は手段を選ばず、必ず帰還せよ。これはわたしの要望ではない、命令である。これもいつもと同じだ。以上』

ジャムが来る、もうドアの向こうに立っているかもしれない、死神のように――ブッカー少佐は焦燥にかられながら、異例の早さで十二機の出撃計画を作成したのだが、そのクーリィ准将の、『いつもの作戦と同じだ』という声を聞いたとき、その言葉がまるで解熱剤のように自分の頭を冷やしていくのを意識した。

准将は、フォス大尉が全財産を賭けたあの予想が外れた場合のことも考慮して、最適な戦略を選択し、最終決定を下したのだ。それは当然なのだろうが、自分はといえば熱にうなされたように、そんなことは考えられなかった。准将はこちらの予想以上に冷徹だ。

准将がとった戦略は、とブッカー少佐は開戦を戦隊機に伝えて、あらためて思った、ジャムが最終攻撃に出ようと、あるいはその予想がまったくの見当違いだったとしても、そのどちらの場合でも特殊戦の不利益にはならない。ライトゥーム中将からも非難されず、そしてリンネベルグ少将に対しても『取り引きはしない』ことで、ジャムがどう出ようと特殊戦はジャムだけに集中できるのだ。

このように特殊戦を動かせるのは、クーリィ准将しかいないだろう。それが天与の才能であれ努力の結果であれ、この女、リディア・クーリィこそ、ジャムとのコミュニケーターにふさわしい。リンネベルグ少将もそう評価しているに違いない。情報軍に支援を要請する必要はない、リンネベルグ少将のほうでリディアを、特殊戦を、護るように動く。自分が心配することではないのだ……

〈こちらSTC、警告〉

大スクリーンに赤い警告表示が出る。

〈ロンバート大佐の指示による外部への通信波をキャッチ〉

大佐の六大FAF基地に向けての暗号文指令、迷子の羊を捕獲せよ、だった。それがスクリーンにも出る。それから、画面がにぎやかになった。

〈BAX－4が無許可使用されている。総数三十四体。システム軍団機の四機、複座タイプのファーンが武装搭載状態にて無許可発進準備中〉

「オーケー、あわてるな」とブッカー少佐。「出てきたぞ。幽霊部隊の行動開始だ。STC、ブッカー少佐だ、フェアリイ基地内ナビゲートシステムへのジャミングを開始」

〈STC、了解。実行〉

「雪風の攻撃成功を確認後、全FAFコンピュータシステムに対する対諜報作戦開始」

〈雪風による攻撃目標の完全破壊を確認。システム軍団内のエラー情報は消去された。雪風もそれを確認。深井大尉を呼び出している〉

「深井大尉はどこだ」

〈自室にて待機中〉

「そこのターミナルに雪風を接続、おまえはその内容をモニタする必要はない、対諜報作戦を直ちに開始」

〈了解、全FAFコンピュータシステムに対する対諜報行動を開始〉

解説を求めるリンネベルグ少将にクーリィ准将が答えている。

幽霊部隊がBAX−4を使ってくるのは予想できたが、それはリモートコントロールされるロボットではなく人間が着て操るものだから、ここからそれらの動きを止めることはできない。しかしフェアリイ基地内の位置情報を提供しているナビゲートシステムを攪乱することにより、それらの行動を鈍らせることはできる。フェアリイ基地は巨大な地下迷路であり、幽霊部隊の人間たちのほとんどは基地内部の構造に詳しいとは言えない。ナビゲートシステムを使えないとなれば、彼らは目標を探すのに手間取り、機動力は大きく制限される。

雪風の攻撃とは、雪風が受けているジャムの攻撃手段への対抗策である。ジャムのその攻撃とは、戦略コンピュータの予想するところの、雪風の処理能力限界を超える負荷をかける、ということであり、深井大尉による攻撃の指示がなければ雪風の中枢コンピュータは破壊されていた可能性がある。戦略コンピュータに特殊戦の人間は必要だと判断させた、一つの状況が、それだ。

全FAFコンピュータシステムに対する対諜報行動とは、特殊戦の情報を決して外部に漏らさないことであり、FAFのすべてのコンピュータからここのネットワークにアクセスできなくする行動である。回線を切り放すという受動的な手段によるものではなく、能動的な手段により外部のコンピュータには特殊戦の存在自体が捉えられなくなるような操作を行なう。

「われらこそが幽霊戦隊になる、ということです、リンネベルグ少将」

「わが軍に指令は出せるか」

「可能です」

「ジャムの幽霊部隊をまとめて掃討する。それらの目標位置はわかるか。目標が分散する前にやりたい」

「追跡しています」とブッカー少佐。「こちらからはわかるが、向こうからは、こちらが見えない」

「この事態に備えた掃討班は編制済みだ」と少将。「ここから目標へ誘導する」

その情報軍部隊は地下迷路を知りつくしている、目標位置さえわかれば、ナビゲーターは不要だとリンネベルグ少将は言い、一つのコンソールに着き、ブッカー少佐のサポートを受けて掃討班に出動を命じる。音声による指示。地下迷路内で対人戦闘が始まった。

〈システム軍団機、四機が発進する。敵である〉

「カーミラ隊、目標四機を撃墜せよ」

ブッカー少佐はフェアリィ基地上空を警戒中の三機、B‐2、B‐3、B‐4、カーミラ、チュンヤン、ズークに攻撃指令を出す。

「IFF応答は無視せよ」とクーリィ准将。「乗っているのはジャム人間だ。目標機は武装している。機体は旧式だが搭載ミサイルは最新鋭の高速タイプだ。目標の機体を目視にて確認のち攻撃。見誤る心配はない、派手なシステム軍団のトレーニング機用の塗装だ」

各機から、了解の音声応答。

フェアリィ基地上空は快晴だった。まだ明け切らない地平線から上空に向けて、幅の広い赤い帯が立ち上がっている。フェアリイ星の太陽、連星から噴き出て渦を巻くガス体、ブラッディ・ロード。濃く、赤く、どぎつい。ここは地球ではない、地球の空ではない、あれがそう警告しているかのようだ、とカーミラのパイロット、ズボルフスキー中尉は思う。

「目標、編隊離陸」とフライトオフィサ。「間に合わなかったか。飛ぶ前にやりたかったぜ」

ズボルフスキー中尉は無言で目標をロックオン。と、警戒警報。中尉は即座に反応した。機体を水平のまま上昇させる。バン、という衝撃を機体後部に受ける。

「被弾」とフライトオフィサ。

急激に旋回、下降、上昇。フェアリイ基地の自動防衛システムの対空ファランクス砲が発砲しているのだ。三基。チュンヤン、ズークがすかさずバックアップ、迷うことなくその三基の砲座を機銃で破壊している。

「短距離ミサイル、四、高速接近中」

ズボルフスキー中尉は最大推力で加速。フェアリイ基地防衛軍の空中警戒機、スカイマークⅠに向け、ズーム上昇。機体の異常は感じられない。目標機が放ったミサイルが背後から高速で接近。

カーミラはそれを回避せず、空中警戒機に向けて突っ込む。激突するかのようなコースだったが、中尉は操縦ミスはしなかった。一瞬にして追い抜く。ミサイル群はカーミラを捕捉していたが、大きな空中警戒機の機体に邪魔をされた。針路を修正する間もなく、そのエンジン排気口に命中。警戒機は爆散した。

「第二波を警戒」

「それは来ない」とフライトオフィサ。「チュンヤンが目標全機を撃墜」

チュンヤンはその漢字表記の春燕そのままに、まるで腹を空かした燕のように舞い、貪欲に目標に襲いかかり、あっというまに平らげていた。

「くそ」とズボルフスキー中尉。「防衛システムが反応するのは予想できていたんだ」

「こちらから先に攻撃するなという命令だから、しかたがない。ま、回避には成功したよ。損傷は軽微だ。右垂直尾翼に一発食らっただけだ」

開戦と同時に、特殊戦機はFAFのコンピュータシステム群からは正体不明機として扱われるであろうと、予想されていた。しかし先方がこちらを確かめもせずにいきなり発砲するというのは、まさか、とズボルフスキー中尉には思える事態だった。基地の自動防衛システムはジャムに誘導されているか、でなければ、その知性体自体が、正体不明機は即、ジャム、と認識しているのだ。しかも空中警戒機との連携もとっていた。これは、かつてなかったことだ。クーリィ准将の危機感は現実のものなのだ、と中尉は、他の戦隊機の二機と再び戦闘編隊を組み直して警戒コースに戻りながら、ジャムの総攻撃という事態を実感した。

目標全機撃墜、の音声連絡がセンター内に響くと、リンネベルグ少将が、これで一件落着となればいいのだが、と言った。

「朝寝朝酒といきたいところだが」とブッカー少佐が答えた。「どうも、それはかないそうにない。ロンバート大佐を見失った」

基地内の監視モニタで追跡していたが、大佐を見失った、どこにも発見できない、と戦術コンピュータがスクリーンに表示している。

さらに、バンシーⅢに向かっていたレイフ隊から音声での緊急連絡が入った。センター内にその声が響くと同時に、スクリーンにもそれが文字として流れる。

〈バンシーⅢが自爆の気配。接近は危険だ。退避する。無人機のレイフをバンシーへ誘導、情報収集をさせる〉

「レイフの視覚情報をリアルタイムで送れ」とクーリィ准将。

「自爆だ？」とブッカー少佐。

〈よくわからないが、バンシーの機体中央部の温度が異常に高い〉B-12、オニキスの機長、サシュリン大尉が言った。〈原子炉の暴走と思われる。バンシーは総員緊急避難をしているらしい。すでに数十機の戦闘機が発進しているが――〉

〈やつら、こちらに攻撃照準波を照射している〉B-11、ガッターレのパイロット、プッツァー少尉が割り込んだ。〈やる気だぞ〉

〈Dゾーン方面から、ボギー。ジャムだ。多数。接近中。バンシーの連中も捉えているはずだが、ジャムには反応していない。おそらく味方機と認識している。こちらがジャムと思われているらしい〉

「退避だ。レイフをオートマニューバ・モードに。B-11、B-12、帰投しろ」とクーリィ准将が命じる。「自機を護るためなら、FAF機でもかまわない、警告の必要はない、攻撃してよし」

了解、の返答。レイフからの映像がリアルタイムで入ってきた。特殊戦では異例な手段だったが、クーリィ准将はリアルタイム情報を望んだ。

バンシー付近は朝焼けで、真っ赤な日の出を迎えている。黒い巨大な空中空母をレイフの視覚が捉えた。その中央部が、朝焼けの光を浴びているかのようにほのかに赤い。それが急激に色を増していき、その中央部から、まるで溶鉱炉から流れ出る鉄のように光の筋が下に向けて落ちはじめ、つぎの瞬間、巨大空中空母バンシーⅢは爆発した。映像が途絶える。

「核爆発ではないな」とブッカー少佐。「しかし、レイフがやられた」

戦略コンピュータが警報を出す。

〈ジャム機が多方面から同時出現。非常に多数。この情報は、ジャムによる欺瞞情報である可能性もある。各戦隊機の人間の目視による確認を求む。速やかなる実行を期待する〉

了解した、とブッカー少佐。ピボット大尉が、全戦域図をスクリーンに表示。ジャムの存在は赤く表示されるが、前線基地をはじめとする、その周囲がすべて赤く染まっていた。その赤い染みが、フェアリイ基地方面に向かってくる。

「これが事実なら」とリンネベルグ少将が言った。「われわれには対抗できない。しかし、ロンバート大佐は生き延びるだろう。彼をここから逃がしてはならない」

「彼に戦闘機は操縦できますか?」とクーリィ准将。

「できる」とリンネベルグ少将。

「ブッカー少佐、一機もフェアリイ基地から飛ばしてはならない。各戦闘部隊の出撃を中止。STC、中止命令を各コンピュータシステムに出させろ」

〈STC、了解。しかし各システムは現在正常に動作しているとは言いがたい。パニック状態に陥っている。状況を判断しかねているのだ。この状態では、どのみち正常な部隊管理はそれらにはできない〉

「それでも飛び出す者がいれば、撃墜――」

「撃墜はまずい」とリンネベルグ少将は言った。「大佐は生かしておかねばならぬ」

「少将――」

「クーリィ准将、リディア、世界はきみだけのものではないんだよ」

「それは承知しています」

「ならば、大佐が基地から出るのなら、それを追跡し、彼の行動を知ることだ。撃墜するのは簡単だろう。きみらの手並みは見せてもらった。しかし、いま大佐を殺して、なにが得られると言うのだ？」

「大佐を捜し出してください」

「部下が全力を挙げて、やっている。わたしを信じろ」

〈こちら、ミンクス〉B‐6、ミンクスのフライトオフィサのコズロフ大尉から連絡が入る。

〈ラクガンのジャム制空権内を戦術偵察中だ。集結中のFAF機らが、紅白戦を始めた〉

「なんだと」とブッカー少佐。「同士討ちか」

〈演習とは思えないからな、そういうことになるだろう。実弾を使っている〉

「機上員が幻覚を見せられているのか、それとも機載電子戦闘システムの異常なのか、確認しろ〉

〈それは難しいな。こちらは紅白双方からの攻撃対象に入っている。おまけに本物のジャム機群も接近中だ。帰投してから収集情報を分析しよう。機長、ブレイク用意、ポート、ナウ〉

戦闘偵察実行中のサインを出して、ミンクスからの音声連絡は中断。

「こいつはまるで、いままでの鬱憤晴らしだ」

その声に、ブッカー少佐は振り返った、クーリィ准将も、リンネベルグ少将も。

「特殊戦の非情な態度に対する、他の連中のさ。ジャムも含めてだ」

「零……遅かったな。なにをしていた」

「じっくり鏡を見て、髭を剃っていた。もう少しましな鏡が欲しいと初めて思ったよ」

「零、この作戦はフォス大尉から聞いたろう」

フォス大尉が無言で零の脇に立っている。

「雪風はまだ出られない。詳細はエーコ中尉に訊け。――ピボット大尉、ランヴァボンを呼び出せ。カンウォーム方面の状況を報告させろ」

「雪風と、出る」と零。

「いま出るのは自殺行為だ。雪風は特殊戦にとって最後の虎の子なんだ」

「だから、いますぐ行く」

「どういうことだ」

「ジャムは、雪風とおれが行くのを待っている。おれたちが引っ込んでいるかぎり、攻撃は続く」

「おまえ、救世主にでもなったつもりか」

「地球人がどうなろうと、FAFがどうなろうと、おれには関係ない。そんなことは、知ったことか。おれは、やりたいことを、やるだけだ」

「なにを格好つけているんだ。なにがしたいというんだ。自殺か」

「ジャック、一人でも生き残れるのなら、そういう戦略もジャムには通用する。一人でも生き残れれば、負けではない」

「おまえがその一人になる、というのか」

「だれでもいい。あんたでも、ロンバート大佐でも、クーリィ准将でも。そんなのは興味ない。おれは、雪風と一緒にいたい。それだけだ」

「零の——深井大尉の、ジャムは雪風を待っている、という考えは、的を射たものと思います」とフォス大尉が言った。「雪風に対してジャムは攻撃しない、というのではありません、雪風が出てこないかぎり、攻撃の手は決して緩めないだろう、ということで——」

〈こちら、B-7、ランヴァボン、ブリューイ中尉。ジャムと交戦中。666部隊機は全滅、くそ、ジャムだけではない、FAFの連中も狙ってくる。外部燃料タンクを切り放す。身軽にならないとやられる。直接帰投できそうにない。燃料補給手段を指示してくれ〉

「TAB‐16に向かえ」とブッカー少佐は指示。「その対空防衛システム、レーダーシステムを破壊したのち、そこの人間たちと交渉しろ。いいか、人間とだ。基地コンピュータとではない。これより、特殊戦の現在収集している全域戦闘情報をそちらに送る。独自に分析して生き残り戦略の参考にしろ」

〈了解だ〉

「他の二機にも伝えろ」

〈応答がない。やられたんだ、たぶん。収集情報を確認している余裕がない。――オーケー、受信中。こいつの受信終了後、ジャミング手段に入る。通信不能になるからな、あらかじめ予告しておく〉

「了解」

〈通信終わり〉

特殊戦機の二機が同時にやられて、なお残るランヴァボンも危ういという事態に、司令部内は静まり返る。しかしそれもつかのまのことだった。

〈こちら、カーミラ、司令部、応答しろ〉

「こちら司令部、ブッカー少佐。どうした」

〈スカイマークⅢ、Ⅳが、接近中のトロル基地戦術戦闘航空軍団機群を敵としてマークして

いる。われわれは、接近中のそれをFAF機として認識しているが、スカイマークは敵と判定している〉

〈こちら、チュンヤン、タン中尉だ。司令部、接近中の編隊機はトロル基地部隊機だけではない。来るぞ、他の主要基地からの、これはフェアリイ基地に対する攻撃だろう。フェアリイ基地は、ジャムに乗っ取られている、と認識されているもようだ〉

〈こちらズーク。われわれを掃討すべく上がってきた数十機のフェアリイ基地からの緊急発進機群は、そいつらの迎撃に向かった。おれたちは助かった〉

その画面表示に戦略コンピュータが割り込んだ。

〈これはFAFコンピュータシステム間の闘争である。フェアリイ基地に対する周辺基地のクーデターという見方も可能だ。FAFの人間たちがそれに巻き込まれている〉

「デマによるパニック状態と言えるだろう」とリンネベルグ少将が言った。「普段からの不安や不満を利用して、対象の集団をパニック状態に誘導するというのは情報戦ではよくやる手だ。コンピュータ自体もそういう状態なのだな。これはまさにロンバート大佐が狙ったとおりの状態だろう」

〈こちらSSC。カーミラ隊、わたしにも、向かってくるのはジャム機と認識される。おそらくこれはジャムによる欺瞞操作である。そちらの情報によりエラー訂正を行なう。情報を送れ。できれば機上員による目視情報が望ましい〉

〈こちらカーミラ、了解した〉

〈こちらＳＴＣ、背後に本物のジャム機群が接近していると予想される。見落としてはならない〉

「殺らなければ、殺られる」とクーリィ准将が言った。「カーミラ隊、フェアリィ基地から発進する他部隊機を警戒、牽制せよ。これより、雪風を発進させる。雪風の発進を支援しろ。邪魔をするものは、ＦＡＦ機であろうと破壊せよ」

「准将、行かせるのか」とブッカー少佐。

「行きなさい、深井大尉。本物のジャム機群を捉えて、リアルタイムで報告せよ。特殊戦の機能をパニックに陥らせないようにするのだ」

「パニックを終息させるには、内外部の正確な情報が必要だ」とリンネベルグ少将も言った。「この状況を収拾できるのは、特殊戦だけだろう」

零はうなずき、ブッカー少佐に飛行計画を雪風に入力しろ、と言う。そして、飛行装備を着けるためにセンターを出ようとする。

「零、これを見ろ」と少佐が呼び止める。「これでも、行くのか。ここに飛び込めば、生きては帰れないぞ」

戦況図が、敵の攻勢を示すマークで真っ赤に染まっている。

「なぜだ。命令だからか」

「知っているくせに、何度も言わせるなよ、ジャック。じゃあな。あんたの腕時計は借りていくよ。心配するな。返すから」

手を軽く上げて、ラフな敬礼。いつものとおりに。そして、零は雪風のもとに向かった。

雪風は修理を終え、その確認の点検を武装搭載区域で受けていた。零がフライトスーツを着け、ヘルメットを手にしてそこに入ると、普段は無人のそこには最終点検中の整備員が雪風に張り付いていた。マシンガンを手にしている整備員もいた。それから、フォス大尉。

「エディス。なにをしている」

「あなたの精神状態のチェックよ」

「まさか、ついてくる気じゃないだろうな」

「実はそうしたかったけれど、准将に却下された。雪風に乗るのがいちばん安全だと思ったのだけれど」

「おれもそう思う」

「安全というより、安心、と言うべきね。あなたにとっては、それは間違いない。でも、そう、わたしにとっては、違う。あなたと雪風の間には割り込めない」

「いまだにおれは、あんたが気に入らない」と零はフォス大尉に言った。「うるさくつきまとわれるのは迷惑だ。しかし、きみの能力は認めるよ。で、一つ、訊きたいことがあるんだ」

「なにかしら」

「おれと雪風の関係だ。きみはたしか、雪風を他者と認めつつ、それはまた自己の一部でもあると意識するのは、人間にとってさほど珍しい現象ではない、人間にはそういう能力がある、と言ったな。病気などではない、と」

「ええ、そのとおりよ」

「具体的には、どういうことなんだ」

「知っているくせに。あなたは、ブッカー少佐にそう言ったでしょう、知っているくせに、と。照れくさくて言えない気持ちはわかるけれど、いいわ、わたしが言ってあげる。それは、その対象を愛する、ということよ。あなたと雪風、特殊戦の戦闘機械知性体とその人間たち、それを結びつけているのは、愛する、という能力なのよ」

「お笑いだよな」

「そうね。もっともそれから遠いと思えたそれらが実はそうだというのは、わたしにとっても笑いたくなる見方よ。でも、事実だわ。愛には、こういう形態もあるのよ。相手を、自分自身として感じ取れる能力。浮わついた恋愛感情ではなくて、生き残りのためならばその自分の一部を犠牲にすることもいとわない、という厳しいものよ。ジャムにも教えてあげるといい。ジャムは、愛を知らない。ジャムの特殊戦に対するわからなさを文学的に表現するなら、そういうことなのよ」

「教える必要はない」

零はヘルメットを被り、機上で点検作業をしていた整備員と入れ替わりにコクピットに収まる。

「どうして」とフォス大尉はラダーにつかまり、機上の零に訊いた。「ジャムから愛されるようになるのが恐いの」

「そうかもな。もしジャムがそれを理解するようになったら、泥沼の戦いになる。泥仕合だ。もっとも強力な憎悪を生むのも、それだろうからな」

「いまのほうがましだというの」

「ああ」

「あなたらしいわ。でも、ジャムはこちらに合わせるためにそれを理解できるように進化することが予想される。ジャムはより強力になる、と言うことはできるでしょうね」

「おれたちもか」

「双方で、変化していくでしょう。もし生きていれば、だけど。わたしはあなたの変化に興味がある。必ず帰ってきて」

「きみに言われなくても、そのつもりだ。どいてくれ。ここで全搭載ミサイルのセイフティピンを抜かせる。地上に出て即座に発進する」

フォス大尉は無言でラダーを降りる。それを見ながら、零は、ジャムに負けないのなら、必ずしもここに帰る必要はない、と思った。だが、それは口には出さなかった。そのかわり、零は左腕のブッカー少佐の腕時計を探り、それを外す。そして、フォス大尉に受け取るように言って、それを放った。

「それをブッカー少佐に返しておいてくれ」そう零は言った。「グッドラック、エディス。きみはおれをよく調整してくれたよ」

フォス大尉がうなずいた。

「あなたたちも」

雪風がそれに答えるかのように、メインディスプレイに表示してくる。

〈everything is ready ... Lt.〉

雪風の機体がエレベータに向かって牽引され始めると、零はフォス大尉個人の存在はもはや意識しなかった。ただ、彼女と、整備班の人間と、特殊戦の知性体とその人間たちが、ようするに特殊戦が、自分と雪風を完璧に調整し最高の状態で送り出そうとしていることに満足感を覚えた。

エレベータを出たところで、すかさずエンジンを始動する。ここはすでに戦場だ。滑走路上で、ＦＡＦ機が複数炎上している。その地表すれすれを高速で飛び抜けるスーパーシルフの三機編隊。カーミラ、チュンヤン、ズーク。

「こちら雪風。発進する」

夜は完全に明けていた。もはや地上からは赤いブラッディ・ロードは見えない。

雪風は最大推力で大地を蹴った。上昇する。戦闘上昇。ブラッディ・ロードが昼でも確認できる高空へと、雪風はそれを目指して翔上ってゆく。天翔る妖精、風の女王、メイヴ、雪風。

我は、我である

SF翻訳家・評論家
大野万紀

本書は一九八四年に出版された『戦闘妖精・雪風』の続篇であり、九二年から九九年にかけて〈SFマガジン〉に掲載され、加筆訂正されて九九年にハードカバーで発表された『グッドラック　戦闘妖精・雪風』の文庫版である。作者、神林長平の、まさにライフワークというにふさわしい作品である。

これは異星の敵と戦う戦闘機とパイロットの物語だ。ほとんどそれだけのために特化されたような舞台設定があり、社会や人間のドラマはその背景にすぎない。戦争という極限状況の中での、クールなメカと運命を共にする主人公の、フェティッシュなともいえる共生関係が描かれる。しかし、ここで描かれるのは普通の意味での戦争ではない（本書ではそれを〈生存競争〉と呼んでいる）。またメカの描写はマニアをもうならせるものだが、本書の魅力はそれに尽きるものではない。ここには知性とは何か、コミュニケーションとは何かという大きなテーマが存在しており、それこそ著者の繰り返し追求しているテーマでもある。本書は自己と他者の認知に関わる深い思索を込めた、究極の思弁的SFでもあるのだ。

(注) 以下、前作『戦闘妖精・雪風』の内容にふれますので、未読の方はご注意下さい。そもそも本書は『戦闘妖精・雪風』の続篇なので、前作を読んだ後でお読みになることを強くお勧めします。

南極大陸、ロス氷棚の一点に、直径三キロの霧の柱が現れた。それが〈通路〉である。地球はこの超空間通路を通って飛来した謎の異星知性体〈ジャム〉に侵攻された。しかし、人類は地球防衛機構を設立し反撃を開始する。〈通路〉の向こうにあったのは未知の惑星〈フェアリイ〉だった。人類はここに基地を建設し、それから三十年にわたるジャムとの長い戦いが始まった。

戦いの主役はフェアリイ空軍(FAF)である。フェアリイ星の基地には、現在のジェット戦闘機がそのまま進化したような、高度な電子頭脳を搭載した戦闘機〈シルフィード〉が配備されている。さらに、FAFには偵察や情報収集を任務とする〈特殊戦〉という組織があり、シルフィードをさらに改良し、コンピュータを強化した〈スーパーシルフ〉が配備されている。スーパーシルフの人工知能は、基地の戦術/戦略コンピュータ群と同様、独立した意識をもつ人類とは別の知的生命ともいえる存在である。

特殊戦の任務は生き残って情報を持ち帰ることであり、必要とあれば味方を見殺しにすることも辞さない。このため、そのパイロットたちには非情で冷徹な、ある意味、常識的な人間性から逸脱したパーソナリティが要求される。彼らは普通の人間というより、戦闘機械のパーツであり、スーパーシルフと一体となって戦う有機系コンピュータなのである。

前作『戦闘妖精・雪風』では、特殊戦のスーパーシルフ〈雪風〉と、そのパイロット、深井零の物語が描かれる。特殊戦にふさわしく、対人コミュニケーションに問題があり、心を通わせるのが上官のブッカー少佐を除けば雪風のみという深井零だが、それでも戦いの中で徐々にこの戦争の意味を見つめ直し始める。ひとことでいえば、この戦争は人類とジャムの戦いではなく、人類の作ったコンピュータとジャムとの戦いなのではないかということだ。では、その中で人類の存在とはいったいどういう意味をもつのか。

この疑問はジャムにとっても重要な問題だったようだ。ジャムには人間というものが理解できないようで、それを確認するためか、微妙に戦術が変化してくる。前作ではついに人間の複製を作り出すまでになった。零も彼らに捕らえられた。このことが本書ではさらに発展し、物語の重要なポイントとなっている。

前作の最後で、雪風は破壊され、その意識ともいうべき中枢データは最新鋭の戦闘機FRX００に転送される。そして、本書は生まれ変わった雪風と、深井零の物語である。

有人か無人かという議論がある。極限的な状況において、人間系は無駄であり不要なものだという議論である。人間を乗せるためには、生命維持のための様々な制約や付加条件が加わり、機械の性能を最高度に発揮することができない。費用対効果の面でも不利となる。例えば宇宙の科学探査という目的には、有人宇宙飛行をひとつするより、無人宇宙船をたくさん飛ばすほうが効率的で効果も大きいというものだ。それに対して、いや、何か異常な状況が発生したとき、最終的にはどうしても人間の判断が必要であるという意見がある。現在の技術水準ではロボットやコンピュータの能力に限界があるため、これまた現実的で納得のいく意見である。しかし、ここには機械にはまかせられないという感覚と、やはり人間が（すなわち自分が）現場に関与したいという本質的な気持ちとがからんでおり、仮に人工知能が高度に発達したとしても同じ議論が続くことだろう。本書でも「この戦いには人間が必要なんだ」と深井零は主張する。それはだが、人間が機械より正しい判断をするからではなく、ジャムには理解できない、非論理的な行動をとることができるからである。敵であるジャムに理解されてしまうとき、人類は敗北する。それは情報こそがこの戦争の本質であるからだ。情報、コミュニケーション、インタフェース、それがこの物語の中心テーマなのだ。

ジャムはフィリップ・K・ディックのいうアンドロイド、シミュラクラのようなものかもしれない。よく似ているが、根本的に異質なもの。雪風のような機械知性も人間とは異質だが、それは理解可能なもの、わかりあえるものとされている（実は人間側の錯覚にすぎないのかもしれないが――でも零は雪風を信頼することができる）。だがジャムとは心を通じ合わすことはできない。チューリングテストをしたならば、ジャムはどこかで失格するだろう。コミュニケーション不能こそがその存在形態なのだから。「われは、われである」というジャムのことばからは、人間をシミュレーションすることはできても、どうしても人間とわかりあうことのできない存在の、絶望的な異質さが感じられる。

スタニスワフ・レムの『砂漠の惑星』も、人間的なコミュニケーションのできない異質な敵との戦いを描いていた。だが、レムの敵はあまりにも異質で、そもそもコミュニケーションが可能とは思えない。神林長平の作品では、相手は異質な存在であっても、何らかのインタフェースは存在している。そしてそのインタフェースとは、すなわちコトバである。ジャムと人間との間には雪風のような機械知性があり、あるレベルまでは翻訳が可能なのだ（その先のレベルで意思疎通できないことが、よけいに異質さを強調することになるのだが）。そして神林長平の作品には、相手をそういうものだと理解、いや理解はできないまでも納得したうえでの、ユーモア感覚が存在する。登場人物たちも（まあ普通の人間とはいえないだろうが）、相手に対して一方的におろおろしたりはしないのだ。

深いテーマを扱い、人間性の欠如したような人物ばかりが登場し、簡潔な、情感を排除した文章で描かれる物語であるにもかかわらず、本書がエンターテインメントとして面白く読めるのは、こういった登場人物たちの、世界に対する余裕と、そこはかとないユーモア感覚に負うところが大きいだろう。われわれは彼らにも、そして雪風にも、感情移入することができる。フェアリイ星の空を駆け、コックピットに表示される簡潔な文字列に雪風の意志を読み、壮絶な戦いの緊張感を感じることができる。これは「読む」という行為によるコミュニケーションなのだ。

この文章を書いている今、われわれの日常とは別の次元で現実の戦争が進行している。それはまるでフェアリイ星の戦争のような非現実感を伴っている。現実のテロリストをジャムのようだということはできない。しかし、コミュニケーションの不全が根本にあるこの戦争を見ていると、本書との関連を考えざるをえないのである。深井零は、人間同士の戦争など「興味がない」というのだろうけれど。

本書は、一九九九年五月に早川書房より単行本
として刊行された作品を文庫化したものです。

あなたの魂に安らぎあれ

神林長平

核戦争後の放射能汚染は、火星の人間たちを地下の空洞都市へ閉じ込め、アンドロイドに地上で自由を謳歌する権利を与えた。有機アンドロイドは、いまや遥かにすぐれた機能をもつ都市を創りあげていた。だが、繁栄をきわめる有機アンドロイドたちにはひとつの伝説があった。破壊神エンズビルが現われ、すべてを破壊しつくすという……。人間対アンドロイドの緊張たかまる火星を描く傑作長篇

ハヤカワ文庫

帝王の殻

神林長平

火星ではひとりが一個、銀色のボール状のパーソナル人工脳を持っている。それは、子供が誕生したその日から経験データを蓄積し、巨大企業・秋沙能研所有の都市部を覆うアイサネットを通じて制御され、人工副脳となるのだ。そして、事実上火星を支配する秋沙能研の当主である秋沙享臣は「帝王」と呼ばれていた…。人間を凌駕する機械知性の存在を問う、火星三部作の第二作。　**解説／巽孝之**

ハヤカワ文庫

絞首台の黙示録

神林長平

長野県松本で暮らす作家のぼくは、連絡がとれない父・伊郷由史の安否を確認するため、新潟の実家へと戻った。生後三カ月で亡くなった双子の兄とぼくに、それぞれ〈文〉〈工〉と書いて同じタクミと読ませる名付けをした父。だが、実家で父の不在を確認したぼくは、タクミを名乗る自分そっくりな男の訪問を受ける。彼は育ての親を殺して死刑になってから、ここへ来たというのだが……。

ハヤカワ文庫

ツインスター・サイクロン・ランナウェイ

小川一水

人類が宇宙へ広がってから六千年。辺境の巨大ガス惑星では都市型宇宙船に住む周回者《サークス》たちが、大気を泳ぐ昏魚《ベッシュ》を捕えて暮らしていた。男女の夫婦者が漁をすると定められた社会で振られてばかりだった漁師のテラは、謎の家出少女ダイオードと出逢い、異例の女性ペアで強力な礎《ピラ》柱船《ーボート》に乗り組んで成果をあげていく――

ハヤカワ文庫

君を愛したひとりの僕へ

乙野四方字

人々が少しだけ違う並行世界間で日常的に揺れ動いていることが実証された時代——両親の離婚を経て父親と暮らす日高暦は、父の勤める虚質科学研究所で佐藤栞という少女に出会う。たがいにほのかな恋心を抱くふたりだったが、親同士の再婚話がすべてを一変させた。もう結ばれないと思い込んだ暦と栞は、兄妹にならない世界へと跳ぼうとするが……『僕が愛したすべての君へ』と同時刊行

日本SFの臨界点［恋愛篇］

死んだ恋人からの手紙

伴名　練・編

『なめらかな世界と、その敵』の著者・伴名練が、全力のＳＦ愛を捧げて編んだ傑作アンソロジー。恋人の手紙を通して異星人の思考体系に迫った中井紀夫の表題作、高野史緒の改変歴史ＳＦ「Ｇ線上のアリア」、円城塔の初期の逸品「ムーンシャイン」など、短篇集未収録作を中心とした恋愛・家族愛テーマの九本を厳選。それぞれの作品・作家の詳細な解説とＳＦ入門者向けの完全ガイドを併録。

日本SFの臨界点［怪奇篇］

ちまみれ家族

伴名　練・編

「二〇一〇年代、世界で最もＳＦを愛した作家」と称された伴名練が、全身全霊で贈る傑作アンソロジー。日常的に血まみれになってしまう奇妙な家族のドタバタを描いた津原泰水の表題作、中島らもの怪物的なロックノベル「DECO-CHIN」、幻の第一世代ＳＦ作家・光波耀子の「黄金珊瑚」など、幻想・怪奇テーマの隠れた名作十一本を精選。日本ＳＦ短篇史六十年を語る編者解説一万字超を併録。

2010年代SF傑作選 1

大森望&伴名練・編

二〇〇二年のJコレクション、二〇〇三年のリアル・フィクションなどで再生を果たした日本SFは、二〇一〇年代に黄金の時を迎えた。第一人者の神林長平を筆頭に、飛浩隆、田中啓文、北野勇作のベテラン勢、少女小説／ライトノベル出身の津原泰水、小川一水、長谷敏司、ゼロ年代デビューの上田早夕里、円城塔、仁木稔。二〇一〇年以前にデビューし、現在の日本SFを牽引する十作家を収録。

ハヤカワ文庫

2010年代SF傑作選 2

大森望&伴名練・編

ハヤカワSFコンテストと創元SF短編賞という二つの新人賞が創設された二〇一〇年代。ジャンル外の文学賞でも評価される宮内悠介、高山羽根子、小川哲をはじめ、酉島伝法、柴田勝家、倉田タカシなど両賞から輩出された才能、電子書籍やウェブ小説出身の藤井太洋、三方行成、そして他ジャンルからデビューの野﨑まど、小田雅久仁——日本SFの未来を担う十作家を収録するアンソロジー第二弾。

ハヤカワ文庫

著者略歴　1953年生，長岡工業高等専門学校卒，作家　著書『戦闘妖精・雪風〈改〉』『猶予の月』『敵は海賊・海賊版』（以上早川書房刊）他多数

HM=Hayakawa Mystery
SF=Science Fiction
JA=Japanese Author
NV=Novel
NF=Nonfiction
FT=Fantasy

グッドラック
戦闘妖精・雪風

〈JA683〉

二〇〇一年十二月 十五日 発行
二〇二四年十二月二十五日 二十四刷
（定価はカバーに表示してあります）

著者　神《かん》林《ばやし》長《ちょう》平《へい》
発行者　早川浩
印刷者　草刈明代
発行所　株式会社 早川書房
郵便番号　一〇一 - 〇〇四六
東京都千代田区神田多町二ノ二
電話　〇三 - 三二五二 - 三一一一
振替　〇〇一六〇 - 三 - 四七七九九
https://www.hayakawa-online.co.jp

乱丁・落丁本は小社制作部宛お送り下さい。
送料小社負担にてお取りかえいたします。

印刷・中央精版印刷株式会社　製本・株式会社明光社

ISBN978-4-15-030683-0 C0193

本書は活字が大きく読みやすい〈トールサイズ〉です。